畅春园清代诗文辑录

张宝章　张超　编著

北京燕山出版社

图书在版编目（CIP）数据

畅春园清代诗文辑录 / 张宝章，张超编著 . —北京：北京燕山出版社，2023.8

ISBN 978-7-5402-6816-9

Ⅰ.①畅… Ⅱ.①张…②张… Ⅲ.①古典诗歌—诗集—中国—清代②古典散文—散文集—中国—清代 Ⅳ.① I214.91

中国国家版本馆 CIP 数据核字（2023）第 023536 号

畅春园清代诗文辑录

著　　者：张宝章　张　超
责任编辑：王长民
封面设计：黄晓飞
封扉题签：倪新颖
出版发行：北京燕山出版社有限公司
社　　址：北京市西城区椿树街道琉璃厂西街 20 号
邮　　编：100052
电　　话：86-10-65240430（总编室）
印　　刷：北京虎彩文化传播有限公司
开　　本：880mm×1230mm　1/32
字　　数：268 千字
印　　张：12.875
版　　次：2023 年 8 月第 1 版
印　　次：2023 年 8 月第 1 次印刷
ISBN 978-7-5402-6816-9
定　　价：78.00 元

未经许可，不得以任何方式复制或抄袭本书部分或全部内容
版权所有，侵权必究

本书为北京市优秀古籍整理出版扶持项目

◎ 双桥诗韵（张宝章先生）

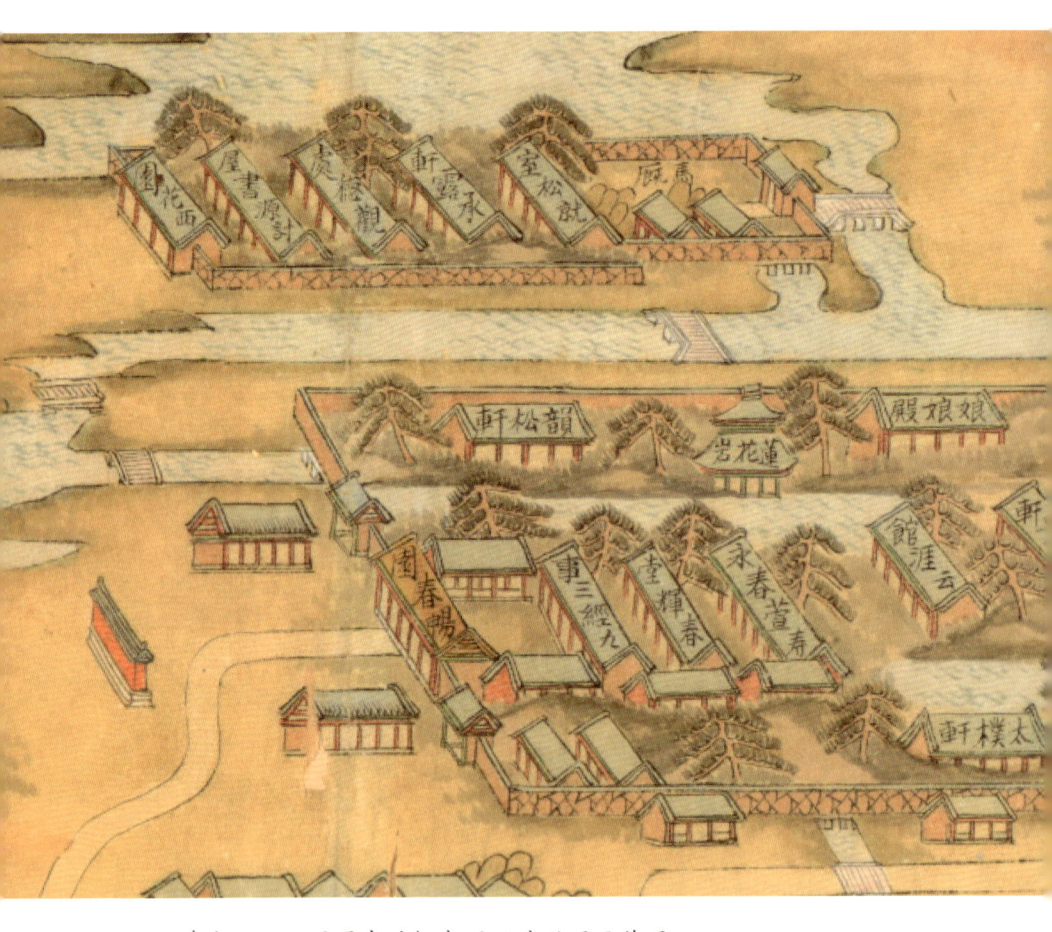

◎ 清代三山五园图中的畅春园及其附园西花园

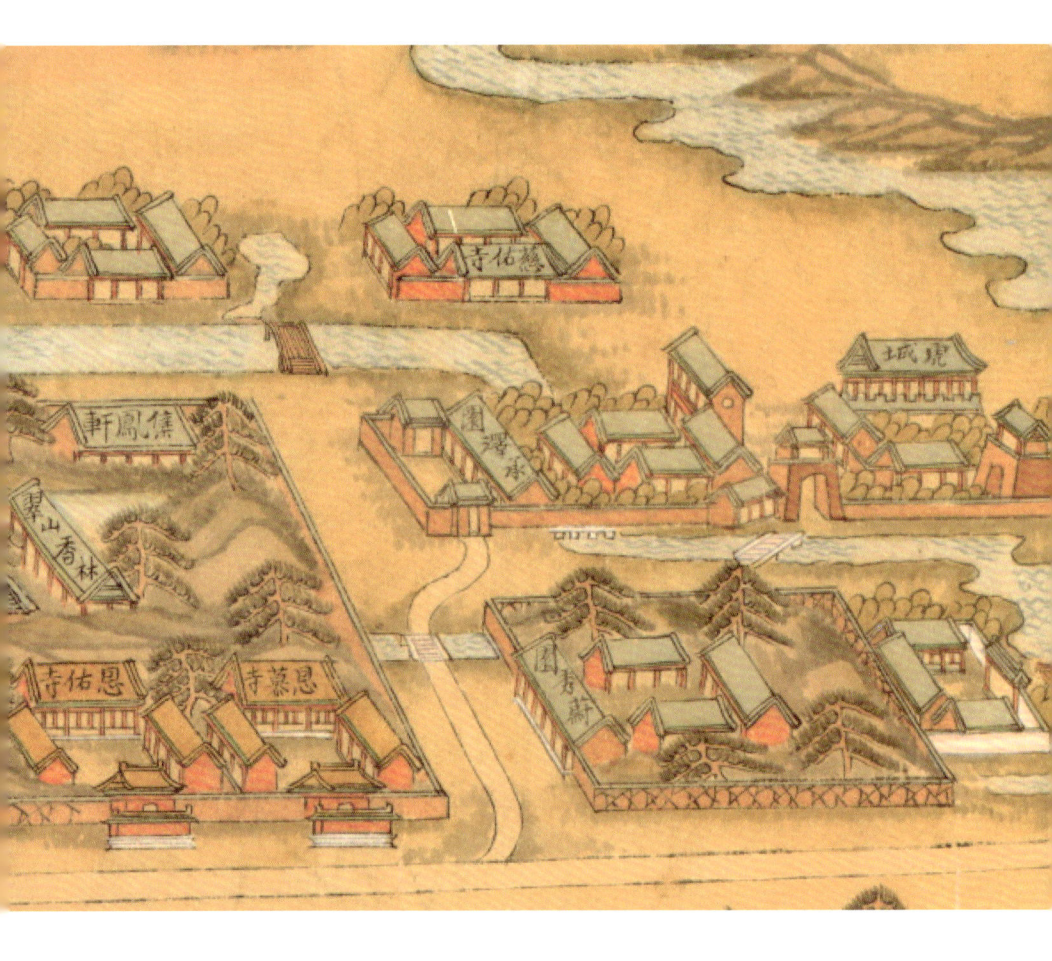

◎《唐土名胜图绘》中的畅春园宫1

◎《唐土名胜图绘》中的畅春园宫 2

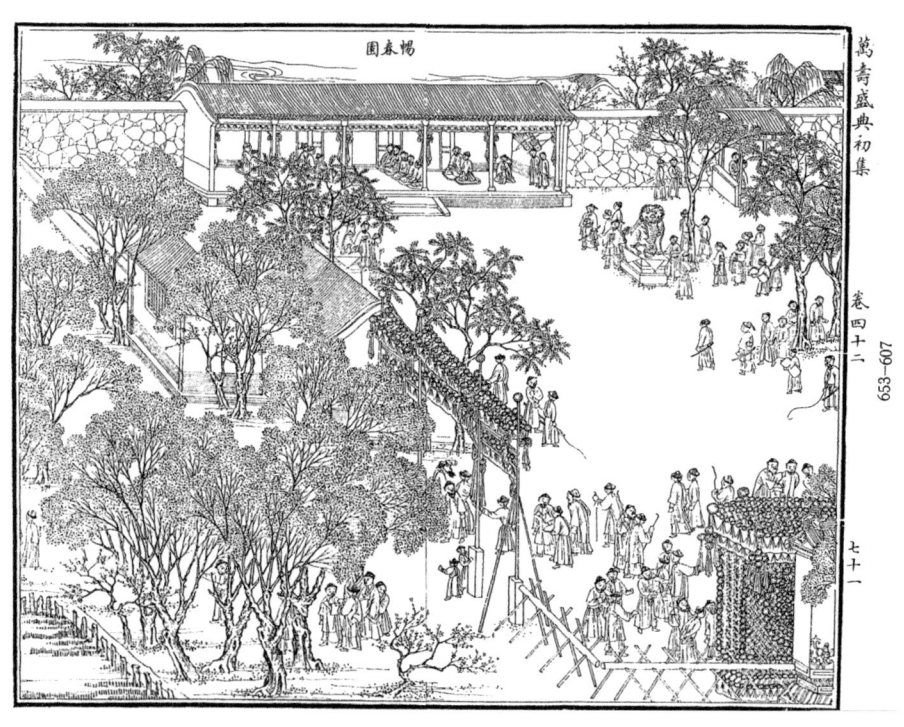

◎《万寿盛典初集》中的畅春园宫门

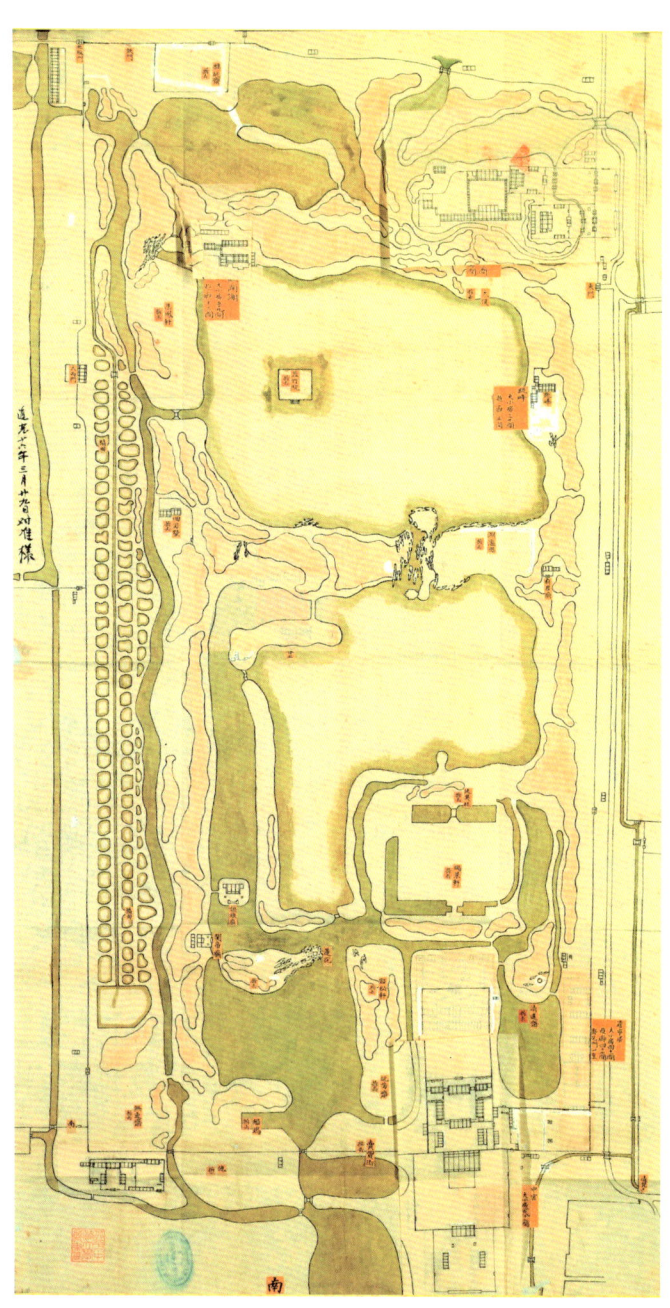

◎ 畅春园地盘形势全图

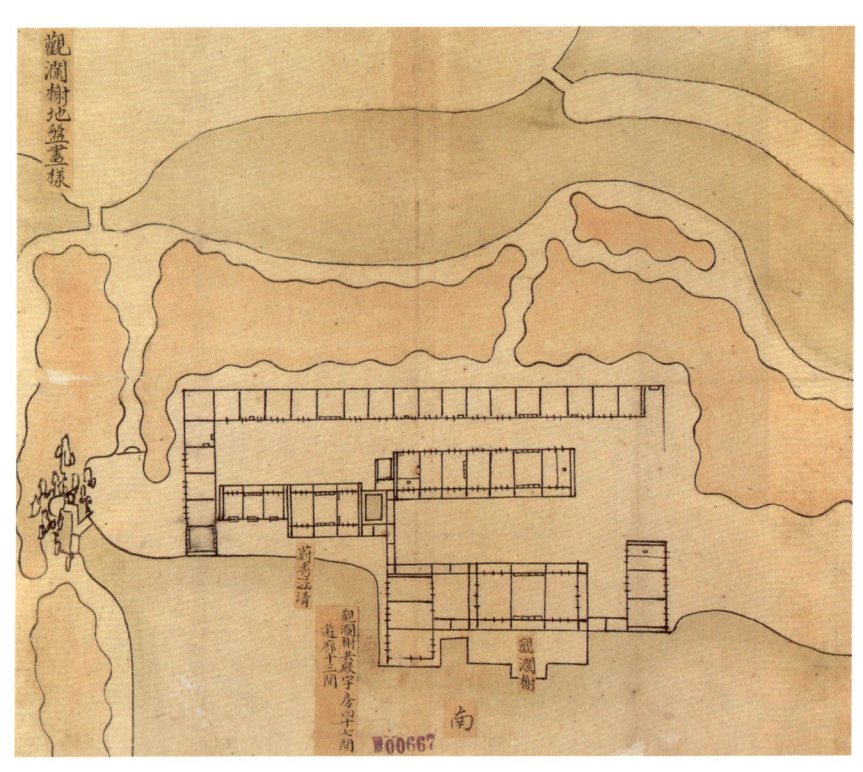

◎ 畅春园观澜榭地盘画样

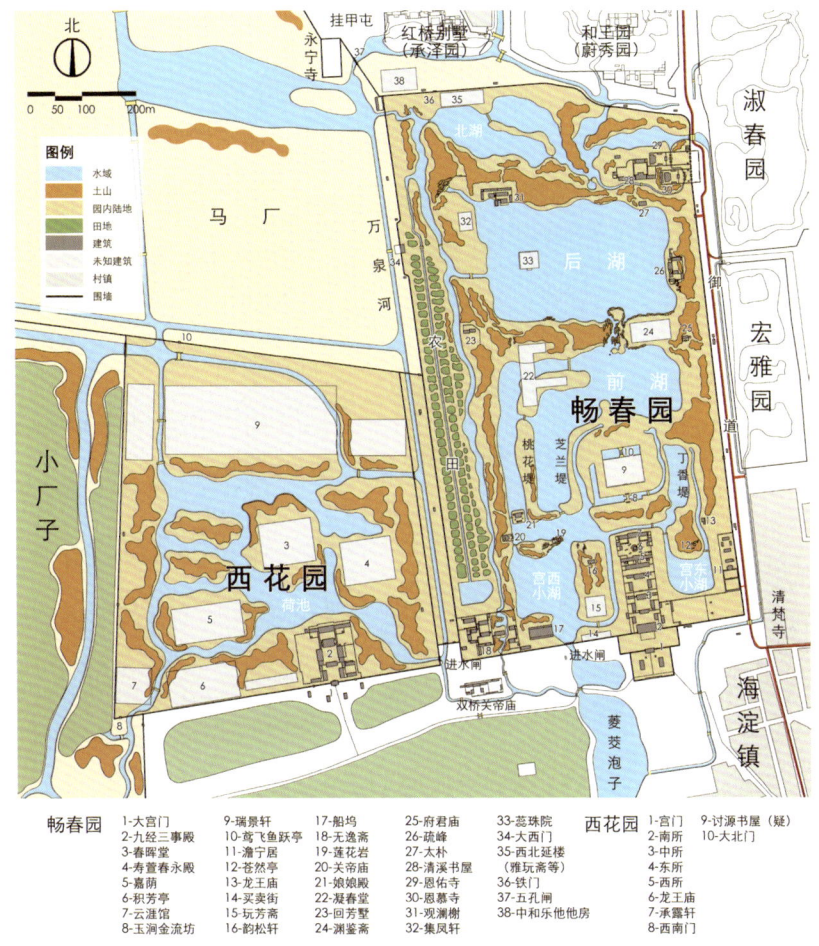

◎ 畅春园及西花园复原平面示意图（乾隆四十二年，1777）
（朱强三山五园工作室绘）

◎ 畅春园界碑

◎ 畅春园遗址旧影

◎ 畅春园恩慕寺山门今貌

◎ 畅春园恩佑寺山门今貌

◎ 畅春新园石碑

◎ 在畅春园附园西花园遗址上新建的海淀公园今貌

13. 胤祉等：《奏报京城畅春园得雨情形折》（康熙五十年五月十三日）..................016
14. 胤祉等：《奏闻京城畅春园附近得雨日期折》（康熙五十三年二月初八日）..................016
15. 胤祉：《奏报八阿哥病势折》（康熙四十四年九月二十六日）..................017
16. 胤禛：《雍正二年五月二十四日上谕》..................017
17. 弘历：《乾隆三年正月初三日上谕》..................017
18. 弘历：《乾隆三年二月十三日上谕》..................018
19. 弘历：《乾隆四十二年正月上谕》..................018
20. 弘历：《乾隆四十二年二月上谕》..................019
21. 《康熙起居注》选录：（康熙二十六年二月）..................020
22. 《康熙起居注》选录：（康熙二十六年六月）..................021
23. 《康熙起居注》选录：（康熙二十六年六月）..................024
24. 《康熙起居注》选录：（康熙二十六年六月）..................027
25. 《康熙起居注》选录：（康熙二十六年六月）..................028
26. 《康熙起居注》选录：（康熙二十六年七月）..................030
27. 《康熙起居注》选录：（康熙二十六年七月）..................030
28. 《康熙起居注》选录：（康熙二十八年闰三月）..................031
29. 《康熙起居注》选录：（康熙四十五年正月）..................032
30. 《清实录》选录：康熙二十六年二月庚午..................033
31. 《清实录》选录：康熙二十六年六月丙戌..................034
32. 《清实录》选录：康熙二十八年三月丙申..................034
33. 《清实录》选录：康熙二十八年闰三月丁未..................034
34. 《清实录》选录：康熙二十八年五月壬戌..................035
35. 《清实录》选录：康熙二十九年二月庚辰..................035
36. 《清实录》选录：康熙三十一年三月丙辰..................035

37.《清实录》选录：康熙三十二年三月丁未..................036
38.《清实录》选录：康熙三十三年五月癸卯..................036
39.《清实录》选录：康熙三十七年二月庚午..................036
40.《清实录》选录：康熙三十九年五月癸丑..................037
41.《清实录》选录：康熙四十年三月丁酉....................037
42.《清实录》选录：康熙四十一年五月庚戌..................038
43.《清实录》选录：康熙四十三年五月壬子..................038
44.《清实录》选录：康熙四十五年二月壬辰..................038
45.《清实录》选录：康熙四十七年十月丁未..................039
46.《清实录》选录：康熙四十八年十月癸卯..................039
47.《清实录》选录：康熙四十九年正月壬午..................040
48.《清实录》选录：康熙五十一年三月庚子..................040
49.《清实录》选录：康熙五十二年三月壬寅..................040
50. 王熙：《赐观畅春园白莲颁赏御书恭纪》..................041
51. 张玉书：《赐游畅春园玉泉山记》........................042
52. 高士奇：《蓬山密记》..................................044
53. 查慎行：《畅春苑直庐》................................049
54. 查慎行：《西苑烟火》..................................050
55. 戴名世：《张翁家传》..................................051
56. 程庭：《畅春园记游》..................................052
57. 汪学金：《御笔较射诗墨刻恭跋》........................053
58. 钱泳：《畅春园虎》....................................054
59. 昭梿：《孝亲》..055
60. 吴振棫：《祭处在御园南》..............................055
61. 吴振棫：《仁庙六旬万寿》..............................056
62. 黄鸿寿：《禁锢隆科多于畅春园外》......................056
63. 何祥舒等：《畅春园的盗匪事件》........................057

64. 陆淹：《畅春苑新建六合楼赋》..........057
65. 杨钟羲：《畅春园水》..........059
66. 钦定皇朝文献通考《御制历象考成后编论黄赤距纬》.......059
67. 白晋【法】：《康熙帝的园囿》..........060
68. 张诚【法】：《畅春园授课日记》..........060
69. 约翰·贝尔【英】：《畅春园行宫》..........064
70. 金昌业【朝】：《畅春苑》..........065
71. 金景善【朝】：《畅春园记》..........066
72. 徐有素【朝】：《畅春园》..........066
73. 钦定日下旧闻考《国朝苑囿·畅春园》..........068
74. 钦定八旗通志《养老和畅春园千叟宴》..........081
75. 钦定八旗通志《设算学于畅春园蒙养斋》..........084
76. 皇朝文献通考《恭遇崇上皇太后徽号于畅春园奏书仪注》085
77. 嘉庆重修一统志《畅春园》..........085
78. 光绪顺天府志《畅春园》..........086
79. 清会典事例《九经三事殿接见贡使》..........089
80. 康熙宛平县志《海淀》..........089
81. 清通志《畅春园》..........089

畅春园清代诗辑录 091

1. 玄烨：《避暑畅春园雨后新月》..........093
2. 玄烨：《榴花》..........093
3. 玄烨：《盆景榴花高有数寸，开花一朵》..........093
4. 玄烨：《畅春园众花盛开，最为可观。惟绿牡丹清雅迥常，世所罕有。赋七言绝以记之》..........093
5. 玄烨：《咏花瓶》..........094

6. 玄烨：《樱桃》..094
7. 玄烨：《歊蒸暑气，赋得"漠漠水田飞白鹭"》...............094
8. 玄烨：《赋高士奇》..094
9. 玄烨：《示诸皇子》..095
10. 玄烨：《赋得"雨去花光湿，风归叶影疏"》...............095
11. 玄烨：《万树丛中月一轮》................................095
12. 玄烨：《咏林檎》..096
13. 玄烨：《忆畅春园牡丹》....................................096
14. 玄烨：《盛夏晚偶成》......................................096
15. 玄烨：《七夕观千叶莲》....................................096
16. 玄烨：《畅春园观稻，时七月十一日也》................097
17. 玄烨：《为考试叹》..097
18. 玄烨：《禁园秋霁》..097
19. 玄烨：《早起看雪》..097
20. 玄烨：《咏盆中松竹梅各一首》............................098
21. 玄烨：《静坐读书自喻并序》................................098
22. 玄烨：《园中无处无花，触目皆是，故作此自嘲》..........099
23. 玄烨：《咏各种牡丹》......................................100
24. 玄烨：《咏杜鹃花赐高士奇》..............................100
25. 玄烨：《赋得万物静观皆自得》............................100
26. 玄烨：《麦秋盈野志喜》(有序)............................100
27. 玄烨：《园中十种葡萄，味甚甘美，戏作近体一律，以示南书房诸臣》..101
28. 玄烨：《一路清廉图》......................................101
29. 玄烨：《忆咏苏州风俗》....................................102
30. 玄烨：《偶观演剧作》......................................102
31. 玄烨：《三月初十日，恭请皇太后雅玩斋进膳看梅花》...102

32. 玄烨：《西苑试士》 ... 103
33. 玄烨：《黄腊梅》 ... 103
34. 玄烨：《赋得冬日可爱》 ... 103
35. 玄烨：《去岁八九月雨最多，民间俗说"封地雨"。故一冬少雪，犹可支持。自交立春，复不见云，所以望雨甚殷。昨晚密云四起，夜深甘霖即霈。田间老幼，无不举手加额，欢声载道。朕以民食为天，喜均一体，故赋七言近体以示群臣》 ... 104
36. 玄烨：《柳絮》 ... 104
37. 玄烨：《清潭》 ... 105
38. 玄烨：《大西门升八旗官阅骑射作》 ... 105
39. 玄烨：《南方青竹松林，不乏观玩。北地气寒，非保护得宜，即难艺植。朕尝有事河干，往来数次；览竹树之畅茂，暂时停辇即行。后于禁苑种植，颇蕃；今经三十余年，迩来延至数亩之广。其围至八寸，径二寸五分有零。古人以竹比君子，因而思及草木无知，积小以至于高大；人有血气，加之培养，岂非国家桢干之选欤？故赋七言一律记之》 ... 106
40. 玄烨：《五十五年三月下旬，园中桃杏、玉兰、梅花齐放，其中玉兰茂盛可观，特请皇太后一阅》 ... 106
41. 玄烨：《去岁三冬有雪，至三月间农忙之际，二十七日夜雨竟夕，喜而成咏》 ... 107
42. 玄烨：《赋得陇麦》 ... 107
43. 玄烨：《千叟宴》 ... 107
44. 允礽：《渊鉴斋观鱼》 ... 108
45. 允礽：《绿牡丹》 ... 108
46. 允祉：《扈从畅春园途中作》 ... 108

47. 胤禛：《畅春园芍药花开作》..........109
48. 胤禛：《花间小饮》..........109
49. 胤禛：《晓晴》..........109
50. 胤禛：《自畅春园入城途次口占》..........110
51. 胤禛：《禁苑秋霁应制》有序..........110
52. 胤禛：《春日随驾舟次》..........111
53. 允祺：《奉诏举家得游御园诗以志喜》..........111
54. 允祐：《畅春园夏日应制》..........111
55. 允禟：《畅春园应制》..........112
56. 允禟：《春夜畅春园作》..........112
57. 允禟：《西园较射》..........112
58. 允禟：《五十一年三月十二日畅春园应制随各人意书怀》113
59. 允禟：《春日畅春园赐宴应制》..........113
60. 允禟：《上元前二日立春应制》..........113
61. 允禟：《露华楼应制咏莲花岩松牡丹》..........114
62. 允礼：《畅春园春日即事》..........114
63. 允礼：《御苑新柳》..........114
64. 允礼：《冬日御园即景》..........115
65. 允礼：《御园冰镜》..........115
66. 允礼：《上元日畅春园即景》..........115
67. 允礼：《冬日杂咏》..........116
68. 允礼：《初春即景》..........116
69. 允礼：《皇上水猎，余未获扈驾。二月十四日自传心殿下直回畅春园，出城至高梁桥，乘舟抵三叉口》..........116
70. 允礼：《梵寺》..........117
71. 允礼：《桃花》..........117
72. 允礼：《咏樱桃》..........117

73. 允礼：《恭从皇太后驾自畅春园至大石槽作》................118
74. 允礼：《咏荷花》................118
75. 允礼：《新荷》................118
76. 允礼：《御园赐宴恭纪》................119
77. 弘历：《诣畅春园皇太后宫问安》................119
78. 弘历：《诣畅春园皇太后宫问安》................120
79. 弘历：《园中摘果恭进皇太后》................120
80. 弘历：《诣畅春园问安，皇太后命观园内所艺禾黍，与与翼翼，诚有秋也，得诗一首》................120
81. 弘历：《午日诣畅春园问安》................121
82. 弘历：《冬至次日皇太后宫行礼》................121
83. 弘历：《甘霖既沾，诣畅春园问安，仰慰圣母望岁之诚，并成长句恭志盛德》................121
84. 弘历：《畅春园之纯约堂，皇祖时所建也，朕既奉皇太后驻跸于此，因略为修葺以供夏清，落成侍宴，敬成近体》................122
85. 弘历：《蕊珠院》................122
86. 弘历：《畅春苑观澜榭作》................123
87. 弘历：《九月五日诣畅春园恭请皇太后圣安，即视事于观澜榭，引见于大西门。其地长楼横亘，即皇祖曩时阅射处也。爰亲御弧矢，集近侍诸臣较射。时惟深秋，风高日晶，气候清肃。弓手相调连发二十矢，中一十有九。儒臣侍列与观者援唐臣玄武阙观射故事赋诗进览。因用侍郎齐召南韵成四律纪之》................123
88. 弘历：《自香山取道玉泉传膳视事毕，遂刺舟由西海至畅春园问安。归圆明园，雨后澄霁，轩斋静敞，喜麦禾之兆丰，值笔墨之含润，欣然拈韵，斐尔成篇》........124

89. 弘历：《孟夏下浣之七日，皇太后赐膳于畅春园之集凤轩。是地近大西门，去岁习射于此，发矢二十，中十九，因用齐召南韵成诗四首，勒于壁间。兹以侍膳视事之暇，陈马技以娱慈颜。亲发十矢，复中九，且破其的者三焉。圣母豫悦，仙苑增春，辄叠旧韵以志岁月》...125
90. 弘历：《畅春园集凤轩恭候皇太后问安之作》.................126
91. 弘历：《祀事礼成诣畅春园问安》..................................126
92. 弘历：《诣畅春园皇太后宫问安》..................................127
93. 弘历：《诣畅春园问安》...127
94. 弘历：《视朝旋跸诣畅春园问安，遂至昆明湖上寓目怀欣，因诗言志》...127
95. 弘历：《回跸至畅春园问皇太后安》..............................128
96. 弘历：《旋跸诣畅春园问安》..128
97. 弘历：《诣畅春园问皇太后安》.....................................128
98. 弘历：《诣畅春园问安后遂至万寿山即景杂咏》............129
99. 弘历：《恭诣畅春园问皇太后安》..................................129
100. 弘历：《回銮诣畅春园问安》.......................................130
101. 弘历：《恭迎皇太后车驾至畅春园得近体一律》...........130
102. 弘历：《大西门楼前较射叠旧作韵》.............................130
103. 弘历：《谒陵回跸诣畅春园问皇太后安，是日复雨》.....131
104. 弘历：《诣畅春园恭问皇太后安》.................................131
105. 弘历：《回跸诣畅春园问安》.......................................131
106. 弘历：《恭奉皇太后西巡回銮驻畅春园之作》...............132
107. 弘历：《诣畅春园问安》...132
108. 弘历：《驻集凤轩》..132
109. 弘历：《恭迎皇太后驾至畅春园驻跸即事志喜》............133
110. 弘历：《诣畅春园恭请皇太后安》.................................133

111. 弘历：《诣畅春园问安即事抒怀》..........133
112. 弘历：《回銮诣畅春园问皇太后安》..........134
113. 弘历：《诣畅春园问皇太后安》..........134
114. 弘历：《诣畅春园问安因至御园驻跸即景成什》..........134
115. 弘历：《正月廿九日诣畅春园问皇太后安遂命驾还宫舆中即事》..........135
116. 弘历：《诣畅春园问皇太后安》..........135
117. 弘历：《回銮诣畅春园问皇太后安》..........135
118. 弘历：《恭迎皇太后驾至畅春园即事得句》..........136
119. 弘历：《诣畅春园恭问皇太后安遂驻御园即景得句》..........136
120. 弘历：《诣畅春园问皇太后安退憩集凤轩即事得句》..........136
121. 弘历：《畅春园无逸斋叠旧作韵二首》..........137
122. 弘历：《端午日诣畅春园问皇太后安》..........137
123. 弘历：《诣畅春园问皇太后安遂由万泉庄进宫之作》..........137
124. 弘历：《巡方返跸至畅春园问安之作》..........138
125. 弘历：《无逸斋》..........138
126. 弘历：《诣畅春园恭问皇太后安遂驻御园即景》..........139
127. 弘历：《旋跸诣畅春园问皇太后安》..........139
128. 弘历：《香山回跸由玉泉山至畅春园问安即事杂咏》..........139
129. 弘历：《出畅春园观稻遂至泉宗庙》..........140
130. 弘历：《诣畅春园问皇太后安遂驻御园》..........140
131. 弘历：《诣畅春园问皇太后安遂由万泉庄进宫之作》..........141
132. 弘历：《无逸斋》..........141
133. 弘历：《出畅春园由堤上至泉宗庙》..........142
134. 弘历：《回跸诣畅春园问皇太后安》..........142
135. 弘历：《香山回跸由昆明湖泛舟诣畅春园问安之作》..........142
136. 弘历：《诣畅春园问皇太后安遂进宫斋戒》..........143

137. 弘历：《无逸斋》	143
138. 弘历：《出畅春园门自堤上至泉宗庙杂咏》	144
139. 弘历：《诣畅春园问皇太后安遂启跸往盘山之作》	144
140. 弘历：《盘山回跸至畅春园恭问皇太后安喜而成什》	145
141. 弘历：《诣畅春园恭问皇太后安遂驻御园即事成什》	145
142. 弘历：《诣畅春园问皇太后安之作》	145
143. 弘历：《书无逸于无逸斋屏并识十韵》	146
144. 弘历：《出无逸斋门至泉宗庙之作》	146
145. 弘历：《诣畅春园问皇太后安因进宫即事书怀》	147
146. 弘历：《出畅春园门由堤上至泉宗庙揽景有作》	147
147. 弘历：《回跸诣畅春园恭问皇太后安即景成什》	148
148. 弘历：《香山回跸至玉泉山静明园小憩传膳理事遂登舟诣畅春园问安之作》	148
149. 弘历：《端午日诣畅春园恭问皇太后安即事有作》	148
150. 弘历：《诣畅春园请皇太后安》	149
151. 弘历：《题无逸斋》	149
152. 弘历：《出畅春园门往泉宗庙揽景杂咏》	149
153. 弘历：《盘山回跸诣畅春园问皇太后安因成是什》	150
154. 弘历：《玉河泛舟由昆明湖往畅春园恭问皇太后安》	150
155. 弘历：《正月晦日诣畅春园问皇太后安遂还宫之作》	151
156. 弘历：《无逸斋作》	151
157. 弘历：《圣母奄弃俟临月祭，触绪成章，抒膺志痛》	151
158. 弘历：《无逸斋即事》	152
159. 弘历：《恩慕寺瞻礼六韵》	152
160. 弘晓：《七月七日随驾发畅春园恭纪》	152
161. 奕绘：《中秋畅春园疏峰怀旧》乾隆四十三年后，先王及履郡王、仪郡王居此园。	153

162. 王崇简：《直中初雪》..................................154

163. 王崇简：《早朝侍从候驾恭纪》..................154

164. 王崇简：《直中即事》..................................154

165. 王熙：《夏日召游畅春园，赐登舟观白莲，又蒙赐馔，兼拜御书扁额之赐，恭纪二首》..................................155

166. 张英：《畅春园中朝暮侍东宫讲席恭纪》..................155

167. 张英：《闰七月扈从畅春园蒙赐参桂丸一瓶恭纪》........156

168. 张英：《侍从畅春园讲退蒙东宫赐鲜果蜜饵恭纪》........156

169. 张英：《七月十五日召于畅春园泛舟，赐宴于渊鉴斋遏云亭，复命至佩文斋恭赋八首》..................................156

170. 张英：《恭赋无逸斋诗应令》..................................157

171. 张英：《乙亥四月二日蒙召赐宴畅春园，盖特旨也，谩成四首》..................................158

172. 张英：《乙亥六月二十日奉召至畅春园，赐食于松韵轩，赐宴于渊鉴斋。宴毕敬观御书于佩文斋，赐御笔书扇并红白千叶莲各一瓶，恭赋六章。同召者大司农陈廷敬、原任总宪王鸿绪、学士顾藻、少詹事高士奇、太常少卿励杜讷、督捕理事官胡会恩、侍讲学士史夔、庶子孙岳颁及长男侍讲学士廷瓒》..................158

173. 张英：《丙子秋日直畅春园韵松轩即事兼呈泽州江村静海虞山四首》..................................160

174. 张英：《韵松轩即事前十首》并序..................161

175. 张英：《韵松轩即事后十首次孙树峰大司成韵》..........162

176. 陈廷敬：《四月二日召赴畅春园赐食瑞景轩泛舟于苑中二首》..................................164

177. 励杜讷：《韵松轩即事诗》..................................164

178. 高士奇：《恭赋畅春园牡丹八首》..................165

179. 高士奇：《侍从畅春园宴游恭纪十首》..................166
180. 高士奇：《侍直畅春园，御书己巳年驾幸西溪山庄诗于扇头赐臣恭纪》康熙三十四年六月十六日..................168
181. 高士奇：《畅春园入直和张大宗伯韵四首》..................168
182. 高士奇：《韵松轩侍直和张大宗伯韵十首》..................169
183. 高士奇：《直庐书树峰祭酒便面用司农韵》..................170
184. 高士奇：《苑中侍直和树峰祭酒韵十首》..................171
185. 高士奇：《畅春园侍直》..................172
186. 高士奇：《夏日渊鉴斋侍直》..................173
187. 王鸿绪：《四月初四日恭诣畅春苑请安蒙圣恩赐茶馔恭纪》..................173
188. 王鸿绪：《越翼日，臣廷敬、臣士奇偕臣鸿绪，恭诣畅春苑谢恩，臣英、臣杜讷暨内阁学士臣藻、兵部督捕理事官臣会恩、翰林院侍讲学士臣廷瓒、臣夔、右春坊右庶子臣岳颁并宣召同至韵松轩赐馔。馔毕，命登舟溯山涧至渊鉴斋观荷，列席赐名酒时果，复令内侍引至斋后遍观嘉卉，遂命至佩文斋恭阅御书数百幅，各赐千叶荷花一瓶。诸臣谨九顿谢恩而出。隆遇旷典，前古希觏恭纪》..................174
189. 王鸿绪：《七月十一日恭诣畅春苑进呈董其昌字迹，蒙圣恩复赐御书临米芾跋手卷一。宠赉洊加，天章世宝，不胜荣幸，恭纪七言绝句四首》..................176
190. 王鸿绪：《十月初九日赐哈密葡萄二株恭纪》..................176
191. 王鸿绪：《十二月二十七日蒙恩赐御书春帖二幅，松花石砚一匣，土木人参一觔，鹿一只，鹿尾四个，羊二只，上酒二尊，野雉八只，辽鱼六尾，晳绿鱼一尾，细鳞鱼一尾恭纪》..................177

192. 王鸿绪：《五月初九日赐游畅春园观荷花，复命中官同泛舟，周览毕赐宴兼赐千叶荷花一瓶恭纪》............178

193. 王鸿绪：《丙戌正月十五日畅春园赐内直侍臣御馔恭纪》............180

194. 王鸿绪：《闰三月二十一日，召大学士臣张玉书、臣陈廷敬，尚书臣王鸿绪，偕内直词臣游畅春园。列五席，席十二篑，复赐御馔八肴、御点八金盘。宴毕谢恩，随命中官泛舟，引至各院看牡丹，历竹径鱼塘，登湖中平台，仰瞻台上层楼，复移棹游玩至午后方出恭纪》............180

195. 查慎行：《二十一日赴畅春苑谢恩恭纪》............182

196. 查慎行：《雪后与声山紫沧同直畅春园二首》............182

197. 查慎行：《五月二十五日随驾发畅春苑晚至汤山马上口占四首》............183

198. 查慎行：《畅春园早桃四首》............183

199. 查慎行：《五月二十六日喜雨》............184

200. 查慎行：《五月初九日上御渊鉴斋，召大学士臣玉书、臣廷敬、工部尚书臣鸿绪、学士臣升元、臣昇、臣壮履、臣原祁、编修臣瑄、臣廷仪、臣廷玉、臣名世、臣慎行、臣廷锡等入。至云步石，赐坐。赐馔，毕，人赐荷花一瓶。随命由蕊珠院延赏楼泛舟。回直庐，感恩纪事，恭赋七言律诗四首》............185

201. 查慎行：《苑中闻莺》............186

202. 查慎行：《雨后畅春园池上作》............186

203. 查慎行：《大雨下直至自怡园》............186

204. 查慎行：《恩赐御园十种葡桃恭纪》............187

205. 查慎行：《清明前三日重直畅春园观桃花二首》............187

206. 查慎行：《苑东移居与同年汪紫沧同寓紫沧有诗和答三首》..................187
207. 查慎行：《闰月十四日西苑送春二首》..................188
208. 查慎行：《闰三月二十一日，蒙恩召入渊鉴斋，乘舟至瑞景轩、蕊珠院、露华楼，遍观各种牡丹恭纪四首》..................188
209. 查慎行：《四月二日恩赐樱桃恭纪十韵》..................189
210. 查慎行：《西苑赐观秧田恭纪十二韵》..................190
211. 查慎行：《四月二十七日召入无逸斋看新竹恭纪十二韵》..................191
212. 查慎行：《午日西苑直庐赋雨中榴花》..................191
213. 查慎行：《西苑新直庐》..................192
214. 查慎行：《三月三日雪后赴西苑马上作》..................192
215. 查慎行：《畅春园杏花次李义山旧韵》..................192
216. 查慎行：《畅春园芍药》..................193
217. 查慎行：《落花和陈潜斋学士韵》..................193
218. 查慎行：《下直经澹宁居后见新竹出墙》..................193
219. 查慎行：《三月十八日晓出西便门至畅春园天始明》.....194
220. 查慎行：《四月廿二日早赴西苑送驾避暑幸山庄》........194
221. 程庭：《畅春苑纪胜六首》..................194
222. 曹寅：《四月廿二日早赴西苑送驾避暑幸山庄畅春苑张灯赐宴归舍恭纪四首》..................196
223. 陈鹏年：《十月二十七日传诣畅春园恭纪二首》..........197
224. 陈鹏年：《早赴畅春园恭祝万寿》..................197
225. 陈鹏年：《扈跸由古北口至畅春园恭纪一首》............198
226. 张廷玉：《扈从避暑塞外初发畅春园二首》..................198
227. 张廷玉：《暮春畅春园直庐纪事六首》..................199

228. 张廷玉：《甲午春日侍直畅春园即事四首》..................200
229. 张廷玉：《丙申初夏蒙恩赐宴于畅春园无逸斋，命观园中红药新笋及苑西水田恭纪四首》..................201
230. 张廷玉：《恭和御制修葺皇祖畅春园中无逸斋为问安憩息之所二首元韵》..................201
231. 张廷玉：《恭和又二首》..................202
232. 张廷玉：《恭和御制甘霖既沾诣畅春园问安仰慰圣母望岁之诚长句恭志盛德元韵》..................203
233. 张廷玉：《恭和御制集凤轩诗元韵》..................203
234. 王士禛：《赴畅春园起居再过高梁桥》..................204
235. 王士禛：《三月十二日拜御史中丞赴畅春园谢恩作》.....204
236. 张廷瓒：《乙亥六月二十日奉召至畅春园，赐食于松韵轩，赐宴于渊鉴斋。宴毕敬观御书于佩文斋，赐御笔书扇并红白千叶莲一瓶恭纪》..................205
237. 张廷瓒：《召至畅春园书扇恭纪二首》..................207
238. 张廷瓒：《畅春园引见恭纪》..................208
239. 张廷瓒：《夏日直畅春园恭赋》..................208
240. 张廷瓒：《畅春园兰花》..................209
241. 揆叙：《内人蒙恩召见御园兼承赐赍松坪有诗见贺赋此奉谢》..................209
242. 揆叙：《西苑试士》..................210
243. 胡会恩：《畅春园侍宴恭纪》..................210
244. 蔡升元：《赐游畅春园恭纪》..................211
245. 励廷仪：《春归西苑直庐作》..................211
246. 张廷枢：《拟夏日畅春园应制》..................212
247. 张鹏翀：《散馆纪恩诗八首其二·过畅春园》..................212
248. 鄂尔泰：《恭和御制修葺皇祖畅春园中无逸斋为问安

憩息之所二首元韵》..................213

249. 鄂尔泰:《恭和御制甘霖既沾诣畅春园问安仰慰圣母望岁之诚并成长句恭志盛德元韵》..................213

250. 梁诗正:《恭和御制甘霖既沾诣畅春园问安恭慰圣母望岁之诚并成长句恭志盛德元韵》..................214

251. 梁诗正:《恭和御制韵松轩元韵》..................214

252. 梁诗正:《恭和御制孟夏下浣七日,皇太后赐膳于集凤轩。是地近大西门,去岁习射于此,用齐召南韵成诗四首,勒于壁间。兹以侍膳视事之暇,陈马技以娱慈颜。亲发十矢中九,破的者三。辄叠旧韵以志岁月元韵》.....215

253. 齐召南:《畅春园西楼前伏观御射恭纪》..................215

254. 钱载:《恭和御制三月四日诣畅春园恭问皇太后安遂启跸往盘山因成是什元韵》..................216

255. 裘日修:《恭和御制甘霖既沾诣畅春园问安仰慰圣母望岁之诚并成长句恭志盛德元韵》..................217

256. 文昭:《京师竹枝十二首·三月》..................217

257. 顾图河:《云间张铨侯工于叠石,畅春苑假山皆出其手。钝翁以长歌卷赠之,更请余题四绝句,时方为敬思窗前作数峰也》..................218

258. 吴慈鹤:《捕虎行》..................218

259. 博尔都:《畅春园》..................219

260. 斌良:《畅春园大西门外长楼敬读乾隆御制燕射诗碑恭纪》..................219

261. 王廷灿:《畅春苑》..................220

262. 钱名世:《五月五日侍直畅春园蒙恩赐馔恭纪二首》.....221

263. 徐元梦:《畅春园书堂春日即事二首》..................221

264. 鲁之裕:《畅春园外即事三首》..................222

265. 尤珍：《六月二十七日畅春园引见讲官恭纪》..............223
266. 尤珍：《拟畅春园应制十二韵》...................................223
267. 孙岳颁：《奉命赴畅春园写扇蒙恩特赐笔墨恭纪四首》..224
268. 李卫：《畅春苑众花盛开最为可观，惟绿牡丹清雅迥常，世所罕有，赋七言绝以记之》...........................225
269. 陈元龙：《初秋侍值畅春园蒙恩赐内制松花江绿石砚恭纪》..225
270. 黄越：《畅春苑侍直恭和御制上元前二日立春》..........226
271. 黄越：《上元侍直畅春苑恭和御制春寒梅迟二首》........226
272. 刘延玑：《畅春苑引见恭纪》......................................226
273. 陆淹：《万寿圣节畅春苑即事恭纪七言长律四十韵》.....227
274. 陈至言：《畅春苑恭进南巡册子纪事》........................228
275. 陈至言：《拟畅春苑新霁观涨因命词臣泛舟观荷赐宴赋诗纪恩十二韵》...229
276. 许贺来：《庚辰夏六月十七日召集畅春园命撰拟皇太后万寿无疆赋并序一篇赐茶饭果饼次日复赐御书一幅恭纪》有序...230
277. 许贺来：《庚辰秋日上轸翰林官多贫者特谕掌院录二十八人月有加赉臣贺来与焉敬赋四律以志旷典》.........231
278. 许贺来：《初秋夜赴畅春园纪事》................................232
279. 吴暻：《十月二十八日召翰林院编修臣奕清礼科给事中臣铨同臣暻入畅春苑即事恭纪》........................233
280. 吴暻：《二十九日再纪》..233
281. 吴暻：《甲申十月曾蒙恩召入畅春苑东书房，有即事纪恩之作，休官后，己分绝迹，今十月二十日复中旨被召，悲感旧事，追用前韵》...................................233

西花园清代诗文辑录 235

1. 玄烨：《畅春园西新园观花》...................237
2. 胤禛：《春日泛舟》...............................237
3. 胤禛：《春郊》......................................237
4. 胤禛：《秋日》......................................238
5. 胤禛：《园居》......................................238
6. 允禧：《赋得近水楼台先得月》...............238
7. 允禧：《老师钦点主考喜赠八韵》...........239
8. 允礼：《赋得花发上林枝》...................239
9. 允礼：《赋得中流月满船》...................239
10. 允礼：《赋得绝胜烟柳满皇都》.............240
11. 允礼：《赋得春色满皇州》...................240
12. 允礼：《赋得宫树野烟和》...................240
13. 允礼：《赋得霁日园林好》...................240
14. 允礼：《赋得春光满上阑》...................241
15. 允礼：《春晓即事》...............................241
16. 允礼：《四时园居》...............................241
17. 允礼：《赋得首夏重嘉谷》...................242
18. 允礼：《赋得冰铺湖水银为面》.............243
19. 弘历：《讨源书屋恭瞻皇祖御笔》.........243
20. 弘历：《冬日讨源书屋》.......................243
21. 弘历：《讨源书屋》...............................244
22. 弘历：《再题讨源书屋》.......................244
23. 弘历：《讨源书屋作》...........................245
24. 弘历：《深秋讨源书屋》.......................245
25. 弘历：《春暮讨源书屋》.......................245

26. 弘历：《初冬讨源书屋》...246
27. 弘历：《讨源书屋》...246
28. 弘历：《讨源书屋》六月二十六日...247
29. 弘历：《讨源书屋》...248
30. 弘历：《讨源书屋新秋》...248
31. 弘历：《新秋讨源书屋》...249
32. 弘历：《讨源书屋叠旧作韵三首》...249
33. 弘历：《讨源书屋视事》...250
34. 弘历：《讨源书屋对雨》...250
35. 弘历：《首夏讨源书屋》...251
36. 弘历：《新秋讨源书屋》...251
37. 弘历：《夏日讨源书屋》...251
38. 弘历：《夏日讨源书屋》...252
39. 弘历：《夏日讨源书屋》...252
40. 弘历：《讨源书屋对雨》...252
41. 弘历：《雨中泛舟自讨源书屋归御园》...253
42. 弘历：《夏日讨源书屋》...253
43. 弘历：《新秋讨源书屋》...254
44. 弘历：《雨中讨源书屋》...254
45. 弘历：《首夏讨源书屋偶题》...254
46. 弘历：《雨中讨源书屋》...254
47. 弘历：《戏题讨源书屋瓶荷》...255
48. 弘历：《季夏讨源书屋》...255
49. 弘历：《讨源书屋对雨》...255
50. 弘历：《夏日讨源书屋》...256
51. 弘历：《讨源书屋即事》...256
52. 弘历：《首夏讨源书屋》...256

53. 弘历：《仲春讨源书屋》	256
54. 弘历：《讨源书屋对雨》五月十六日	257
55. 弘历：《讨源书屋对雨》	257
56. 弘历：《讨源书屋对雨》七月初四日	258
57. 弘历：《讨源书屋对雨》五月初六日	258
58. 弘历：《讨源书屋对雨》	258
59. 弘历：《季夏讨源书屋》	259
60. 弘历：《承露轩》	259
61. 弘历：《就松室》	260
62. 弘历：《讨源书屋》	260
63. 弘历：《季夏讨源书屋》	260
64. 弘历：《夏日讨源书屋》	261
65. 弘历：《自讨源书屋雨中舟回御园二首》	261
66. 弘历：《讨源书屋》	261
67. 弘历：《孟夏讨源书屋》	262
68. 弘历：《承露轩》	262
69. 弘历：《就松室》	262
70. 弘历：《夏日讨源书屋》	263
71. 弘历：《初夏讨源书屋》	263
72. 弘历：《夏日讨源书屋》	263
73. 永琪：《西厂小猎毕至佩和六弟西花园泛舟即景得句》	264
74. 永琪：《四阿哥移居西花园》	265
75. 永琪：《四阿哥辱和立秋诗四章余再叠前韵奉答》	265
76. 朱彝尊：《咏白杜鹃花应东宫教》	266
77. 查慎行：《应皇太子令咏白杜鹃花》	266
78. 查慎行：《东宫召赴西园赐观皇上御书匾额大小二十有九恭纪七律八章》	266

79. 沈德潜：《敬和御制讨源书屋恭瞻皇祖御笔元韵》..........268
80. 钦定日下旧闻考：《国朝苑囿·西花园》......................269
81. 光绪顺天府志：《西花园》..273

附　　录..275

"三山五园"第一园——畅春园..277

从头再写西花园..285

畅春园恩佑寺与恩慕寺..329

参考书目..343

后记一..346

后记二..353

序：三山五园第一园

以畅春园、圆明园、万寿山清漪园（颐和园）、玉泉山静明园、香山静宜园为主体的三山五园是清代皇家园林的典型代表，也是中国古典园林达到繁盛状态的重要标志。五园之中，畅春园当列首位，堪称三山五园第一园。历来皇家园林之为人瞩目，或源于兴建时间之早，或源于园林规模之大、景观之富丽、造园技艺之高超，畅春园名列五园之首不在于此，而是因其开创了一宫多苑、宫苑一体的北京都城格局，将清代皇家园林的历史文化功能推向了新的高度。

清代北京，紫禁城内的皇宫与分布在京城内外的景山、西苑三海（中南海及北海）、南苑、三山五园等皇家御苑共同构成一宫多苑的城市格局。临近紫禁城皇宫有景山、西苑，向南延展有南苑，向西北则有三山五园。以一宫为中心，各御苑散布全城、南北贯通，促成了宫苑二元理政模式的建立。一宫稳居政治中心，而御苑虽多，但自然而然地以帝王居处时间长短为标准，阶段性地凸显出某一御苑，使其事实上成为与紫禁城皇宫相伯仲的政治副中心。这种一宫多苑、宫苑一体的都城格局，始于康熙时期畅春园的营建和使用。

康熙帝亲身参与了畅春园的兴建。"都城西直门外十二里曰海淀。淀有南有北，自万泉庄平地涌泉，奔流潆洄，汇于丹陵沜。沜之大，以百顷，沃野平畴，澄波远岫，绮合绣错，盖神皋之胜区也。"畅春园的选址，是在水土清佳的名胜之地，良好的自然地理环境为身心修养带来便利，"于兹游憩，酌泉水而甘，顾而赏焉。清风徐引，烦疴乍除。"畅春园分散了大内皇宫的部分职能，改善了居住环境，"每以春秋佳日，天宇澄鲜之时，或盛夏郁蒸，炎景烁金之候，机务少暇，则祗奉颐养游息于兹，足以迓清和而涤烦暑，寄远瞩而康慈颜。扶舆后先，承欢爱日，有天伦之乐焉。"康熙帝与其家人不仅得以欣赏自然美景，"当夫重峦极浦，朝烟夕霏，芳荑发于四序，珍禽喧于百族"，而且可以观稼劳农，"禾稼丰稔，满野铺芬，寓景无方，会心斯远。其或穧秄未实，旸雨非时，临陌以悯胼胝，开轩而察沟浍。占离毕则殷然望，咏云汉则悄然忧。宛若禹甸周原在我户牖也。"畅春园的命名，则寄寓着帝王期待四海升平、国泰民安、江山稳固的政治用意。"既成，而以畅春为名，非必其特宜于春日也。夫三统之迭建，以子为天之春，丑为地之春，寅为人之春，而《易》文言称，乾元统天则四德皆元，四时皆春也。先王体之以对时育物，使圆顶方趾之众，各得其所，跂行喙息之属，咸若其生。光天之下，熙熙焉，皞皞焉，八风罔或弗宣，六气罔或弗达，此其所以为畅春者也。"

康熙皇帝修建畅春园的初心，是在山水上佳的京城西北郊，有一处休闲疗养、乐享天伦的私密园林，而它最终有别于一般私家园林的根本特点，还在其御园的政治属性。自康熙二十七年（1688）始，玄烨在畅春园内的听政地点定为澹宁居。皇帝园居而不废政务，园居理政遂得到了朝臣们的认同，"皇上之御瀛台及畅春园，与在宫中无异"，畅春园的政治地位亦因皇帝的久居而随即确立。自康熙四十四年（1705）起，皇子允祉报告皇父的奏折中，畅春园与京城并列。康熙五十三年（1714）修订历法，畅春园与观象台并为测验地。制定历法以北极高度，黄（道）赤（道）距度的数据最为紧要，而这些数据，康熙帝均令于畅春园内澹宁居后逐日测量。以帝王为绝对核心的专制王朝，其内廷决策场所往往随皇帝行止而不时发生变化。康熙一朝，畅春园成了紫禁城外的又一处权力中枢所在。

通过畅春园的政务实践，皇家园林在皇权政治体系的功能得以清晰呈现。除了作为政务处理地点的存在价值之外，园林独特的自然环境和园居资源增强了政务活动的文化色彩，同时也为清帝提供了更广阔的活动空间。宫苑二元理政模式的确立，不仅强化了皇家园林的政治地位，而且，随着皇帝行止居处而相应建立起一系列有助于政务处理的措施，增强了政务处理活动的应变性和因地制宜的色彩。

皇帝行幸苑囿，理政与宫中无异，这是康熙帝兴建畅春园的根本所在，此一方面在雍正、乾隆以后得到不断地强调和推行。雍正四年（1726），雍正帝谕大学士，"朕因郊外水土气味较城内稍清，故驻跸于此（指圆明园）。而每日办理政事，与宫中无异，未尝一刻肯自暇逸。"乾隆三年（1738），乾隆帝指出，"昔年皇祖、皇考皆于此地建立别苑，随时临幸。而办理政务，与宫中无异也。"嘉庆二十六年（1816），嘉庆帝重申，"诚以我朝家法，勤政为先。驻跸御园，与宫内办事，从无一日少闲。"咸丰五年（1855），咸丰帝追述祖宗家法，强调，"朕宵旰焦劳，无时或释，无论在宫在园，同一敬畏，同一忧勤。"及至晚清，宫苑无异的理念仍然为清代君主所秉行不废。

康熙帝驾崩后，紫禁城外的政治核心逐渐转向圆明园。雍正、乾隆两朝，逐步实现了御园理政模式的过渡，并在绍续祖宗之法的前提下在制度建设、御园规模、园林功能等方面有所拓展；嘉庆、道光、咸丰三朝，园林理政模式仍得以维系，但随着皇权政治走向衰微，朝臣对该模式的质疑日益增多，终止于圆明园被焚；至光绪朝重建颐和园，宫苑二元理政模式一度在京城西北郊短时间重现，但皇权政治处于虚弱状态，御园昔日气象不再，与畅春园、圆明园时代无法相提并论。

自畅春园建成起，清帝园居理政发展为清代的政治特色，园林理政中心先后经历了从畅春园到圆明园，再至颐和园的历史变迁，皇家园林的功能被置于皇权政治的高度，得到政治制度、官僚系统的高度配合，进而成为王朝盛衰的象征。即此而论，畅春园列为三山五园第一园，属实至名归。

五园之中，尤以畅春园的现状最为寥落，山形水系久已不存，现有遗存四分五裂。畅春园，不仅作为园林实体不复存在，化为历史记忆也不甚清晰和完整。为此，抢救和保护畅春园工作，时间更加紧迫、任务更加繁重、意义更为重大。发掘畅春园史料，研究梳理畅春园的历史，传播和普及畅春园文化，呼吁全社会关注和护惜畅春园遗存，均为此中之义。

宝章先生是我极为敬重的前辈学者，在海淀历史文化研究领域硕果累累，成就卓著；张超是多年来专注圆明园历史研究的资深青年学者，在园林研究方面很有功底，欣闻即将联合推出集合畅春园史料整理和学术研究的新著，以发明抢救和保护畅春园历史文化之深意，为之欢喜雀跃。又蒙宝章先生多次相邀，盛情难却，故不揣简陋，冒昧命笔，仓促成文。

畅春园是三山五园第一园，是清代古典园林研究领域的璀璨明珠和历史宝库。抢救和保护畅春园历史文化遗产，通过史料发掘和学术研究还原其昔日风采，以更好更全面地系统阐释三山五园乃至清代古典园林体系的历史文化价值，"德不孤，必有邻"！

愿与学界同道共勉！

阚红柳

2022年9月16日

凡 例

一、本书名为《畅春园清代诗文辑录》，因西花园是皇子们读书之处，与畅春园近在咫尺，作为附属园林，可视为畅春园不能分割的一部分，故西花园相关的诗文一并选录。

二、本书所选诗文均为清代人所作，即便有的诗文作者其生活时代横跨晚清民国时期，但在无法考证相关畅春园诗文作品确实创作于民国时期的情况下，仍一并选入本书。

三、本书定位为选录，这是因为考虑到清代文献规模庞大，关于畅春园的史料今后一定会有陆续的新发现引起学界瞩目，我们关注的也仅仅是当下力所能及搜集到的诗文，当然存在一些其他学人知晓而我们暂时无缘得见的诗文，即便是我们能掌握的诗文也不是全部选入，毕竟其学术价值、识别难度、内容重合相似程度、思想倾向等因素也是需要兼顾的。

四、本书从选录作品题材上看有诗有文，从结构上分为畅春园文、畅春园诗、西花园诗文三部分，之所以西花园诗文单独汇编成一部分，主要是考虑到西花园具有附园的特殊性，园林规模较小、功能简约而明确，而且诗文数量也相对少一些的缘故。

五、本书选录诗文主要来源为清代官编文献、清帝御制诗文、皇子诗文、王公大臣诗文、文人笔记等，外国使节及供职清廷的西方传教士尽管不是清朝人，但因他们是当时历史的亲历者，也是畅春园风物的见证者，所以一些代表性著述也纳入其中。

六、在编排顺序上，鉴于历代清帝是畅春园乃至三山五园的主人，且清帝年号又分别对应着先后的历史时段，故将每个年号的清帝作品分别排在该部分最前面，然后再综合诗文作者与畅春园的特别关系、与清帝的亲疏关系、官职重要性、生卒年先后等因素依次编排，主要依据是时间顺序，但也不完全拘泥于此。

七、在某位作者的诗文首次出现时，本书均以脚注的形式对作者作了简要而非全面的介绍，大体涉及其生卒年、籍贯、官职履历、与畅春园的特殊关系、文献作品等内容。

八、为便于读者加深对畅春园及其附园西花园的了解和认知，同时规避喧宾夺主的可能性效果，本书将两位作者的《从头再写西花园》和《畅春园恩佑寺与恩慕寺》等三篇解读性文章以附录的形式汇编于后，希望形成读者参考与交流的有益补充。

九、因畅春园历史痕迹几乎湮灭无形，一般读者难免对畅春园的园林规模、山形水系、风物景观、人文生态、遗址变迁比较陌生，为便于读者直观、形象、图文并茂地了解畅春园，同时加深对选录诗文历史文化内涵的认识，本书选用了数十张图片资料，以彩插形式放置卷首。

十、本书参考书目文献较多，正文中，凡每一篇诗文出现时，均以脚注形式标明其文献出处，同时我们也在书的附录部分对参考书目作了集中罗列，在此也表示诚挚的感谢。

畅春园清代文辑录

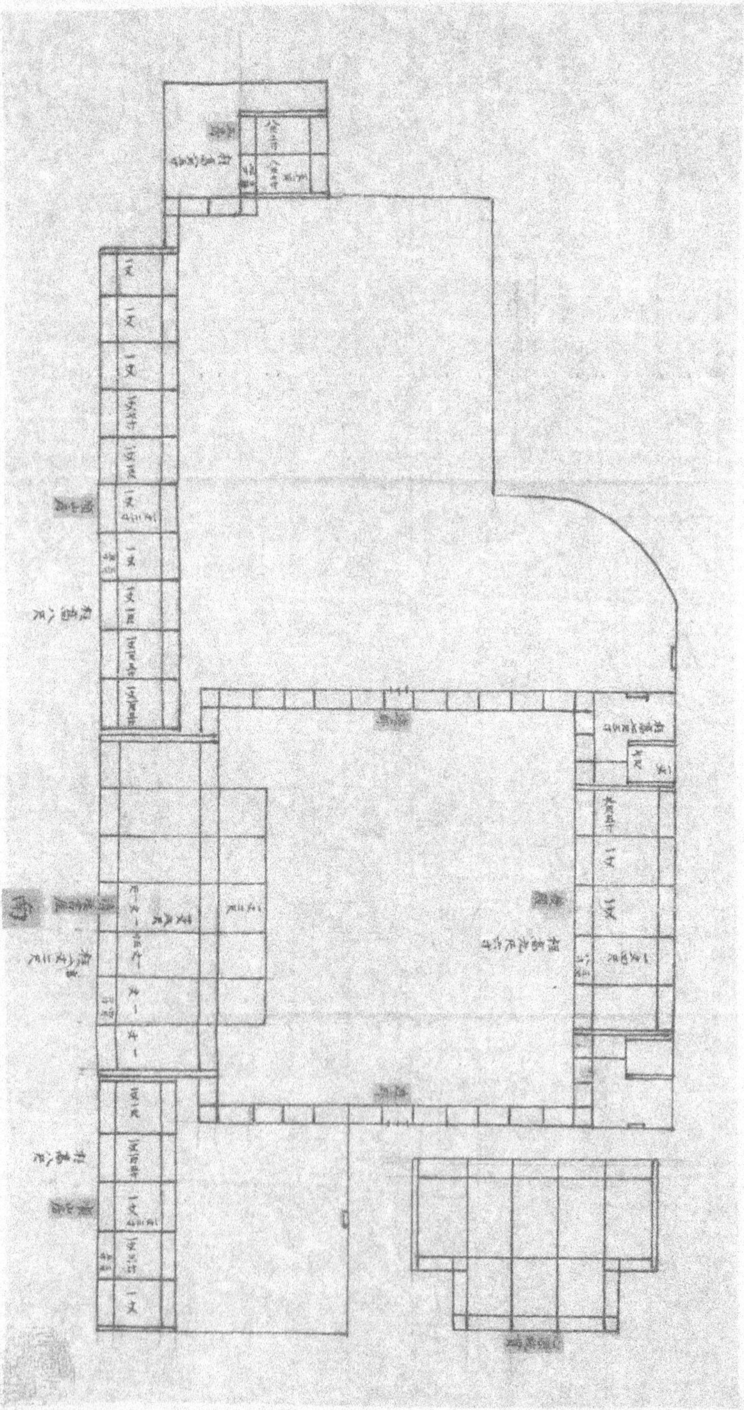

1. 玄烨[1]:《畅春园记》[2]

都城西直门外十二里曰海淀，淀有南有北。自万泉庄平地涌泉，奔流潆潆，汇于丹陵沜。沜之大以百顷，沃野平畴，澄波远岫，绮合绣错，盖神皋之胜区也。朕临御以来，日夕万几，罔自暇逸，久积辛勤，渐以滋疾。偶缘暇时，于兹游憩，酌泉水而甘，顾而赏焉。清风徐引，烦疴乍除，爰稽前朝戚畹武清侯李伟因兹形胜，构为别墅。当时韦曲之壮丽，历历可考。圮废之余，遗址周环十里。虽岁远零落，故迹堪寻。瞰飞楼之郁律，循水槛之逶迤。古树苍藤，往往而在。爰诏内司少加规度，依高为阜，即卑成池。相体势之自然，取石甓夫固有。计庸畀值，不役一夫。宫馆苑籞，足为宁神怡性之所。永惟俭德，捐泰去雕。视昔亭台丘壑林木泉石之胜，絜其广袤，十仅存夫六七。惟弥望涟漪，水势加胜耳。当夫重峦极浦，朝烟夕霏，芳萼发于四序，珍禽喧于百族。禾稼丰稔，满野铺芬。寓景无方，会心斯远。其或穡稼未实，旸雨非时。临陌以悯胼胝，开轩而察沟浍。占离毕则殷然望，咏云汉则悄然忧。宛若禹甸周原，在我户牖也。每以春秋佳日，天宇澄鲜之时，或盛夏郁蒸，炎景烁金之候，几务少暇，则祗奉颐养，游息于

---

[1] 玄烨（1654—1722年），即清代康熙皇帝，满族，爱新觉罗氏，顺治帝第三子，1661—1722年在位。他日理万机，励精图治，功勋卓著，是我国封建社会最后一个盛世——康乾盛世的开创者。玄烨主持修建了畅春园，创建了清帝在北京西郊御园园居理政的规制和模式。康熙六十一年，玄烨在畅春园清溪书屋逝世。
[2]《圣祖仁皇帝御制文集》，影印《文渊阁四库全书》本，第1298册，台湾商务印书馆1986年版，第647—649页。

兹。足以迓清和而涤烦暑，寄远瞩而康慈颜。扶舆后先，承欢爱日，有天伦之乐焉。

其轩墀爽垲以听政事，曲房邃宇以贮简编，茅屋涂茨，略无藻饰。于焉架以桥梁，济以舟楫，间以篱落，周以缭垣，如是焉而已矣。既成，而以畅春为名，非必其特宜于春日也。夫三统之迭建，以子为天之春，丑为地之春，寅为人之春，而《易·文言》称乾元统天，则四德皆元，四时皆春也。先王体之以对时育物，使圆顶方趾之众各得其所，跂行喙息之属咸若其生。光天之下，熙熙焉，皞皞焉，八风罔或弗宣，六气罔或弗达，此其所以为畅春者也。若乃秦有阿房，汉有上林，唐有绣岭，宋有艮岳，金釭璧带之饰，包山跨谷之广，朕固不能为，亦意所弗取。朕匪敢希踪古人，媲美曩轨，安土阶之陋，惜露台之费，亦惟是顺时宣滞，承颜致养，期万类之义和，思大化之周浃。一民一物，念兹在兹，朕之心岂有已哉？于是为之记，而系以诗。诗曰：

　　昔在夏姒，克俭卑宫。亦越姬文，勿亟庶攻。
　　若稽古训，是钦是崇。箴铭户牖，夙夜朕躬。
　　栋宇之兴，因基前代。岩宿丹霞，檜栖翠霭。
　　营之度之，以治芜废。有沸泉源，汪濊斯在。
　　驾言西郊，聊驻彩斿。甘彼挹酌，工筑斯谋。
　　莹澈明镜，萦带芳流。川上徘徊，以泳以游。
　　因山成峻，就谷斯卑。咨彼将作，毋曰改为。
　　松轩茅殿，实惟予宜。亦有朴斫，予尚念兹。
　　撰辰经始，不日落成。岂曰游豫，燕喜是营。
　　展事慈闱，那居高明？遐瞩俯瞰，聊用娱情。
　　粤有图史，藏之延阁。惟此大疱，会彼朱襮。
　　郁郁沟塍，依然耕凿。无假人工，渺弥云壑。

有鹢其舟，有虹其梁。可帆可涉，于焉徜徉。
文武之道，一弛一张。退省庶政，其罔弗臧。
尝闻君德，莫大于仁。体元出治，于时为春。
愿言物阜，还使俗醇。畅春之义，以告臣邻。

2. 玄烨：《佩文斋咏物诗选序》[1]

昔者子夏序诗，谓："正得失，动天地，感鬼神，莫近于诗。先王以是经夫妇，成孝敬，厚人伦，美教化，移风俗。"若是乎诗之道大矣哉！而周公缵述唐虞，宗翼文武，制礼以导天下，著《尔雅》一篇，后之序之者谓："《尔雅》所以通诂训之指归，叙诗人之兴咏。"疏之者曰："《尔雅》所释，遍解六经，而独云叙诗人之兴咏者，以《尔雅》之作，多为释诗。"是则一物多名，片言殊训，凡以虫鱼草木之微，发挥天地万物之理，而六义四始之道，由是以明焉。夫诗者，极其至，足以通天地，类万物，而不越乎虫鱼草木之微，诗之咏物，自三百篇而已然矣。孔子曰："迩之事父，远之事君，多识于鸟兽草木之名。"夫事父事君，忠孝大节也；鸟兽草木，至微也，吾夫子并举而极言之。然则诗之道，其称名也小，其取类也大。即一物之情，而关乎忠孝之旨，继自骚赋以来，未之有易也。此昔人咏物之诗所由作也欤！

朕自经帷进御，覃精六籍，至于燕暇，未尝废书，于诗之道，时尽心焉。爰自古昔逸诗，汉魏六朝，泊夫有唐，讫于宋元明之作，博观耽味，搴其萧稂，掇其菁英，命大学士陈廷敬、尚书王鸿绪校理之，翰林蔡升元、杨瑄、陈元龙、查升、陈壮

---

[1]《国朝宫史》，影印《文渊阁四库全书》本，第 657 册，第 583—584 页。

履、励廷仪、张廷玉、钱名世、汪灏、查慎行、蒋廷锡编录之，名曰《佩文斋咏物诗选》。盖搜采既多，义类咸备，又不仅如向者所云虫鱼鸟兽草木之属而已也。若天经地志人事之可以物名者，罔弗列焉。于是镂板行世，与天下学文之士共之，将使之由名物度数之中，求合乎温柔敦厚之指，充诗之量如卜商氏之所言，而不负古圣谆复诂训之心，其于诗教有裨益也夫！

3. 玄烨：《佩文斋书画谱序》[1]

书者，六艺之一，昔柳公权言："心正则笔正。"程子谓："作字须敬，即此是学。"盖以纪事载言，行之天下，垂之久远，书诚重矣。夫书以传其意，而画以肖其形，事若不相侔，其义有可连类而并论者焉。苍颉史皇以来，历代载籍多能道之，而时数相推，材智间出，繁重者变而之简易，朴拙者渐而之巧丽，亦天地自然之理也。其初古文，继为篆隶，而今之所谓真书行草三者，实权舆于斯矣。然三者皆肇兴于汉，逮夫魏晋，去古未远，多见古人篆隶，故钟繇书具有遗法，而王羲之踵美垂徽，祧前启后，士林所称，以为归极已。若图画之事，始自秦汉，盛于六朝，其间作者辈出，曹卫顾陆，擅能于前，董展孙杨，流声于后，隋有何郑，唐则阎吴，大抵皆画佛象人物，下笔辄依故事，追气韵之超，极于泼墨，写生之精，穷于没骨，而画之变尽焉。

朕万几燕闲，披览典册，间临书家名迹，每观前代纪录书画诸书，种类错互，漫无统纪，遂即佩文斋所有者编葺之，使各以类相从，为一百卷。凡书画之源流，古今工于此者之姓

---

[1]《国朝宫史》，影印《文渊阁四库全书》本，第 657 册，第 600—601 页。

氏，以至闻人之题跋，历代之鉴藏，悉备考而慎其择，亦可谓详且尽矣。昔唐太宗好书，亲序《王羲之传》，自以为心慕手追，而当时内府之图籍，亦号最盛。迄于今日，流传者日远日少，晋唐已为隆古，而况前此者乎？然溯流者必穷其源，习今日之书而不推本于篆隶，亦犹齐末之观也。故上自苍颉史皇，下暨近代皆列焉。朕于书画，偶有题跋，检出数十则，以为一卷，从诸臣之请也。要之，尚稽曩昔，用以摅适性情，咏陶清暇，附于古圣人游艺之意，并为世之嗜古者树毫楮之标准，宏考索之指趣，则牙签万卷之中，是编其亦可以永传也夫！

4. 玄烨：《佩文斋广群芳谱序》[1]

粤自神农氏尝草辨谷，民始知树艺医药，伊耆氏命羲和推步定历以授时，民始知耕获之不愆，而百工绩熙，伟哉！开物成务，启牖来兹，圣帝之功与天地并矣。朕听政之暇，披阅典籍，留意农桑，绘耕织之图，制永言之什，时巡所至，亲历田间，其稼穑之艰难，作劳之辛苦，既周知而洞悉矣。每思究百昌生殖之理，极万变消长之情，著为成编，以牖吾民。尝谓《尔雅》具其名物，而郭璞、陆佃、孙炎之流，《疏》《注》《埤》《翼》，又加详焉。其明备者，莫如《本草》，自本经以迄陶弘景、苏颂而下数十种，凡采治之法，无不该核。他如《齐民要术》《月令广义》诸书，其莳植之宜，为更晰矣。遐稽往牍，撷其英华，归于简括，良匪易也。

比见近人所纂《群芳谱》，搜辑众长，义类可取，但惜尚多疏漏。因命儒臣，即秘府藏帙，捃摭荟萃，删其支冗，补其

---

[1]《国朝宫史》，影印《文渊阁四库全书》本，第657册，第598—599页。

阙遗，上原六经，旁据子史，洎夫稗官野乘之言，才士之所歌吟，田夫之所传述，皆著于篇，而奇花瑞草之产于名山，贡自远徼绝塞，为前代所未见闻者，亦咸列焉。复允廷臣之请，益以朕所赋咏，依类分载。总一百卷，命名曰《佩文斋广群芳谱》。冠以天时，尊岁令也；次谷，次桑麻，崇民事也；次蔬茶、果木、花卉，资厚生，溥利用也；终以药物，重民命也。其诸天时早晚之候，人事种溉之方，地力彼此之殊，物性良楛之异，罔弗条举缕晰，灿然可观焉。是书也，揽品汇之蕃滋，想群生之率育，一展卷间，化机洋溢，于兹毕呈，固不惟矜淹洽，侈藻丽也。以是刊布天下，垂之久远，使吾民优游于农圃之中，家室盈宁，乐其业而不惮其勤，而大夫士以及民之秀者，因以区别物宜，审其淑慝，凛嗜好之常，慎节宣之度，于以跻仁寿而享太平，亦不为无所裨助也哉！康熙四十七年五月初十日。

5. 玄烨：《佩文韵府序》[1]

朕万几在御，日昃宵分，未遑自逸，时当燕闲，不辍问学，群经子史，诵其文而晰其义矣。以至百家之书，凡可以裨世教、厉民风者，修明补正，罔使缺遗。尝谓《韵府群玉》《五车韵瑞》诸书，事系于字，字统于韵，稽古者近而取之，约而能博，是书之作，诚不为无所见也。然其为书，简而不详，略而不备，且引据多误；朕每致意焉，欲博稽众籍，著为全书。爰于康熙四十三年夏六月，朕与内直翰林诸臣，亲加订正其讹舛，增其脱漏，或有某经某史所载某字某事未备者，朕

---

[1]《国朝宫史》，影印《文渊阁四库全书》本，第657册，第594页。

复时时面谕，一一增录，渐次成帙。犹以故实或未极博。于十月复命阁部大臣，更加搜采，以裒益之；既有原本、增本，又有内增、外增，将付剞劂矣，名曰《佩文韵府》。随于十二月开局武英殿，集翰林诸臣合并详勘，逐日进览，旋授梓人，于五十年十月全书告成，共一百零六卷，一万八千余页。囊括古今，网罗巨细，韵学之盛，未有过于此书者也。书成，诸臣请序，朕念自初至今，经八年矣，历寒暑之久，积岁月之勤，朕于此书，政事之暇，未尝惜一日之劳也。朕又尝谕诸臣，从来著一大书，非数十年之功不能成。今数年以来，所成大部书，凡十有余种，若非合众人之力，岂能刻期告竣？故凡先后预事诸臣，皆命列名其中。兹序《佩文韵府》，因备记编撰之始末，遂及修集诸书之大指，以见成书之不易如此。康熙五十年十月题。

6. 王掞、王顼龄：《御定韵府拾遗序》[1]

《韵府拾遗》者，直武英殿词臣奉敕所增辑也。先是，《佩文韵府》书成，卷帙一百有六，墨板一万八千有奇，是编所增可得二十之一，而卷以韵厘，仍如其数。

上命臣等识于简端，窃惟《韵府》之书以韵括事，经史百氏，旁收广采，选辞按部，大小毕该，若网在纲，有条不紊。乃博文之渊海，游艺之津梁也。臣等闻诸臣分纂之时，每缮初稿，先呈御览。我皇上十行并下，点摘阙遗，举凡六经奥义笺诂之所难通，四部僻书枣梨之所未锓，莫不亲加批乙，宣付诸臣再三稽考。盖虽诸臣众手合作之书，实我皇上一心裁定之书

---

[1]《御定韵府拾遗》，影印《文渊阁四库全书》本，第1029册，第2—4页。

也。其规模宏大，典故详整，词采华缛，结构缮完，欲为诗古文辞者咸取材考实。于是不啻探珠于海，采玉于山，虽载籍极博无不于焉包举，而后此之当增益者盖亦寡矣。然所编之字既繁，所引之书甚博，则或遗十一于千百，固理势之必然，而圣人之心必欲一无挂漏而始慊。于是复命词臣专心纂辑。其韵藻所未载而别增者谓之补藻，其韵藻所已载而增注者谓之补注。单词只句之取，悉秉睿裁。始五十五年四月，至五十九年正月编刻告竣，直武英殿诸词臣谨具年月奏闻，而是书大备，无遗憾矣。命名曰《韵府拾遗》，拾《佩文韵府》之所遗也。举大而及其细，则《拾遗》为《韵府》之余支；附少以成其多，则《拾遗》又《韵府》之全璧。臣等因是窃叹圣学之高深，非管蠡渺见所能窥寻万一也。

皇上天纵徇齐，生安性学，无一书之不读。每遇清宴咨询，随举古籍中一言一事，臣等茫昧罔知措对，辄蒙圣明指示意义若何，根据若何。臣等乃得豁然有会，闻所未闻。而又欲使海内学者皆得窥琅嬛宛委之秘，金匮石室之藏，是以先后编纂诸书，沾溉天下后世至醇且备。今《韵府》一书，读前编者洋洋乎质文并美，巨细兼该，已叹观海者之难为水；读后编者复彬彬乎穷源溯流，因端竟委，不又如百川之朝宗于海乎。益见古今之义理无穷，简帙之取资无尽也。臣等幸遇右文之朝，亲承圣训，卿云烂漫，梧日雍喈，文学侍从之彦，孰不思编蒲缉柳，展效涓尘，而庸碌如臣等犹得濡笔以纪文治之光昭，实有厚幸焉。

康熙五十九年秋七月，大学士臣王掞、臣王顼龄奉旨谨序。

7. 玄烨:《御制古文渊鉴序》[1]

夫经纬天地之谓文。文者，载道之器，所以弥纶宇宙，统括古今，化裁民物者也。是以乾苞坤络，非文不宣。圣作贤述，非文不著。其为用也大矣。书契以后，作者代兴，载籍充盈，体制不一。约而论之，靡不根柢于群经，权舆于六籍。如论说之类，以疏解为主，始于《易》者也。奏启之类，以宣述为义，始于《书》者也。赋颂之类，以讽喻为指，始于《诗》者也。传叙之类，以纪载为事，始于《春秋》者也。引而伸之，触类而通之，虽流别各殊而镕裁有体，于是能言之士，抒写性情，赍饰辞理，同工异曲，以求合乎先程，皆足以立名当时，垂声来叶，彬彬郁郁，称极盛焉。然而代不乏人，人不一制，著作既富，篇什遂繁，不有所裒辑，虑无以观其备也；不有以诠择，虑无以得其精也。古来采获之家，载在四部，名目滋多，类皆散佚。其流布人区者，自萧统《文选》而外，唐有姚铉之《文粹》，宋有吕祖谦之《文鉴》，皆限断年代，各为一编。夫典章法度，粲然一王之制，前不必相师，后不必相袭，此可限以年代者也；至于文章之事，则源流深长，今古错综，盛衰或通于千载，损益无关于一朝，此不可限以年代者也。诸家之选，虽足鸣一代之盛，岂所以穷文章之正变乎？朕留心典籍，因取古今之文，自春秋以迄于宋，择其辞义精纯可以鼓吹六经者，汇为正集。即间有瑰丽之篇，要皆归于古雅，其绮章绣制，弗能尽载者，则列之别集。旁采诸子，录其要论，以为外集。煌煌乎！洵秉文之玉律，抽牍之金科矣。夫帝王之道，

---

[1]《御选古文渊鉴》，影印《文渊阁四库全书》本，第1417册，第1—2页。

质文互用，而大化以成。圣贤之业，博约并施，而性功以备。是书也，虽未足以尽文章之胜，于圣人游艺之旨，亦庶乎其有当也夫。康熙二十四年十二月题并书。

8. 玄烨：《渊鉴类函序》[1]

朕几务余暇，博涉艺林，每览一书，必尽其全帙，沉潜往复，既得其始终条理精义之所存，而文句英华，亦尝读之矣。尝谓古人政事文章，虽出于二，然文章以言理，政事则理之发迩而见远者也。岂仅以其区区文句之间，而可以自命为学术乎？自六朝乃有类书，而尤盛于唐，此岂非求之文句之间者哉！虽然，理之所寓，于斯萃焉，弗可废也。昔者孔子之系《易》也，曰："方以类聚。"又曰："本乎天者，亲上；本乎地者，亲下。则各从其类也。"于诸卦则曰："其称名也小，其取类也大。"盖以天下古今事物之理毕具于《易》，而《易》之为书，因理象物，因物征辞，以断天下之疑，而成天下之务者，各从其类以明之。然则类书之作，其亦不违乎圣人立言之意欤。书之最著者：《艺文类聚》《北堂书钞》《初学记》《白帖》《杜氏通典》。宋明以来，撰者浸广，若博而不繁、简而能核者，抑亦鲜矣。独俞安期《唐类函》颇称详括，大抵祖述欧阳询之《类聚》，稍删存《书钞》《初学记》《白帖》《通典》而附益之。安期，明人也，而曰《唐类函》者，以其皆唐辑也，既缺宋以来书，而唐以前亦有脱漏者。爰命儒臣逖稽旁搜，溯洄往籍，网罗近代，增其所无，详其所略，参伍错综，以摘其异，探赜索隐，以约其同。要之不离乎以类相从，而类始备

---

[1]《国朝宫史》，影印《文渊阁四库全书》本，第 657 册，第 593 页。

焉。书成，计四百五十卷。夫自有类书迄于今千有余年，而集其大成，可不谓斯文之少补乎！学者或未能尽读天下之书，观于此而得其大凡，因以求尽其始终条理精义之所存，其于格物致知之功，修辞立诚之事，为益匪浅鲜矣。

9. 玄烨：《佩文斋铭》[1]

尧纪文思，舜称文明。文以经世，天地精英。
河洛启秘，图书肇兴。典谟垂则，雅颂继声。
楷模百代，统归六经。乾坤枢纽，民物准绳。
润如河海，炳若日星。简编具在，黾勉服膺。
如寒待衣，茧丝呈能。如饥待食，菽粟惟馨。
人伦日用，匪此莫胜。纫兰为佩，楚辞可征。
佩弦佩韦，柔刚互成。亦有佩玉，义取温莹。
予所佩者，古训是程。朝斯夕斯，孔思周情。
味道之腴，体泰志宁。缥缃炳蔚，卷轴纵横。
研求探讨，澡被性灵。揭之座右，恒视斯铭。

10. 玄烨：《渊鉴斋铭》[2]

构室艺苑，匪求堂皇。六籍斯列，百家斯藏。
聿求治道，揽兹旧章。古人逊志，歉若望洋。
取义于渊，源深且长。浩演淳泓，蓄之有常。

---

[1]《御制文第二集》，《清代诗文集汇编》，上海古籍出版社2010年版，第192册，第424页。

[2]《御制文第二集》，《清代诗文集汇编》，第192册，第424页。

既澄其体，复蕴其光。清晖朗映，无物不彰。
于焉鉴之，洞毫晰芒。以兹发政，如涉津梁。
以兹择人，如鉴否臧。我怀前哲，陟降在傍。
见道于衡，觌圣于墙。实惟简编，乃获周行。
披览之余，奥义以详。撷其精英，以备遗忘。
亦名渊鉴，昭示无疆。目击道存，文治永昌。

11. 胤祉[1]：《奏请指定建房地折》[2]（康熙四十六年三月二十日）

臣胤祉谨奏：窃于今年正月十八日，臣等奏请在畅春园周围建造房屋，皇父御赐北新花园迤东空地，令臣等建房。臣等同勘，若建七人房屋，地方似觉窄狭，故四阿哥、八阿哥、九阿哥、十阿哥具奏皇父，在此地修建房屋。时臣等曾言另寻地再行具奏。今臣胤祉我买得水磨闸东南明珠子奎芳家邻接空地一块。看此地方，距四阿哥建房一带近，且地处现开浚新河南岸，系皇父游逛之路，地亦清净，无一坟冢。臣望将此建房之地，亦交付佛保，绘制图样，呈皇父阅览。再目下正值砖瓦木石雇工价贱之时，预备诸物较易。故臣及时谨奏。请旨。

朱批：好。

---

1 允祉（1677—1732 年），康熙皇帝第三子。康熙三十七年，被封为诚郡王，四十八年晋诚亲王。他通熟古代典籍，喜欢自然科学，精于音乐艺术。四弟胤禛即位后，允祉多次受到贬抑，雍正六年将允祉降为郡王，八年夺爵，圈禁景山永安亭。雍正十年闰五月去世。

2《康熙朝满文朱批奏折全译》，中国社会科学出版社 1996 年版，第 495 页。

12. 胤祉等：《奏报京城畅春园得雨情形折》[1]（康熙四十九年五月十九日）

臣胤祉等谨奏：为奏闻京城、畅春园得雨事。

窃本月十六日晨时地阴，夜四更击鼓四次鸣雷，微寸乃止。十七日巳时正三刻复微雨，酉时头刻止。戌时头二刻又微雨，从此且下且止，十八日午时头三刻止。未时正刻雨潇潇，申时头一刻止。酉时头一刻复微雨一阵，酉时头二刻雷雨潇潇，酉时正一刻雨渐小，戌时头一刻止。夜三更复微雨一阵，十九日卯时头三刻天晴。臣等看得，此次降雨，京城、畅春园周围遍得均匀，且甚沾足。皇父至圣极仁，宵旰勤民，无时不以民间稼穑为念。今春曾雨水甚调，五月初旬无雨。皇父以此为虑，屡颁谕旨，令勤祈雨。从初五日始祈雨，是日便得雨。继之十一日又得微雨。今两整日得雨沾足，不仅麦子有十分收成，且新苗亦甚茂。是乃皇父圣德，敬天诚切，感召天和矣。臣等不胜欢悦，谨具奏闻。

再，臣等十六日奏折内奉旨：这两日得雨则罢，若不下雨，则传谕礼部，禁止杀生，祈雨三日。钦此。现既得雨沾足不议处，本月十五日捧接谕旨，臣等即传谕礼部祈雨。据礼部尚书穆和伦来报：查例前年遵旨祈雨，即禁止杀生等语。故照例禁止杀生以祈雨。为此一并谨具奏闻。臣胤祉、胤祺、胤祧。

朱批：朕甚喜悦。看尔等奏书情形，我们此处雨似乎多。

1《康熙朝满文朱批奏折全译》，第675—676页。

13. 胤祉等：《奏报京城畅春园得雨情形折》[1]（康熙五十年五月十三日）

臣胤祉等谨奏：为奏闻京城、畅春园得大雨事。

窃本月初十日酉时头刻天阴，戌时头一刻微雨一阵，十一日晨百更时天晴。是日申时头一刻天阴，戌时头一刻微雨一阵，夜二更雨潇潇，二更击鼓三次时微雨，三更时雨止，十二日辰时头一刻天晴。酉时正刻天复阴，更鼓前些雨潇潇，二更击鼓九次时倾盆大雨，打三更时雨略小，至三更末止，十三日百更时天晴。看此次得雨，京城、畅春园周围，街道俱存水，田地大透。臣等钦惟皇父至圣大仁，屡颁旨祈雨，蒙天眷佑，相继得雨，庶于田禾大有裨益，以副圣意。为此谨奏，临奏臣等不胜喜悦之至。臣胤祉、胤禛。

朱批：在此得雨甚足。

14. 胤祉等：《奏闻京城畅春园附近得雨日期折》[2]（康熙五十三年二月初八日）

臣胤祉等谨奏：为奏闻京城、畅春园附近得雨事。

本月初七日晚打更前，天阴。初八日晨五更二鼓时，雨淅沥而下；巳时正刻起大雨滂沱；午时正刻雨稍有间隔；至未时，雨仍稍下。为此谨恭奏以闻。臣胤祉、胤禛。

朱批：此处之雨皆同。

1《康熙朝满文朱批奏折全译》，第722页。
2《康熙朝满文朱批奏折全译》，第932页。

15. 胤祉：《奏报八阿哥病势折》（康熙四十四年九月二十六日）[1]

臣胤祉等谨奏：窃臣胤祉等奏折内奉御批：若阿哥病笃失音，不省人事，则可令迁移……臣等看得，八阿哥病，现虽不至失音昏迷，但亦重大可危。今其住所，并非原居，且系太后祖母、皇父常川往返之路，距畅春园亦甚近。太后祖母、皇父年迈，身体甚是紧要，今又临近举杆祭祀之日。臣等即于二十七日迁移。迁移后诸项事宜，臣等愿承担。为此谨奏。……

16. 胤禛：《雍正二年五月二十四日上谕》[2]

张起麟、王朝卿，尔等与庄亲王、内务府总管来保商议。除宫内太监不必挑，将外围太监中之年力壮健者，拣选二百名，在畅春园赏房居住。令伊等学习弓箭、藤牌、鸟枪、枪刀，有学习优者，赏以千总、把总职分，再加赏钱粮。果能尽心学习，武艺出众，朕可以随时量赏职衔。将来随朕出外，分作两班宿卫，即驻跸畅春园时宿卫亦好。

17. 弘历：《乾隆三年正月初三日上谕》[3]

总管李英、谢成，皇太后驻跸畅春园后，外祖父母以时进

---

1 《康熙朝满文朱批奏折全译》，第392页。
2 《国朝宫史》，影印《文渊阁四库全书》本，第657册，第21—22页。
3 《国朝宫史》，影印《文渊阁四库全书》本，第657册，第38页。

见则可，其余人等概不许时常请见，至如悟真庵之尼僧，尤不可听其入内请安。皇太后性好行善，此辈专以祈求资助为事，著严谕禁止。

18. 弘历：《乾隆三年二月十三日上谕》[1]

恩佑寺后殿所供烛台安放不正，朕亲诣拈香尚如此粗心怠慢，平日不知如何玩忽，尔总管等严行传谕太监等，凡敬奉祖宗神位之处，供献、陈设、香烛不时细看，蠲洁洒扫务宜虔诚恭敬。

19. 弘历：《乾隆四十二年正月上谕》[2]

乾隆四十二年正月二十九日，上召大学士臣舒赫德、臣于敏中、协办大学士尚书公臣阿桂、额驸尚书公臣福隆安、尚书公臣丰升额、将军伯臣明亮、尚书臣袁守侗、侍郎臣梁国治、臣和珅，面奉谕旨：今日奉移大行皇太后梓宫于畅春园之九经三事殿，妥侑圣灵。盖缘畅春园乃皇祖旧居，雍正九年，皇妣孝敬宪皇后丧仪即在此安奉。朕恭奉圣母皇太后颐和养志四十余年于畅春园，神御所安，最为怡适。是用易盖黄瓦，敬设几筵，奉移成礼。所谓礼缘义起，行乎心之所安也。若圆明园之正大光明殿，则自皇考世宗宪皇帝爱及朕躬，五十余年莅官听政于此，而门前内阁及各部院朝房左右环列，规模远大，所当传之奕祀子孙，为御园理政办事之所，恐万年后子孙有援九经

---

[1]《国朝宫史》，影印《文渊阁四库全书》本，第657册，第38页。
[2]《国朝宫史续编》，《续修四库全书》，第824册，第858—859页。

三事之例，欲将正大光明殿改换黄瓦者，则大不可。且观德殿及静安庄所建殿宇宫门，体制闳整，以之奉移暂安，足以备礼尽敬，何必别议改作乎？至园内之长春园及宫内之宁寿宫，乃朕葺治为归政后所居，将来我子孙有绍美前休、耄期归政者，亦可留为憩息之地，均不宜轻事更张。若畅春园则距圆明园甚近，事奉东朝，问安侍膳，莫便于此，我子孙亦当世守勿改。著将此旨录写，封贮尚书房、军机处各一分，传示子孙，以志毋忘。

20. 弘历：《乾隆四十二年二月上谕》[1]

二月二十日，上召皇六子、皇八子、皇十一子、皇十五子及大学士臣舒赫德、额驸尚书公臣福隆安、尚书臣袁守侗、侍郎臣梁国治、臣和珅，面奉谕旨：前于正月二十九日召军机大臣等面降谕旨，以圆明园之正大光明殿为皇考及朕躬数十年来听政之所，当传之奕祀子孙，不得援九经三事之例，改换黄瓦。至畅春园距圆明园甚近，事奉东朝，亦子孙所当世守勿改，已令记录此旨封存尚书房、军机处各一分。至于列圣列后安奉神御神位之处，礼缘义起，朕惟一本前规，不敢不及，亦不敢有过。所应详晰训谕，俾并录存记者，如寿皇殿安奉圣祖仁皇帝、世宗宪皇帝御容，列圣、列后向年惟除夕、元旦两日恭奉御容，瞻拜于此。若恩佑寺原奉皇祖御容，嗣于圆明园内建立安佑宫，朕即奉移皇祖御容，并奉皇考御容。至现在之恩佑寺，惟供佛像，岁时诵经展礼。盖缘神御尊严，不敢渎奉。昔我皇祖为孝庄文皇后于南苑建永慕寺，亦止奉礼佛像，用申

1《国朝宫史续编》，《续修四库全书》，第 824 册，第 859—861 页。

诚敬。是以朕昨命将悟正庵改建恩慕寺，为圣母皇太后恭荐慈福，少抒孺慕之忱，并无供奉神御之事也。至养心殿之东佛堂，圆明园之东佛堂，因皇考时曾恭奉皇祖神位，并恭奉孝恭仁皇后神位，是以朕亦尊奉此制而行，不敢有所损益。至避暑山庄之永佑寺，则止奉皇祖皇考御容。此皆子孙所当敬谨遵奉。又宫内之长春宫，向有孝贤皇后及皇贵妃等影堂，朕不过每岁于腊月二十五忌辰之日一临，但思列后及圣母均未有专奉圣容处所，则长春宫即岁暮亦不便悬像矣。此事著停止。列后神御俱尊藏寿皇殿内神厨，将来朕之子孙遵照安奉，亦足以昭敬慎。将此旨令皇子等一并录写存记，用志毋忘。

21.《康熙起居注》选录[1]：（康熙二十六年二月）

二十五日癸酉。辰时，上御畅春园内门。大学士觉罗勒德洪、明珠，学士禅布、吴喇代、额尔黑图以折本请旨：吏部题补左都御史阿兰泰升任员缺，开列侍郎萨海等。上曰："侍郎廖旦操守清廉，历俸亦久，著升补左都御史。"又题补户部右侍郎王日藻升任员缺，开列吴兴祖等。上曰："刑部侍郎张鹏著调补。"又题补祭酒翁叔元升任员缺，开列庶子曹禾等。上曰："此祭酒员缺，著将应升之人问明九卿具奏。"又理藩院题禁止民人私出边口。明珠等奏曰："臣等遵旨传问九卿，据九卿云：抛弃乡土出口之民，皆系本处或已获罪，或避钱粮凶恶光棍，此等人应发乌喇、宁古塔为奴。乃蒙上谕，安插辽阳，圣恩浩荡，此等之人诚得其所矣。"上曰："此事著照议禁止，若违禁者免发乌喇、宁古塔，著安插山海关外辽阳等处。"是

---

[1] 中国第一历史档案馆整理：《康熙起居注》，中华书局1984年版，第1599页。

日上驻跸畅春园。

22.《康熙起居注》选录：(康熙二十六年六月)

初七日癸丑。未时，上御畅春园门，皇太子及皇子四人侍命，内大臣、侍卫分列左右。大学士明珠，起居注官库勒纳、德格勒、博济、伊图、戴通、朱都纳侍立于左，尚书达哈塔、汤斌，少詹事耿介入跪。谕曰："自古帝王，莫不以豫教储贰为国家根本。朕恐皇太子不深通学问，即未能明达治体，是以孳孳在念，面命耳提，自幼时勤加教督，训以礼节，不使一日暇逸，曾未暂离左右，即诃责之事往往不免。今皇太子在此，朕无饰言，阿保近侍亦皆知之。皇太子从来惟知读书，嬉戏之事一切不晓。即朕于众子，当其稚幼时，亦必令究心文学，严励礼节者，盖欲其明晓道义，谦以持身，期无陨越耳。尔等皆有声望于外，兹特命尔等训导东宫。朕观古昔贤君，训储不得其道，以致颠覆，往往有之，能保其身者甚少。如唐太宗亦称英明之主，而不能保全储副。朕深悉其故，虽闻见鲜寡，惟尽心训诲。而在外小人不知皇太子粗能诵读，谓尚宜选择正人，令之辅导。尔等皆有闻誉，今特委任。尔等宜体朕意，但毋使皇太子为不孝之子，朕为不慈之父，即朕之大幸矣！"汤斌奏曰："皇上豫教元良，旷古所无，即尧舜莫之及。"上曰："大凡奏对贵乎诚实，尔此言皆谗谄面谀之语。今实非尧舜之世，朕亦非尧舜之君，尔遂云远过尧舜，其果中心之诚然耶？今人面相扬颂，而退有后言，或三四人聚论，肆其讥议者有之。大凡人之言行，务期表里合一，若内外不符，实非人类。朕自来凡有举措，诚于中，必形于外，论说于大庭广众之前，人人可以共质，无一毫粉饰，断不似他人心口各异。朕非以尔等学问优长，故尔委任。比来内庭考试，尔等所学造诣朕业已深知，翰林各官亦所共见。若专选才学，岂无较优于尔等者而用之？止缘尔等向有闻誉，故以相委耳。"达哈塔奏曰："臣本最庸至陋，辅导皇太子责任极其重大，实非臣所能胜任。"上曰："此言昨者尔已奏闻，朕所洞悉。汉人学问胜满洲百倍，朕未尝不知，但恐皇太子耽于汉习，所以不任汉人，朕自行诲励。今皇太子略通汉文，于凡学问之事，似无扞格。且讲解书义，有汤斌等在，尔惟引若等奉侍皇太子，导以满洲礼法，勿染汉习可也。尔部院官员教子者，不过粗通汉文，希图仕进，何尝有实以文武之艺，教其子为全才者乎！朕谨识祖宗家训，文武要务并行，讲肄骑射不敢少废，故令皇太子、皇子等既课以诗书，兼令娴习骑射。即如八旗以次行猎，诚恐满洲武备渐弛，为国家善后之策。朕若为一人行乐，何不躬率遄往？近见众人及诸王以下其心皆不愿行猎，朕未尝不闻。但满洲若废此业，即成汉人，此岂为国家计久远者哉？文臣中愿朕习汉俗者颇多，汉俗有何难学？一入汉习，即大背祖父明训，朕誓不为此！且内廷亦有汉官供奉，朕曾入于汉习否？或有侥幸辅导东宫以为荣名，营求嘱托者，欲令皇太子一依汉人习尚，全不以立国大体为念，是直易视皇太子矣！皇太子其可易视耶？其果自愿效力，何不请效于朕前耶？设使皇太子入于汉习，皇太子不能尽为子之孝，朕亦不能尽为父之慈矣！至于见侍诸子内，或有一人日后入于汉习，朕定不宽宥！且太祖皇帝、太宗皇帝时成法具在，自难稍为姑息也。达哈塔尔若尚在，犹及见之。又有一辈小人，以不照世祖皇帝时行事为言者，朕躬凉薄，祖、父遗训多不能一一钦承。今人料朕浅易，可以议论，所以如此胆大妄行。若在先朝时，此等魑魅魍魉辈，岂容于离照之下？其必放诸海滨绝域，定不留之中国蛊惑众心。故圣人有言曰：惟仁者能爱人，能恶人。此皆朕所未能行者也。今尔等入侍内廷，当自知之。"达哈塔奏曰："皇太子乃天禀聪明，故当此髫年，学即大成，若臣下断不能如此。惟思皇上每日勤教太严，恐皇太子过劳。其不曾谕教皇太子之说，或有人言之，臣并未有言。至臣不但不通汉文，即汉语亦不甚知。臣之满语，汤斌等不知；汤斌等汉语，臣亦不知。日后阙失，臣一身之死小，诚恐有误大事。"上曰："汤斌尔等皆为契友，同心辅导，不致有误。且欧阳修有云：君子有君子之党，小人有小人之党。今日夸诩为道学者，惟口为道学之言，不能实践者甚多。若辈亦有各立门户，自相诋毁者。又有遣人致书与同年门生，索取四五百金或千金者。此等行径，朕无不悉知。若行摘发，则为狭小苛刻，姑尔包荒。即今满、汉习俗不同，达哈塔尔因母丧，故用青服，他人学尔亦皆服青，有服无服何以辨乎？尔因丧既用青服，能不饮酒茹荤乎？既饮酒茹荤，尚可谓之守制乎？以此推之，即可明矣。"达哈塔奏曰："臣一介孤愚，不惟汉人无交，即满洲中亦无交游，除吊丧问疾外，不曾无故与人交往。"上曰："朕亦知汝所为如此，故特委任。"达哈塔奏曰："臣之亲族累受皇上高厚之恩，臣以埋没土中之人，蒙皇上超擢今职。臣恐皇上以臣堪此任委付，故悚惧恳辞。皇上既洞晰臣之不能，臣何敢辞？"上复顾起居注官曰："尔等皆窃学问之名，若令尔等子弟及部院衙门官员子弟与朕子相较，其学业可知。或云披甲，择用执事，无暇学习。今若令与皇子同读二三十年，即晓然矣。即如德格勒，自以为曾习数字，渠今有何学问？即渠之子亦曾如此教诲乎？且渠子亦未必通晓满语也。又有谓朕左右皆微贱小人，即今在朕左右侍御之人，多有阀阅名胄，彼祖、父历历可述。现在部院大臣官员中，微贱小人子孙甚多，若与彼身相较，已大不侔矣。"自是日，各部院本章，俱送内阁，内阁转送听理。

23.《康熙起居注》选录：（康熙二十六年六月）

初十日丙辰。辰时，上御畅春园内门，大学士明珠、学士多奇以折本请旨：议政王、大臣会推广东副都统巴喀员缺，以正黄旗参领爱图拟正，镶红旗参领法喀拟陪。上曰："广东系边疆之地，甚为紧要，应选择能和睦兵民者补授此缺，著于部院郎中内察其年久、在行间效力者具奏。"是日早，皇太子读书无逸斋。达哈塔、汤斌、耿介入，行礼毕，侍立于东。起居注官德格勒、彭孙遹侍立于西。皇太子朗诵《礼记》数节、经义一篇，令汤斌近案前。斌跪，皇太子以书付斌，斌捧接，皇太子背诵不遗一字。复读新书，斌退原立处。皇太子写楷书一纸，约数百字。辰时，皇上驾至，皇太子率诸臣至阶下恭迎。上至斋中升座，顾起居注官曰："尔等观皇太子读书何如？"彭孙遹奏曰："皇太子睿质岐嶷，学问渊通，实宗社万年无疆之庆。"上曰："不能读书，饰以为能读；不能讲书，饰以为能讲，若此者非人类矣。"随取皇太子楷书细观。詹事尹泰入奏曰："皇上命臣同汤斌、耿介行走，臣奉命在此，止可备皇太子使令而已。窃见皇上谕教皇太子过严，臣是詹事，职分所在，若畏死不敢言，异日死有余辜。汤斌、耿介学问平常，年又衰迈，恐不堪此任。"上曰："俟再过数日裁之。"少顷，上回宫。巳时，皇太子进膳，随赐诸臣食。食毕，皇太子又写楷书一纸，随以皇上御制喜雨诗并序示诸臣。诸臣恭读毕，彭孙遹启曰："皇上步祷郊坛，至诚感格，致斋之夕，即沛甘霖。礼成之后，连日雷雨交作，四郊沾足。臣等方仰颂皇上圣德格天如此迅速，今又恭读御制诗篇、序文，恫瘝岂弟之意，高古渊雅之词，真为殊幸。"汤斌又以皇太子楷书示诸臣，诸臣恭览毕，启曰："皇太子楷字，笔笔中锋，端妍秀劲，臣等何幸得观法书。"斌启曰："臣两日来，见皇太子学问精深，臣不能仰补万一，敢先启过皇太子，即具疏诣通政司奏闻皇上，求解此任。"皇太子曰："皇父命汝辅导才及三四日，何为遽萌此意？汝殆见予每日读书、写字尚少，故欲辞任？果尔，予当再增功课，无为具疏以辞也。"斌又启曰："皇太子每日功课甚多，臣岂敢因此告辞？"皇太子曰："前皇父命汝时，汝何故不辞耶？"斌启曰："彼时皇上始有谕旨，臣一时意见不及，故未辞奏。"皇太子曰："汝之所请非予可以擅专，汝自面奏皇父可也。"斌叩头退。于时日已正中，甚暑。皇太子不挥扇，不解衣冠，端坐无惰容，而达哈塔、汤斌、耿介不能支持，斜立昏盹而已。皇太子随又写清书一纸毕，令达哈塔近前校对。复令诸臣观之，诸臣恭览毕，启曰："臣等虽习清书，未能精工。仰观皇太子书法端妍匀熟，非臣等所可学而至也。"皇太子令旨，命诸臣坐，诸臣叩头就坐。皇太子又温诵《礼记》数节、经义一篇，各一百二十遍。诵毕，顾汤斌曰："太皇太后明日幸畅春园，皇父于五鼓还宫恭迎，予应随去否？"斌启曰："此事宜启奏皇上。"皇太子曰："奏皇父自不待说，但应去与否，须咨汝以决。"斌启曰："皇上一言一动俱成礼法，自当请旨以定去留，臣不敢擅便。"皇太子进膳，又赐诸臣食。食毕，上复至斋中，命移案近南荣。皇太子、皇长子、皇三子、皇四子、皇五子、皇七子、皇八子俱侍。汤斌奏曰："皇上教皇太子过严，当此暑天，功课太多，恐皇太子睿体劳苦。"上曰："皇太子每日读书，皆是如此，虽寒暑无间，并不以为劳苦。若勉强为之，则不能如此暇豫。汝等亲见，可曾有一毫勉强乎？"因命尹泰、德格勒传谕曰："朕宫中从无不读书之子。

今诸皇子虽非大有学问之人所教，然已俱能读书。朕非好名之主，故向来太子及诸皇子读书之处，未尝有意使人知之，所以外廷容有未晓然者。今特召诸皇子至前讲诵，汝等试观之。"因取案上经书十余本，亲授汤斌曰："汝可信手拈出，令诸皇子诵读。"汤斌随揭经书，皇三子、皇四子、皇七子、皇八子以次近前，各读数篇，纯熟舒徐，声音朗朗。又命皇长子讲格物致知一节，皇三子讲论语乡党首章，皆逐字疏解，又能融贯大义。上顾诸臣曰："皇五子向在皇太后宫中育养，皇太后爱之不令其读汉书，止令其习清书。今汉书虽未能读，已能通晓清书矣。"因命读清书一篇，段落清楚，句句明亮。诸臣奏曰："臣等得观皇子读书讲义，因仰见皇上训迪不倦之圣心，忻喜无已。"上曰："朕幼年读书必以一百二十遍为率，盖不如此则义理不能淹贯，故教太子及诸皇子读书皆是如此。顾八代曾言其太多，谓只须数十遍便足，朕殊不以为然。即皇太子写字，向来仿史鹤龄，每写一纸，朕改抹者多，加点者少，未尝加圈。昨岁宣示内阁之时，汤斌等已皆知之，诸皇子在宫中从无人敢赞好者。若有人赞好，朕即非之。昨讲官入直，亲见皇太子读书、写字，有称扬之语，皇太子才始闻得人说一好字耳。"随命汤斌等写字。斌写唐诗一首，耿介写陈语一行，字俱平常。其余诸臣皆谢不能写。上遂亲洒宸翰，书宋儒程颢七言诗一绫幅，存诚两大字一纸，绫字秀丽，大字苍劲，皆有法度，诸臣莫不欣忭赞扬。随命张侯，皇三子、皇四子、皇五子、皇七子、皇八子同射，皆中四箭、三箭不等。又命皇太子、皇长子同射，皇太子中三箭，皇长子中二箭。上遂同亲近侍卫佟图射，上连发皆中。诸臣仰见皇上及皇太子、诸皇子射，靡不咨嗟称叹。又命达哈塔、尹泰、德格勒、侍讲徐元梦、亲近侍卫武什同射毕，时已薄暮，诸臣遂出。

24.《康熙起居注》选录：(康熙二十六年六月)

十一日丁巳。早，上率皇太子迎太皇太后至畅春园。巳时，皇太子读书无逸斋。达哈塔、汤斌、耿介入行礼毕，侍立于东。詹事尹泰亦侍立于东。起居注官伊图、高裔侍立于西。皇太子朗诵《礼记》数节、经义一篇，汤斌乃捧书跪听皇太子背诵。皇太子复读新书，顾斌曰："长长字还应作上声，其二曰其三日应读。"斌承命圈点讫。皇太子读新书毕，即写楷书。甫写时，耿介忽仆，皇太子问其故。汤斌启曰："耿介早间头晕，臣等强起之乃入内，今痰气忽发，以故不能立。"皇太子令在外暂休，侍卫扶出。皇太子曰："耿介老病，且时值暑热，应即遣归，但无皇父之旨，不敢擅遣，应奏闻。"顷，上令侍卫传谕曰："耿介老病可怜，在内功课从来甚久，彼何能奉侍？令暂回调摄，遣御医视之。"须臾，侍卫复传谕曰："向来讲书，尔等皆坐。今以皇太子委付尔等，应坐应立，宜自言之。尔等侍立，朕焉得知？凡大臣启奏时久，朕皆赐之坐论，起居注官皆知之。皇太子欲赐坐，未奉朕谕，岂敢自主？"达哈塔奏曰："臣等学识疏浅，不敢当辅导重任，是以臣等自行侍立。"皇太子写楷书《千字文》一纸，令汤斌观之，随付伊图、高裔同视。伊图、高裔启曰："皇太子书法天然秀劲，结构精密，不但满洲不能及，即汉人之内久习书法者亦不能及。臣等小臣，获睹睿书，何等欣幸！"皇太子复写清书一纸，付伊图等视之。伊图等视毕，启曰："小字、精楷大字从来难写，皇太子所书，诚可为人法式。"皇太子赐诸臣坐，诸臣叩头坐。皇太子读《礼记》八遍即背，凡背三次。虽至熟，必以一百二十遍为度。经义亦如之。读毕，皇太子射箭，矢十发，凡八中的。达哈塔等启曰："射法熟娴,连发连中,且式样至精,洵非易至。"皇太子复坐无逸斋,授汤斌四书一部,曰:"汝检出难者,予为讲解。"汤斌遂检出樊迟问知一章、《康诰》曰克明德一章、仲尼祖述尧舜一章、惟天下至圣一节、其为气也二节。皇太子讲解,声韵顿挫铿锵,词不繁而精义奥旨无不毕露。皇太子问曰:"古井田之制八家为井,人各百亩。若不及百亩,七十亩、八十亩,或偏隅之地,作何均分?予未了彻,尔试讲之。"斌不能讲。时已薄暮,诸臣出。

25.《康熙起居注》选录:(康熙二十六年六月)

十二日戊午。早,上迎皇太后,送皇太后至玉泉山宫内。未时,驻跸畅春园。是日早,皇太子读书无逸斋。达哈塔、汤斌入,行礼毕,侍立于东。詹事尹泰亦侍立于东。起居注官朱都纳、米汉雯侍立于西。令旨命诸臣坐。汤斌启曰:"辅导东宫,责任重大。皇上曾命九卿选择,九卿诸臣两次回奏,皆云实难其人。不意皇上委臣是任,臣不胜恐惧,力辞奏请,皇上不允。数日来,奉侍左右,仰见皇太子天亶聪明,皇上朝夕豫教,故能洞悉群书,睿学渊邃。若臣学本浅陋,且年齿衰迈,于皇太子实无少补,臣已将此情由具本送至通政司矣。"皇太子曰:"尔虽启奏,未奉皇父之旨,予何敢擅专。"汤斌启曰:"臣非敢欲遽离左右,但以臣情由启知皇太子耳。"乃叩头就坐。达哈塔、尹泰、朱都纳、米汉雯等皆叩头就坐。皇太子朗诵《礼记》数节、经义一篇各数遍。命汤斌执书背诵,音韵铿锵,极其纯熟,即书旨俱已隐然宣露。汤斌启曰:"新上《礼记》或逐篇挨读,抑摘取诵读?"皇太子曰:"《檀弓》亦逐篇尽读,无所避忌。"汤斌遂以朱笔点定新读《礼记》数节及经义一篇，进呈皇太子。皇太子甫读一、二遍，至经义内"韦编三绝"句，顾诸臣曰："孔子以圣人读《易》，其勤尚且如此，后学当愈加勤勉，何待言也。"皇太子读毕，进膳。赐诸臣食。巳时，皇太子仿帖书汉字一幅，临池正容端坐，连书数百余字，一笔不苟。付汤斌看，汤斌阅毕，启曰："书法匀而且秀。"复捧与记注官朱都纳、米汉雯看毕。朱都纳启曰："体格端凝，殊为神妙。向闻皇太子书法极工，私心每谓何由得见。今得恭睹妙墨，臣不胜欣忭之至。"米汉雯启曰："皇太子书法，八体具备，如铁画银钩，美难言尽。臣睹皇太子书法，俱用中锋悬掌，迥异常人，皆因皇上以古人秘诀指示，故运腕极灵，且甚有力。"皇太子又书满字一幅，令达哈塔看。达哈塔启曰："书法较前秀美。书法秀美，皆精熟之故耳。"皇太子将新读《礼记》及经义复朗读数遍，即付汤斌执书背诵。又每篇反复一百二十遍。时当盛暑，自朝至暮，皇太子端坐朗诵，极其恭谨，毫无惰容，左右诸臣莫不肃然。晚刻，出无逸斋前，习射三次，射法精妙，发多中的。射毕，复入无逸斋。令旨命汤斌至前，付以《四书》曰："尔于此中不拘何章，随便摘出，予将讲之。"汤斌启曰："数日奉侍皇太子，恭听讲解，知睿学极为渊深。皇太子本以天亶聪明，加之皇上豫教，故能至此，臣焉敢复令皇太子讲书？自古太子三日一进讲，隆冬盛暑俱暂停止。今皇太子讲书一日无间，虽元旦佳节封印之期，亦不少辍。近日在内，恭睹皇上庭教甚严，自古未有。睿学大成，不但臣才疏陋，实无少补，即通国亦未有能胜此任者矣。向来日讲时，清晨进讲毕，到家犹可少憩。日来奉侍左右，直至日暮，实为疲惫。臣若稍可支吾，臣虽谫劣，日聆皇太子讲解，臣学亦有进益。躬亲圣人，乃臣之大幸也！"皇太子曰："圣人二字予何敢当？予若不亲讲，则皇父问及何以奏对？"汤斌乃就榻前摘出《中庸》内知斯三者一节、《论语》内知者乐水一章、又舜有天下选于众一节、又《孟子》内分人以财谓之惠一节。皇太子开卷即讲，毫不思索，言简意该。汤斌启曰："皇太子讲解极其明晰，诚如九卿所云，辅导之责难得其人也。"朱都纳、米汉雯启曰："皇太子洞彻书理，开卷即讲，毫无迟疑，毫无遗漏，虽皓首穷经之士亦不能至此，此皆皇上豫教深宫，皇太子夙夜勤学，故如此融贯耳。"讲毕，达哈塔启曰："前日奉旨，九卿会议，著臣照常办事。明日有九卿会议，臣遵旨往赴九卿班，启知皇太子。"皇太子首肯毕，诸臣皆出。

26.《康熙起居注》选录：（康熙二十六年七月）

初六日壬午。辰时，上御畅春园内门。大学士觉罗勒德洪、明珠，学士吴兴祖、禅布、徐廷玺、额尔黑图、觉罗舜拜、色冷格、多奇以折本请旨：九卿会议直隶巡抚于成龙题修堤岸。上顾大学士勒德洪问曰："此议尔意云何？"勒德洪奏曰："于成龙疏内云，令地方官同屯拨什库派百姓旗人同修，部议遣旗员踏勘。"上曰："部议遣贤能官详看，将应修之处分拨带来，并未议遣旗员踏勘。尔等皆任咨询之责，凡事皆应明白洞彻，若并不明悉，则事务渐至败坏。既不洞彻，每日早散回家，可乎？应久在署中，将事务详问明彻方可耳。"本日起居注官库勒纳、博济。

27.《康熙起居注》选录：（康熙二十六年七月）

十五日辛卯。辰时，上御畅春园内门，大学士觉罗勒德洪、明珠，学士吴兴祖、禅布、徐廷玺、额尔黑图、觉罗舜拜、色冷格、多奇以折本请旨；礼部题，已故大学士宋德宜应否给谥、加祭请旨。上曰："宋德宜任大学士未久，著停止加祭，仍著与谥。"又刑部题浙江民张遴叩阍，应发往该抚审理。上顾大学士等曰："此案若交与该抚审理，岂肯将实情明白审出？"大学士明珠奏曰："此案或可遣部员审理。"上曰："即遣司员审理亦未必审出实情，但此案且仍著刑部选择贤能官往审。近见差往河南审理司员，竟不明白审理，此皆恐结怨各部堂官，故不从公审理耳。大凡督、抚无不于部院堂官营求结交，各为门户。若司员往审，与督、抚相悖，则结怨于堂官，尚能保其职乎？即今部院堂官皆各援引亲戚、朋党营求之辈，凡缺未出之前，豫先已定，及会推时，惟赞扬援引，而从公推拟者甚少。又有为司官、笔帖式时，图取财帛，所行贪婪，至于大任，伪称己身清廉者，此等之人其居心亦可鄙耻矣！今观部院官员皆稍稍更改，若照此而行，尚有何说？如所行贪污，仍蹈前辙，是自弃其身也，虽侥幸苟免，鬼神岂肯宥耶！"本日起居注官库勒纳、伊图。

28.《康熙起居注》选录：（康熙二十八年闰三月）

初五日壬寅。辰时，上御畅春园内澹宁居，兵部尚书纪尔塔布，侍郎觉罗舜拜、萨木哈奏事毕，上谕曰："往鄂罗斯兵丁可给与半年行粮。其未去之前，有因事故不去者，即撤其行粮，给与替代之人。其严行传谕，转交户部。"又谕曰："朕幸江南、浙江，见骁骑校、小拨什库披甲内，曾效力行间，人材壮健者甚多。此辈出兵时，有虽得功牌而未得官者，亦有因罪抵销功牌者。若此等效力人材以其未应得官，或无功牌，因而不用，则至于淹滞。可行文江宁、杭州、荆州、西安满洲将军、副都统,如彼处果有身力壮健、才堪管辖者及曾经效力者,或十人或十五人,选择不拘旗分,如彼处佐领、拖沙喇哈番品级章京、骁骑校缺出咨部时,将此选择之人一并咨送,到日尔部引见。"又礼部尚书麻尔图,侍郎席尔达、多奇近前奏曰:"本月初二日起,令龙虎山道官孔明德等三人,在黑龙潭仰体皇上重农恤民至意,祷雨三日。初三日自寅时降雨,为此题知。"上谕曰:"雨尚未足,可令伊等商酌,再行祈祷。今既得雨,此三人各赏银三十两。"谕毕,大学士伊桑阿、学士凯音布、拜礼、朱都纳、迈图、索诺和、郭世隆、西安以折本请旨:刑部等衙门议,陕西礼县知县万世纬贪赃,杖毙良民赵连祝等四人,应革职,拟斩监候,秋后处决。巩昌知府纪元私取礼物银两,应革职,拟绞监候,秋后处决。原任甘肃巡抚叶穆济将万世纬保奏卓异,革职。上曰:"叶穆济任甘肃巡抚时居官甚优,今为山西巡抚亦佳,可从宽免革职,降五级留任。"又议湖广广济县革职知县钱文炌闻武昌裁兵鼓噪,携印挟饷而逃,应坐斩监候。上曰:"广济无城可守,且库银全行交出,钱文炌情有可矜,着再议具奏。"少顷,上问皇太后安。本日起居注官库勒纳、洪俄岱。

29.《康熙起居注》选录:(康熙四十五年正月)

二十三日壬午。辰时,上御畅春园内澹宁居听政,部院各衙门官员面奏时,九卿为挑河事覆议进奏。上曰:"览尔等所议,尚有未详。至将情愿往河工效力者,令照山东养民例尤为不可。山东养民者,名为捐助,及其结局皆无实际,所欠银两皆朕免之。此不但无济于事,而其捏造诡名,诈称养数千万人者,亦可于此知之。所去人员亦甚放纵。今挑河之事,俱有丈尺，稍有不实，不但误事，而前去人员若仍行放纵，尤于事无益。尔等于严行禁止之处，并未议及。至于派出人员内有将节省银两还库者，固当议叙，若将捐助者发往河上，则无济矣。或令交银户部，尚可行耳。着再议具奏。"九卿出。大学士马齐、席哈纳、张玉书、陈廷敬、李光地，学士阿世坦、拉都浑、黑寿、蔡升元、舒兰、二格、王之枢以折本请旨：吏部为提督顺天学政、翰林院侍讲杨名时差满，将剔除弊端，照例具奏，议应回翰林院办事。上曰："杨名时管理学政，所行平常，着往河工效力。"户部以吏部尚书管理直隶巡抚事今升大学士李光地，前题借守道库银，采买米粮，平价粜卖银两数目奏闻，议驳回核减原买浮多价值，并催足其未完银两交还道库一事。及查原任天津道今调任之蒋陈锡，支取银两，并未采买米粮，俱照数全还折子一并请旨。上曰："此本发部，将蒋陈锡完银之处改正具奏。"都察院为写太庙祝版字体不堪，议将太常寺正卿伍什、寺丞吉尔赛俱降一级，罚俸一年，笔帖式索柱革职。上曰："伍什为人愚昧，着黜退。余依议。"是日，上诣澹泊为德行宫问安。是日，起居注官揆叙、陈壮履。

30.《清实录》选录：康熙二十六年二月庚午 [1]

上移驻畅春园。理藩院议：嗣后凡食俸蒙古王、贝勒、贝子、公、官员等有罪，俱免罚牲九数，量罪革俸。至各省之民，无牌票私出边口者，将妻子一并发往乌喇、宁古塔，与新披甲之人为奴。得旨：百姓私出边口，所议太过，著于山海关外辽阳等处安插，余依议。

1《清实录》，中华书局1985年版，第5册，第386页。

31.《清实录》选录：康熙二十六年六月丙戌[1]

礼部议覆，福建巡抚张仲举疏言：台湾郡县设立学校，但与考人数无多，未便照内地之额，请于府学量设廪增各二十名，县学各十名，俟人才渐盛，仍照直隶各省，补足定额。至廪生出贡，挨年考取，请自康熙二十七年始，照例举行。应如所请。从之。

32.《清实录》选录：康熙二十八年三月丙申[2]

谕大学士等：凡地方文武官员，务须各尽职掌，实心任事，黾勉效力，方为称职。今见直隶各省文武各官多有虚糜廪禄，怠玩因循，事务废弛，行伍虚冒，船只任其朽坏，器械全不整理，且有无多寡，茫然不知，总因分内职业视为具文，漫不经心，殊属不合。著各该督抚提镇通行所属官员，严加申饬，令其痛改积习，力图振刷，恪勤守职。如仍前玩忽，定行从重治罪。

33.《清实录》选录：康熙二十八年闰三月丁未[3]

免河东康熙二十八年分额征盐池地租。谕户部：国家设关榷税，原以通商裕课，利益民生，非务取盈，致滋纷扰。朕巡

---

[1]《清实录》，第5册，第402—403页。
[2]《清实录》，第5册，第535页。
[3]《清实录》，第5册，第536页。

行地方，轸恤民隐，咨诹利弊，有应兴革者，即见诸施行。近闻江浙闽广四省海关于大洋兴贩商船遵照则例，征取税课，原未累民，但将沿海地方采捕鱼虾及贸易小船概行征税，小民不便，今应作何征收，俾商民均益。著九卿詹事科道会同确议以闻。

34.《清实录》选录：康熙二十八年五月壬戌[1]

礼部右侍郎张英等，以编纂《孝经衍义》告成，进呈御览。得旨：《孝经》一书，皇考世祖章皇帝以孝为万事之纲，五常百行皆本诸此。命儒臣博采群书，加以论断，名曰《孝经衍义》，朕继述先志，特命纂修，今书已告成，著刊刻颁发，以副皇考孝治天下至意。

35.《清实录》选录：康熙二十九年二月庚辰[2]

上奉皇太后幸畅春园。谕大学士等：部院衙门事件，恐以朕在外调摄，致章疏稀简，可令照常送本，朕披览自有暇也。可通谕各部院知之。

36.《清实录》选录：康熙三十一年三月丙辰[3]

内大臣阿尔迪、理藩院尚书班迪等奉差往边外蒙古地方五

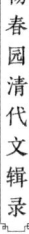

1《清实录》，第5册，第546页。
2《清实录》，第5册，第592页。
3《清实录》，第5册，第705页。

路设立驿站请训旨。上曰：凡遇边外事务皆用蒙古马匹，不但甚累蒙古，且恐事亦有误，今设立驿站，虽费用国帑，日后于蒙古裨益良多，亦不致迟延误事，最为紧要。特遣尔等料理，务加详慎，必将确然不易，可垂永久之策，筹画而行。

37.《清实录》选录：康熙三十二年三月丁未 [1]

上奉皇太后幸畅春园。吏部议覆江西巡抚马如龙等疏言：江西饶州府浮梁县景德一镇离县四十余里，巡检位卑，不能控制，请移该府同知驻镇弹压，应如所请。从之。

38.《清实录》选录：康熙三十三年五月癸卯 [2]

谕大学士等：国家以用人为要，或有知其人可用而避嫌不举者，或有明知其人不善而引为党援者。自今，九卿当各将所知居官贤能者敬慎公举，科道官职司耳目，诚能于所知贤者从公推荐，不肖者立行参劾，则贤者劝而不肖者惩，治道岂不美乎。可将此旨传谕九卿科道。

39.《清实录》选录：康熙三十七年二月庚午 [3]

上奉皇太后幸畅春园。谕大学士等：山东巡抚李炜居官不善，地方饥馑，百姓乏食，竟不奏闻，及至言官参奏，始行具

---

1 《清实录》，第 5 册，第 742 页。
2 《清实录》，第 5 册，第 782 页。
3 《清实录》，第 5 册，第 994 页。

疏。朕为人君，于国计民生日切存心详加审虑，李炜身任巡抚，不知抚恤百姓，著革职。

40.《清实录》选录：康熙三十九年五月癸丑[1]

上诣皇太后宫问安。上谕大学士等曰：朕观往古，因边疆之事，致扰生民者甚多。宁辑边疆，原以为民，岂可反以累之。朕深念及此，故进讨噶尔丹时，先即传谕此旨，此等大事，若无成见，岂可轻举，大约蒙古行依水草，其驻扎之处，可以意揆而知，非难事也。

41.《清实录》选录：康熙四十年三月丁酉[2]

上诣皇太后宫问安。礼部议覆河道总督张鹏翮请将上谕治河事宜，敕下史馆纂集成书，永远遵守，应如所请。上谕大学士等曰：朕以河工紧要，凡前代有关河务之书，无不披阅，大约泛论则易，而实行则难，河性无定，岂可执一法以治之。惟委任得人，相其机宜而变通行之，方有益耳。今不计所言所行，后果有效与否，即编辑成书，欲令后人遵守，不但后人难以效行，揆之己心，亦难自信，且今之河工虽渐有成绪，尚未底绩，果如扑灭三逆，荡平噶尔丹之灼有成功，允宜勒之于书，垂示后世。今河工尚未告竣，遽纂成书可乎？纂书之务且不必交翰林院，即著张鹏翮编辑呈览。

1《清实录》，第6册，第23页。
2《清实录》，第6册，第75页。

42.《清实录》选录：康熙四十一年五月庚戌 [1]

大学士等以直隶巡抚李光地折奏修永定河石堤进呈，上曰：朕令永定河修理石堤，特欲于此处试之，如有成效，再于南河兴工，若此工无成，则大工亦不能兴。间者运送工料银两所费不过二十万即已底绩。今户部之帑，见存五千万，朕意欲于黄河自徐州至清口两岸悉筑石堤，度其费不过千万，若获成功则永远无患。但运石稍难耳。马齐奏曰，此诚一劳永逸之计，然必待圣驾亲临，乃可定议。

43.《清实录》选录：康熙四十三年五月壬子 [2]

上诣皇太后宫问安。甲寅，奉差山东赈济工部侍郎穆和伦奏饥民已赈，麦秋成熟，请撤回赈济官员。上谕大学士等曰：观穆和伦所奏，山东麦秋大稔，秋田播种，往赈官员俱各勤劳赈济，殊为可嘉。穆和伦及往赈官员仍著暂留彼处。此际尚当酌量资补，俟至七月，奏报秋收情形后再令回京。

44.《清实录》选录：康熙四十五年二月壬辰 [3]

刑部议覆差往湖广郎中吴进泰等察审提标兵丁抢掠当铺一案，为首之王贵等应斩立决，为从之王汉杰等俱应斩监候，原任布政使今升太仆寺卿施世纶、原任按察使董廷恩、现任布政

1《清实录》，第 6 册，第 115 页。
2《清实录》，第 6 册，第 188 页。
3《清实录》，第 6 册，第 251 页。

使董昭祚、按察使郎廷栋等俱应革职，提督俞益谟应降二级调用。上曰：此风不可长也，湖广兵丁原皆良善，后因武臣不能约束，流弊至此。岂可不严加惩治，且地方官不将此案审明，延捱推诿，朦胧具奏，殊为不合。著将兵丁首犯王贵等依拟立斩，从犯王汉杰等俱依拟应斩监候，秋后处决。施世纶、董廷恩、董昭祚、郎廷栋等俱著革职，提督俞益谟居官好且在事发之后到任，著降二级从宽留任。

45.《清实录》选录：康熙四十七年十月丁未[1]

上幸畅春园。镶红旗汉军副都统赵世芳以病乞休允之。以内务府郎中海章署内务府总管事。先是奉差查审大岚山贼吏部侍郎穆丹押解贼犯朱三即王士元等父子六人至京，下九卿詹事科道会审，至是九卿等覆奏，朱三供伊系崇祯第四子。查崇祯第四子已于崇祯十七年前身故，又遵旨传唤明代老年太监俱不认识朱三，明系假冒，朱三父子应凌迟处死。得旨：朱三即王士元，著凌迟处死，伊子朱尧、朱圭、朱壬、朱在、朱坤俱著立斩。

46.《清实录》选录：康熙四十八年十月癸卯[2]

上御畅春园内西厂阅试武举骑射技勇毕，选田畯等二十三人，复试以步射。又选八人，再试以骑步射，召礼部侍郎胡会恩近前问曰：尔观会元田畯文章何如？胡会恩奏曰：文章颇

1《清实录》，第 6 册，第 347—348 页。
2《清实录》，第 6 册，第 384 页。

佳。上曰：从前以武会元为状元者少，今田畯骑射俱优，而文章又佳，其以田畯为第一名，官禄为第二名，韩光愈为第三名。

47.《清实录》选录：康熙四十九年正月壬午 [1]

上诣皇太后宫问安。先是，谕礼部：蟒式舞者乃满洲筵宴大礼，至隆重欢庆之盛典，向来皆诸王大臣行之。今岁皇太后七旬大庆，朕亦五十有七，欲亲舞称觞。是日，于皇太后宫进宴，皇太后升座，乐作，上近前起舞进爵。

48.《清实录》选录：康熙五十一年三月庚子 [2]

谕大学士等曰：赵申乔题请云南、贵州、广西三省中额量增数名，今覆试中式进士，可令赵申乔将所取三省备卷举人，亦带来考试。迩来浙江、江南人冒直隶等处北籍及代人考试者甚多。十三省语音朕悉通晓，观人察言即可识辨，著出示遍晓中式进士等，其中有冒籍替代等项俱赴部实首，覆试之日，朕前亦许面奏，倘隐蔽不发，朕一查出，悔之无及。

49.《清实录》选录：康熙五十二年三月壬寅 [3]

宴直隶各省汉大臣、官员、士庶人等年九十以上者三十三人，八十以上者五百三十八人，七十以上者一千八百二十三

---

1 《清实录》，第 6 册，第 397 页。
2 《清实录》，第 6 册，第 470 页。
3 《清实录》，第 6 册，第 513—514 页。

人，六十五以上者一千八百四十六人。于畅春园正门前传谕众老人曰：今日之宴，朕遣子孙宗室执爵授饮，分颁食品，尔等与宴时勿得起立，以示朕优待老人至意。又谕曰：书称文王善养老，孟子云'七十者非帛不暖，非肉不饱'，帝王之治天下，发政施仁，未尝不以养老尊贤为首务。近来士大夫只论居官之贤否，而移风易俗之实政，入孝出弟之本心，未暇讲究。朕因今日之盛典，特宣此意，若孝弟之念少轻而求移风易俗，其所厚者薄而其所薄者厚矣。尔等皆是老者，比回乡井之间，各晓谕邻里，须先孝弟，倘天下皆知孝弟为重，此诚移风易俗之本，礼乐道德之根，非浅鲜也。昨日甘霖大沛，田野沾足，朕心大悦，尔等无误农时，速回本地。特谕。

50. 王熙[1]：《赐观畅春园白莲颁赏御书恭纪》[2]

康熙三十三年六月徂暑恭遇畅春御园白莲花盛开，臣熙等进对之次奉旨特许入观，伏见宝树琪花绕蓬莱之仙苑，祥禽瑞草环太液之恩波，竞美争妍，真图难绘，赏心溢目，凡骨俱轻。屡纡折以遵涂，遂溯洄而泛水，香来遥岸，忆翠叶之田田；楫放中流，见清涟之泚泚。跃浪之嘉鱼可数，牵风之荇带偏长。中有泽芝连洲互渚，天生秀洁，素质嫣然，千叶重楼，叹为希有。继蒙饫赐，出自天厨，味甘滑以会宜，森罗山海；器圜宏而应节，刻画云雷。饱尝御府之珍奇，不胜下情之属厌。次荷璿光下照，瑶检前开，羲画精深，尧文辉焕。臣仰观

---

[1] 王熙（1627—1702年），字子雍，直隶任丘（今河北任丘）人，顺治四年进士。顺治病重弥留之际，召王熙撰写皇帝诏书。康熙时，任工部兵部尚书、保和殿大学士兼礼部尚书等职，著有《王文靖公文集》。

[2]《王文靖公集》，《清代诗文集汇编》，第109册，第296—297页。

睿藻，若凿窍而睹虹蜺；拜受藏家，若竦身而登云汉，谨同诸臣叩头谢恩讫。

恭惟皇上道符尧舜，功懋禹汤，游艺德园，怡情智水。诗书敦好，接孔室之渊源；金碧弗施，敞尧阶之清素。临池之妙，包括晋唐，爱物之仁，洽于草木。民情欢悦，尊曰灵台，天贶贞符，产兹丽草。绿茎条达，胜弥泽之朱仪；皓体澄鲜，掩仙坛之碧色。臣等登舟，恭望循涘流连，见其倚盖连房，丛攒翡翠，重茵叠蕊，分布琼瑶。泛明彩于澄波，宜当晓月；播清芬于别浦，思拂薰风。俄而弄影沦漪，映姿蒲藻，独擅亭亭之美，交辉灼灼之华。盖真有君子之风流，宜常被圣人之顾盼者也。因念此花植木槐江，敷荣翠水，生于帝囿，结是仙姿，高贵所居，尘凡难见。臣等幸承主眷，得与国游，获睹奇葩，灿云霞而极目；欣同凡卉，荷雨露以滋多。兼承九酝流膏，八珍适口，举身润泽，遍体芬芳，味尧厨菹蒲之凉，忘夏日炎蒸之暑。小臣被宠，各庆殊遭。圣主施恩，增加望外。怜其可教，赐以法书，亲洒宸章，运凤鸾之妙势，分纡睿思，奖犬马之微劳，荣光并日月常悬，神妙等化工肖物。臣等跪舒鸾纸，拜受龙文，稠叠宠荣，祇受若丘山之重。勉勤驽钝，报称无纤芥之微，惟感颂之愚忱，后天地而无极。谨记。

51. 张玉书[1]：《赐游畅春园玉泉山记》[2]

四月初四日辛未，上御畅春园内澹宁居。大学士伊某等以

---

[1] 张玉书（1642—1711 年），字素存，江南丹徒（今江苏镇江）人。顺治十八年进士，历任翰林院编修、日讲起居注官、刑部尚书，文华殿大学士兼户部尚书。著有《文贞公集》，参与编纂《康熙字典》《佩文韵府》等书。

[2]《张文贞集》，影印《文渊阁四库全书》本，第 1322 册，第 503—504 页。

折本请旨毕，上传大学士伊某、阿某、王某、张某，尚书库某、马某、索某、图某、沙某、班某，左都御史沙某，侍郎常某、席某、朱某、安某、满某，学士德某、常某，同进畅春园看花。

从澹宁居右边入，至渊鉴斋前，沿河堤上列坐。赐饭毕，诸臣纵观岩壑，花光水色互相映带，园外诸山历历，环拱如屏障。上御船绕渊鉴斋而下，命诸臣从岸上随船行。诸臣过桥向西北行，一路目不给赏。至花深处，是时丁香盛开，共数千树，远近烂漫。上登岸，命诸臣随行。遇名胜处，辄亲赐指示，诸臣得一一见所未见。游毕，回至渊鉴斋前，谢恩而出。

是日，上随谕诸臣，玉泉山迩日景物正佳，初六日早再来同游。

初六日癸酉早，上御玉泉山静明园。诸臣俱集，从园西门入。园在山麓，环山为界。林木蓊郁，结构精雅，池台亭馆，初无人工雕饰。而因高就下，曲折奇胜，入者几不能辨东西径路。攀跻而上，历山腰诸洞，直至山顶，眺望西山诸胜。

上传谕诸臣，俱乘船回，各家人役皆携襆被，先至西直门伺候。诸臣出至园门外谢恩，皆称："臣等生平经历山水胜概，从未得如此耳目开涤，心神怡旷，真天作地成，以贻皇上。蒙恩赐游，实千古未有之幸。"上遂登舟，留大船二只，一赐亲王乘坐，一令诸臣并载，并差员前往启闸。沿途稻田村舍，鸟鱼翔泳，宛然江乡风景，而郊原丰缛气象又为过之。诸臣至西直门登岸，莫不踊跃欢欣，庆圣世泰交之盛，自卷阿游歌以后旷世仅见云。

52. 高士奇[1]：《蓬山密记》[2]

康熙癸未三月十六日，臣士奇随驾入都。十七日，至畅春苑，即命入内直。十八日，恭祝万寿。二十一日，御前内侍到直庐传旨："尔在内历有年所，与众不同。今日令尔遍观园中诸景。"随至渊鉴斋，上垂问许久，观四壁图书。转入暖阁，彝鼎古玩，西洋乐器，种种清迥。又至斋后，上指示所种玉兰、腊梅，岁岁盛开。时，箨竹两丛，猗猗青翠，牡丹异种，开满栏槛间。国色天香，人世罕睹。左有长轩一带，碧棂玉砌，掩映名花。前为佩文斋，上憩息之所。缥帙锦轴，陈列左右。上指架上卷轴示臣，曰："皆朕平日所书。近日南巡赐去五百余幅，尚存两千余幅。"又至一处，堂室五楹，上刻《耕织图》，并《御制耕织图序》及诗。仰见我皇上深宫燕寝，不忘小民之依。随上登舟，命臣士奇坐于鹢首，缓棹而进，自左岸历绛桃堤、丁香堤。绛桃时已花谢，白丁香初开，琼林瑶蕊，一望参差。黄刺梅含英耀日，繁艳无比。麋鹿獐麂驯卧山坡，或以竹篙击之，徐起立视，绝不惊跃。初出小鹤，其大如拳，孔雀、白鹇、鹦鹉、竹鸡，各有笼所。凤头白鸭，游戏成群。上曰："人传此种味美，食之有益，然朕爱其洁白，从未烹食，不知其味。"臣士奇曰："皇上仁心，推恩万物，无微不

---

[1] 高士奇（1645—1704年），字澹人，号江村，浙江钱塘（今杭州）人。由监生供奉内廷，以才华敏赡受宠于康熙帝，历任内阁中书、额外侍讲、少詹事等职，并曾入值南书房。后以养母乞归。著有《清吟堂全集》《江村销夏录》《北墅抱瓮录》等。

[2]《蓬山密记》，《历代日记丛钞》，学苑出版社2006年版，第18册，第267—275页。

至。"白雁笼近水侧，饮啄自如。上谓臣曰："塞外雁有六种，此乃另一种。在塞北极远，霜未降时，始入内地。瓯脱之人，用占霜信。"过延赏楼、淳约堂，亭台相映。蕊珠院向为回楼周廊，今易高楼七楹，中皆轩敞，陈设古玩。上命臣登楼，楼梯宛转，凡四曲折，乃登不觉其高。遥望西山，若在檐左。楼下牡丹益佳，玉兰高茂。上曰："闻今岁花开极繁。"登舟沿西岸行，葡萄架连数亩，有黑、白、紫、绿及公领孙、琐琐诸种，皆自哈密贡来。上命各取数枚与臣尝之。谕曰："可将竹篮悬挂，令干，归遗尔母。"过观澜榭，上曰："尔尚能记此地否？"臣云："尚忆创造时大略。"少顷，至东岸，上命内侍引臣步入山岭，皆种塞北所移山枫、婆罗树，其中可以引纤，可以布帆，隔岸即万树红霞处。桃花万株，今已成林。上坐待于天馥斋，斋前皆植腊梅，梅花冬不畏寒，开花如南土。转入观剧处，高台宏丽，四周皆楼，设玻璃窗。上指示壁间西洋画令观。复至雅玩斋，所列彝鼎、古磁、汉玉、异珍、书画之类，咸命观之。古色满前，应接难遍。赐武彝蕊茶毕，谕令："且退。数日后，再命尔来观。"登舟棹船，二女皆淡红衫，石青半臂漾舟，送至直庐。是日所经，即内侍少疏远者，亦不能至也。

二十六日，上入宫经筵毕，召臣士奇至养心殿，谕曰："此尔向年趋走之地，今尔来，仍令一观。"四壁图史，依前陈列，长昼穆清。殿前白石榴、弱枝枣犹然郁茂。又塞外取来盘羊，角可为弓。上命近榻前，观新造玻璃器具，精莹端好。臣云："此虽陶器，其成否有关政治。今中国所造，远胜西洋矣。"上赐各器二十件，又自西洋来镜屏一架，高可五尺余。复命将历年诸臣所进诗文，选其佳者捧归，交江苏巡抚臣宋荦刊刻。

二十九日，上命内侍传旨云："朕所书《千字文》，曾赐大学士张玉书、吏部尚书陈廷敬，尚未赐尔。连日书经，今日少暇，正在临池，先说尔知之。"

三十日，上命内侍以《御制千字文跋》稿赐观。跋曰："米芾书原无《千字文》。朕自幼临摹，深知沉着痛快处，令人起敬，所以集成两部。此一部乃是小字，其中无字者，朕补之。虽不能仿佛古人用笔，亦知朕好古之意也。癸未春南巡，礼部侍郎高士奇终养在籍，以色笑孝母，莱衣自欢。当年讲筵时，精神少壮，留心翰墨。尝进《春秋讲义》，夜分不寐。今见齿落发白。三十年间，光阴之速，以至如此。朕甚怜之。故舟中书'莱衣昼锦'扁额并《千字文》赐之，以记不忘旧臣云耳。"

四月初一日，赐下《千字文》一卷，即书前跋于后，又织成夔龙边绫扁，御书"莱衣昼锦"四大字。臣士奇奏云："臣本书生，遭逢圣主，年来请养闲居，尺寸未效。蒙皇上垂念微劳，至亲洒宸翰，眷属殷隆，惟有感恸，泪不能止。"因九叩谢恩，赋诗八章。

初九日，申刻，上步至直庐。与臣士奇谈书法许久。因云："凡事贵乎有恒，即一技一能，亦必须久而后成其名。朕于作字留心非一日，今觉稍稍有进。"臣士奇曰："皇上聪明天授，于学问又复用功，臣昔侍讲幄，深知皇上精一纯粹，好学无倦。愧才力短薄，不能效涓埃也。"因命内侍引臣登舟至清溪书屋，观树上樱桃，即令摘而食之。周历宛后亭榭而出。

十三日早，召至佩文斋赐御馔，恭读御制诗，未刻退。蒙赐满洲桌子全桌，此最隆者，除出师大将军外，无全桌之赐。

十四日早，赐馔。

十六日早，至佩文斋，午方退。午后，又至渊鉴斋，夜方退。

十七日早，至佩文斋，午方出。又赐满桌一席。午后，至渊鉴斋赐坐，问对许久。上云："写数字与尔看。"因书七言绝句三幅。夜方退，面谕云："尔非有军功战阵之事，而以文章事主。始终诚恪，鲠直谨慎。朕学问实成于尔。今念尔旧劳，故待尔优渥。尔母老，朕不强尔在京。尔须宽心自爱，弗以离朕为念。朕一二年后，仍欲南巡，可以相见。或以诗文召尔来。"又面向左右云："当日初读书教我之人，止云熟读四书本经而已，及朕密令内侍张性成抄写古文时文读之，久而知张性成不及。后得高士奇，始引诗文正路。高士奇夙夜勤劳，应改即改。当时见高士奇为文为诗，心中羡慕，如何得到他地步也好。他常向我言：'诗文各有朝代，一看便知。'朕甚疑此言，今朕迩年探讨家数，看诗文便能辨白时代。诗文亦自觉稍进，皆高士奇之功。"臣逊谢。

十八日午后，召至渊鉴斋，先谕云："今日只可谈笑，不可说及离情，涕泣使不尽欢。"因闲谈许久。说及律吕如何探讨，颇得其要。有内造西洋铁丝琴，弦一百廿根。上亲抚《普唵咒》一曲。因云："箜篌，唐宋有之，久已失传，今得其法。"命宫人隔帘弹一曲。又云："内中人凡弦索精者，令各呈其艺。"次命弹虎拍，次弹琵琶，次弹三弦子。又云："朕近以琴谱《平沙落雁》勾作琵琶、弦子、虎拍、筝，四乐器同弹。"因命弹之，四乐合成一声，仍作琴音。声甚清越，极其大雅。弹毕，上云："此宫人自幼精心弹筝，至忘寝食。今已十余年，尽得神妙。"再令弹《变调月儿高》，宛转悠扬，所谓"此曲只应天上有，人间能得几回闻"也。弹毕，内侍设果席于上前，臣士奇设一桌在御榻左侧。上先进酒一杯毕，召臣士奇至御前，上手持金杯盘酒赐臣云："知尔素不能饮，明日远行，可略饮之。"臣奏云："天恩高厚，臣纵不能饮，当尽此杯。"一饮而尽，叩首榻前。时感恩深挚，泪堕杯中。上云："今日止可尽欢，弗动悲戚。内中女优，令尔一观。"就坐毕，弋调演《一门五福》。上云："尔汉人遇吉庆事，皆演此。"次昆调，演《琵琶上寿》。上云："尔年老之人，不妨观看，莫有回避。"次弋调，演《罗卜行路》，次演《罗卜描母容》。上云："此女唱此出甚得奥妙，但今日未便演出关目，令隔帘清唱。"真如九天鸾鹤，声调超群。次演昆调《三溪》，上云："此人乃内教师也。"且屡谕云："尔在外见得多，莫笑话。"次演弋调《琵琶盘夫》，上指蔡邕曰："此即顷隔帘清唱之人也。"次演昆调《金印封赠》，上云："此出文词做法皆无取，只取今日吉兆耳。"撤席，赐清茶一盏，命将果桌送臣寓处。上召近膝前许久，言及西洋人写像，得顾虎头神妙。因云："有二贵嫔像，写得逼真，尔年老，久在供奉，看亦无妨。"先出一幅云："此汉人也。"次出一幅云："此满人也。"观毕，谕云："今日且弗谢恩，明日赐尔物件并尔母之物，总谢。"臣仍九叩御前而退。上令近侍扶掖云："见尔近日甚瘦，尔年虽五十九，精力未衰，相见有日，家有老母，宜一路欢喜而去。"

十九日早，召至渊鉴斋。先赐早饭毕，召至榻前，面谕许久。出渊鉴斋户外，赐上用绒帽，上有金刚石绒色龙缎袍，石青四团龙褂，命近侍为臣着之。赐臣母八团寿字衫一件，青獬披风一件，上有玉结东珠坠子一双。内造龙缎四联，上用宁绸二联，绫四端，春绸四端，上用土木参二斤。谕云："乃朕自用之参，此处止此二斤，余皆备赏用者，故不多赐。后再寄与尔。"御书五幅，内一幅"御制咏杜鹃花赐高士奇"，盖有寓意者。西洋画三幅，牙合三枚，杏木根香几一张，御制磁佛二尊，《古文渊鉴》一部，海白菜一合，以其可愈臣母痰癥也。着衣毕，命在帘外叩谢，谕云："见尔感涕，朕亦难忍。"复解上自佩鼻烟壶二枚，并鼻烟一瓶，赐下。命阖宫首领内监送至苑门外。此时不觉大恸。上遣内侍慰谕再三，复命皇十三子送至苑门。午刻，至皇太子处。时，皇太子将至御前，见臣士奇，仍回辇入宫，召至榻前。慰问再四，赐五言律诗一首，"南陔春永"扁额，绒帽一顶，有金刚石宝蓝龙缎袍，红青四团龙褂各一袭。又欲赐鞍马，以舟行辞。复命侍卫四格与近侍周进朝送至。又令备皇太子自骑走骒，送至通州。少顷，又追赐鼻烟合四枚，鼻烟一罐。

  高文恪被圣祖殊遇，此其纪恩所录。宴赉稠渥，宠礼优异，即是可见矣。此编本无刻本，兆蕃曩从文恪六世孙升伯先生游，亦未得睹。今先生已下世，哲嗣云阶秀才乃出此见示，则文恪七世孙矣。先朝恩遇，故家文物，洵足珍也。上虞符轶群征仕录副，畀兆蕃藏之。谨记。时光绪丁酉九月。

53. 查慎行[1]：《畅春苑直庐》[2]

  畅春苑内未有直庐，供奉之员皆就近僦居，以候不时宣唤。康熙癸未正月，余与汪紫沧、家声山三人随驾赴苑。上亲指小东门沿墙向西屋五间，为祗候之地。其秋，改作三层南向，而以直南三间为翰林直房，后二层为画院。自是入直有定

---

[1] 查慎行（1650—1727年），字悔余，号初白、他山，浙江海宁人。早年为大学士明珠家馆师，康熙三十二年顺天乡试中举，四十一年皇帝诏令其供职南书房，四十二年中进士，改翰林院庶吉士，官编修。康熙五十二年因病乞休获准。著有《敬业堂集》。

[2] 《人海记》，《续修四库全书》，第1177册，第249页。

所，与南书房同。

54. 查慎行:《西苑烟火》[1]

西苑张灯自正月十四夜起，至十六夜止。癸未上元前二日，有旨，查升、查慎行、汪灝自明日为始，连夕俱至西厂看放烟火。至十四夜酉刻，内侍一人导余辈三人自小南门入，沿河北行里许，经勤政楼下，穿网城西渡板桥，宽数百亩，壤平如削。当楼之正面，设灯棚一架，高起六丈余，稍南为不夜城，中列黄河九曲灯。缚秫秸作坊巷胡同，径弄回复，往往入而易迷，灯之数不知其几。每一灯旁植一旗，五采间错，日初落，数千百灯一时先燃。其北列栅，方广约五六里，散植烟火数百架。黄昏，上御楼，西向坐，先放高架烟火，谓之合子，最奇者为千叶莲花。合子既毕，人气尤静。须臾，桥东爆竹发药线，从隔河起，飞星一道，倒曳有声，倏上倏下，列入栅中，纵横驰突，食顷，火光远近齐著，如蛰雷奋地，飞电掣空。此时月色天光，俱为烟气所蔽。观者神移目眩，震撼动摇，不能自主。移时，烟焰尽消，而九曲黄河灯犹荧荧如繁星也。内官舞龙灯者，至楼前伺候。余辈乃出宫，漏下二鼓矣。十五十六两夜皆然。其后岁以为常。但取道苑北门，不复从南门入矣。

---

[1]《人海记》，《续修四库全书》，第1177册，第249—250页。

55. 戴名世[1]:《张翁家传》[2]

张翁讳某,字某,江南华亭人,迁嘉兴。君性好佳山水,每遇名胜,辄徘徊不忍去。少时学画,为倪云林、黄子久笔法,四方争以金币来购。君治园林有巧思,一石一树一亭一沼,经君指画,即成奇趣。虽在尘嚣中,如入岩谷。诸公贵人皆延翁为上客。东南名园,大抵多翁所构也。常熟钱尚书、太仓吴司业与翁为布衣交。翁好诙谐,常嘲笑两人,两人弗为怪。益都冯相国构万柳堂于京师,遣使迎翁至,为之经画。遂擅燕山之胜。自是,诸王公园林,皆成翁手。会有修葺瀛台之役,召翁治之。屡加宠赉,请告归,欲终老南湖。南湖者,君所居地也。畅春苑之役,复召翁至,以年老赐肩舆出入,人皆荣之。事竣复告归。卒于家。

赞曰,余闻张翁事父母颇孝谨。其父卒,为营墓地,不得。忽夜梦见父携游郭外,指一阡陇言曰:"此吾葬处也。"明日有人持一地图来求售,宛如所梦,遂售之。一日出游,宿王尚书园亭,梦父抚其背曰:"尔急归,尔母且逝矣。"觉而奔,抵家,母果不起。持与诀,乃卒。其子为予言如此。子治父术亦工。

---

[1] 戴名世(1653—1713年),字田有,号药身,世称南山先生,江南桐城人。康熙四十八年中进士,授编修。两年后,以所撰《南山集》"语多狂悖"被判罪入狱,后被处死。戴名世古文成就斐然,对桐城派的形成贡献颇多。著有《南山集偶钞》《子遗录》等。

[2]《南山集》,《续修四库全书》,第1419册,第143页。

56. 程庭[1]:《畅春园记游》[2]

初七日四更赴畅春苑，因是日内大人未得间启奏，遂留以待。余未携襆被，暂假茅舍半间，趺坐土炕，和衣假寐，静听金钥，遥想玉珂，少陵佳句，当不仅为掖垣中人道此语也。鸡初鸣，即闻车马之声，砰訇腾沸，不绝于耳，率皆冠裳济济，剑佩锵锵，宛然半幅李思训早朝图画也。按畅春苑乃明季武清伯李皇亲园亭旧址，今上因之置为御苑。苑周遭约十里许，垣高不及丈，苑内绿色低迷，红英烂漫，土阜平陀，不尚奇峰怪石也。轩楹雅素，不事藻绘雕工也。垣外行人于马上时，一窥见垒。垣以乱石作冰裂纹，每至雨后，石色五彩焕发，耀人目睛。玉泉山之水，走十余里绕入苑河内，复作琤琮戛珶声，流出宫墙。苑后则列诸王池馆，花径相通，东则有悟真庵尼僧也，西北则永宁观羽士处焉，圣化寺喇嘛处焉，正西则广仁宫，西南则万寿寺，皆缁流处焉。其余梵刹颇多，惟此数地为上所常驻跸云。苑门南向，匝以红栏，栏内立铜狮二，遍身作翡翠色，每当朝期，群臣方由此出入。其于平日则有东红门二、西铁门二，惟视上所临御焉。远近四围，老树森立，间以水田漠漠青青，鱼虾连市，鹅鸭成群，村童田父耕凿自如，嬉游于化日光风中，杳不知天威之在咫尺，宜乎其含哺鼓腹，益叹帝力为何有矣。

---

1 程庭，字且硕，号若菴，安徽歙县人。康熙癸巳（1713年），至京祝釐，随日纪行，附以诗词，成《停骖随笔》一书。

2《若菴集》，《清代诗文集汇编》，第231册，第95—96页。

57. 汪学金[1]：《御笔较射诗墨刻恭跋》[2]

　　臣闻《易》称威矢，《书》纪明侯，《礼》详燕射之文，《诗》咏《车攻》之什，所以章帝王之上仪，垂古今之懋典也。国家圣德神功，文谟武烈，声灵震叠，法守光昭。我皇亶智勇乎天赐，兼巧力于圣能，亲贤惇叙，《行苇》之树四镞，时物阜成，《驺虞》之合九节。维乾隆十有三年戊辰秋九月，较射于畅春园之大西门。时则风高日晶，渊澄岭秀。亲御弧矢，廿中十九，卫士欢呼，儒臣第颂。绳祖武之俭勤，奉慈宁之愉怿，礼也。越明年，己巳孟夏，清闱侍膳，薰馆敕几，朱鹭登歌，白狼罢戍。开广埒以调驹，启名轩而集凤，中规叶用九之符，破的得贯三之妙，纯乾不息，重巽以申，侯其祎而美尽善矣。至于梯航万里，候尉一家，扬九伐于王庭，回六龙于仙苑，乃携贵山之使来观上国之光，备鹈鲽而拓新疆，贡马訇骏而贶洪祉。百步穿杨之巧，视远惟明；十钧贯札之奇，语小能破。斯又丁丑之盛举也。大武远扬，元音叠作，铿锵而箫韶鸣，纠缦而星云丽。四极四和，一张一弛，负阴抱阳，准平绳直，泽宫之颂天子，相圃之观圣人。庶足模范鸿规，威仪至德。岂唐之玄武阙、宋之玉津园可以齐衡而絜度者乎？于是跻耄期而念初哉，述往事以诏来者。身教言教，德成艺成，跃如之旨昭然，展也之功备矣。十二龄之鹰眷顾诒厥有声，亿万载之示显承所其无逸。臣因是而绎思之，鹄者心也，于中鹄见从

---

1 汪学金，清代太仓人，字敬箴，号杏江，晚号静厓。乾隆朝进士，官至左庶子。著有《井福堂文稿》《静厓诗集》。
2 《井福堂文稿》，《续修四库全书》，第1472册，第431—432页。

心之矩焉。弓者躬也，于传弓寓在躬之训焉。内正外直，所以崇德也。左宜右有，所以广业也。无偏无党，标君父以教子臣。匪疾匪徐，备礼乐而行征伐。夫然后笃祜天庥，绍闻家法，自经传以来，未有如我皇之睿智神武刚健粹精垂裕于无疆者也。

58. 钱泳[1]：《畅春园虎》[2]

嘉庆庚辰五月廿七日，京师雷雨夜作，畅春园虎圈之虎忽逃其一。次早有中贵人三，在前湖看荷花，卒遇之，虎食其一，两人跃入水中获免。越五日，奉旨命三额驸杀虎。翰林编修吴慈鹤纪以诗云：太液莲开白于雪，三人晓起看花入。凉风吹鬓巾袖香，池边骇见於菟出。两人急跃清池里，一人已为虎所饵。至尊频蹙催赐金（有旨赏银五十两与死者），一半残骸付妻子。黑河猛将行如风，长枪大槊何豪雄。虎知当死伏不动，翻身一箭穿其胸。万夫抃舌军吏贺，此勇真能不肤挠。吁嗟乎，期门羽林尽如此，太白欃枪安敢起。

---

[1] 钱泳（1759—1844年），清代金石书法家，诗人。字立群，号梅溪，江苏金匮（今无锡）人。少年时即工书法，乾隆五十三年到开封入毕沅幕，与孙星衍、洪亮吉、凌廷堪等人讲论金石，学术上大有长进。入国子监，祭酒法式善很看重他，得到大书法家成亲王和翁方纲的指授，书法日益精进。由于仕途不顺，便回江南常熟翁庄，筑写经楼，写经刻石，开办郡学。钱泳工诗擅文，著有《梅花溪草》《履园丛话》《古虞石室记》《写经楼金石目》等。

[2]《履园丛话》，《续修四库全书》，第1139册，第222页。

59. 昭梿[1]：《孝亲》[2]

纯皇侍奉孝圣宪皇后极为孝养，每巡幸木兰、江浙等处，必首奉慈舆，朝夕侍养。后天性慈善，屡劝上减刑、罢兵，以免苍生屠戮，上无不顺从，以承欢爱。后喜居畅春园，上于冬季入宫之后，迟数日必往问安视膳，以尽子职。后崩后，上于后燕处之地皆设寝园，凡巾栉柂枷沐盆吐盂，无不备陈，如生时。上时往参拜，多至失声。又于园隙建恩慕寺，以资后之冥福焉。

60. 吴振棫[3]：《祭处在御园南》[4]

祭历代帝王陵，皆于享殿行礼，无享殿即就陵寝设坛。惟元陵则望祭。国初定议时，尚未有畅春园，故元太祖世祖陵在

---

[1] 昭梿（1776—1829年），号汲修主人，又号檀樽主人。为礼亲王代善之后，自幼继承家学，勤奋学习和写作。但是一生历尽坎坷。嘉庆七年（1802年）授散秩大臣，十年袭礼亲王爵。两年后王府失火，家产全被烧光。嘉庆二十年又被人告发凌辱大臣、滥用非刑，遂被削去王爵、圈禁三年。减刑获释后也未被重用。但是他在自己的书房汲修斋完成了《礼府志》和《啸亭杂录》的写作。书中记录大量清道光初年以前政治、军事、经济、文化，典章制度和社会习俗等方面的宝贵资料，成为人们认识清代社会的重要资料书。

[2] 《啸亭杂录》，《续修四库全书》，第1179册，第412页。

[3] 吴振棫（1792—1870年），字宜甫，号仲云，晚号再翁。浙江钱塘（今杭州）人。嘉庆十九年进士，选庶吉士，授编修。历官贵州按察使、山西四川布政使、云南陕西巡抚、四川云贵总督等职。吴振棫熟悉清代掌故，著有《养吉斋丛录》，简明地记述了同治以前政府、宫廷的典章制度和清室的宫殿园囿。另著有《花宜馆诗钞》《词钞》《黔语》，编有《国朝杭郡诗续辑》。

[4] 《养吉斋丛录》，《续修四库全书》，第1158册，第388页。按，题目为编者所拟。

德胜门外望北致祭。后建畅春诸园,则祭处在御园南矣。

61. 吴振棫:《仁庙六旬万寿》[1]

仁庙六旬万寿举行盛典最称繁丽,侍郎王原祁为万寿盛典总裁,画图长二十余丈,李公绂为之记,胪载甚悉,今撮其大略并扁联之佳者录于后。

由畅春园花洞东过双闸至宫门前,五色锦绘彩墙一座,结万寿无疆四字,左右彩坊各一。过小东门,东为清梵寺,诸皇子于寺内建庆祝经坛演剧彩台一、幡竿二,寺外结坊一。……

62. 黄鸿寿[2]:《禁锢隆科多于畅春园外》[3]

隆科多以帝令宗人府除去允禵等名,因嘱辅国公阿布兰私抄玉牒底本,存贮家中,欲留为将来对合地也。帝闻之大怒,革阿布兰公爵,圈禁家中,调回隆科多治罪。至是,锡保奏隆科多罪状凡四十一款,请正法。命于畅春园外附近空地,造屋三间,永远禁锢,子岳兴阿革职,玉柱发黑龙江当差。

---

1 《养吉斋丛录》,《续修四库全书》,第1158册,第408页。
2 黄鸿寿,晚清民国学者,湖南善化人,其1915年出版的《清史纪事本末》,历述了清代从关外勃兴到宣统退位的历史。
3 《清史纪事本末》,《续修四库全书》,第390册,第199页。

63. 何祥舒[1] 等：《畅春园的盗匪事件》[2]

六月十五日黎明之时，九经三事之殿养犬狂吠，养犬太监李经孝、范景星、刘金玉、邢进忠等即起，牵犬行走，犬向东角狂吠，观之，有一人蹲坐在东小门台上，另四人看守，李经孝即告于总管太监李风祥。丙额、我在内置办，我一同李风祥及大太监张四娃，率苑户、太监等，捆绑进入之人，开西板门出，交付守备李凤春等情。

因黎明时分，外面来往商人俱始行墙根，未见马林何时自树攀上墙，我往送签时，见墙上有人，便急喊下去，马林跳下，我便喊有人进入，闻犬吠声，内并未闻，正门步兵金顶泉前来，我告伊转告守备，我系小人，见墙上有人，惧而未随攀树喊叫，未能拿获，又有何言。

64. 陆淹[3]：《畅春苑新建六合楼赋》[4]

指中天之佳丽，伟万象之峥嵘。形巃嵷而矗立，势郁律而孤撑。镇皇居之楼阁，渺仙海之蓬瀛。惟高甍之新建，肇六合之令名。斯其制也。扩璇题，铺银榜，拱川岳而横披，接

---

[1] 何祥舒，康熙时期人，康熙五十六年（1717）时任畅春园参将，主要负责畅春园安全保卫。
[2] 阚红柳：《畅春园研究》，首都师范大学出版社，2015年出版，第130页。
[3] 陆淹，字菁三，江苏长洲（今苏州）人。康熙四十四年（1705）帝南巡，召试，以诸生入值三馆修书。四年后南归，卒于途次，年五十余。有《青缃堂集》传于世。
[4] 《青缃堂诗》，《清代诗文集汇编》，上海古籍出版社，第188册，第602—603页。

星辰而直上，俪驭婆于北辰，开上林于南向。流霞冲牖而中分，飞鸟拂林而斜漾。驻珠勒之鸣驼，启玉阶之仙仗，维时律催淑气，春满皇州。云堆金阤，水涨铜沟。冈陵焕彩，榱栋涵休，则有阿巢集凤，河渚鸣鸠。绿黄柔映，红蕊苗抽，绣户与文窗并启，秾光与绮旭交流。缭垣幂历，阁道纤修，悬明珰于藻井，褰星网于珠球。青阳后殿，太室前头，暨朱明之初届，值炎暑之方周。池影浮光于翠幕，宫槐掩映于红楼。无不叶薰风于绿绮，收凉吹于香篝。至如日晷西沉，素华东晓，菊蕊香飘，桂岩月小。铺櫺壁之朱华，敷玉池之红蓼。通深径于柯枝，响丛篁之窈窕。则见夫翠葆纷靡，红云缥缈。卫甲帐于星隅，集清商于天表。排佳气于珠帘，散秋声于幽篠。乃至绣囷云深，琼阶雪皎，舍人之簪笔增寒，力士之围炉不少。擎玉碗之红粱，酌金罍之清醥，又无不拜湛露于天衢，想高寒于木杪。然则斯楼之建也，非以恣游观，夸阅历，徒陈金碧之辉，但竞绮靡之饰，固将并日月而同光，比唐虞而较德。春回衢室之观，夜惕总章之席。是以取《大壮》之爻，贵上栋而下宇。咏《斯干》之诗，亦翚飞而鸟革。功崇于八表之天开，道广于四门之地辟。皇帝乃披法服弁，琼冠停云，早驻鸣鸾，眄蜿蜒之林隙，望芊绵之井干，凤城南去，龙首西盘，奏钧天之广乐，歌棣萼之清欢。以至观洛巡河之高宴，车攻吉日之雕鞍，莫不金张挟毂，枚马登坛，中官簇卫，骑士传餐，山明云锦，川媚罗纨，旗亭延霭，别浦丛兰，真可定乾坤之易简，拟丰镐之盘桓。黄银紫玉之祥毕收于禁籞，芝草瑶花之瑞悉献于林峦。大矣哉，皇王之邸第，盛矣哉，至治之门阑。苟非二帝三皇之世，东渐西被之安，奚足表圣神之广运，而建皇极于不刊。小臣作赋，敬飏至德。当万国之咸宁，实四方之是则，愿游豫之宸衷，与垓埏而罔极。

65. 杨钟羲[1]：《畅春园水》[2]

畅春园水为高梁河发源，民间不敢用。诸王贵戚亭榭须奏请方许引入。陈香泉与年翰林亮工同宿，揆额驸正叔《白浮图诗》有云：凿来怪石当门立，分得春流绕阁斜。安溪养疴，日赐玉泉山水二器，当时以为异数。玉泉与金山中泠泉、塞外伊逊河水轻重相等也。澹宁居在畅春园中，百官奏对之所。自澹宁居登舟，洲屿环曲，林木郁葱，俨若深山幽谷。数里始达渊鉴斋。斋中列图书古玩，花卉馥郁，近臣得至者，一时称荣。香泉诗：澹宁居是外朝堂，渊鉴斋深俯碧塘。羡煞近臣常赐食，朝衣归染百花香。

66. 钦定皇朝文献通考《御制历象考成后编论黄赤距纬》[3]

黄赤距纬，古今所测不同。自汉以来，皆谓黄道出入赤道，南北二十四度。元郭守敬所测为二十三度九十分三十秒。以周天三百六十度，每度六十分，约之得三十三度三十三分三十二秒。新法算书用西人第谷所测为二十三度三十一分三十秒。康熙五十二年，皇祖圣祖仁皇帝命和硕庄亲王等率同儒

---

[1] 杨钟羲（1865—1940年），祖籍辽阳，世居北京，清末民初学者、诗人，一生以"收集、整理、刊刻八旗文学文化文献"为学术追求，著述宏富，《雪桥诗话》《圣遗诗集》在当时享誉海内。
[2]《雪桥诗话三集》，《丛书集成续编》，新文丰出版公司1988年版，第203册，第707页。按，题目为编者所拟。
[3]《钦定皇朝文献通考》，影印《文渊阁四库全书》本，第638册，第31—32页。按，题目为编者所拟。

臣，于畅春园蒙养斋开局，测太阳高度，得黄赤大距为二十三度二十九分三十秒。

67. 白晋[1]【法】：《康熙帝的园囿》[2]

康熙皇帝在距北京二里远的地方建筑了一座离宫。他很喜欢这个离宫，一年要有一半以上时间都在这里度过。他让人在这座离宫内挖了两个大池塘和两三条水沟。除此之外，在这里再也看不到像康熙皇帝这样有财势的君主应有的豪华迹象了。这个离宫布置得确实是整洁而朴素。

无论是从建筑来看，还是从占地面积来看，这座离宫远不如巴黎近郊的几个王公的别墅。

68. 张诚[3]【法】：《畅春园授课日记》

1、3月28日　皇上是日驾幸畅春园，意即春日常在的花园。我们直至内廷。皇上赏赐御膳食物数品，盛于极其精美的瓷器内，外系黄色，除供上用外，他人不得享用。他还宣

1　白晋（1656—1730年），清初法国传教士，又作白进，字明远。1656年7月18日生于法国勒芒市。年轻时即入耶稣会学校就读，接受了包括神学、语言学、哲学和自然科学的教育，尤其对数学和物理学兴趣浓厚。康熙二十六年来到中国，供职内廷，对中西文化交流作出显著贡献。

2　阚红柳：《畅春园研究》，首都师范大学出版社，2015年出版，第112页。

3　张诚（1654—1707年），法国神甫，生于法国凡尔登市。1670年入南锡地区耶稣会香槟省修道士传习所。1688年受法王路易十四派遣与一批法国耶稣会士来到中国，被康熙留在宫廷供职。1689年他受康熙之命参与与俄国进行边界谈判的使团，担任译员。《张诚日记》中对中俄《尼布楚条约》的谈判和签署有详细的记载。张诚于康熙四十六年在北京去世。

召我们进入他平日晏息的寝宫。那里既不富丽也不堂皇，但确是所有宫室中最令人喜欢最舒适的地方。它位于一南一北两大池塘之间，周围几乎全是掘池堆土而成的小巧假山。山上遍植桃李等等，繁花满树或绿叶成荫的时候，景致都很好。我们讲完课之后，就被带领到园内各处游览。寝宫北面是一座小小的台榭，紧邻池塘，登台四望，景物极佳。我们也看到皇上冬夏晏息的内室。这是对我们的一种特殊恩典，因为这地方即使是最接近皇上的人，也从来不准进去。我们在那里见到的一切陈设都很朴素，按照中国风格布置的极其整洁。他们的屋宇和花园的美处全在于布置得宜，和对于自然的模仿。比如，堆砌而成的假山和岩洞，嶙峋的怪石，以及世界上遥远偏僻地方的奇态异景，都加以模拟。但是他们所最喜欢的，是点缀在山边水旁，掩映在绿树丛中的亭台和花坛，以及林下花丛中的曲折小径。这就是这个民族的天才。富人们不惜为这种爱好花费很多金钱。他们宁可花大价钱去买玲珑穿孔、奇形怪状的古老石头，而不肯用大理石或碧玉的美丽雕像。如果他们不用大理石去造房子，那不是因为他们没有这种东西。北京附近的山里就有很多美丽的白色大理石，他们只偶尔用来装饰他们的陵墓。

2、3月31日　我们继续讲课。讲毕，皇上赏赐几盘御膳中的肉食，并令我们在殿内进餐。此处距皇上用膳之地很近。饭后皇上令我们讲解对数。他已经令人把对数表用汉字译出。起初，皇上对于对数有些困惑，以为很难懂。但后来在用对数演算乘法时，他很容易地就学会了。因此他认为对数法的发明很妙，对此颇为推崇，并且希望自己能够学会应用它。

3、4月1日　我们向皇上讲解几何。他善待我们一如过去，并将南方各省新近进上之物赏赐我们。我向皇上讲解怎样用对数作除法。

4、4月5日　仍去讲解几何，以用对数推算几个问题作为开端。皇上进膳之后，想让我们尝尝南方进呈的酒。他问我们在家里怎样喝酒。他拿出一个水晶杯，杯上有用钻石雕刻得极为精美的人物，问我们它是作什么用的。我们不得不答称这是酒杯。皇上含笑说："对啦，果然如此。"他要赏赐我们每人一满杯。我们辞谢，并且请求换取中国人常用的小杯，因为它的容量不及我们常用的玻璃酒杯的一半。我们蒙皇上恩遇，亲手为我们每人斟酒一小杯。我们一气喝干后，皇上又问能否再饮。我们请求恩免，因为饭后还要进讲几何。我们收到从山东首府济南用快件送来的消息：该省某一小城的官府对那里的天主教徒发动一次迫害。徐日升神甫为此去信求他把被拘禁的天主教徒释放出狱。在信内又要求他不要把天主教徒当做信奉邪法的人，因为皇帝已经下诏书宣示不应把天主教看作邪法。可是这位老爷既不理睬神甫的信，也不管信内附去的皇上的诏书。他把神甫的信撕了，并且下令要把送信的人从重笞杖二十，虽然这个人是不该由他管辖的。他还要把带领信差去见他的人也笞杖二十。随后他又把那些业已花钱保释的教徒重新投入监狱。汪儒望神甫也被传到衙门里，以在他的辖境内擅传天主邪法的罪名，受到审讯。这位老爷扬言，即使他因此而丢掉官职，也要把神甫尽力惩办。我们将此事告知赵老爷。赵老爷答应向皇上奏陈，并为我们求情，如果皇上不庇护我们，不为我们宗教说好话，传教士和教徒们都不免要受到同样的欺侮。因为尽管皇上对我们备极优遇，可是禁止信奉天主教的诏令仍然有效，并没有废除。

5、4月7日　我们继续进讲，并照常受到优遇。赵老爷向皇上陈述山东天主教徒的遭遇。皇上阅过有关此事的文件和信札之后，指示我们，此事切不可到外面去声张，他自有办法处理。赵老爷代我们申述，传教士们在外省几乎每天都要受到这类欺侮。教士们来到中国一心只要传播天主真理，别无其他意图。因此他们对于此事极为关切。

6、4月8日　皇上召见徐日升神甫和安多神甫，并令安多神甫编制一份求积表。正当他运算之际，皇上已用鞑靼文写好一封信。陛下本想叫徐日升神甫看信，但是徐日升神甫表示对鞑靼文还不够熟谙，不能读懂。皇上就将内容告诉他，即：他已下令处理昨晚我们所奏有关山东天主教徒的案件。神甫们为此向皇上谢恩。完成求积表后，皇上即令他们退出，并谕明日勿须再来，因为御驾拟于明日返回北京。

7、2月5日　驾幸畅春园。上谕园中管事，将新年的娱乐备齐，有戏文、杂耍、焰火和灯彩，以及数不清的牛角、纸绢、绫罗扎成绘有花卉和风景的各种灯笼。皇上命我们，必须如夏天一样，隔日进谒。

8、2月7日　清晨进畅春园，进讲算学课毕，蒙赐御膳。其中有两大盘鱼。一盘是鲑鱼或鳟鱼。另一盘是重十二磅至十五磅的鱼的肉。这种大鱼名鲟鳇鱼，是运到北京来的最好的鱼。以这么巨大的鱼来说，鱼肉的味道确实鲜美。这种鱼的重量可达二百多磅。

9、2月11日　进畅春园，看见皇上身穿朝服二件，都有丝绣的金龙。长袍面的本色是黄的，其黄略如枯叶的颜色。外罩的褂子用紫缎。两件衣服都是用银鼠为裘，极细，洁白如雪。

10、2月12日　皇上命上驷院备马，赐我们骑进畅春园。马系四川省所进，形体矮小而精神抖擞，疾驰如飞，容易驾驭。其中有一匹朝鲜贡马，较别的马大，奔驰更快，更加精神。我们一到，即被引入寝宫，让坐于垫上。稍待片刻，即为我们陈设冷肴、果品、面点和甜食。

11、3月31日　皇上临幸畅春园，在那里度过春天。他令我们每天进园一次，其余时间照常进宫。皇上令我们将鞑靼文的哲学论文和注释的稿本，精心修订，务求完善。

69. 约翰·贝尔[1]【英】：《畅春园行宫》[2]

11月28日为大皇帝召见之日，乘骑直诣行馆，迎接特使及随行人员。当时大皇帝住在北京城西面六英里的畅春园行宫。我们于晨八时起行，约十时许抵行宫。在禁卫军警戒森严的大宫门下马，由一位大臣陪同到一间大屋子内喝茶休息。等候约半小时，旋被引入一个宽敞的庭院，四面围以砖墙，院内种植几行树木，树直径八时许，估计是菩提树一类。道路均为卵石铺砌，当中一条路的尽端为正殿，殿的后面是皇帝的寝宫。道路的两侧均有美丽的花坛和水沟。所有的内阁大臣和朝廷官员群集正殿前面，露天盘腿坐在皮褥垫上。我们按指定的地点站立，在这寒冷多雾的早晨一直等到大皇帝升殿。此时，殿内只有两三个宫监，到处都鸦雀无声。正殿前面的石台阶共七级，地面是黑白相间的大理石按棋盘格状铺成。这座建筑物朝南的一面完全敞开，一排刨得很光滑的木柱支承着屋顶。大约一刻钟以后，大皇帝自后门进入殿内，坐在他的宝座上……宝座系木制的，雕镂极精致，高出于地面七级踏步，左右和后面设高大的黑漆屏风。

---

[1] 约翰·贝尔（1691—1780年），苏格兰物理学家和旅行家。他的游记使得西方人了解俄国和东方，特别是中国人的生活方式。康熙五十九年，俄国沙皇彼得一世的特使伊斯玛意洛夫访华时，约翰·贝尔为使团医生，康熙曾在畅春园接见特使，约翰·贝尔作为随员亲眼目睹了畅春园的殿宇和景观。

[2] 阚红柳：《畅春园研究》，首都师范大学出版社，2015年出版，第114页。

70. 金昌业[1]【朝】:《畅春苑》[2]

环筑高墙,入一门,门内引水为池,池中泛二舟。再渡水桥,桥皆朱其栏。池边有宫室而不甚奢。到皇子卧处,共通官拜炕下,则与席而坐。行茶后问病。其人年可三十余,得病五年,瘦甚,无血色,色白如雪,证则痰流注,膝疼头亦痛云。针刺头部数处,药则待更观议定为言。遂辞出,坐于大门外铺子,自内出盛馔饷之。……

旧闻皇帝于畅春苑作离宫十五处,贮以北京及十四省美女,宫室制度及衣服饮食器皿皆从其地风俗,而皇帝沉湎其中。今来见之,与所闻大异,畅春苑南北二百余步,东西百余步,其内岂容置十五处离宫乎?……且观其门与墙,制度朴野,无异村庄……窃意此处与西山玉泉相近,山水之景,田野之趣兼焉,似爱此而来耳。以此观之,其人性禀可概也……以康熙之俭约,守汗宽简之规模,抑商贾以劝农,节财用以爱民,其享五十年太平,宜矣!

---

[1] 金昌业(1658—1721年),字大有,是当时朝鲜国内老论派人物金寿恒第三子,属于两班贵族阶层,1681年科举中士,无心政事,过着隐居生活,后来随着老论派重新掌权而返回政坛。在1713年朝鲜使团中,其兄金昌集为正使,金昌业得以子弟身份担任打角夫,随同访问清朝。

[2]《老稼斋燕行日记》,《燕行录全集》,东国大学校出版部2001年版,第33册,第40、第206—207页。

71. 金景善[1]【朝】:《畅春园记》[2]

畅春园,即康熙离宫,方才三里,墙高二丈,门亦单檐,制甚朴素。六十年天下之奉,宫室之卑俭能如此,宜其威服海内,恩浃华夷,至于今称其圣也。三代以后,君天下者竞侈其居,所谓南面之乐,不出乎宫室舆马,虽畏天下议己,外示节俭,其心志嗜欲,终不可讳也。今北京宫室之盛,明朝三百年丰豫之所修饰,居之而天下不敢议,享之而足以明得意。乃违而去之,居于荒野之中,其去欲示俭,终始治安,可为后王之法矣。且千官自京城,每日晓出暮归,使肉食绮纨之子,习劳鞍马,无敢逸豫。自大臣以下,又不得乘车轿,其安不忘危,亦可谓霸王之远略云云。

72. 徐有素[3]【朝】:《畅春园》[4]

畅春园在南海淀大河庄之北,缭垣一千六十丈。本前明戚畹武清侯李伟别墅,康熙皇帝因故址改建。以其在圆明园之南,亦名前园。

宫门内有小河环绕,中为中经三事殿。殿后二宫门,中为春晖堂,后为垂花门,内殿曰寿萱春永,后为倒座殿,为喜

---

1 金景善(1788—1853年),朝鲜国文臣,道光十二年任冬至兼谢恩使团书状官来华。《燕辕直指》是其以书状官身份来中国出使的全程纪录,共六卷。
2 《燕辕直指》,《燕行录全集》,第72册,第44—45页。
3 徐有素,朝鲜国使臣,于道光三年(1822)出使清朝,随行著有日记《燕行录》一书,在历史研究方面多被引用。
4 《燕行录》,《燕行录全集》,第80册,第175—180页。

[嘉]荫。两角门中为积芳亭，正宇为云涯馆。后度桥循山而北，有河池，南北立坊曰玉涧、金流。门内为瑞景轩，为林香阁、山翠亭，后为延爽楼。楼后河上为鸢飞鱼跃亭，稍南看莲所在，为式古斋。斋后为绮榭。

园内筑东西二堤，长各数百步。东堤曰丁香，西堤曰兰芝。西堤外别筑一堤曰桃花，东西两堤之外，大小河数道，环流苑内，出西北门五空闸达垣外，东经水磨村，趋清河，西流则由马厂注入圆明园。自宫门至此为畅春园中路。

云涯馆东南过板桥为剑山，下为清远亭。由山东转而为龙王庙，过清远亭，沿堤而南，河上有门，西向曰广渠[梁]门，内为潭[澹]宁居，前为御门听政、选馆、引见之所，后为皇帝旧时读书之处。

大东门循河西上为渊鉴斋，斋后临河为云容水态殿。庙后为佩文斋，斋后西为葆光室，东为兰藻斋。渊鉴斋之前，水中敞宇为藏晖阁，阁后为清籁亭。佩文斋之东为养愚堂，为藏拙斋。东过小山口，有府君庙（府君像如星君，旁殿奉吕祖像）。兰藻斋东北山后，西宇为疏峰，循岸而西，临湖为朴[太朴]轩，东石径接小东门，溪北有清溪书屋、导和堂，西穿堂门外为昭回馆。清溪书屋西为藻思楼、竹轩（清溪书屋，雍正间改恩佑寺，奉御容）。导和堂东穿堂门，即恩佑寺佛殿后也。恩佑寺在苑之东垣内，山门东向，外临通衢，门内跨石桥，有正殿、配殿。寺右为恩慕寺，为孝圣后祝釐之所，殿宇规制与恩佑同。自剑山至此为畅春苑东路。

春晖堂之西，出如意门，过小桥，为玩芳斋，后为韵松轩。由宫门出西穿堂为买卖街，南垣外为船坞门，内别宇曰西墅，接无逸斋东门。由船坞西行数武，跨河上为韵玉廊，西为松篁深处。自右廊入为无逸斋门，内正殿为问安憩息之所，西廊内为对清阴，廊西为蕙畹芝原。无逸斋东郭门外，南为菜园数十亩，北则稻田数顷。斋后稍东有关帝庙，御书额曰忠义。过板桥方亭为莲花岩，对河为松柏闸。庙后为娘娘殿，殿台方式，建水中。松柏闸河之东即兰芝堤，西岸即桃花堤。

凝晖[春]堂在渊鉴斋之西，东为纯约堂，其右河厅为迎旭堂。纯约堂东为招凉精舍，河厅之西为转湾桥。北圆门为憩云。迎旭堂折而北为晓烟榭，河岸以西为松柏室，额曰翠岩。山房左为乐善堂，别院有宇为天光云影。松柏室后临河，为红蕊亭。自天光云影后廊登山，东宇为绿窗，山北为回芳墅、红蕊亭，东为秀野亭。自回芳墅北转山口杰阁蕊珠院，额曰凭虚畅襟。蕊珠院北埠上层台为观澜榭，东河厅为坐烟槎，台榭后为蔚秀涵清，为流文亭。蕊珠院西过红桥，为集凤轩，轩前连房九楹，中为穿堂，乾隆戊辰九月大西门楼集侍卫校射，亲发二十矢，中十九矢。有集凤轩纪事诗勒于石。

穿堂门北正殿稍左为月崖，右为锦波[陂]亭。度河桥西为付[俯]镜清流。穿堂门西出循河而南为大西门延楼，其外即西花园马厂。集凤轩后河桥西为闸口门。闸口北为西小门。北一带延楼，自西至东北角，西楼为天馥斋，自东转角楼，再至东面，中楼为雅玩斋。天馥斋东为紫云堂，堂之西过穿堂北门即苑墙也。自玩芳斋至此为畅春园西路。

73. 钦定日下旧闻考《国朝苑囿·畅春园》[1]

畅春园在南海淀大河庄之北，缭垣一千六十丈有奇。

臣等谨按：畅春园本前明戚畹武清侯李伟别墅，圣祖仁皇

---

[1]《钦定日下旧闻考》，影印《文渊阁四库全书》本，第498册，第199—219页。

帝因故址改建，爰锡嘉名。皇上祗奉慈宁，问安承豫，每于此停憩。因在圆明园之南，亦名前园云。……

圣祖御制避暑畅春园雨后新月诗：园亭气爽雨初晴，新月胧胧透树明。漏下未眠思治道，未知清夜意何生。

圣祖御制畅春园观稻时七月十一日也：七月紫芒五里香，近园遗种祝祯祥。炎方塞北皆称瑞，稼穑天工乐岁穰。

乾隆六年御制诣畅春园皇太后宫问安诗：窣地青丝两岸围，鸥波云影漾朝晖。轻舟喜近瑶池境，芳甸初开玉版扉。却忆含饴心切切，（畅春园系皇祖临幸地也。）每亲色笑乐依依。敬承孝治尊家法，长奉慈宁祎鞠辉。

乾隆七年御制诣畅春园问安皇太后命观园内所艺禾黍与与翼翼诚有秋也得诗一首：占岁今秋好，祈年午夜曾。仙壶叨泽渥，宝稼应时登。绣陇黄云合，芳园懿赏凭。泠泠朝露缀，霭霭野烟凝。宫府应无异，农桑合并称。艰难知稼事，慈训敢钦承。

乾隆九年御制午日诣畅春园问安诗：蒲岸河洲泛玉津，铜龙双辟问安晨。只因悯雨遵慈训，未敢称觞答令辰。（自春徂夏，尚未得沾足雨泽，皇太后步祷于园内龙神庙，朕恐惧惝慄，莫知所措。夫以朕之不德，上累圣母忧劳，遑敢以节序酒食之馔，尽承欢之小节乎？）黄帽龙舟闲浦溆，绿枝虎艾缀楣榱。分明旧岁端阳景，饶有新愁薄念频。

乾隆二十六年御制诣畅春园问安诗：雨中御园返，敬为谒思斋。旋看雩禋逮，（初七日雩祭，预斋三日，即当又还宫。）又当法驾排。讵辞劳玉辇，惧久阔萱阶。奏对烟郊况，端堪悦懿怀。

乾隆二十八年御制诣畅春园问皇太后安诗：皇州冬尚暖，仙苑景如春。温清斯欣适，起居此敬询。率因成例事，（迩年以皇太后喜居畅春园，故自木兰回跸，虽因冬令时享还宫，每间数日，辄命驾问安。冬至前始奉皇太后还宫，率成例事。）已觉阔多辰。养志吾心切，那论来往频。

乾隆三十三年御制旋跸诣畅春园问皇太后安诗：七日迅回銮，一心殷问安。膝前胜驰睇，（途次命御前侍卫缄宫报请安，并进鲜佐膳。）几上定加餐。阶影祥曦永，林光瑞露泞。春郊农况好，奏对博慈欢。

乾隆三十五年御制恭奉皇太后至畅春园驻跸作：游览田盘豫圣慈，东还将欲跸西移。万年共喜长康健，三宿原应暂憩迟。（驻跸三日，即启驾往谒泰陵，因至天津。）园里桃开虽不负，树头风妒故如斯。铨曹引见催明日，两字敬勤吾勉之。

又御制端午日诣畅春园问皇太后安即事有作：龙潭亲祷未昭灵，例事龙舟概与停。逢节敢因疏定省，致斋仍复遣藩屏。（命礼部按例天神、地祇、太岁坛，各遣亲王致祭请雨。）最怜出土禾将萎，懒对插门艾自馨。懿训肫然相慰藉，并惭无以慰慈宁。

又御制诣畅春园问皇太后安作：昨夜雨诚大，慈恩免问安。（十六日传诘朝请安，因夜雨较大，皇太后差人止行，谨遵懿旨展缓一日。）今晨晴更爽，趋诣敬承欢。水殿夏宜清，风疏浦正宽。康强绵福履，锡类万方观。

乾隆三十六年御制端午日诣畅春园问皇太后安诗：雨润才三寸，日沾实自瞒。敢疏午日谒，那博懿怀宽？依例菖蒲户，懒看粽黍盘。两年阕庆节，（午日例奉皇太后于御园观竞渡，昨岁及今俱以盼雨未展节事诣畅春园问安。）调幕愧无端。

乾隆三十七年御制诣畅春园恭问皇太后安遂驻御园即事成什：畅春养志冀娱亲，来往问安年例循。（每岁冬，朕自圆明园进宫。圣母以风景清胜，尚留园居，至节近万寿进京。朕间数日赴畅春园问安，率驻御园信宿，以便再修定省，凡来往三四次，遂恭奉慈驾还宫。）遂驻御园期信宿，适当子月景清真。林无余叶山有骨，冰出平湖水入神。傍晚西南云气重，翘思其雪麦根皴。

乾隆四十年御制三月四日诣畅春园恭问皇太后安遂启跸往盘山因成是什：问寝诣晨朝，喜瞻健倍饶。奏闻将启跸，并告即还轺。（以十六日还驾。）乘马仍依旧，寻诗若预要。省耕春有例，以近可知遥。

又御制盘山回跸诣畅春园问皇太后安因成是什：往来才只十余日，仙苑芳春花绽皆。回跸带星发行馆，（是日寅刻即从行宫启行，图早问安也。）驻旌图晓谒思斋。最欣超向精神健，宁止如常食履佳。惟是捷音频系问，惭犹无以慰恩怀。

又御制玉河泛舟由昆明湖往畅春园恭问皇太后安诗：轻舸顺流下，片时平渡湖。易舆行宛转，前苑到斯须。（畅春园俗亦谓之前苑，以在圆明园南也。）速进兴居启，欢承恩顾殊。爰同纵资事，惟敬以将愉。

乾隆四十一年御制正月晦日诣畅春园问皇太后安遂还宫之作：祭神（国朝最重祭神，每于春秋仲月朔行礼。）祈社御经筵，（二月初六日致祭社稷坛，应还宫斋戒，并于初二日举行经筵。）礼也敕躬各致虔。行庆忽看正月过，问安遂以晦辰旋。野含宿润麦冲露，陌隐韶光柳扬烟。此景较量诚鲜遇，为欣然复为夔然。

又御制诣畅春园恭问皇太后安遂驻御园有作：夏清冬温处总备，昼安夕宴事胥宜。为兹久驻钦承志，遂致频来敬问怡。政务原无间以息，人情要亦体而随。（冬令昼短且寒，朕若园居，则奏事来者必冒冷宵行。数年来率以冬孟还宫而往来问安。既不误政，亦体人情之一端也。）因之飒景御园揽，林色丹黄入画时。

臣等谨按：畅春园御制诗，谨绎有关纪述事实者恭载卷内，余不备录。

畅春园宫门五楹，门外东西朝房各五楹，小河环绕宫门，东西两旁为角门，东西随墙门二，中为九经三事殿。殿后内朝房各五楹。

臣等谨按：宫门悬畅春园额，殿内联曰：皇建有极敛时敷锡而康而色，乾元下济亏盈益谦勉始勉终。与九经三事额皆圣祖御书。

二宫门五楹，中为春晖堂，五楹，东西配殿各五楹，后为垂花门，内殿五楹为寿萱春永。左右配殿五楹，东西耳殿各三楹，后照殿十五楹。

臣等谨按：春晖堂、寿萱春永及西耳殿内额曰松鹤延年，皆皇上御书。寿萱春永联曰：璇阁香清露华滋蕙畹，萱阶昼永云锦蔚荷裳。亦御书。

乾隆二十年御制诣畅春园问皇太后安诗：上林行庆奉徽慈，日日承欢祝介眉。安乐歌中度华节，乔卿云里驻瑶池。柳稊福地争先发，冰泮灵源不后期。春永寿萱（园中皇太后所居殿名。）香穗细，民依政要奏移时。

乾隆二十四年御制诣畅春园恭问皇太后安诗：平明传跸凤城垣，问寝钦先诣寿萱。（寿萱春永，皇太后所居园中寝殿名也。）数日兴居悬紫禁，高年颐养喜仙园。（皇太后喜园居，故奉养于此，尚未还宫。）便临御苑消清暇，依旧明窗坐宴温。砚匣琉璃宁虑冻，每当触兴亦形言。

臣等谨按：畅春园御制二诗，为寿萱春永殿纪述事实之篇，恭载卷内。

照殿后倒座殿三楹为嘉荫，两角门中为积芳亭，正宇为云涯馆。馆后渡桥，循山而北，有河池，南北立坊二，为玉涧、金流。门内为瑞景轩，轩后为林香山翠。又后为延爽楼，三层九楹。楼后河上为鸢飞鱼跃亭，稍南为观莲所。楼左为式古斋，斋后为绮榭。

臣等谨按：嘉荫、积芳、林香山翠、延爽楼、鸢飞鱼跃、式古斋、绮榭诸额，皆圣祖御书。观莲所、云涯馆额皇上御书。园内筑东西二堤，长各数百步，东堤曰丁香堤，西堤曰兰芝堤，皆通瑞景轩。西堤外别筑一堤曰桃花堤。东西两堤之外，大小河数道，环流苑内，出西北门五空闸达垣外，东经水磨村，趋清河，西流则由马厂北注入圆明园，自宫门至此为畅春园中路。

云涯馆东南角门外转北，过板桥为剑山，山上为苍然亭，下为清远亭，由山东转为龙王庙，过清远亭沿堤而南，河上筑南北垣一道，中有门，西向曰广梁门，门内为澹宁居。

臣等谨按：苍然亭、清远亭额，圣祖御书，龙王庙额曰甘霖应祷，亦圣祖御书。澹宁居前殿为圣祖御门听政、选馆、引见之所，后殿为皇上旧时读书之处，额亦圣祖御书。

乾隆四十年御制题澹宁堂诗：忆昔垂髫岁，赐居曰澹宁。（予十二岁时，皇祖养育宫中，于畅春园赐住之处即名曰澹宁居。）无忘斯黾勉，有勒在轩庭。远致要心泰，志明惟德馨。虽云述格语，而每切聪听。

臣等谨按：澹宁堂御制诗，谨绎有关纪述事实者恭载卷内，余不备录。

大东门土山北，循河岸西上为渊鉴斋，七楹南向。斋后临河为云容水态，左廊后为佩文斋五楹，斋后西为葆光，东为兰藻斋。渊鉴斋之前，水中敞宇三楹，为藏辉阁，阁后临河为清籁亭。佩文斋之东北向为养愚堂，对面正房七楹为藏拙斋。渊鉴斋东过小山口北有府君庙。

臣等谨按：渊鉴斋、佩文斋、葆光斋、兰藻斋、藏辉阁、清籁亭、养愚堂、藏拙斋诸额，皆圣祖御书。府君庙神像如星君，旁殿奉吕祖像。

兰藻斋循东岸而北，转山后，西宇三楹为疏峰，循岸而西，临湖正轩五楹为太朴。

臣等谨按：疏峰、太朴二额皆圣祖御书。

太朴轩之东有石径接东垣，即小东门，溪北为清溪书屋，后为导和堂，西穿堂门外为昭回馆。清溪书屋之西为藻思楼，后为竹轩。

臣等谨按：清溪书屋、导和堂、昭回馆、藻思楼、竹轩诸额，皆圣祖御书。导和堂东穿堂门，即恩佑寺佛殿后也。

乾隆三十三年御制清溪书屋诗：畅春园中是处为皇祖宴寝之所，我皇考改建恩佑寺以奉御容，乾隆癸亥，奉移于安佑宫，逮今四十余年，有司以修葺告成，敬诣瞻仰，并纪是什。

书斋朴斫碧溪边，玉几亲凭宛目前。旰食何由希烈骏，含饴惟是忆恩骈。犹仍堂构秋风日，迅速光阴卅六年。况此轩皇成鼎处，云天仰望益愀然。

臣等谨按：清溪书屋御制诗，恭载首见之篇，余不备录。

恩佑寺建于苑之东垣内，山门东向，外临通衢，门内跨石桥，三殿五楹，南北配殿各三楹。

臣等谨按：恩佑寺，世宗宪皇帝为圣祖仁皇帝荐福，建于畅春园之东垣，正殿内奉三世佛，左奉药师佛，右奉无量寿佛。山门额曰敬建恩佑寺。二层山门额曰龙象庄严，正殿额曰心源统贯。皆世宗御书。殿内龛额曰：宝地昙霏。联曰：万有拥祥轮净因资福，三乘参慧镜香界超尘。皆皇上御书。

恩佑寺之右为恩慕寺，殿宇规制与恩佑寺同。

臣等谨按：圣祖仁皇帝为太皇太后祝釐，建永慕寺于南苑，世宗宪皇帝为圣祖仁皇帝荐福，建恩佑寺于畅春园。乾隆四十二年，皇上圣孝哀思，绍承家法，于恩佑寺之侧敬构是寺，名曰恩慕寺，为圣母皇太后广资慈福。正殿奉药师佛一尊，左右奉药师佛一百八尊，南配殿奉弥勒像，北配殿奉观音像，左右立石幢一，刻全部《药师经》，一勒《御制恩慕寺瞻礼诗》。山门额曰敬建恩慕寺。二层山门额曰慈云广荫，大殿额曰福应天人，殿内额曰慧雨仁风。联曰：慈福遍人天祥开佛日，圣恩留法宝妙现心灯。皆御书。

乾隆四十二年御制恩慕寺瞻礼六韵：尊养畅春历卅冬，欲求温清更何从。天惟高矣地惟厚，慕述祖兮恩述宗。（南苑永慕寺，皇祖为太皇太后祝釐所建；畅春园恩佑寺，皇考为圣祖荐福所建；今为圣母敬启梵宫，即于恩佑寺侧，名兼恩慕，亦志绍承家法之意云。）圣德宁资冥福报，永思因启梵筵重。阶临忍草韶光寂，庭列祥枝慧荫浓。忾若闻犹僾若见，耳中音与目中容。大慈本悟无生指，渺息长怀罔极恭。

臣等谨按：恩慕寺御制诗，恭载首见之篇，余不备录。又按，自剑山澹宁居一路至此为畅春园东路。

春晖堂之西，出如意门，过小桥为玩芳斋，山后为韵松轩。

臣等谨按：玩芳斋旧名闲邪存诚，圣祖题额也。雍正二年，皇上曾读书于此，乾隆四年，毁于火，重建此斋。玩芳斋额，皇上御书；韵松轩额，圣祖御书。

乾隆三十四年御制韵松轩口号：韵松恒是听风籁，独喜今朝泛雨涛。弘景清音鲜恺泽，士元应占一筹高。（苏东坡《次韵王滁州诗》，斯人何似似春雨，谓王士元也。）

臣等谨按：韵松轩御制诗，恭载首见之篇，余不备录。

二宫门外出西穿堂门为买卖街，南垣外为船坞门，内别宇五楹，北向。

臣等谨按：买卖街建于河之南岸，略仿市廛景物。船坞内停泊大小御舟。小船额曰月波，大者一名吉祥舟，一名载月舫。北向房额曰西墅，接无逸斋之东门矣。

由船坞西行数武，即无逸斋，东垂花门内正宇三楹，后跨河上为韵玉廊，廊西为松篁深处。自右廊入为无逸斋门，门内正殿五楹。西廊内正宇为对清阴，廊西为蕙畹芝原。

臣等谨按：无逸斋额为圣祖御书，康熙年间赐理密亲王居住，嗣理密亲王移居西花园，遂为年幼皇子皇孙读书之所。我皇上御极后，恭诣畅春园问安，于此传膳办事。丁酉大事后，为倚庐之所。斋内御书《周书·无逸》篇，后有御题十韵，韵玉廊、松篁深处、清斋习静、对清阴、蕙畹芝原诸额，皆御书。

乾隆七年御制无逸斋诗：无逸斋在畅春园中，皇祖所建也。葺而新之，以为问安憩息之所，得诗二首。

几有陈编览，斋无玩物凭。文渊企深汲，道岸仰先登。堂构期勤肯，仔肩惧莫胜。永惟心作所，庭训倍钦承。

胜地宜慈豫，高斋味至言。荷风凉拂簟，竹气静当轩。坐爱琴书润，浑忘鸟雀喧。壶中承夏清，膝下领春温。

乾隆三十二年御制无逸斋诗：全篇曾是屡书屏，（《无逸》一篇乃勤政要旨，常手书揭屏扆间，以资随地观省。）两字名斋括政经。忆昔挥毫垂训典，即今退食每延停。七呜呼实致忠告，四迪哲应缅懿型。法远莫先勤法近，还殷来许慎聪听。

乾隆三十三年御制无逸斋诗：退食起居余，敕几临碧疏。每因仰羲画，可当读《周书》。恭己三无奉，春光万象如。溪田景何若，乘暇命轻舆。

乾隆三十七年御制无逸斋诗：寝门问安退，别馆敕几仍。事事罔敢忽，孜孜惟用兢。勤民恤彼隐，授吏量其能。黾勉所无逸，神尧垂训曾。（斋额，皇祖御笔也。）

乾隆三十八年御制书无逸于无逸斋屏并识十韵：名斋缅皇祖，大戒述周公。万世仰扢藻，当年兹憩躬。示端引未发，切己惕无穷。每以问安退，于斯咨政同。曰勤恒励志，云逸那萌衷？爰更书屏上，仍如勒殿中。（圆明园皇考理事处曰勤政殿，向曾书无逸于屏，以为视政龟鉴。）民嵓天命凛，深叹永嗟通。凡七端往复，半千言始终。依然此灵囿，恧若奉卑宫。即事遵家法，惟钦对昊穹。

乾隆四十二年御制无逸斋作：本拟憩迟处，（向每逢请安后，即退至此斋，为传膳办事之所，且以备圣母起居或偶违豫，且晚猝闻，可以侍奉医药。孰意升遐乃在御园，而此室转成苫次，曷禁感痛！）何期苫岫居。哀哀申此日，历历忆当初。因以绎周训，无殊读礼书。壁多侍颜什，览更痛沉予。

臣等谨按：无逸斋御制诸诗，谨绎有关纪述事实之篇恭载卷内，余不备录。

无逸斋北角门外近西垣一带，南为菜园数十亩，北则稻田数顷。无逸斋后循山径稍东有关帝庙，东过板桥方亭为莲花岩，对河为松柏闸，关帝庙后为娘娘殿，殿台方式，建于水中。

臣等谨按：松柏闸河之东岸即兰芝堤，西岸即桃花堤也。关帝庙额曰忠义，圣祖御书。

凝春堂在渊鉴斋之西，东室三楹为纯约堂，其右河厅三楹为迎旭堂。纯约堂东为招凉精舍。河厅之西为湾转桥，桥北圆门为憩云。迎旭堂后回廊折而北为晓烟榭，河岸以西为松柏室，其左为乐善堂。别院有亭，为天光云影。松柏室后出山口临河为红蕊亭。自天光云影后廊出北小门登山，东宇为绿窗，山北为回芳墅、红蕊亭，东为秀野亭，自回芳墅北转山口过河，水中杰阁为蕊珠院。

臣等谨按：凝春堂旧时无额，因东室纯约堂为圣祖御题，即称为纯约堂。乾隆十二年重修，以奉圣母慈豫，皇上御题是额，今纯约堂额尚悬东室旧处。堂内御书额曰导和颐性，松柏室额曰翠崧山房，北小门外山间砖门上镌极览二字，蕊珠院、绿窗诸额皆圣祖御书。晓烟榭、迎旭堂皆隶书，天光云影、红蕊亭皆篆书。蕊珠院内额曰凭虚畅襟，皇上御书。

乾隆十二年御制纯约堂诗：畅春园之纯约堂，皇祖时所建也。朕既奉皇太后驻跸于此，因略为修葺以供夏清，落成侍宴，敬成近体。

轩榭贻皇祖，佳名纯约垂。清温奉慈豫，丹艧枑桭施。今日成新落，清和正好时。指山倾北斗，俯水是西池。丽景窗中纳，瑶图座上披。即看阶砌畔，应苾万年枝。

乾隆十三年御制蕊珠院诗：畅春苑湖中杰阁数楹，上摩清颢，下瞰澄波，皇祖题之曰蕊珠院。朕奉皇太后驻跸是苑，每问安视膳于此。信乎清都之境、不老之庭也。因成长律，敬勒壁间。

镜里岑楼号蕊珠，网轩四面远山图。尧年宝露犹沾树，王母香华每降厨。地是上清无暑境，庭名不老列仙都。六星又见朝南极，鸾鹤纷随瑞霭扶。

臣等谨按：纯约堂、蕊珠院御制诗，恭载首见之篇，余不备录。

蕊珠院北埠上层台为观澜榭，西河厅三楹。东河厅四楹，为坐烟槎，台榭后正宇为蔚秀涵清，后为流文亭。

臣等谨按：观澜榭额为圣祖御书。榭内额曰与物皆春，及坐烟槎、蔚秀涵清，皆皇上御书。

乾隆十三年御制九月五日诣畅春园恭请皇太后圣安即视事于观澜榭，引见于大西门，其地长楼横亘，即皇祖曩时阅射处也。爰亲御弧矢，集近侍诸臣较射，时惟深秋，风高日晶，气候清肃，弓手相调，连发二十矢中一十有九，儒臣侍列与观者援唐臣玄武阙观射故事赋诗进览，因用侍郎齐召南韵成四律纪之。

畅春松柏茂南山，王母楼台瑞霭间。侵晓问安钦养志，竞辰考政敢偷闲。惟寅宗伯应轮直，启事山公更合班。（是日礼部值班奏事，吏部亦带领引见。）次第奏挥还有暇，便教玉靶一亲弯。延楼横岭正相当，遥见扶空树叶黄。示俭已看霏细草，纵禽底用献长杨。论文谁继伯侨庶，较艺原多斛律光。安不忘危古有戒，金川况未靖天狼。忆年十二此呼嵩，圣眷灵承众不同。每向月轮能中鹄，遂蒙天笑亦颁弓。（予侍皇祖于此阅射，时年甫十二，蒙皇祖指授射法，辄能发矢命中，仰荷嘉奖，倏忽廿余年矣。）玉墀肃列犹鸳鹭，匡卫纷趋如虎熊。我逊贞观能致治，且循习射教臣工。秋原駃娑一鸣鞭，远入烟堤近柳前。横过绿残红重岭，俯看云白菊黄天。幞头导中诚堪笑，（元周密《燕射记》：淳熙元年，孝宗幸玉津园讲燕射礼，立招箭班，紫衣幞头立于垛前，御箭之来，能以幞头取势转导入的。）连网周陛未是田。历览西成堪额庆，敢忘兢业诩丰年。

臣等谨按：观澜榭御制诗，恭载首见之篇，余不备录。

蕊珠院之西过红桥北为集凤轩。轩前连房九楹，中为穿堂门，门北正殿七楹。殿后稍左为月崖，其右有亭为锦波，度河桥西为俯镜清流。

臣等谨按：集凤轩、月崖、锦陂[波]、俯镜清流诸额皆圣祖御书。轩正殿外檐额曰执中含和，内额曰德言钦式，皆皇上御书。由俯镜清流穿堂门西出循河而南,即大西门,延楼四十二楹,其外即西花园之马厂也。

乾隆十四年御制集凤轩诗:孟夏下浣之七日,皇太后赐膳于畅春园之集凤轩。是地近大西门,去岁习射于此,发矢二十,中十九,因用齐召南韵成诗四首,勒于壁间。兹以侍膳视事之暇,陈马技以娱慈颜。亲发十矢,复中九,且破其的者三焉。圣母豫悦,仙苑增春,辄叠旧韵以志岁月。

萱龄长此祝如山,镜面轩斋图画间。乐对清阴蒲节近,欣陪色笑凤楼间。劝餐敬进仙厨膳,视事旋催朝士班。马技更陈新雨后,遥峰澄景黛蛾弯。封事筹裁惧弗当,无私兢业奉玄黄。蒐材常冀空群骏,较武均期中叶杨。每切祈年咨稼务,岂惟问景赏烟光。贤臣集事穿番服,烽息今休戍白狼。(去岁金川用兵,故有"金川况未靖天狼"之句。今大学士忠勇公傅恒平定金川,奏凯还朝,复值时雨常沾,稍解朕忧矣。)心殷爱日奉维嵩,凉室温闱地不同。(集凤轩亦新修饰以奉夏清之所。)喜向座前亲捧爵,更看楼外竞弯弓。高冈萋葏将仪凤,闲馆蝴蜎陋射熊。家法仪型巍荡近,此勤民政亮天工。窣地杨丝拂玉鞭,兰舟遥待苇洲前。试调驯马云中锦,便泛澄波镜里天。叠赋新诗酬胜会,喜缘甘雨遍公田。惕乾未敢忘初志,多故犹然忆去年。

乾隆二十五年御制题集凤轩诗:养志冬常驻园,问安暇此题轩。岂必离皆真集,所喜萋葏犹存。抡材群引广厦,较射兼御西门。(问安日视事此轩,于大西门较射尤便。)宝额永辉圣日,含饴敢忘深恩。

乾隆三十五年御制诣畅春园问皇太后安诗:望雨予心切,相关圣母同。幸因沾渥泽,可以慰慈宫。砌草浓含露,池荷细引风。敞轩宜夏清,集凤(圣母所居轩名。)有萋桐。

臣等谨按：集凤轩御制诗，谨绎有关纪述事实者恭载卷内，余不备录。

集凤轩后河桥西为闸口门，闸口北设随墙，小西门北一带构延楼，自西至东北角上下共八十有四楹。西楼为天馥斋，内建崇基中立坊，自东转角楼，再至东面，楼共九十有六楹。中楼为雅玩斋、天馥斋，东为紫云堂。

臣等谨按：天馥斋牌坊前额曰目穷寥廓，后额曰露澄霞焕。紫云堂之西过穿堂北为西北门，即苑墙外也。

又按：自玩芳斋至此为畅春园西路，再西则为西花园矣。

74. 钦定八旗通志《养老和畅春园千叟宴》[1]

顺治十年，恩诏年老退甲兵丁照例一体赏赐。十八年，议准八旗年老致仕官有奉旨支原俸者仍照原品支给。其余年至六十致仕者给与半俸。

康熙五十二年三月，谕大学士等：今岁天下老人为朕六十大庆，皆从数千里而来。赐伊等筵宴，遣回。著查八旗满洲、蒙古、汉军、汉人，大学士以下，民以上，年逾六十五岁以上者奏闻，择日赐宴。有不能来者，朕另行按分颁给。再查八旗蒙古、汉军以至内府佐领，不论官员、闲散人等，年七十以上老妇亦著奏闻。俟老人赐宴后，再定一日送皇太后宫赐宴。有贫乏不能来者，著各属协助车马，使之前来。再敕宗人府诸王以下宗室子孙内，二十岁以下十岁以上，选择聪明堪供使任者六七十人，令于耆老前执爵，即朕子孙，皆令之出，宗室外不

---

[1]《钦定八旗通志》，影印《文渊阁四库全书》本，第665册，第587—597页。按，题目为编者所拟。

用他人也。

是月二十七日，礼部等衙门引八旗满洲、蒙古、汉军六十五岁以上老人、大学士以下闲散人等以上，至畅春园正门前东西向列坐。东坐西向，内大臣和硕额驸尚之隆、内大臣公舅舅佟国维、领侍卫内大臣公海金、领侍卫内大臣侯巴浑特，大学士温达、萧永藻，户部尚书穆和伦、礼部尚书赫硕色、刑部尚书哈山、吏部侍郎傅绅、户部侍郎塔进泰、兵部侍郎巴彦柱、理藩院侍郎诺木齐代、副都御史舒兰、大理寺卿孟世泰，仪度额真、佛保、赛音厂，都统善丹、马尔赛、朱玛喇、敖三，宁古塔将军孟俄洛，护军统领腾额特、副都统毛奇、他特石、如璧偏图萨尔禅、道福色，闲散大臣伯四格、图拉等一百余人。次列耆老二千余人。西坐东向，原任领侍卫内大臣公阿尔泰，原任尚书马尔汉、凯音布、安布禄、范承勋、阿山、郭世隆，原任总督石文晟、于成龙，原任侍郎常书、敦多礼、巴锡戴、都里多奇、牛黑纳努、黑鄂奇、杨舒，原任总漕马世济，原任巡抚王国昌、刘光美、许嗣兴，原任学士瓦尔达、黄茂，原任都统图世希鲁、白合车、福纳、查拉克、图齐式、班第，原任护军统领洪海、苏黑，原任副都统禅布、安图、艾有仕、黄象坤等三百余人。次列耆老二千余人。有司陈设几席簠簋之仪，膳羞燔炙之品，诸皇子率诸皇孙及宗室子弟执爵授饮。东西前后各十余行，次第以遍。顷之，上出御幄升座，众耆老进前跪献万寿觞。上命扶掖八十岁以上者至御座前，亲赐酒一卮。于时，瑞霭绸缊，惠风披拂，太和翕聚，欢若家人。内大臣臣尚之隆等跪奏曰：臣等生逢圣世，身受殊恩，如天之福，惧不能胜，未知何以仰答高厚于万一也。驾起还宫。随传旨：赐内大臣尚之隆等、大学士温达等、致仕尚书马尔汉等袍帽有差。又赐八旗耆老人等银两有差。诸臣及耆老各谢恩而退。

是日宴赉八旗官员八十岁以上……七十岁以上……六十五岁以上……右各员内赐内大臣和硕额驸尚之隆、舅舅佟国维、侯巴浑特，大学士温达、萧永藻，尚书穆和伦、哈山，宁古塔将军孟俄洛，原任尚书马尔汉、凯音布、范承勋，原任都统查拉克图暖帽各一顶、团龙缎袍褂各二件、靴袜各二双。副都御史岳兰，原任尚书安布禄，原任侍郎郭多礼凉帽各一顶、团龙缎袍褂各二件、靴袜各二双。原任护军统领洪海，原任都统班第，原任副都统黄象坤，六品官达巴纳于地都袍褂各二件。其余八十以上银各十五两，七十以上银各十两，六十五以上银各一两。凡现任大臣官员与宴不与赏，原任官员未与宴者领半赏。是日宴赉八旗披甲闲散人等九十岁以上……以上各赏银二十两，未与宴者领半赏。八十岁以上……以上各赏银十五两，未与宴者领半赏。七十岁以上……以上各赏银十两，未与宴者领半赏。六十五岁以上……以上各赏银一两。是日命二十八日赐八旗年老妇人宴于畅春园皇太后宫门前。

二十八日，礼部等衙门引八旗满洲、蒙古、汉军七十岁以上年老妇人至畅春园皇太后宫门前东西向列坐。顷之，九十岁以上者召至宫内。凡大臣之妻年不及九十亦酌量召至。宫内赐坐，皇太后、皇上亲视赐宴，分颁果饵、食席。八十岁以上者丹墀下列坐，七十岁以上者宫门外列坐。诸皇子率诸皇孙暨宗室子弟分视赐宴，颁给果饵、食席。宴毕，赐召至宫内年老妇人丰貂、文绮、素珠、银两有差。是日，八旗官员之妻进宫内赐宴者共五十六人。九十岁以上共六人……八十岁以上共十一人……七十岁以上共三十五人……以上各赐袍褂、缎疋、素珠等物有差。

八旗披甲闲散之妻九十岁以上进宫内赐宴者共二十八人，百岁以上一人。镶白旗满洲于二之妻富氏年一百三岁，赐银三十两,素珠一盘,宫纱手巾一条。九十岁以上共二十七人……以上各赐银二十两及素珠、寿杖等物,其九十以上年老妇人未与宴者,八旗共三十一人,各领半赏银十两。

四月初二日命赏给八旗年老妇人银两有差。

本年三月二十八日奉旨:今日年老妇人若照老人一体赏给伊等,皆系妇人,必致烦剧,今召进殿内九十以上妇人及大臣之妻并朕识认者,朕赏之。其七十八十以上者筵宴毕,令各回本旗,该旗都统等会同曾经会议大臣将来者与未来者逐一查明赏给,务令均沾实惠。赏过银两数目据实奏闻,钦此。八旗都统、副都统等将二十八日筵宴年老妇人并不能赴宴老妇人逐一查明,各具木牌填写岁数、何项人妻、伊子孙何项人,带往畅春园。

是日赏八旗八十岁以上官员之妻……以上各赏银十五两,未与宴者领半赏。七十岁以上官员之妻……以上各赏银十两,未与宴者领半赏。

75. 钦定八旗通志《设算学于畅春园蒙养斋》[1]

雍正十二年奏准:康熙五十二年设算学于畅春园之蒙养斋,简大臣官员精于数学者司其事,特命皇子、亲王董之。选八旗世家子弟学习算法。又简满汉大臣、翰林官纂修《数理精蕴》及《律吕》诸书。至雍正元年告成。御制序文镌版颁行。自明季司天失职,过差罕稽。至此而推步测验,罔不协应。际此理数大备之时,正当渊源传授,垂诸亿万斯年,应于八旗官

---

[1]《钦定八旗通志》,影印《文渊阁四库全书》本,第 665 册,第 744 页。按,题目为编者所拟。

学增设算学教习十有六人，教授官学生算法。每旗官学择资质明敏者三十余人，定以未时起，申时止，学习算法。

76. 皇朝文献通考《恭遇崇上皇太后徽号于畅春园奏书仪注》[1]

乾隆三十六年，皇太后八旬万寿，崇上徽号。上于畅春园进奏书。是日早，鸿胪寺豫设黄案一于畅春园九经三事殿内正中。銮仪卫设龙亭、华盖、御仗于圆明园宫门外。乐部设导迎乐于龙亭前。内阁、礼部堂官率属俱蟒袍补褂齐集圆明园大宫门外，大学士自内阁奉奏书出陈于龙亭内，校尉舁亭、华盖、御仗前导。导迎乐作，内阁、礼部官前引大学士、学士，礼部堂官随行。至畅春园大宫门外，乐止。大学士于龙亭内奉奏书，内阁学士、礼部堂官前引入畅春园大宫门，至九经三事殿内。大学士恭奉奏书陈于黄案上。礼部堂官转传内监总管恭奉奏书，诣皇太后宫陈设。届时，上衣龙袍衮服诣畅春园，请皇太后安。恭进奏书，礼成。上还圆明园，大学士以下皆退。尊封皇祖妃嫔、皇考妃嫔仪，凡尊封皇祖妃嫔、皇考妃嫔，制下礼部诹吉以闻，豫期制册宝印，（皇贵太妃、贵太妃册宝，太妃册印，太嫔册）均送内阁镌字，行礼如仪。

77. 嘉庆重修一统志《畅春园》[2]

畅春园在西直门外十二里，地名海淀。圣祖仁皇帝万几之

1《皇朝文献通考》，影印《文渊阁四库全书》本，第634册，第889—891页。
2《嘉庆重修一统志》，《四部丛刊续编》，第100册，卷四，第4—5页。

暇，驻跸于此，酌泉而甘，因明武清侯李伟故园址，少加规度，筑宫设籞，赐名畅春园。时奉孝庄文皇后、孝惠章皇后宴憩于此，政事几务即奏决其中，且以遍览田畴，周咨稼穑，御制《畅春园记》以志其胜。雍正元年于园之东北隅，敬建恩佑寺，安奉圣祖御容。乾隆初年，葺新园亭，敬奉孝圣宪皇后宴憩，以适温清，每三日躬诣请安。四十二年，敬建恩慕寺于恩佑寺侧，规制如之。园西南为西花园，高宗纯皇帝问安之便，每诣是园听政，正殿为讨源书屋，有高宗纯皇帝御制记。又西为西厂，乾隆二十八年爱乌罕部遣使入觐，曾于此设幄次赐宴，并校阅军容，俾得与观。又西为阅武楼，高宗纯皇帝御书额曰"诘戎扬烈"，乾隆四十二年有高宗纯皇帝御制《阅武楼诗》。

78. 光绪顺天府志《畅春园》[1]

畅春园在西直门外十二里，地名海淀，缭垣一千六十丈有奇。圣祖仁皇帝以万几之暇，驻跸于此，酌泉而甘，因明武清侯李伟故园址改建，周方十余里，筑宫设籞，赐名畅春园，时奉孝庄文皇后、孝惠章皇后憩焉。政事几务即裁决其中。高宗纯皇帝御极后，葺新园宇，每逢驻跸圆明园，敬奉圣母皇太后安憩于此。宫门内中为九经三事殿，二宫门中为春晖堂，东、西有配殿，后为垂花门。内殿为寿萱春永，有左、右配殿，东、西耳殿，后照殿。照殿后倒座殿为嘉荫，两角门中为积芳亭，正宇为云涯馆，馆后渡桥，循山而北，有河池，南、北立坊二：曰玉涧、金流。门内为景瑞轩（应为瑞景轩），轩

---

1 《光绪顺天府志》，《中国地方志集成·北京府县志辑》，第1册，第61—63页。

后为林香山翠，又后为延春楼（应为延爽楼），楼后河上为鸢飞鱼跃亭，稍南为观莲所，楼左为式古斋，斋后为倚榭。园内筑东、西两堤，长各数百步。东堤曰丁香堤，西堤曰兰芝堤，皆通瑞景轩，西堤外别筑一堤，曰桃花堤。东西两堤之外，大小河数道，环流苑内，出西北门五空闸达垣外，东经水磨村，趋清河，西流则由马厂北注入圆明园。自宫门至此，为畅春园中路。

云涯馆东南角门外，转北过板桥为剑山，山上为苍然亭，下为清远亭。由山东转为龙王庙。过清远亭沿堤而南，河上筑南北垣一道，中有门，西向，曰广梁门。门内为澹宁居，前殿为圣祖御门听政、选馆、引见之所，后殿为高宗旧时读书之处。大东门土山北，循河岸西上，为渊鉴斋。斋后临河，为云容水态。左廊后为佩文斋，斋后西为葆光亭，东为兰藻斋。渊鉴斋之前，水中有藏辉阁，阁后临河为清籁亭。佩文斋之东，北向为养愚堂，对面为藏拙斋。渊鉴斋东过小山口，北有府君庙、兰藻斋。循东岸而北转，山后为疏峰，循岸而西，临湖正轩为太朴，太朴之东，有石径接东垣，即小东门。溪北为清溪书屋，后为导和堂。西穿堂门外为昭回馆，清溪书屋之西为藻思楼，楼后为竹轩。导和堂东穿堂门即恩佑寺佛殿后，澹宁居一路至此为畅春园东路。

春晖堂之西，出如意门，过小桥为玩芳斋。山后为韵松轩，旧名闲邪存诚，雍正二年，高宗曾读书于此。乾隆四年毁于火，重建。二宫门外，出西穿堂门为买卖街，南垣外为船坞，门内别宇五楹，北向。（《旧闻考》：买卖街建长河南岸，略仿市廛景物，船坞内停泊大小御舟，小船额曰月波，大者一名吉祥舟，一名载月舫。北向房额曰西墅，上接无逸斋之东门。）由船坞西行数武，即无逸斋，东垂花门内正宇跨河上，为韵玉廊，廊西为松篁深处，自右廊入，为无逸斋门，门内有正殿，西廊内正宇为对清阴，廊西为蕙畹芝原。

无逸斋，康熙年间赐理密亲王居住，嗣移居西花园，遂为年幼皇子、皇孙读书之所。高宗御极，恭诣畅春园问安，于此传膳办事。斋内御书《周书·无逸》篇，后有御题十韵。无逸斋北角门外，近西垣一带。南为菜园数十亩，北则稻田数顷，春暮时，深黄浅碧，宛然图画。东过板桥、方亭，为莲花岩，对河为松柏闸，庙后有娘娘殿，殿台方式，建于水中。凝春堂在渊鉴斋之西，东室为纯约堂，旧时无额，因东室纯约堂为圣祖御题，即称为纯约堂，乾隆十二年重修，以奉圣母慈像，高宗御题是额。其右河厅为迎旭堂。纯约堂东为招凉精舍。河厅之西为宛转桥，桥北圆门为憩云。迎旭堂后回廊折而北，为晓烟榭。河岸以西为松柏室，其左为乐善堂，有亭为天光云影。松柏室后出山口，临河为红蕊亭。自天光云影后廊出北小门登山，东宇为绿窗，山北为回芳墅、红蕊亭，东为秀野亭。自回芳墅北转山口过河，水中杰阁为蕊珠院，院北埠上层室为观澜榭，西河厅、东河厅为坐烟槎，台榭后正宇为蔚秀涵清，后为流文亭。蕊珠院之西，过红桥，北为集凤轩，轩前连房，中为穿堂门，门北有正殿，殿后稍左为月崖，其右有亭为锦陂，度河，桥西为俯镜清流。(《旧闻考》：由俯镜清流穿堂门西出，循河而南，即大西门，延楼四十二楹，其外即西花园之马厂。)集凤轩后，河桥西为闸口门，闸口北随墙设小门，西北一带构延楼，自西至东北角，上下共八十有四楹，西楼为天馥斋，内建崇基，中立坊，自东转角楼，再至东面楼，共九十六楹，中楼为雅玩斋。天馥斋东为紫云堂，堂之西过穿堂北，为西北门，即苑墙外也。自玩芳斋至此，为畅春园西路，再西则为西花园矣。

79. 清会典事例《九经三事殿接见贡使》[1]

（康熙）五十九年（1720）西洋国王遣陪臣斐拉里奉表来贡。是日，设表案于畅春园九经三事殿阶下正中。圣祖仁皇帝御殿升座。礼部、鸿胪寺官引贡使奉表陈案上，退行三跪九叩礼。仍诣案前奉表，进殿左门，升左陛，膝行至宝座旁恭进。圣祖仁皇帝受表，传授接表大臣。贡使兴，仍由左陛降，出左门，于阶下复行三跪九叩礼。入殿，赐坐，赐茶毕，谢恩退。

80. 康熙宛平县志《海淀》[2]

水所聚曰淀，高梁桥西北十里，平地出泉，滦滦潆潆，为淀十余潴，北曰北海淀，南曰南海淀。明武清侯李国戚园之方十里，正中涵海堂，堂北亭一望，牡丹石间之，芍药间之，飞桥而汀汀，北一望荷藻，望尽而山作剑铓螺脊，形虽假，逼真矣。又有高楼，楼上为台，平看香山，俯视玉泉，园中水程可十数里，舟皆达之。屿石百座，乔木千章，花亿计。今上辟而新之为御苑，旁为米太仆勺园百亩耳，望之等深，步之等远，水石舟桥堂楼亭榭各有意致，遂与李园竞胜。

81. 清通志《畅春园》[3]

畅春园在京城西直门外十二里，地名海淀。圣祖仁皇帝

---

1 阚红柳：《畅春园研究》，首都师范大学出版社，2015年出版，第25页。
2 《康熙宛平县志》，《中国地方志集成·北京府县志辑》，第5册，第23页。
3 《清通志》，卷三十三。

以万几之暇，驻跸于此，酌泉而甘，因明武清侯李伟故园址改建。周方十余里，筑宫设籞，赐名畅春园。时奉孝庄文皇后、孝惠章皇后宴憩焉，政事几务即裁决其中。皇上御极后，葺新园宇，每逢驻跸圆明园，敬奉圣母皇太后安憩于此。宫门内，中为九经三事殿，后为春晖堂，其后为寝殿，曰寿萱春永。其后为云涯馆，馆后逾桥循山而北有河池，南北立坊二，为玉涧、金流，门内为瑞景轩，轩后为林香山翠。又后为延爽楼，楼左为式古斋，斋后为绮榭。园内筑东西二堤，各数百步。东曰丁香堤，西曰兰芝堤，皆通瑞景轩。西堤外别作一堤，曰桃花堤。东西两堤之外河流数道，环绕苑内，出西北门闸，注于垣外。云涯馆东南角门外转北为剑山，南为澹宁居，前殿为康熙年间圣祖御门听政、引见之所，后殿为皇上旧时读书处。由大东门土山北循河岸西行为渊鉴斋，后临河为云容水态。左廊后为佩文斋，斋后西为葆光斋，东为兰藻斋。渊鉴斋之前为藏辉阁，佩文斋之东为养愚堂，相对为藏拙斋。小东门东垣内溪北为清溪书屋，后为导和堂，西为藻思楼，后为竹轩。春晖堂之西出如意门为玩芳斋，山后为韵松轩。二层宫门外船坞之西为无逸斋，皇上诣园问圣母皇太后安，每传膳视事于此。凝春堂在渊鉴斋之西，其东室为纯约堂，其右为迎旭堂。纯约堂东为迎凉精舍，迎旭堂后为晓烟榭。河岸以西为松柏室，其左为乐善堂。河上有阁，曰蕊珠院，其北为观澜榭。蕊珠院西逾桥而北为集凤轩，轩后度河桥而西为俯镜清流，又循河而南即苑之大西门，延楼列亘，其外即西花园之马厂也。畅春园西南垣为西花园，正宇为讨源书屋，皇上问安之便率诣是园听政。中有阅武楼，为肄武之所。

畅春园清代诗辑录

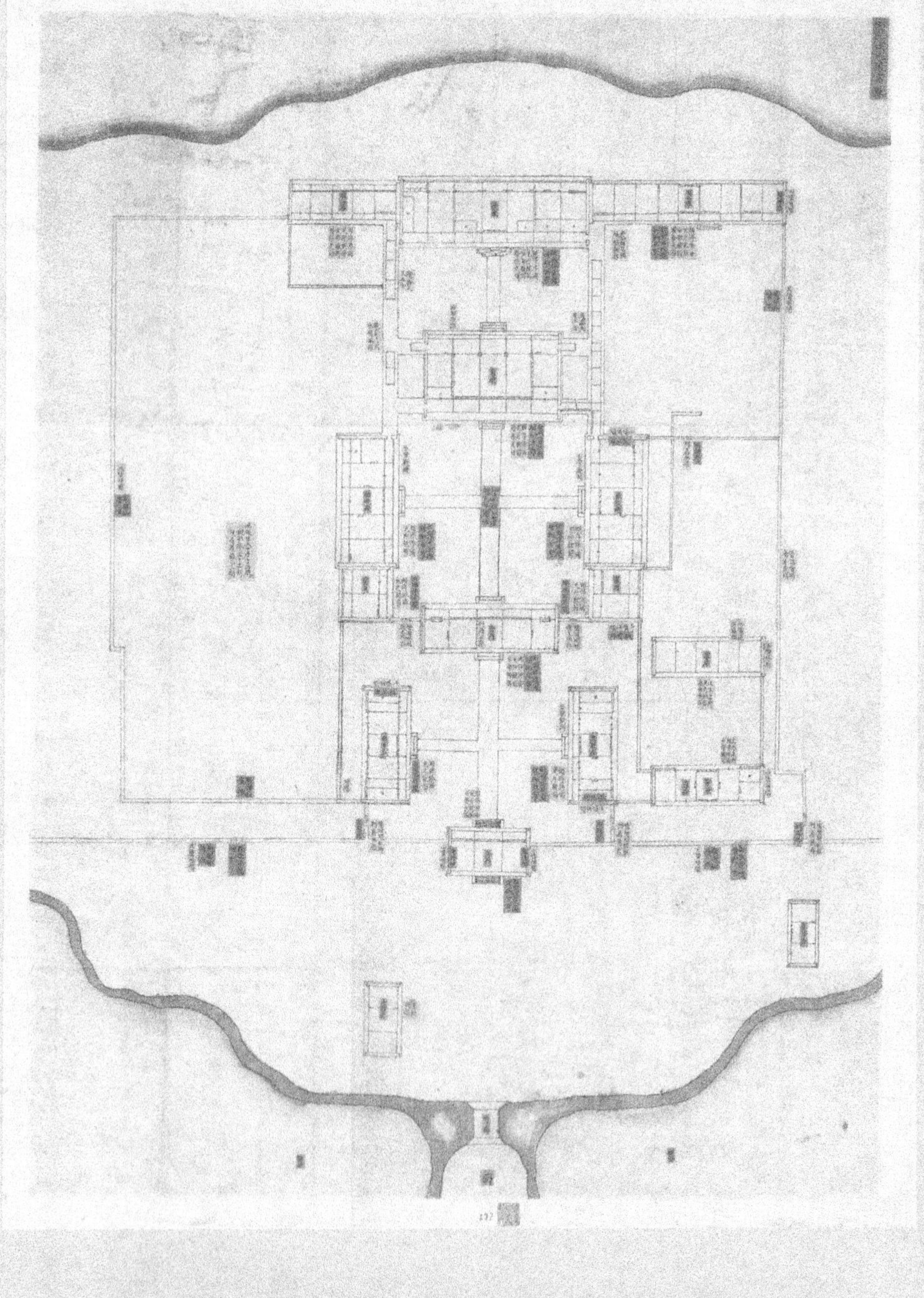

1. 玄烨:《避暑畅春园雨后新月》[1]

　　园亭气爽雨初晴,新月胧胧透树明。
　　漏下微眠思治道,未知清夜意何生。

2. 玄烨:《榴花》[2]

　　丹诚映白日,艳色喜清幽。
　　嫩绿疏棂外,开时傍翠楼。

3. 玄烨:《盆景榴花高有数寸,开花一朵》[3]

　　小树枝头一点红,嫣然六月杂荷风。
　　攒青叶里珊瑚朵,疑是移根金碧丛。

4. 玄烨:《畅春园众花盛开,最为可观。惟绿牡丹清雅迥常,世所罕有。赋七言绝以记之》[4]

　　碧蕊青霞压众芳,檀心逐朵韫真香。
　　花残又是一年事,莫遣春光放日长。

---

[1]《康熙诗词集注》,内蒙古人民出版社,1994年出版,第251页。
[2]《康熙诗词集注》,内蒙古人民出版社,1994年出版,第284页。
[3]《康熙诗词集注》,内蒙古人民出版社,1994年出版,第285页。
[4]《康熙诗词集注》,内蒙古人民出版社,1994年出版,第290页。

5. 玄烨:《咏花瓶》[1]

撷取群芳置案头,天香一段贮清幽。
人生常有悲欢事,惟尔闲情不晓愁。

6. 玄烨:《樱桃》[2]

初夏含桃味早全,西山结实弱枝连。
赤瑛充荐休言过,丹色浓浓众果先。

7. 玄烨:《欻蒸暑气,赋得"漠漠水田飞白鹭"》[3]

日射湖光潋滟余,三庚修景未应除。
盈田粳稻将成实,满陇禾苗更自如。
静里欻蒸不著意,心中无事乐于书。
黄鹂白鹭由他去,恐误分阴渐渐疏。

8. 玄烨:《赋高士奇》[4]

廿年载笔近螭头,心慕江湖难再留。
忽忆当时论左国,依稀又是十三秋。

1《康熙诗词集注》,内蒙古人民出版社,1994年出版,第290页。
2《康熙诗词集注》,内蒙古人民出版社,1994年出版,第291页。
3《康熙诗词集注》,内蒙古人民出版社,1994年出版,第394页。
4《康熙诗词集注》,内蒙古人民出版社,1994年出版,第395页。

9. 玄烨:《示诸皇子》[1]

勤俭守家法,为仁勉四箴。
读书须立体,学问便从心。
佻达愆非浅,浮华罪渐深。
人皆知此道,何必论古今。

10. 玄烨:《赋得"雨去花光湿,风归叶影疏"》[2]

晚蝉声渐急,白雁暂高飞。
月照湖光转,波连山色微。
荷疏知气肃,花老觉时非。
不必愁秋冷,宫人自有衣。

11. 玄烨:《万树丛中月一轮》[3]

残暑新开雨后时,层峦密树万年枝。
扁舟归去思还转,小艇回波意欲迟。
泛泛月明悬玉镜,轻轻浪影动玻璃。
冰盘酒宴同金谷,箫鼓龙吟太液池。

---

[1]《康熙诗词集注》,内蒙古人民出版社,1994年出版,第396页。
[2]《康熙诗词集注》,内蒙古人民出版社,1994年出版,第396页。
[3]《康熙诗词集注》,内蒙古人民出版社,1994年出版,第397页。

12. 玄烨：《咏林檎》[1]

野果初来上苑东，紫红鲜品进离宫。
虽然不及群珍味，也有微诚在此中。

13. 玄烨：《忆畅春园牡丹》[2]

晓雨疏疏薄洒，午风习习轻吹。
忽念畅春花事，正当万朵开时。

14. 玄烨：《盛夏晚偶成》[3]

蝉声急处秋将近，绵雨过时暑渐微。
树色渺茫凭远阁，云峰掩映罩斜晖。
西成平野年当稔，烟息关山事不违。
披览牙签心自得，挥毫乙夜勉群机。

15. 玄烨：《七夕观千叶莲》[4]

玉露初分水殿凉，满池红白杂芬芳。
香飘随坐皆秋色，细月胧胧挂未央。

1《康熙诗词集注》，内蒙古人民出版社，1994年出版，第398页。
2《康熙诗词集注》，内蒙古人民出版社，1994年出版，第423页。
3《康熙诗词集注》，内蒙古人民出版社，1994年出版，第437页。
4《康熙诗词集注》，内蒙古人民出版社，1994年出版，第437页。

16. 玄烨:《畅春园观稻,时七月十一日也》[1]

七月紫芒五里香,近园遗种祝祯祥。
炎方塞北皆称瑞,稼穑天工乐岁穰。

17. 玄烨:《为考试叹》[2]

人才当义取,王道岂纷更。
放利来多怨,徇私有恶声。
文宗濂洛理,士仰楷模情。
若问生前事,尚怜死后名。

18. 玄烨:《禁园秋霁》[3]

树冷催蝉咽,荷疏表影长。
深秋残暑气,微爽待高阳。
户外远尘迹,园中多蕙香。
溶溶新雨霁,吟乏愧成章。

19. 玄烨:《早起看雪》[4]

凛冽朔风舞雪,逶迤静夜高眠。

---

[1]《康熙诗词集注》,内蒙古人民出版社,1994年出版,第438页。
[2]《康熙诗词集注》,内蒙古人民出版社,1994年出版,第398页。
[3]《康熙诗词集注》,内蒙古人民出版社,1994年出版,第440页。
[4]《康熙诗词集注》,内蒙古人民出版社,1994年出版,第448页。

起听芸窗万籁，依然寻句韦编。

20. 玄烨：《咏盆中松竹梅各一首》[1]

松
岁寒坚后凋，秀葘山林性。
移根鬴坐傍，可托青松柄。
竹
此君霜后青，密叶欲停雪。
丛篁傍小山，清节依然洁。
梅
琼枝遗玉骨，粉蕊趁冰姿。
香透芙蓉帐，诗成度玉墀。

21. 玄烨：《静坐读书自喻并序》[2]

朕在畅春园，万机之暇，季冬寒甚，连日风雪，静坐读书，自限文韵，偶成二十韵自喻。朕原本无学，不过经书成语，堆集成句。卿等皆老学素望，朕所深知。其中韵脚不当，平仄不和，典故不稳，联句不雅者，即速改正，或成一篇，亦未可知。

壮年好血气，半老少知闻。
顾諟惟当谨，铭盘不至窘。
励精勉图治，旰食尽民殷。

---

1 《康熙诗词集注》，内蒙古人民出版社，1994年出版，第449页。
2 《康熙诗词集注》，内蒙古人民出版社，1994年出版，第450页。

性理宗濂洛，临摹仿鹅群。
煌煌劳梦想，济济咏南薰。
悬钟是进德，止辇问停云。
怀保编氓苦，惠鲜鳏寡煴。
留心刑服念，鄙笑图书焚。
优礼任舟楫，凭轩尊典坟。
前星诚琢磨，帝子识群分。
外戚无矜势，诸王惜旧勋。
烽烟熄万里，瀚海畏三军。
淮黄关国计，漕运致忧勤。
土木毋轻动，民情宜所欣。
志广则宽裕，神清息俗纷。
由来恶旨酒，自喻喜玄纁。
长歌咏白雪，论赋小横汾。
机暇讲寥廓，提筹算紫氛。
乾阳得复转，测景考斜曛。
有始无终叹，为山一篑懂。

22. 玄烨：《园中无处无花，触目皆是，故作此自嘲》[1]

无花无酒亦氤氲，况有清香到处闻。
万紫千红虽瞬息，古稀吟咏忘辛勤。

---

1 张宝章：《畅春园记盛》，开明出版社，2009年出版，第18页。

23. 玄烨：《咏各种牡丹》[1]

晨葩吐禁苑，花莳就新晴。
玉版参仙蕊，金丝杂绿英。
色含泼墨发，气逐彩云生。
莫讶清平调，天香自有情。

24. 玄烨：《咏杜鹃花赐高士奇》[2]

石岩如火本天台，秀质丹心日月催。
移根禁苑清诗句，朱夏山林惜茂才。

25. 玄烨：《赋得万物静观皆自得》[3]

布教皇风性理寻，右文惠化无私临。
清闲静省危微志，宴坐动观人道心。
天地浑元肃气象，乾坤阖辟识书林。
圣贤雅颂原无远，实在存神咏四箴。

26. 玄烨：《麦秋盈野志喜》（有序）[4]

岁次癸未夏至，有事于方泽斋戒。自畅春园进宫，见麦气

---

[1]《康熙诗词集注》，内蒙古人民出版社，1994年出版，第474页。
[2]《康熙诗词集注》，内蒙古人民出版社，1994年出版，第475页。
[3]《康熙诗词集注》，内蒙古人民出版社，1994年出版，第475页。
[4]《康熙诗词集注》，内蒙古人民出版社，1994年出版，第477页。

盈秋，田园茂胜，雨旸得时，稼穑有望。从来北方雨泽艳阳清和之际，每每难得，皆因去冬阴雪连绵，自春至夏，未见甘霖。所以草木花果，罔不丰荣；人心谷价，罔不和平。故志喜而为咏。

去冬盈尺雪占年，今夏翛翛麦垄全。
万亩皆齐诞降谷，千家秀实已登阡。
先忧旸雨惟民疾，后乐时丰纪玉笺。
志喜雕虫晚学愧，薰风南至影花砖。

27. 玄烨：《园中十种葡萄，味甚甘美，戏作近体一律，以示南书房诸臣》[1]

休夸大宛贵，莫讶汉宫传。
十种标名异，千条带叶鲜。
随班命内侍，分赐列忠贤。
饱食和心胃，归鞍赋木天。

28. 玄烨：《一路清廉图》[2]

青莲挺挺不污泥，岂被重波乱性迷。
虽有羡鱼心尚在，清风由是见祟题。

---

1 《康熙诗词集注》，内蒙古人民出版社，1994年出版，第509页。
2 《康熙诗词集注》，内蒙古人民出版社，1994年出版，第554页。

29. 玄烨:《忆咏苏州风俗》[1]

邓尉梅梢月,虎丘浪里峰。
人争天地秀,物杂理文宗。
俗尚非交让,官箴乏协恭。
舆情常若此,何日奏时雍。

30. 玄烨:《偶观演剧作》[2]

雅颂不能传,诗词降作调。
唐人歌舞精,元曲选声妙。
若曰得仙音,究未探其要。
暂为遣见闻,寄此发长啸。

31. 玄烨:《三月初十日,恭请皇太后雅玩斋进膳看梅花》[3]

当年梅雪伴,今岁暮春迟。
银杏舒新叶,木兰盖绿枝。
花当亭畔发,香逐雨中移。
别殿陈鲜蜜,尚方献瑞芝。
老莱舞膝下,珠草列仙墀。

1《康熙诗词集注》,内蒙古人民出版社,1994年出版,第604页。
2《康熙诗词集注》,内蒙古人民出版社,1994年出版,第605页。
3《康熙诗词集注》,内蒙古人民出版社,1994年出版,第606页。

敬上乔松祝，欣瞻王母仪。
捧觞称寿句，进酒问安词。
地润铺红萼，波澄敛玉池。
高峰多爽气，绮树得丰姿。
漏转催辰半，表行近画奇。
承欢同永日，孝思莫违时。
会庆思经义，千秋古训垂。

32. 玄烨：《西苑试士》[1]

霁日东风暖，平川宇宙宽。
文章随世转，经史得人安。
讲学前贤奥，观光后进欢。
有生宵旰虑，独望和羹难。

33. 玄烨：《黄腊梅》[2]

腊后江南得早梅，春迟北地见花开。
不随岸柳初眠候，祇伴寒松破冻回。

34. 玄烨：《赋得冬日可爱》[3]

复卦初生处，景随玉管回。

---

[1]《康熙诗词集注》，内蒙古人民出版社，1994年出版，第608页。
[2]《清代诗文集汇编》，上海古籍出版社，第194卷，第361页。
[3]《清代诗文集汇编》，上海古籍出版社，第194卷，第361页。

前旗分鸟道，后仗向龙堆。
　　爱日冬偏暖，临桥冰未开。
　　宽城行幸地，越岭少尘埃。

35. 玄烨：《去岁八九月雨最多，民间俗说"封地雨"。故一冬少雪，犹可支持。自交立春，复不见云，所以望雨甚殷。昨晚密云四起，夜深甘霖即霈。田间老幼，无不举手加额，欢声载道。朕以民食为天，喜均一体，故赋七言近体以示群臣》[1]

　　吟咏由来喜雨多，久晴喜雨更如何。
　　天心即是民心感，海甸应同畿甸歌。
　　立政刚柔符造化，体仁宽裕得人和。
　　两间物理原难尽，勿入浮夸曲士科。

36. 玄烨：《柳絮》[2]

　　御苑春将尽，和风鼓物生。
　　芸窗来淑气，丹陛奏清声。
　　眠柳垂青琐，流莺啭碧泓。
　　沾泥非有意，高下点蓬瀛。

---

[1]《康熙诗词集注》，内蒙古人民出版社，1994年出版，第635页。
[2]《康熙诗词集注》，内蒙古人民出版社，1994年出版，第636页。

37. 玄烨:《清潭》[1]

一潭清冷拂游尘,活水源头可问津。
静处定知无复浪,动时须认养潜鳞。
临流能解薰风意,对景先愁涝雨频。
云影波光相映处,湛然澄澈见天真。

38. 玄烨:《大西门升八旗官阅骑射作》[2]

骑射为观德,从来旧制存。
久安惜将老,长治厌兵繁。
训练虽成法,忠贞实本原。
先知亲上义,不必问私恩。

1《康熙诗词集注》,内蒙古人民出版社,1994年出版,第637页。
2《康熙诗词集注》,内蒙古人民出版社,1994年出版,第644页。

39. 玄烨:《南方青竹松林,不乏观玩。北地气寒,非保护得宜,即难艺植。朕尝有事河干,往来数次;览竹树之畅茂,暂时停辇即行。后于禁苑种植,颇蕃;今经三十余年,迩来延至数亩之广。其围至八寸,径二寸五分有零。古人以竹比君子,因而思及草木无知,积小以至于高大;人有血气,加之培养,岂非国家桢干之选欤?故赋七言一律记之》[1]

> 培养丛篁多历年,竹窗抱节绿云鲜。
> 猗猗玉润歌君子,济济心虚忆俊贤。
> 可爱缤纷含宿雨,最宜潇洒动新烟。
> 余春欲伴寒松住,渐晚韶光被景牵。

40. 玄烨:《五十五年三月下旬,园中桃杏、玉兰、梅花齐放,其中玉兰茂盛可观,特请皇太后一阅》[2]

> 玉花万朵祝慈颜,藉奉欢心半日闲。
> 闰月春迟添岁永,香枝风送待时还。
> 膝前五代承王母,陛下千岁献寿山。
> 乍晓铜龙迎凤辇,霜容天上睹仙鬟。

---

[1]《康熙诗词集注》,内蒙古人民出版社,1994年出版,第657页。
[2]《康熙诗词集注》,内蒙古人民出版社,1994年出版,第687页。

41. 玄烨：《去岁三冬有雪，至三月间农忙之际，二十七日夜雨竟夕，喜而成咏》[1]

滋麦如酥雨，空濛入土膏。
心同黎庶苦，目盼紫坛高。
任器已知重，安人宁避劳。
春愁暂且释，点点付挥毫。

42. 玄烨：《赋得陇麦》[2]

节迟谷雨后，田麦始分畦。
已送花开尽，难将春事稽。
纯阳时序近，余闰化成齐。
未卜阴晴适，先期辑庶黎。

43. 玄烨：《千叟宴》[3]

百里山川积素妍，古稀白发会琼筵。
还须尚齿勿尊爵，且向长眉拜瑞年。
莫讶君臣同健壮，愿偕亿兆共昌延。
万机惟我无休暇，七十衰龄未歇肩。

---

[1]《康熙诗词集注》，内蒙古人民出版社，1994年出版，第688页。
[2]《康熙诗词集注》，内蒙古人民出版社，1994年出版，第689页。
[3]《康熙诗词集注》，内蒙古人民出版社，1994年出版，第702页。

44. 允礽[1]：《渊鉴斋观鱼》[2]

潋滟波光傍玉除，修鳞游泳自舒徐。
依蒲籍藻群相得，舞阔摇深纵所如。
百道飞泉当槛合，一泓清镜入窗虚。
临流到处歌于牣，总被汪洋圣泽余。

45. 允礽：《绿牡丹》[3]

雕锼苍玉起楼台，红紫丛中巧样裁。
碧叶承花花似叶，绿图还有凤衔来。

46. 允祉[4]：《扈从畅春园途中作》[5]

微雨应秋晨，銮舆出紫闉。
晚田沾更翠，广陌润无尘。
雾色迷前岭，溪流响近津。

---

1 允礽（1674—1724 年），康熙帝第二子，为孝诚仁皇后赫舍里氏所生。康熙十四年十二月，在他一岁多时即被立为皇太子。康熙四十七年，玄烨宣布以罪废掉皇太子，四十八年三月复立允礽为皇太子，五十一年十月再度被废。雍正二年病死，追谥为理密亲王。
2 张宝章：《畅春园记盛》，开明出版社，2009 年出版，第 48 页。
3 张宝章：《畅春园记盛》，开明出版社，2009 年出版，第 17 页。
4 允祉（1677—1732 年），康熙皇帝第三子。康熙三十七年，被封为诚郡王，四十八年晋诚亲王。他通熟古代典籍，喜欢自然科学，精于音乐艺术。四弟胤禛即位后，允祉多次受到贬抑，雍正六年将允祉降为郡王，八年夺爵，圈禁景山永安亭。雍正十年闰五月去世。
5 张宝章：《畅春园记盛》，开明出版社，2009 年出版，第 125 页。

西成看已告,共庆太平人。

47. 胤禛[1]:《畅春园芍药花开作》[2]

首夏清和殿阁开,园中景物足徘徊。
翩翩紫燕衔泥去,睍睆黄莺过水来。
槐影初圆当永昼,桐阴渐引上层台。
更怜芍药临风好,香袭书帏锦作堆。

48. 胤禛:《花间小饮》[3]

长夏初临芍药开,熏风拂席送香来。
仙姿绰约翻红袖,月影婆娑照绿杯。

49. 胤禛:《晓晴》[4]

晓起浮窗日色明,苔痕滋碧露光莹。
绕阶几树看花发,对岸一声听鸟鸣。
泼刺游鱼翻浪急,低徊舞蝶傍帘轻。

---

1 胤禛(1678—1735年),即雍正皇帝,康熙帝第四子,康熙四十八年晋封和硕雍亲王,康熙六十一年其父玄烨驾崩后即位。他奋发有为,在康乾盛世的创建中发挥着重要的承上启下作用。皇子时期的胤禛曾居住于畅春园附属的西花园。登基为雍正皇帝后,胤禛大规模扩建圆明园,使之继畅春园成为皇帝长年园居理政的大型皇家宫苑。雍正十三年,胤禛驾崩于圆明园九州清晏。
2 《世宗宪皇帝御制文集》,《清代诗文集汇编》,第240册,第378页。
3 《世宗宪皇帝御制文集》,《清代诗文集汇编》,第240册,第378页。
4 《世宗宪皇帝御制文集》,《清代诗文集汇编》,第240册,第378—379页。

春云漠漠寒偏峭，默乞天公十日晴。

50. 胤禛：《自畅春园入城途次口占》[1]

锦堞连云日欲西，暖风弱柳玉河堤。
翩翩紫燕如相识，一路飞鸣逐马蹄。

51. 胤禛：《禁苑秋霁应制》有序[2]

康熙庚辰秋七月十九日，时雨初晴，风日清朗，新凉入座，林沼澄鲜。皇父听政之暇，亲洒宸翰，制《禁苑秋霁》诗一章，命诸昆弟分赋应制。臣未及与。向晚趋庭，荷蒙颁示天籁琳琅，云章绚烂。回环捧诵，莫测高深。又命臣补赋。伏念臣才学弇浅，初研声律，未涉藩篱。恭睹圣藻昭垂，目夺神移，益深愧悚。仰承恩谕，君父之前，讵敢自藏其丑。谨呈芜句，用博天颜一笑云尔。

灵囿逢秋霁，西山晓翠张。
澄波添太液，爽气发长杨。
丛桂含香嫩，疏桐转影凉。
宸襟披拂处，鱼藻有辉光。

---

[1]《世宗宪皇帝御制文集》，《清代诗文集汇编》，第240册，第393页。
[2]《世宗宪皇帝御制文集》，《清代诗文集汇编》，第240册，第396—397页。

52. 胤禛:《春日随驾舟次》[1]

新柳绿丝柔,依依拂御舟。
悠扬牛背笛,欸乃水边讴。
翠羽飞桑扈,娇音啭栗留。
春晴天气好,欢喜奉宸游。

53. 允祺[2]:《奉诏举家得游御园诗以志喜》

无限恩光下九天,欣看尽室赋游仙。
漫从瑶草琪花里,直到银河阆苑边。
楼阁开时霞气涌,山峦起处日光悬。
君王定有那居庆,稽首还歌在藻篇。

54. 允祐[3]:《畅春园夏日应制》[4]

佳辰又喜逢深夏,是处园林带早凉。
岸外绿杨垂似带,枝间好鸟啭如簧。
人家共被薰风远,物类齐欣化日长。

---

1 《世宗宪皇帝御制文集》,《清代诗文集汇编》,第240册,第393页。
2 允祺(1679—1732年),康熙帝第五子。康熙三十七年三月晋封多罗贝勒,四十八年晋封为和硕恒亲王。雍正十年闰五月病故,雍正十二年立碑勒铭,称其"秉性和平"。
3 允祐(1680—1729年),康熙帝第七子。康熙三十七年晋封贝勒,四十八年晋封多罗淳郡王。他生有残疾,致力于诗词书法的研究和创作,未参与储位之争。雍正元年,晋封为亲王,雍正八年四月病逝。
4 《皇清文颖》,影印《文渊阁四库全书》本,第1450册,第562页。

岁岁年年依膝下，晨昏咫尺接恩光。

55. 允禵[1]：《畅春园应制》[2]

御苑梅花正吐蕊，龙池冰结似银河。
三余不旷探经史，日听纶音圣教多。

56. 允禵：《春夜畅春园作》[3]

处处亭台尽物华，春山暮色掩晴霞。
天清月趁桃花灿，夜静风随柳带斜。
有酒有肴情更远，自歌自舞兴偏赊。
凤城咫尺闻宫漏，谁道园居不是家。

57. 允禵：《西园较射》[4]

较射西园风日好，君臣笑语一时通。
圣皇神武原无敌，次第穿杨百步中。

---

1 允禵（1688—1755 年），康熙帝第十四子，为雍正帝胤禛同母兄弟。康熙四十八年封贝子，五十七年十月被任命为抚远大将军，指挥军队顺利进入拉萨，取得安藏之役胜利。胤禛即位后，虽给予郡王头衔，却被发往遵化守陵，后又被囚禁于景山寿皇殿。乾隆二十年去世。
2 《延芬室手选诗》，《清代诗文集汇编》，第 386 册，第 414 页。
3 《延芬室手选诗》，《清代诗文集汇编》，第 386 册，第 414—415 页。
4 《延芬室手选诗》，《清代诗文集汇编》，第 386 册，第 415 页。

58. 允禵:《五十一年三月十二日畅春园应制随各人意书怀》[1]

　　幸遇升平久，还欣文教赊。
　　婉容怀子道，竭力奉天家。
　　居业惇诚敬，修身敢傲奢。
　　叨蒙闻圣训，日日乐菁华。

59. 允禵:《春日畅春园赐宴应制》[2]

　　晓云缈缈霭晴霞，瑞发园林五彩花。
　　德苑九重闻圣训，承欢万国奉丹砂。
　　天心喜动宫悬奏，绮宴春张御露赊。
　　自是伦常真乐事，太和元气日光华。

60. 允禵:《上元前二日立春应制》[3]

　　喜得青阳临令节，恒依膝下庆升平。
　　御园绮丽浮佳色，火树玲珑献瑞英。
　　旭旦来朝开左个，良宵预祝乐西成。
　　承恩正愧无能赋，又听天章下玉清。

---

[1]《延芬室手选诗》,《清代诗文集汇编》,第386册,第419页。
[2]《延芬室手选诗》,《清代诗文集汇编》,第386册,第421页。
[3]《延芬室手选诗》,《清代诗文集汇编》,第386册,第423页。

61. 允禵：《露华楼应制咏莲花岩松牡丹》[1]

松影连精舍，天香拥化城。
虬龙盘古干，黄紫擅芳名。
格并莲花迥，光添贝叶明。
今朝岩下过，鹦鹉似留声。

62. 允礼[2]：《畅春园春日即事》[3]

东窗渐觉曙光生，上马临堤自在行。
片片飞花旋地舞，枝枝细柳扑衣轻。
禁门启处和风畅，御辇来时瑞气迎。
美景良辰无限乐，况当圣世泰阶平。

63. 允礼：《御苑新柳》[4]

昨日条风入苑时，毵毵早见柳抽丝。
低垂翠沼从鱼跃，遍长黄芽任鸟窥。
细雨霏微饶静致，轻烟淡荡有新姿。
往来最爱章台畔，正与诗人物色宜。

---

[1]《延芬室手选诗》，《清代诗文集汇编》，第386册，第422页。
[2] 允礼（1697—1738年），康熙帝第十七子，因年幼未参加康熙晚年的储位之争。雍正元年封果郡王，六年晋亲王。乾隆三年去世。著有《静远斋诗集》《春和堂诗集》《自得园文钞》等，合为《果亲王集》。
[3]《静远斋诗集》，《清代诗文集汇编》，第283册，第671页。
[4]《静远斋诗集》，《清代诗文集汇编》，第283册，第671页。

64. 允礼：《冬日御园即景》[1]

黄钟应律寒方冽，景象宫中更若何。
松秀山头青正丽，冰铺池面镜新磨。
炉香爇处连云远，瑞霭浮来惹袖多。
双鹤蹁跹丹陛舞，鸣声也助太平歌。

65. 允礼：《御园冰镜》[2]

漠漠御沟水，寒成宝鉴荧。
含光开上苑，分照倚彤庭。
洞彻玻璃色，澄明璞玉形。
晓看仁寿镜，扬彩写丹青。

66. 允礼：《上元日畅春园即景》[3]

令节值元宵，天家盛事饶。
银花明火树，铁锁敞星桥。
月影溶溶照，灯光焰焰飘。
御园风景丽，歌颂圣明朝。

1《静远斋诗集》，《清代诗文集汇编》，第283册，第690页。
2《静远斋诗集》，《清代诗文集汇编》，第283册，第697页。
3《静远斋诗集》，《清代诗文集汇编》，第283册，第697页。

67. 允礼:《冬日杂咏》[1]

节入三冬好,园居事事幽。
读书朝拥火,玩雪夜披裘。
日暖融宫树,冰寒净御沟。
藜床趺坐惯,高咏挹浮丘。

68. 允礼:《初春即景》[2]

天霁浮云敛,华光满禁城。
庭开春树暖,香袅瑞烟轻。
昼漏迟迟滴,和风细细生。
御沟新柳发,不久听鸣莺。

69. 允礼:《皇上水猎,余未获扈驾。二月十四日自传心殿下直回畅春园,出城至高梁桥,乘舟抵三叉口》[3]

近城一上轻舠好,诘屈随堤锦缆牵。
波皱微风春碧散,帘摇孤店酒香传。
山川依旧千秋物,节气新移二月天。
宿省归来成野泛,恰同昔日从围船。

1《静远斋诗集》,《清代诗文集汇编》,第 283 册,第 677 页。
2《静远斋诗集》,《清代诗文集汇编》,第 283 册,第 698 页。
3《静远斋诗集》,《清代诗文集汇编》,第 283 册,第 704 页。

70. 允礼:《梵寺》[1]

高僧瓶钵度春冬,跌坐常听午夜钟。
寺傍行宫春浩浩,地连御苑水溶溶。
闲中佛日千林喜,静里禅心万法宗。
忽奉九天球玉句,星虹影里望飞龙。

71. 允礼:《桃花》[2]

入颊春风一点酥,连林谁展画屏纡。
吹笙玉洞云为幕,赐宴瑶池锦作襦。
辇路乍抛红鞚鞴,宫车轻辗紫氍毹。
昆仑青鸟曾相识,好捧蟠桃入御厨。

72. 允礼:《咏樱桃》[3]

昔于汉殿瑛盘荐,今贮玻璃分外鲜。
色比珊瑚犹过丽,味甘远在蔗浆先。
二
一斗红珠出上阑,筠笼轻泻赤瑛盘。
也应医得相如渴,赐与天浆沁齿寒。

1《静远斋诗集》,《清代诗文集汇编》,第283册,第721—722页。
2《静远斋诗集》,《清代诗文集汇编》,第283册,第723页。
3《静远斋诗集》,《清代诗文集汇编》,第283册,第725页。

三

似火如霞映碧湾，寝园荐后始分颁。
上林四月尝新处，不羡清歌对小蛮。

73. 允礼:《恭从皇太后驾自畅春园至大石槽作》[1]

晓出深宫仙仗开，骎骎羽骑似云堆。
菁葱麦垄迎慈辇，淑气和风遍九垓。

74. 允礼:《咏荷花》[2]

禁苑芳莲茂，亭亭碧水中。
叶依垂柳绿，花映早霞红。
秀色含仙露，清香递远风。
天心留赏处，凡卉岂能同。

75. 允礼:《新荷》[3]

新荷贴水正田田，朝日融怡景物妍。
曲沼微波萦绿蔓，回塘轻縠颤青钱。
钿钗细引风枝弱，金掌平分露点圆。
鹭浴鸥浮生意在，圣皇解愠奏熏弦。

---

[1]《静远斋诗集》,《清代诗文集汇编》, 第 283 册, 第 726 页。
[2]《静远斋诗集》,《清代诗文集汇编》, 第 283 册, 第 728 页。
[3]《静远斋诗集》,《清代诗文集汇编》, 第 283 册, 第 728—729 页。

二

长日和风扇,新荷点点圆。
抽波难作盖,贴水乍如钱。
细比菱枝弱,长同荇叶牵。
洛妃裁翠縠,湘女拾金钿。
鱼跃惊珠碎,鸥浮映羽鲜。
抽簪还簇簇,舒蒂更田田。
榆荚栽天上,苔痕泛水边。
华苹瑶浦瑞,留取入熏弦。

76. 允礼:《御园赐宴恭纪》[1]

载阳春日好,御苑倍新奇。
杨柳垂堤岸,琼瑶缀树枝。
庭前宜纵目,岩际合吟诗。
历历升平象,闲游步屦迟。

77. 弘历[2]:《诣畅春园皇太后宫问安》[3]

秘殿斋居缺问安,方丘礼毕此回銮。

---

1 《静远斋诗集》,《清代诗文集汇编》,第283册,第744页。
2 弘历(1711—1799年),即乾隆皇帝,为雍正帝第四子,初封和硕宝亲王。他在位六十年,让位后又当了三年太上皇。执政中前期,弘历夙兴夜寐、励精图治,使清王朝在康熙、雍正治国理政成果基础上进一步经济繁荣,国库充裕,社会安定,从而将康乾盛世推向顶峰。乾隆晚年,政治走向腐败,弊端日益丛生,孕育着社会危机,清帝国逐渐衰落。弘历对兴建皇家园林兴趣浓厚,正是在乾隆时期,建设、形成了享誉古今中外的三山五园皇家园林集群。
3 《清高宗(乾隆)御制诗文全集》,第一册,第515页。

前宵甘雨苏群汇，敬与慈闱一样欢。

78. 弘历：《诣畅春园皇太后宫问安》[1]

窣地青丝两岸围，鸥波云影漾朝晖。
轻舟喜近瑶池境，芳甸初开玉版扉。
却忆含饴心切切，每亲色笑乐依依。
敬承孝治尊家法，长奉慈宁祎鞠辉。

79. 弘历：《园中摘果恭进皇太后》[2]

黄沉朱实色凝霜，荟贮筠篮满意凉。
日永西池琪树静，擎来不数五云浆。

80. 弘历：《诣畅春园问安，皇太后命观园内所艺禾黍，与与翼翼，诚有秋也，得诗一首》[3]

占岁今秋好，祈年午夜曾。
仙壶叨泽渥，宝稼应时登。
绣垄黄云合，芳园懿赏凭。
泠泠朝露缀，霭霭野烟凝。
宫府应无异，农桑合并称。
艰难知穑事，慈训敢钦承。

---

[1] 《清高宗（乾隆）御制诗文全集》，中国人民大学出版社1993年版，第一册，第471页。

[2] 《清高宗（乾隆）御制诗文全集》，第一册，第538页。

[3] 《清高宗（乾隆）御制诗文全集》，第一册，第539页。

81. 弘历：《午日诣畅春园问安》[1]

蒲岸河洲泛玉津，铜龙双辟问安晨。
祇因悯雨遵慈训，未敢称觞答令辰。
黄帽龙舟闲浦溆，绿枝虎艾缀楣桱。
分明旧岁端阳景，饶有新愁薄念频。

82. 弘历：《冬至次日皇太后宫行礼》[2]

双凤启金闉，腾欢庆履长。
恰当七日复，愿奉万年觞。
合殿祥风转，敷天淑景翔。
阳和遍寰海，慈寿与无疆。

83. 弘历：《甘霖既沾，诣畅春园问安，仰慰圣母望岁之诚，并成长句恭志盛德》[3]

自古祈年廑陛廷，几曾步祷见慈宁。
承欢滋愧心无那，破闷真知雨有灵。

膝下先陈多黍润，阶前更喜散萱馨。
称觞始得申衷悃，遥指南山入座青。

---

[1]《清高宗（乾隆）御制诗文全集》，第一册，第 675 页。
[2]《清高宗（乾隆）御制诗文全集》，第一册，第 655 页。
[3]《清高宗（乾隆）御制诗文全集》，第一册，第 677 页。

84. 弘历：《畅春园之纯约堂，皇祖时所建也，朕既奉皇太后驻跸于此，因略为修葺以供夏清，落成侍宴，敬成近体》[1]

轩榭贻皇祖，佳名纯约垂。
清温奉慈豫，丹艧焕桭施。
今日成新落，清和正好时。
指山倾北斗，俯水是西池。
丽景窗中纳，瑶图座上披。
即看阶砌畔，应茁万年枝。

85. 弘历：《蕊珠院》[2]

畅春苑湖中杰阁数楹，上摩清颢，下瞰澄波，皇祖题之曰蕊珠院。朕奉皇太后驻跸是苑，每问安视膳于此。信乎清都之境、不老之庭也，因成长律，教勒壁间。

镜里岑楼号蕊珠，网轩四面远山图。
尧年宝露犹沾树，王母香华每降厨。
地是上清无暑境，庭名不老列仙都。
六星又见朝南极，鸾鹤纷随瑞霭扶。

---

[1]《清高宗（乾隆）御制诗文全集》，第一册，第923页。
[2]《清高宗（乾隆）御制诗文全集》，第二册，第256页。

86. 弘历：《畅春苑观澜榭作》[1]

云轩三架敞，月镜一泓宽。
景物供寻赏，来回便问安。
瑶池常放棹，学海愿观澜。
还忆含饴日，光阴弹指看。

87. 弘历：《九月五日诣畅春园恭请皇太后圣安，即视事于观澜榭，引见于大西门。其地长楼横亘，即皇祖曩时阅射处也。爰亲御弧矢，集近侍诸臣较射。时惟深秋，风高日晶，气候清肃。弓手相调连发二十矢，中一十有九。儒臣侍列与观者援唐臣玄武阙观射故事赋诗进览。因用侍郎齐召南韵成四律纪之》[2]

畅春松柏茂南山，王母楼台瑞霭间。
侵晓问安钦养志，竟辰考政敢偷闲？
惟寅宗伯应轮直，启事山公更合班。
次第指挥还有暇，便教玉靶一亲弯。

延楼横岭正相当，遥见扶空树叶黄。
示俭已看霏细草，纵禽底用献长杨。
论文谁继伯侨庶，较艺原多斛律光。
安不忘危古有戒，金川况未靖天狼。

---

[1]《清高宗（乾隆）御制诗文全集》，第二册，第259—260页。
[2]《清高宗（乾隆）御制诗文全集》，第二册，第266页。

忆年十二此呼嵩，圣眷灵承众不同。
每向月轮能中鹄，遂蒙天笑亦颁弓。
玉墀肃列犹鸳鹭，匡卫纷趋如虎熊。
我逊贞观能致治，且循习射教臣工。

秋原馺娑一鸣鞭，远入烟堤近柳前。
横过绿残红重岭，俯看云白菊黄天。
幞头导中诚堪笑，连网周阹未是田。
历览西成堪额庆，敢忘兢业谕丰年。

88. 弘历：《自香山取道玉泉传膳视事毕，遂刺舟由西海至畅春园问安。归圆明园，雨后澄霁，轩斋静敞，喜麦禾之兆丰，值笔墨之含润，欣然拈韵，斐尔成篇》[1]

山园雨霁晓轻寒，诘曲兰蹊露色泞。
便到玉泉因视政，喜看瑞麦为加餐。
一舟蘋沼思为楫，三日萱阶切问安。
过午几闲临后苑，研香瓯净适澄观。

---

[1]《清高宗（乾隆）御制诗文全集》，第二册，第293—294页。

89. 弘历:《孟夏下浣之七日,皇太后赐膳于畅春园之集凤轩。是地近大西门,去岁习射于此,发矢二十,中十九,因用齐召南韵成诗四首,勒于壁间。兹以侍膳视事之暇,陈马技以娱慈颜。亲发十矢,复中九,且破其的者三焉。圣母豫悦,仙苑增春,辄叠旧韵以志岁月》[1]

萱龄长此祝如山,镜面轩斋图画间。
乐对清阴蒲节近,欣陪色笑凤楼闲。
劝餐敬进仙厨膳,视事旋催朝士班。
马技更陈新雨后,遥峰澄景黛蛾弯。

封事筹裁惧弗当,无私兢业奉玄黄。
蒐材常冀空群骏,较武均期中叶杨。
每切祈年咨穑务,岂惟问景赏烟光。
贤臣集事穷番服,烽息今休戍白狼(去岁金川用兵,故有"金川况未靖天狼"之句。今大学士忠勇公傅恒平定金川,奏凯还朝,复值时雨常沾,稍解朕忧矣)。

心殷爱日奉维嵩,凉室温闱地不同(集凤轩亦新修饰,以奉夏清之所)。
喜向座前亲捧爵,更看楼外竞弯弓。
高冈萋菶将仪凤,闲馆蟏蛸陋射熊。
家法仪型巍荡近,此勤民政亮天工。

---

[1]《清高宗(乾隆)御制诗文全集》,第二册,第294—295页。

窣地杨丝拂玉鞭，兰舟遥待苇洲前。
试调驯马云中锦，便泛澄波镜里天。
叠赋新诗酬胜会，喜缘甘雨遍公田。
惕乾未敢忘初志，多故犹然忆去年。

90. 弘历：《畅春园集凤轩恭候皇太后问安之作》[1]

熙春翟翚奉游观，莅止趋迎敬问安。
夹路新耕曾志喜，满园韶景更承欢。
风前花意辉横埭，雨后云容罨远峦。
祈岁慰余追赏乐，晖晖迟日爱频看。

91. 弘历：《祀事礼成诣畅春园问安》[2]

法宫斋戒五朝余，大祀亲承返驾初。
迓日炎风偏亢烈，肃趋仙苑启兴居。

黍苗才遍绿畴间，望泽心殷民瘼关。
大异去年经览象，踟躇何以慰慈颜。

---

[1]《清高宗（乾隆）御制诗文全集》，第二册，第381—382页。
[2]《清高宗（乾隆）御制诗文全集》，第二册，第392页。

92. 弘历：《诣畅春园皇太后宫问安》[1]

膏泽欣沾足，仙蓬景倍佳。
心乎咨夏清，慰矣识慈怀。
波涨澄依岸，花香静绕阶。
好占田野润，穑事廑思斋。

93. 弘历：《诣畅春园问安》[2]

巡旌历数日，寝门缺温清。
归省仰和豫，抃跃有余庆。
讵惟反必面，实以通乎性。
塞上待秋清，安舆侍览胜。

94. 弘历：《视朝旋跸诣畅春园问安，遂至昆明湖上寓目怀欣，因诗言志》[3]

视朝已备仪，弄璋重协庆。
天恩时雨旸，慈寿宁温清。
迩来称顺适，欣承惟益敬。
湖上景逾佳，山水含明净。
柳浪更荷风，云飞而川泳。

---

[1]《清高宗（乾隆）御制诗文全集》，第二册，第394页。
[2]《清高宗（乾隆）御制诗文全集》，第三册，第23页。
[3]《清高宗（乾隆）御制诗文全集》，第三册，第44页。

味道茂体物，惜阴励勤政。

95. 弘历：《回跸至畅春园问皇太后安》[1]

水蒐旋复阅河干，赵北先期返翠銮。
今日行春诸务就，欢欣重悉寝门安。

霞光齐放山桃蕊，烟色全低陌柳枝。
底觉春和个中早，昔年灵囿此瑶池。

春郊及月薄言还，小雨轻烟迩日间。
润泽土膏农事起，前陈端可悦慈颜。

96. 弘历：《旋跸诣畅春园问安》[2]

行春迤逦返兰舆，先诣仙园问起居。
敬悉高年福履凭，萱阶爵跃喜何如。

97. 弘历：《诣畅春园问皇太后安》[3]

上林行庆奉徽慈，日日承欢祝介眉。
安乐歌中度华节，乔卿云里驻瑶池。
柳梯福地争先发，冰泮灵源不后期。

1《清高宗（乾隆）御制诗文全集》，第三册，第116—117页。
2《清高宗（乾隆）御制诗文全集》，第三册，第204页。
3《清高宗（乾隆）御制诗文全集》，第三册，第305—306页。

春永寿萱香穗细,民依政要奏移时。

98. 弘历:《诣畅春园问安后遂至万寿山即景杂咏》[1]

驾转询安诣畅春,高年佳祉并春臻。
迩来雪后心多慰,便访名山趁好辰。

阳崖土润生芳草,阴巘雪余皴古松。
岭头南北聊凭望,菫策分明春胜冬。

昆明冰泮下凫雁,色色形形岂强为。
仁者见仁知者知,羲爻不待系之辞。

镇波金牸饮溪流,镜影新开一放舟。
耕织图边恰舣岸,从人漫拟女和牛。

99. 弘历:《恭诣畅春园问皇太后安》[2]

十日巡回面问安,敬勤未敢为游盘。
更将芳甸春耕好,悉达萱阶博懿欢。

---

1 《清高宗(乾隆)御制诗文全集》,第三册,第 310 页。
2 《清高宗(乾隆)御制诗文全集》,第三册,第 333 页。

100. 弘历：《回銮诣畅春园问安》[1]

逾月东巡隔寝门，喜瞻佳气蔼仙园。
欣陈春垄都含润，即看甘膏又沛恩。
德化周姜更殷简，兴居夏清与冬温。
普天亿兆人同愿，万载千秋奉寿萱。

101. 弘历：《恭迎皇太后车驾至畅春园得近体一律》[2]

方山佳景似西池，养志因成小憩迟。
顺旨遄归勤大政，问安频遣系遐思。
欢迎凤辇临长日，恰驻仙园协清时。
廿日寸心萦顿释，阶萱庭柏总含怡。

102. 弘历：《大西门楼前较射叠旧作韵》[3]

朔塞回銮携贵山，扈随经月六龙间。
视朝许厕千官末，驻苑聊乘数日闲。
问寝敬趋慈寿阁，亮工扬对鹭鹓班。
畴咨已罢余清暇，较射令观骍角弯。

---

[1]《清高宗（乾隆）御制诗文全集》，第三册，第414页。
[2]《清高宗（乾隆）御制诗文全集》，第三册，第551页。
[3]《清高宗（乾隆）御制诗文全集》，第三册，第576—577页。

103. 弘历:《谒陵回跸诣畅春园问皇太后安,是日复雨》[1]

晓霁登程复密云,轻舆凉度玉丝棼。
既优既渥既沾足,维秬维秠维芑穈。
半月违方慰心恋,有秋卜可博慈欣。
虽然讵敢志微满,天眷承惟励敬勤。

104. 弘历:《诣畅春园恭问皇太后安》[2]

平明传跸凤城垣,问寝钦先诣寿萱。
数日兴居悬紫禁,高年颐养喜仙园。
便临御苑消清暇,依旧明窗坐宴温。
砚匣琉璃宁虑冻,每当触兴亦形言。

105. 弘历:《回跸诣畅春园问安》[3]

十日东巡阔问安,起居趋奉寝门欢。
春郊雨泽诚欣意,仙苑韶光已畅观。
可报农占足称美,定知慈虑亦因宽。
然予切凛盈虚理,只觉为君果是难。

1《清高宗(乾隆)御制诗文全集》,第三册,第615页。
2《清高宗(乾隆)御制诗文全集》,第三册,第780页。
3《清高宗(乾隆)御制诗文全集》,第四册,第290页。

106. 弘历：《恭奉皇太后西巡回銮驻畅春园之作》[1]

安舆虔奉祝釐回，今岁春巡实庆哉。
已喜田芃麦针密，又看云送雨丝来。
仙园韶景薰馨岜，寿域鸿禧趺荡开。
天意昭床深感幸，敕几益慎凛栽培。

107. 弘历：《诣畅春园问安》[2]

雨中御园返，敬为谒思斋。
旋看雩禋逮，又当法驾排。
讵辞劳玉辇，惧久阔萱阶。
奏对烟郊况，端堪悦懿怀。

108. 弘历：《驻集凤轩》[3]

养志冬常驻园，问安暇此题轩。
岂必雍喈真集，所喜萋莩犹存。
抡材群引广厦，较射兼御西门。
宝额永辉圣日，含饴敢忘深恩。

---

1 《清高宗（乾隆）御制诗文全集》，第四册，第 416 页。
2 《清高宗（乾隆）御制诗文全集》，第四册，第 422 页。
3 《清高宗（乾隆）御制诗文全集》，第四册，第 363 页。

109. 弘历：《恭迎皇太后驾至畅春园驻跸即事志喜》[1]

南国临山常却辇，北京旋跸日乘舟。
轻舆趁爽来仙籞，快马询安谒道周。
慈豫都因看好麦，薰风恰正绽芳榴。
高年食履增康健，愿奉徽游亿万秋。

110. 弘历：《诣畅春园恭请皇太后安》[2]

世德申追慕，修烝返紫垣。
高年喜游豫，养志御仙园。
来往路非远，起居念永敦。
兰阶欣气昹，萱陁适冬温。
乐在承色笑，宁须问寺阍。
西池风物别，爱日驻高奔。

111. 弘历：《诣畅春园问安即事抒怀》[3]

还宫有事忽逾旬，返跸询安诣畅春。
虽是言传恒悉豫，究之色养不如亲。
景将明媚园疑绘，晷向舒长漏似逡。
题额尧年贻宝篆，海涵从识物怀仁。

---

[1]《清高宗（乾隆）御制诗文全集》，第四册，第581—582页。
[2]《清高宗（乾隆）御制诗文全集》，第四册，第610页。
[3]《清高宗（乾隆）御制诗文全集》，第四册，第641页。

112. 弘历：《回銮诣畅春园问皇太后安》[1]

展叩礼咸施，回銮谒圣慈。
曰方敢易地，言复不过时。
纯嘏惟天锡，遐龄以德基。
蟠桃花满树，举目是西池。

113. 弘历：《诣畅春园问皇太后安》[2]

皇州冬尚暖，仙苑景如春。
温清斯欣适，起居此敬询。
率因成例事，已觉阔多辰。
养志吾心切，那论来往频。

114. 弘历：《诣畅春园问安因至御园驻跸即景成什》[3]

仙苑大安停，隔旬必一经。
抚时逮长至，旋驾奉慈宁。
小驻兰轩暖，静闻梅盎馨。
西山微积素，展得玉为屏。

---

[1]《清高宗（乾隆）御制诗文全集》，第四册，第663页。
[2]《清高宗（乾隆）御制诗文全集》，第四册，第728页。
[3]《清高宗（乾隆）御制诗文全集》，第四册，第732—733页。

115. 弘历：《正月廿九日诣畅春园问皇太后安遂命驾还宫舆中即事》[1]

庆节承娱荏苒过，仙园言返奉慈和。
问安遂命还宫跸，祭社兼修进讲科。
勤政心殷宵旰切，行时志凛惕乾多。
青郊含润将兴耒，为祝仓箱卜若何。

116. 弘历：《诣畅春园问皇太后安》[2]

经筵祭社无非事，蒇事平明诣畅春。
欢喜庭闱趋省谒，康强食履敬咨询。
壶天欲鬯园如绘，爱日方长漏似逡。
内侍连朝驰问豫，岂如色养以躬亲。

117. 弘历：《回銮诣畅春园问皇太后安》[3]

日已将旬出跸驺，香山一宿敢重留。
侵晨祇肃回仙苑，问寝欢忻谒凤楼。
大德从来四美契，畅春益茂万年筹。
润郊麦色青方蔚，奏博慈颜悦有由。

1《清高宗（乾隆）御制诗文全集》，第四册，第 756 页。
2《清高宗（乾隆）御制诗文全集》，第四册，第 761 页。
3《清高宗（乾隆）御制诗文全集》，第四册，第 772 页。

118. 弘历：《恭迎皇太后驾至畅春园即事得句》[1]

翟舫昨当驻潞河，不眠数问夜如何。
策骢心切诚欢迓，扶辇躬承顾语和。
萱为映阶翠展叶，榴如报节绛舒柯。
浃旬依恋一朝慰，绕膝由来乐事多。

119. 弘历：《诣畅春园恭问皇太后安遂驻御园即景得句》[2]

小阳慈豫畅春驻，例事欣将奉万年。
旬日问安知有喜，一心伸悃乐无边。
御园便可因停憩，冬月惟饶是静便。
闲坐明窗读书史，东方兴趣得同然。

120. 弘历：《诣畅春园问皇太后安退憩集凤轩即事得句》[3]

半月灯筵倏已过，畅春旋驾奉慈和。
询安又是向年景，祝寿惟期万岁多。
蜡凤欲收委宛烛，庭梧将发荸荠科。
怡然意与惓然并，微觉流阴似易磨。

---

[1]《清高宗（乾隆）御制诗文全集》，第五册，第 96—97 页。
[2]《清高宗（乾隆）御制诗文全集》，第五册，第 125 页。
[3]《清高宗（乾隆）御制诗文全集》，第五册，第 152 页。

121. 弘历：《畅春园无逸斋叠旧作韵二首》[1]

萱陁询安罢，松轩每憩凭。
茨茅常致仰，阶土易为登。
夏树阴将密，溪风清莫胜。
周书即舜典，家法凛绳承。

对时思育物，即景未忘言。
竹韵轻敲院，花香细入轩。
惟劳以为逸，曰静不嫌喧。
髫岁忆承泽，恒蒙霁色温。

122. 弘历：《端午日诣畅春园问皇太后安》[2]

本拟登秋歌麦含，迩来冀泽实难堪。
数朝虽可沾濡待，五日何能宴赏耽。
萱陁尤同斯望切，蒲筵宁只在调甘。
承欢养志胥应缓，对节徘徊用是惭。

123. 弘历：《诣畅春园问皇太后安遂由万泉庄进宫之作》[3]

庆节都过归寿萱，问安清晓诣前园。

1《清高宗（乾隆）御制诗文全集》，第五册，第 192 页。
2《清高宗（乾隆）御制诗文全集》，第五册，第 199 页。
3《清高宗（乾隆）御制诗文全集》，第五册，第 401 页。

万泉退食欣途便，有事因之返禁垣。

经筵社祭岁躬亲，勤政身应先众臣。
稍喜东郊沾沃雪，润含香土不生尘。

万泉度地建泉宗，祈泽由来为利农。
颇有轩亭供缀景，俯临春水正溶溶。

124. 弘历：《巡方返跸至畅春园问安之作》[1]

往还消廿日，言返敬询安。
食履逾常泰，趋承实倍欢。
春郊雨滋麦，泽国海恬澜。
奏博慈颜豫，仙园和气团。

125. 弘历：《无逸斋》[2]

全篇曾是屡书屏，两字名斋括政经。
忆昔挥毫垂训典，即今退食每延停。
七呜呼实致忠告，四迪哲应缅懿型。
法远莫先勤法近，还殷来许慎聪听。

1《清高宗（乾隆）御制诗文全集》，第五册，第307页。
2《清高宗（乾隆）御制诗文全集》，第五册，第314页。

126. 弘历:《诣畅春园恭问皇太后安遂驻御园即景》[1]

养志思前训,问安例往年。
及旬温室阔,信宿御园便。
窗暖宜拈笔,池冰不放船。
云容过午重,望雪又心悬。

127. 弘历:《旋跸诣畅春园问皇太后安》[2]

七日迅回銮,一心殷问安。
膝前胜驰牍,几上定加餐。
阶影祥曦永,林光瑞露浼。
春郊农况好,奏对博慈欢。

128. 弘历:《香山回跸由玉泉山至畅春园问安即事杂咏》[3]

一轮红日晓山东,柳陌兰衢露气濛。
回首昨来觅句处,蔚蓝天接绿云丛。

香山回跸路恒经,披阅封章此少停。
批答以完即命驾,心殷仙苑谒慈宁。

---

[1]《清高宗(乾隆)御制诗文全集》,第五册,第370页。
[2]《清高宗(乾隆)御制诗文全集》,第五册,第415页。
[3]《清高宗(乾隆)御制诗文全集》,第五册,第442页。

溯游何必泛兰船，况是微凉幂晓烟。
分付昆明须少待，荷时当与试吟篇。

舟行不及陆行速，迤逦轻舆度围田。
都为前朝继沾泽，黍苗菜甲总生鲜。

129. 弘历：《出畅春园观稻遂至泉宗庙》[1]

清晓问安诣畅春，溪堂退食净无尘。
畴咨敕政还余暇，观稻因之步辇巡。

鳞塍处处绿苗芄，逾月农功迥不同。
所愿雨旸时此后，西成未到敢言丰。

长堤五里峡溪町，欲穗秧苗过雨青。
大似摄山山下路，柳围花绕向江宁。

130. 弘历：《诣畅春园问皇太后安遂驻御园》[2]

养志娱慈志，小春驻畅春。
拟将例以万，又觉阔逾旬。
眉寿欣增健，颜和敬倍寅。
御园兹信宿，图重省清晨。

---

1 《清高宗（乾隆）御制诗文全集》，第五册，第 467 页。
2 《清高宗（乾隆）御制诗文全集》，第五册，第 492 页。

131. 弘历:《诣畅春园问皇太后安遂由万泉庄进宫之作》[1]

半月灯宵一瞬看,畅春清晓诣询安。
仲春例有祈农祭,必告因之返禁銮。

相去泉宗数里余,况因途便驻轻舆。
犹看积素皴町疃,更喜新泉绕砌除。

位置亭台左右便,那无一晌小留连。
纵迟原未消四刻,不惜人称驰驿然。

132. 弘历:《无逸斋》[2]

有山弗贵高,有水惟取澹。
问安兹退憩,宁缘恣游揽。
书斋谢藻绩,敦朴仰前范。
传餐既以罢,章奏因披览。
敕政励无逸,恭己遵克俭。

---

1 《清高宗(乾隆)御制诗文全集》,第五册,第 526 页。
2 《清高宗(乾隆)御制诗文全集》,第五册,第 542 页。

133. 弘历:《出畅春园由堤上至泉宗庙》[1]

万泉自建泉宗庙,每以询安趁便临。
设教由来贵神道,溪田灌注利资深。

一道长堤几曲湾,红桃绿柳镜光间。
插秧未到兴犁候,问景今朝好是闲。

祠旁颇复有亭台,到处泉源涞石隈。
却喜春光似江国,花情树态照无埃。

134. 弘历:《回跸诣畅春园问皇太后安》[2]

回跸万安询,畅春真畅春。
砌莎茵带润,埭花锦争新。
境可供由豫,名还溯体仁。
青郊甘泽霈,农乐敬披陈。

135. 弘历:《香山回跸由昆明湖泛舟诣畅春园问安之作》[3]

五日山居还问安,明湖进舫敢盘桓。

---

[1]《清高宗(乾隆)御制诗文全集》,第五册,第542—543页。
[2]《清高宗(乾隆)御制诗文全集》,第五册,第556页。
[3]《清高宗(乾隆)御制诗文全集》,第五册,第568页。

雨过万寿山如沐，只当镜中走马看。

潆洄波增漾画桡，香山回望郁岧峣。
西湖设使相比拟，天竺东来路较遥。

四围佳景会湖心，默赏由来胜陟临。
正喜烟光含翠润，英英又复作轻阴。

136. 弘历：《诣畅春园问皇太后安遂进宫斋戒》[1]

灯节奉行庆，御园驻旬余。
节逾返畅春，斯恒适起居。
景光何其速，询安此晨趋。
卅五年一例，迩来觉惜如。
春祈临右坛，进宫肃斋予。
石衢廿里遥，柳陌缓度舆。
土膏未融动，于耤犹待诸。
然希复雪心，切切无能舒。

137. 弘历：《无逸斋》[2]

间日问兴居，古斋退憩余。
贻谟恒忆祖，敕政每勤予。
旭暖苔烘砌，风和竹静疏。

---

1 《清高宗（乾隆）御制诗文全集》，第五册，第649页。
2 《清高宗（乾隆）御制诗文全集》，第五册，第658页。

芸编虽满架，此合读《周书》。

138. 弘历：《出畅春园门自堤上至泉宗庙杂咏》[1]

政务详裁无逸斋，余闲未报午时牌。
出园一揽泉宗胜，减从何须法驾排。

自南流水落鸣湍，停注溪田冻尚宽。
未是灵台推步舛，候迟因闰致春寒。

泉出万泉原泻北，石桥惟剩说巴沟。
春明日下胥差记，安得高梁有逆流？

139. 弘历：《诣畅春园问皇太后安遂启跸往盘山之作》[2]

仲月省耕典著经，出应必告谒慈宁。
往还十二日为度，康健八旬年祝龄。
御马依然一身便，易舆亦复众言听。
汤泉别较盘山久，纤跸因教信宿停。

---

1 《清高宗（乾隆）御制诗文全集》，第五册，第 659 页。
2 《清高宗（乾隆）御制诗文全集》，第六册，第 260 页。

140. 弘历：《盘山回跸至畅春园恭问皇太后安喜而成什》[1]

省耕补不足而旋，仙苑询安申恋虔。
春色正佳桃蕊绽，土膏特润麦苗芊。
既陈蓟野民情适，亦悉香山慈赏便。
曼寿益增体益健，所期如是以千年。

141. 弘历：《诣畅春园恭问皇太后安遂驻御园即事成什》[2]

畅春养志冀娱亲，来往问安年例循。
遂驻御园期信宿，适当子月景清真。
林无余叶山有骨，冰出平湖水入神。
傍晚西南云气重，翘思其雪麦根皴。

142. 弘历：《诣畅春园问皇太后安之作》[3]

行庆灯宵侍懿闱，畅春又值驾言归。
万年康乐恒期奉，半月光阴迅若飞。
一喜无容别辗转，九如有祝是因依。
载阳指日将和暖，掖辇欢承阅淀畿。

---

[1]《清高宗（乾隆）御制诗文全集》，第六册，第276—277页。
[2]《清高宗（乾隆）御制诗文全集》，第六册，第354页。
[3]《清高宗（乾隆）御制诗文全集》，第六册，第391页。

143. 弘历：《书无逸于无逸斋屏并识十韵》[1]

名斋缅皇祖，大戒述周公。
万世仰掞藻，当年兹憩躬。
示端引未发，切己惕无穷。
每以问安退，于斯咨政同。
曰勤恒励志，云逸那萌衷。
爰更书屏上，仍如勒殿中。
民岩天命凛，深叹永嗟通。
凡七端往复，半千言始终。
依然此灵囿，恧若奉卑宫。
即事遵家法，惟钦对昊穹。

144. 弘历：《出无逸斋门至泉宗庙之作》[2]

泉宗近畅春，趁暇暂游巡。
曲折溪田历，欣看积雪均。
溯流源亦到，渐暖凌犹皴。
却是园墙里，活波漾岸唇。

---

1 《清高宗（乾隆）御制诗文全集》，第六册，第391页。
2 《清高宗（乾隆）御制诗文全集》，第六册，第391页。

145. 弘历：《诣畅春园问皇太后安因进宫即事书怀》[1]

顺时行庆奉慈徽，葳节驾言昨日归。
遂以晨朝问温清，便因春令返宫闱。
肃禋勤学无非事，客岁新年有若飞。
少壮此心都不觉，迩来何故每依依。

146. 弘历：《出畅春园门由堤上至泉宗庙揽景有作》[2]

畅春数里达泉宗，且止传餐问路从。
堤上初春景何若，柳丝黄处带烟浓。

泉生新水注循涯，近远鳞塍一律皆。
原是自南流北去，故知旧记属齐谐。

长堤几曲似江郊，减从无须拂翠䍐。
底识今年春事早，山桃枝上已含苞。

凿湖积土遂成山，山色湖光映带间。
只以灌田费经理，岂缘问景事游攀。

既无尘复不生泥，隐隐遥峰列迤西。
记得向年得句处，秣陵东郭跤骢嘶。

1《清高宗（乾隆）御制诗文全集》，第六册，第534页。
2《清高宗（乾隆）御制诗文全集》，第六册，第534页。

崇祠种柏作阴浓,屏息升香致敬恭。
春雪略沾欠优渥,更祈春雨利三农。

147. 弘历:《回跸诣畅春园恭问皇太后安即景成什》[1]

寅牌夙驾到惟辰,趋请安怡诣畅春。
虔肃祝年永期万,往来数日甫逾旬。
香山游豫谕云乐,盘谷瞻怀念以申。
只待军营鸿捷报,尚厪慈顾问承频。

148. 弘历:《香山回跸至玉泉山静明园小憩传膳理事遂登舟诣畅春园问安之作》[2]

香山三日驻言回,东道静明小憩陪。
玉食敢忘己饥念,宝怀惟渴众襄材。
宁须游苑延时久,便以登舟顺水开。
为诣畅春咨懿豫,赏吟佳处待重来。

149. 弘历:《端午日诣畅春园恭问皇太后安即事有作》[3]

遇节承欢礼固然,望霖宴赏例宜捐。
敢亏夏清起居问,惭沐温慈慰谕宣。

---

[1]《清高宗(乾隆)御制诗文全集》,第六册,第 566—567 页。
[2]《清高宗(乾隆)御制诗文全集》,第六册,第 587 页。
[3]《清高宗(乾隆)御制诗文全集》,第六册,第 594 页。

却忆斯宁两三度,寻思此可子孙传。
因民事事非因己,一任龙舟系岸边。

150. 弘历:《诣畅春园请皇太后安》[1]

行时庆节始而终,驾返前园恒御宫。
半月光阴消已速,千春奉养愿无穷。
十年前率弗介意,近岁来何频切衷。
惧不忍言仍是惧,吾夫子语佩诸躬。

151. 弘历:《题无逸斋》[2]

萱闱问安退,松斋咨政临。
绎兹公旦额,贻厥圣尧箴。
筹治凛泰否,衡才鉴古今。
宁惟见诸语,永以励于心。

152. 弘历:《出畅春园门往泉宗庙揽景杂咏》[3]

清晨敕政尚余闲,尺咫泉宗试叩关。
雪后不泥还不冻,轻舆真步玉虚间。

鳞塍左右雪平铺,积素凝华致越殊。

---

[1]《清高宗(乾隆)御制诗文全集》,第六册,第674页。
[2]《清高宗(乾隆)御制诗文全集》,第六册,第689页。
[3]《清高宗(乾隆)御制诗文全集》,第六册,第689—690页。

了识插秧时尚早，麦田润透逮犁扶。

堤行迤逦向南高，碧瓦红墙绿树韬。
建闸蓄泉流注北，春明日下记空劳。

山桃春冷尚迟开，借助韶光有是哉。
恰似栖霞寺傍路，一株柳树一株梅。

153. 弘历：《盘山回跸诣畅春园问皇太后安因成是什》[1]

往来才只十余日，仙苑芳春花绽皆。
回跸带星发行馆，驻旌图晓谒思斋。
最欣超向精神健，宁止如常食履佳。
惟是捷音频系问，惭犹无以慰恩怀。

154. 弘历：《玉河泛舟由昆明湖往畅春园恭问皇太后安》[2]

轻舸顺流下，片时平渡湖。
易舆行宛转，前苑到斯须。
速进兴居启，欢承恩顾殊。
爱同纵资事，惟敬以将愉。

1《清高宗（乾隆）御制诗文全集》，第六册，第712页。
2《清高宗（乾隆）御制诗文全集》，第六册，第730页。

155. 弘历：《正月晦日诣畅春园问皇太后安遂还宫之作》[1]

祭神祈社御经筵，礼也敕躬各致虔。
行庆忽看正月过，问安遂以晦辰旋。
野含宿润麦冲露，陌隐韶光柳飏烟。
此景较量诚鲜遇，为欣然复为夔然。

156. 弘历：《无逸斋作》[2]

本拟憩迟处，何期苦卣居。
哀哀申此日，历历忆当初。
因以绎周训，无殊读礼书。
壁多侍颜什，览更痛沉予。

157. 弘历：《圣母奄弃倏临月祭，触绪成章，拊膺志痛》[3]

憯然不计朝和暮，忽忽匆匆月祭临。
仪幔经棚虚供养，电埏石火迅光阴。
有如是抱终天恨，无可之施爱日心。
四十二年消底事，只余悲切与忧沉。

---

1 《清高宗（乾隆）御制诗文全集》，第六册，第823页。
2 《清高宗（乾隆）御制诗文全集》，第六册，第966页。
3 《清高宗（乾隆）御制诗文全集》，第六册，第966页。

158. 弘历:《无逸斋即事》[1]

流阴石火迅堪惊,祭礼无端祖奠成。
苫次今朝犹近侍,修途明日逮长行。
畅春再至夫何忍,静夜回思只益怦。
痛母于斯兼忆祖,寸衷菀结若为情。

159. 弘历:《恩慕寺瞻礼六韵》[2]

尊养畅春历卅冬,欲求温清更何从。
天惟高矣地惟厚,慕述祖兮恩述宗。
圣德宁资冥福报,永思因启梵延重。
阶临忍草韶光寂,庭列祥枝慧荫浓。
忾若闻犹僾若见,耳中音与目中容。
大慈本悟无生旨,渺息长怀罔极恭。

160. 弘晓[3]:《七月七日随驾发畅春园恭纪》[4]

初秋晴旭映龙旗,万骑云腾望里移。
正是圣皇勤讲武,巡方盛事纪风诗。

1《清高宗(乾隆)御制诗文全集》,第六册,第969—970页。
2《清高宗(乾隆)御制诗文全集》,第六册,第976页。
3 弘晓(1722—1778年),号冰玉主人,康熙帝第十三子怡贤亲王允祥之子,雍正八年(1730年)袭怡亲王爵。他聪颖好学,能文能诗善书,著有《明善堂文集》《明善堂诗集》。
4《明善堂诗集》,《清代诗文集汇编》,第350册,第98页。

雨洗青山仗马前，黄云覆陇亘长天。
西成有兆人民喜，遥听华封祝圣年。

161. 奕绘[1]：《中秋畅春园疏峰怀旧》[2] 乾隆四十三年后，先王及履郡王、仪郡王居此园。

高高春晖堂，苍苔生画橼。
寂寂渊鉴斋，秋花上金砖。
先人读书处，回首五十年。
彼时我未生，但闻老母传。
偶随樵采辈，经行入前园。
高轩面秋水，疏峰列西山。
斜阳照坏壁，寒藻荡清涟。
凄凄风木哀，团团月规圆。
吊古增怅望，抚时悟流迁。
何当谢人世，终世住幽禅。

---

1 奕绘（1799—1838年），字子章，号妙莲居士、太素道人。乾隆帝第五子荣纯亲王永琪之孙。年幼时就能作诗，十二岁已积诗成《观古斋妙莲集》，另著有《明善堂文集》《写春精舍词》。

2《顾太清奕绘诗词合集》，上海古籍出版社，1998年版，第565页。

162. 王崇简[1]：《直中初雪》[2]

晓云凝冻霭，飞雪逐风抟。
时至阴阳正，云深殿阁寒。
徘徊依玉陛，瞻望失青峦。
早兆农年庆，遥占九陌欢。

163. 王崇简：《早朝侍从候驾恭纪》[3]

光华方向旦，旭景灿霞明。
位宁威仪肃，班联视听清。
篆烟迎日袅，宝瑟触风鸣。
内侍传临御，箾韶奏九成。

164. 王崇简：《直中即事》[4]

宝马金舆夹殿端，西风瑟瑟晓光寒。
曈昽初日临丹陛，中使频传召讲官。

---

[1] 王崇简（1602—1678年），字敬哉，直隶宛平（今属北京）人。明崇祯十六年进士，清顺治三年选庶吉士，后官至侍读、祭酒、侍读学士、少詹事、吏部侍郎、礼部尚书加太子太保，著有《青箱堂集》。
[2]《青箱堂诗集》，《清代诗文集汇编》，第16册，第480页。
[3]《青箱堂诗集》，《清代诗文集汇编》，第16册，第480页。
[4]《青箱堂诗集》，《清代诗文集汇编》，第16册，第480页。

165. 王熙[1]：《夏日召游畅春园，赐登舟观白莲，又蒙赐馔，兼拜御书扁额之赐，恭纪二首》[2]

御园召入庆同时，欣睹名花瑞应期。
千叶堆云高玉井，素英濯雪胜瑶池。
独标丰韵绿塘满，共挹清芬转棹迟。
谁伴沼旁邀圣赏，祥禽翯翯正来仪。
其二
天光四照遍尘寰，拜舞承恩仰圣颜。
鱼喜龙腾争拨刺，鸟知凤集亦缗蛮。
分尝玉馔琼苏美，受赐瀛洲翠水间。
宝翰传家人共羡，胜游悬圃得珠还。

166. 张英[3]：《畅春园中朝暮侍东宫讲席恭纪》[4]

一径穿萝密，千峰与席平。
隔花闻鹤唳，绕坐听泉声。
广厦延朝旭，陈编惬睿情。

---

1 王熙（1627—1702 年），字子雍，直隶任丘（今河北任丘）人，顺治四年进士。顺治病重弥留之际，召王熙撰写皇帝诏书。康熙时，任工部兵部尚书、保和殿大学士兼礼部尚书等职，著有《王文靖公文集》。
2《王文靖公集》，《清代诗文集汇编》，第 109 册，第 226 页。
3 张英（1637—1708 年），字敦复，安徽桐城人。康熙朝进士，任工部尚书兼翰林学士、文华殿大学士兼礼部尚书等职，充《国史》《一统志》《渊鉴类函》《政治典训》《平定朔漠方略》总裁官。著有《聪训斋语》《南巡扈从纪略》《文端集》《笃素堂诗文集》等。
4《存诚堂诗集》，《清代诗文集汇编》，第 150 册，第 298 页。

衰慵惭复喜，经史翊休明。

167. 张英：《闰七月扈从畅春园蒙赐参桂丸一瓶恭纪》[1]

荔奴远自岭云端，灵草甘香重紫团。
扶老屡叨珍药赐，肉芝石髓等闲看。

168. 张英：《侍从畅春园讲退蒙东宫赐鲜果蜜饵恭纪》[2]

讲席归休野墅偏，槐花铺地午阴圆。
青箱黄帕来中使，玉碗金盘出禁筵。
天上琼靡云子腻，日边珠果露华鲜。
祇应饱食分携后，常咏芙蓉阙下篇。

169. 张英：《七月十五日召于畅春园泛舟，赐宴于渊鉴斋遏云亭，复命至佩文斋恭赋八首》[3]

柳阴曲涧水波平，陪侍君王翠盖行。
两岸水花相向处，轻舠柔橹入空明。

渊鉴斋前水四围，鯈鱼鸥鸟尽忘机。
一床书帙含青霭，几点亭台落翠微。

---

1 《存诚堂诗集》，《清代诗文集汇编》，第 150 册，第 301 页。
2 《存诚堂诗集》，《清代诗文集汇编》，第 150 册，第 301 页。
3 《笃素堂诗集》，《清代诗文集汇编》，第 150 册，第 528 页。

自惊尘眼入烟霞,圆峤方壶赏物华。
静日帘垂清殿迥,秋兰香遍岭南花。

雪肤冰液紫囊封,珍果新移御园中。
万里海南曾未识,眼中初见荔枝红。

琪树仙葩植几丛,天家物色更谁同。
佛桑花绽迎朝日,一朵惊看照殿红。

曲磴长廊石径纡,许窥秘阁紫宸居。
君王清宴娱图史,四壁琅函插架书。

天藻临池绝世工,瑶函百轴御香中。
摩挲老眼窥云汉,凤彩龙雯矗紫穹。

亭畔芳茵藉绿莎,频斟玉醴醉颜酡。
花凝湛露垂垂发,难比君恩此际多。

170. 张英:《恭赋无逸斋诗应令》[1]

清严鹤禁迥无尘,温清时闻道法亲。
自昔屏书无逸句,高斋今见御题新。

东华曙色映蓬莱,满架图书四壁开。
无逸斋中勤诵读,龙楼正是问安回。

1《笃素堂诗集》,《清代诗文集汇编》,第150册,第530页。

171. 张英:《乙亥四月二日蒙召赐宴畅春园,盖特旨也,谩成四首》[1]

深宵剥啄启衡门,凤纸来宣荷异恩。
明日马蹄侵晓出,琪花丛里到仙源。

苑树新成荫碧条,水边同上木兰桡。
纡回山径过双柳,红紫花围白板桥。

斯游何异泛仙槎,瑞景轩南聚物华。
魏紫姚黄都看遍,御阑千种洛阳花。

绕砌斜倾赤玉盘,轻阴更带露华泞。
侍臣不管雕阑隔,争看中央绿牡丹。

172. 张英:《乙亥六月二十日奉召至畅春园,赐食于松韵轩,赐宴于渊鉴斋。宴毕敬观御书于佩文斋,赐御笔书扇并红白千叶莲各一瓶,恭赋六章。同召者大司农陈廷敬、原任总宪王鸿绪、学士顾藻、少詹事高士奇、太常少卿励杜讷、督捕理事官胡会恩、侍讲学士史夔、庶子孙岳颁及长男侍讲学士廷瓒》[2]

时和鸣鸟听雍喈,避暑亭皋惬圣怀。

---

[1]《笃素堂诗集》,《清代诗文集汇编》,第150册,第535页。
[2]《笃素堂诗集》,《清代诗文集汇编》,第150册,第538页。编者按,诗题中"松韵轩",底本如此。

苑柳凉生宣政殿，渠莲香绕读书斋。
林幽地静烟霞古，径转溪回水石佳。
惟有侍臣恩眷渥，木兰舟泛到蓂阶。

万几临御久精勤，暇日皇情涉典坟。
窗度竹风弥静远，帘垂花气更氤氲。
芸香披卷侵晨色，莲漏观书达夜分。
水变墨池何足讶，琳琅千轴尽奎文。

遏云亭畔列芳丛，景物人间迥不同。
玉蕊乍惊天上树，荔枝初见岭南红。
雕栏鸟语曈昽日，水殿兰香潋荡风。
总是生成饶雨露，擢英竞秀碧霄中。

侍从频年忝艺林，高斋赐宴近花阴。
大官列馔皆珍果，中使擎杯尽异珍。
事绝千秋荣莫比，恩沾两代愧尤深。
矢音欲效林间鸟，难诉微臣感遇心。

水榭西头绕曲廊，渐移花影日偏长。
许窥玉检来深殿，争乞龙笺近御床。
屡赐宸章恩不厌，频传天语意非常。
诸臣仰恃优容度，腐草群分日月光。

自昔诗称玉井莲，锦塘今见露华鲜。
重台异种蓬壶客，碧藕奇姿太液仙。
瓶贮荷香分渥泽，舟移花影度晴川。

一从拜赐芙蓉阙,日日清芬几席前。

173. 张英:《丙子秋日直畅春园韵松轩即事兼呈泽州江村静海虞山四首》[1]

西郊幽旷水泉清,近接群峰紫翠横。
太液疏池千涧入,灵和种柳十年成。
承恩数忝丹霄直,顾影频惊白发生。
宫漏声希铃索静,慵开书帙此时情。

水云佳地敞宸居,日日朋簪此曳裾。
龙御紫庭朝听政,凤栖阿阁旧摊书。(轩乃诸皇子读书之处)
传餐中使过瑶岛,涤砚凉波引石渠。
久傍星辰高处立,卷帘常怯对清虚。

树接郊坰入翠微,不辞骑马侍彤闱。
佳时载笔臣何幸,圣主耽书古所稀。
地近清都兰桂绕,阁临秋水鹭鸥飞。
频来渐觉蒹葭老,风露新添白袷衣。

海云东望接沧溟,一片秋光满御屏。
雨过平芜沙路白,风回高柳缭墙青。
休兵可望登三古,垂老惟思守一经。
宇内群公欣有托,抱蘘吾欲返烟汀。

1《笃素堂诗集》,《清代诗文集汇编》,第 150 册,第 544 页。

174. 张英：《韵松轩即事前十首》并序[1]

丁丑夏六月，同陈大司农、高詹事、励银台、孙大司成、傅侍讲学士，入直韵松轩编纂，碧溪高柳，萦带直庐，鸟语蝉声，响答清昼，傍有水神祠，丹楹翠瓦，下临深涧，林阴蔽日，赤曦忘暑，时抱书卷，过此游衍，听隔花之宫漏，挹别浦之荷香，率成十绝句。鄙僿无文，蒙诸公属和，遂尔成轴，念夫交游聚散，事等浮云，文雅风流，语传佗日，目前随意之挥洒，异时触眼之琳琅，倘得归老丘樊，展对于松阴薜石之间，殆欧阳公所谓"回顾玉堂，如在天上"者耶，并书以记其事。

一道清溪迥绝尘，日光穿树见纤鳞。
水边石上来趺坐，便是骖鸾队里人。

山畔苍然结小亭，数峰垂影入沧溟。
中涓亦解临流赏，指点波心看画屏。

一水一山俱入画，一花一草别成春。
人间何处能如此，要说方壶恐未真。

路过平桥青嶂绕，门临溪水绿阴开。
洞天福地原无暑，况复山烟送雨来。

漏声隐隐水淙淙，紫玉蟾蜍碧琐窗。
池馆人间称第一，朋簪天下更无双。

---
[1]《笃素堂诗集》，《清代诗文集汇编》，第150册，第550—551页。

栽桃种柳几多时，瞥见乔柯挂绿丝。
爱看清阴笼碧涧，抱书常过水仙祠。

午梦遥惊花外钟，关情水态与云容。
隔墙便有莲华萼，清远亭边石笋峰。

丹棱十里路非遥，橐笔连朝侍紫霄。
霭霭微风波上度，幽兰香自御筵飘。

尘嚣不到回幽清，半日微阴半日晴。
忽听进冰传内使，柳边遥过榑船声。

弱水何如帝子家，云中飞阁影横斜。
我来暂作承明客，便泛吾宗博望槎。

175. 张英：《韵松轩即事后十首次孙树峰大司成韵》[1]

千章灌本夏阴阴，秘阁疏帘发苦吟。
底事溪边来去鸟，亦耽丰草爱长林。

方塘曲抱小山岑，雨过凉生一探寻。
便是黄荃江岸景，菰蒲深处宿沙禽。

云馆九天铃索静，溪亭六月袷衣凉。

1《笃素堂诗集》，《清代诗文集汇编》，第 150 册，第 551 页。

微之佗日山阴去，仙吏人间说玉皇。

家在枞阳秋水边，平湖万顷接山烟。
东坡梦作仇池长，福地神鱼小有天。

荷裳蒻笠试新裁，乞得闲身驾鹿回。
上界由来足官府，思从勺水望蓬莱。

琼苑花枝玉井莲，天家景物总清妍。
只应书向琅玕节，留与云孙奕世传。

北望祁连似砥平，黄皮鸟弋尽销兵。
正宜白首为农去，卧听松风梦亦清。

北峰云影已全移，惟有仙家漏点迟。
莫怪频年惊节物，才凋一叶是秋时。

松阴低覆云千壑，莲叶香生水一湾。
手种庭柯今几许，倦飞鸥鸟合知还。

几年偕入苑东门，时见云从墨沼翻。
天语亲承俱色喜，华亭风格至今存。

176. 陈廷敬[1]：《四月二日召赴畅春园赐食瑞景轩泛舟于苑中二首》[2]

凤掖风微漏点沉，雀罗门掩一春心。
三年重续金闺梦，半夜惊传玉殿音。
覆觫易忧筋力缓，当筵惟感岁时深。
名花绕座搔霜鬓，何限天香上盍簪。

银汉蓬池水接连，太清宫殿渺云烟。
不因侍帝来天上，几见随槎到日边。
宝笈图书编舜历，金瓯歌纪颂尧年。
只应尽却浮尘念，检点仙宫未了缘。

177. 励杜讷[3]：《韵松轩即事诗》

一过红桥便有亭，胜于蓬岛隔沧溟。
当阶十亩翻红药，入望千峰拥翠屏。

文鳞纵壑任逍遥，鹤唳清音彻绛霄。

---

1 陈廷敬（1639—1710年），山西泽洲（今晋城）人。顺治十五年进士，历任侍讲学士、翰林院掌院学士、工部户部吏部尚书、文渊阁大学士兼礼部尚书等。曾充任《三朝圣训》《平定三逆方略》《明史》总裁官。著有《三礼指要》《午亭文编》等。

2 张宝章：《畅春园记盛》，开明出版社，2009年出版，第131页。

3 励杜讷（1628—1703年），字近公，直隶静海人。由于善书，于康熙二年被招缮写《世祖实录》，之后令留置南书房，后又授编修，充日讲起居注官。历任太仆寺卿、左副都御使、刑部侍郎等职。

俯仰濠梁聊自适，荷风微度远香飘。

178. 高士奇[1]：《恭赋畅春园牡丹八首》[2]

绣槛无尘翠幕深，玉盘金缕护春阴。
上林风暖移根早，识取东皇长养心。
又
晕紫鞓红各一群，望中纠缦卷璘云。
玉皇案畔香如海，未必仙官便得闻。
又
荡烟霏雾簇千缯，洛水彭州见未曾。
紫幄风轻光不定，春晴谁转百枝灯。
又
宜深宜浅间斜行，风叶低垂露叶昂。
诸葛颖如来后苑，不知布策可能量。
又
露华冉冉日华浮，珠彩瑶光烂不收。
一片异香天上发，不须腰鼓打凉州。
又
碧栏干拂采霞痕，列锦团窠射晓暾。
独有一丛檀印浅，柘衣应是百花尊。
又

---

1 高士奇（1645—1704年），字澹人，号江村，浙江钱塘（今杭州）人。由监生供奉内廷，以才华敏赡受宠于康熙帝，历任内阁中书、额外侍讲、少詹事等职，并曾入值南书房。后以养母乞归。著有《清吟堂全集》《江村销夏录》《北墅抱瓮录》等。
2《清吟堂全集》，《清代诗文集汇编》，第166册，第9页。

当风绣段晓斑斓，态自繁华意自闲。
仙品由来依洞府，肯教传种到人间。

又

锁阶行去画廊纡，数遍花丛日欲晡。
愿作点波双蛱蝶，勾栏长得绕香须。

179. 高士奇：《侍从畅春园宴游恭纪十首》[1]

胜景藏丹壑，荣光盼碧除。
殊恩惊望外，旧路记来初。
径曲中官引，尘清上象虚。
不缘宸宠渥，那得历仙居。

又

御苑森严地，人寰别有天。
铜池微滴雨，珍木远含烟。
院静莺吭滑，山遥翠黛连。
纵游承密旨，徙倚日为年。

又

窅窱云廊转，参差水榭清。
烟岚随目换，林壑自天成。
鸳瓦鱼鳞簇，虹梁雁齿平。
皇风存简朴，曾不尚丹楹。

又

野萼红翻浪，山黄绿长痕。
引泉摇露索，就树列云根。

---

[1]《清吟堂全集》，《清代诗文集汇编》，第 166 册，第 7—8 页。

亭毒知天意，滋培沐圣恩。
寸心同小草，无计答春温。
又
百卉邀天泽，名花独殿春。
异香吹不断，浩态写难真。
锦濯巴江水，琼霏悬圃尘。
洛城千万种，争似御园新？
又
一径回峰侧，言从古洞过。
涧松亲种植，口敕许摩挲。
雨润龙形鬣，苔深佛顶螺。
岩边虔盥漱，合掌祝尧多。
又
园林多静会，铅椠每亲携。
玉几流尘净，芸签插架齐。
长吟移晷漏，妙契舍筌蹄。
圣学深渊海，词臣孰测蠡。
又
茨土风仍在，闾阎意不忘。
林中听布谷，花里映条桑。
陂暖鸂鶒浴，丛深蛱蝶忙。
野人情抱悁，天上见春光。
又
细荇牵芳带，么荷卷翠钿。
溯流槛影动，摇浪縠纹圆。
咳唾天何近，恩光古未传。
臣心明可鉴，报答指清川。

又

忆昔趋中禁，丰餐撤御厨。
一从栖水竹，五载厌菁芜。
重捧金茎赐，欣尝玉粒腴。
湛恩终始在，鼓腹诵康衢。

180. 高士奇：《侍直畅春园，御书己巳年驾幸西溪山庄诗于扇头赐臣恭纪》[1] 康熙三十四年六月十六日

彩眊星缠驻席门，至今岩壑被春温。
已闻天籁传松韵，更拂宸毫洒露痕。
吟诵清宵千焰发，临摹黑水一池浑。
怀中煦煦和风满，万古熏弦荷圣恩。

181. 高士奇：《畅春园入直和张大宗伯韵四首》[2]

雨洗秋光泼眼清，图书别苑列纵横。
垂鞭正喜归荒塞，橐笔何堪伴老成。
碧槛水平荷影乱，翠峰云卷石棱生。
牙签扣砌真天上，却惹江乡一片情。

又

北墅东湖几岁居，野人重此恩簪裾。
雷行亲扈天戈出，日记仍遵露布书。
豹直趋程朝听漏，马回缘路雨流渠。

---

1 《清吟堂全集》，《清代诗文集汇编》，第 166 册，第 12 页。
2 《清吟堂全集》，《清代诗文集汇编》，第 166 册，第 24—25 页。

晶盘翠釜频沾赐,却愧才疏报称虚。

又

新秋殿阁早凉微,松卷龙鳞护紫闱。
小酉山深开卷古,大罗天迥到人稀。
网搜碧树千枝尽,案捧红云五朵飞。
迤逦玉泉山似画,清光常落侍臣衣。

又

金炉香袅雾冥冥,宣唤随行绕玉屏。
葵向秋阳心总赤,柳含旧雨眼仍青。
闲情久合编山志,绝域欣看入地经。
短笠长竿家具在,扁舟肯负蓼花汀。

182. 高士奇:《韵松轩侍直和张大宗伯韵十首》[1]

清流乔木地无尘,丘壑依然惬羽鳞。
池馆昼长炎热少,闲摊图籍论前人。

又

画桥西望水中亭,疑有鱼龙出北溟。
领略瀛洲旧踪迹,十年墨沈在云屏。

又

花间赐酒三经夏,塞外从征两负春。
水殿编摹重橐笔,天家岁月记难真。

又

晓云散雨西峰露,空翠岚烟处处开。
林沼葱茏人至少,湘帘微动好风来。

1《清吟堂全集》,《清代诗文集汇编》,第166册,第45页。

又

小屿分流响石淙，隔墙密荫覆纱窗。
题诗画箑承宸训，莲映清渊鹭一双。

又

他日山中忆此时，宫盘新藕雪冰丝。
乡心不是因莼菜，奉母秋来拟乞祠。

又

笔力谁扛万石钟，子荆狂草动天容。
华亭书迹过邢米，似上东山小众峰。

又

郊西苑路马蹄遥，委佩朝朝入九霄。
讶道立秋无几日，玉阶梧叶已轻飘。

又

风送荷香远益清，洞天虚朗雨初晴。
侍臣小倦思三昧，刻漏惟闻第五声。

又

往事仙游到帝家，云轩松古记低斜。
今来莫怪谈谐诞，才反穷源河上槎。

183. 高士奇：《直庐书树峰祭酒便面用司农韵》[1]

云烟满纸乱炉烟，殿阁微凉雨后天。
漫赋仙山松桧好，且看苑柳日三眠。

---

[1]《清吟堂全集》，《清代诗文集汇编》，第166册，第46页。

184. 高士奇：《苑中侍直和树峰祭酒韵十首》[1]

夏律潜移槛外阴，静中得句愧清吟。
苑前种树亲曾见，碧柳烟槐早满林。
又
仙馆清严曲径深，丹崖碧嶂隐千寻。
晚收笔砚沿流看，菱蔓蒲梢戏水禽。
又
侵晓轩楹有异香，荷风蕙露十分凉。
神霄殿在瑶池北，呼吸真能达玉皇。
又
沙漠澄清廓远边，论勋褒鄂绘凌烟。
士廉安敢齐房杜，每逐鸣珂上九天。
又
一一兵机尽上裁，龙荒寒暑历三回。
谟谋备见劳宸断，总欲恩波遍草莱。
又
千叶新开水面莲，万条轻散绮霞妍。
鳌峰顶上题诗句，不让登瀛事独传。
又
万方抃舞快升平，本为安民乃用兵。
不是昨宵雷电作，那能炎暑一时清。
又
璚浦宸游画艇移，中官进草出来迟。

---

[1]《清吟堂全集》，《清代诗文集汇编》，第166册，第46页。

西山晚翠笼归骑,到得还家月上时。

又

柘上田园剡上山,一区茅屋绿蘋湾。
夔龙事业须公等,输我秋风纵棹还。

又

禁园趋走小东门,绝域言辞细译翻。
尊信文殊今圣主,远人愚悃亦堪存。

185. 高士奇:《畅春园侍直》[1]

别苑开殊胜,絪缊聚太和。
檐高翻燕剪,渚浅织鱼梭。
绿砌垂阴早,朱棍受旭多。
森严人不到,此地有烟萝。

其二

辟画经宸念,三山起别支。
静中栖宿霭,空外飐晴丝。
曲馆临流近,层台进级迟。
回旋等飞跃,清切更谁知。

其三

物华随候发,午气尽含熏。
露井夭桃艳,风栏稚柳分。
宫炉吹细缕,阁瓦覆浓云。
昼刻瑶阶静,悠然万籁闻。

其四

1《清吟堂全集》,《清代诗文集汇编》,第166册,第523—524页。

自入承明殿,难逢象外游。
掌书依玉案,援策奉龙驹。
幸际趋陪近,偏耽眺听幽。
几忘文囿下,缥缈在沧洲。

186. 高士奇:《夏日渊鉴斋侍直》[1]

清斋疏敞接深居,艺圃怡情听政余。
弱柳交风摇藻笔,圆荷滴露点奇书。
曹刘典赡墙皆辟,贾屈纵横垒不虚。
甲乙牙签可消夏,一泓潋滟接阶除。

187. 王鸿绪[2]:《四月初四日恭诣畅春苑请安蒙圣恩赐茶馔恭纪》[3]

籞苑逼瑶天,离宫万岭悬。
我皇来驻跸,侍从总登仙。
花柳明金闼,鹓鸾拂绮筵。
朗然蓬岛胜,都在紫微前。

其二

宝鼎分丹地,琼浆出帝阊。

---

1 《清吟堂全集》,《清代诗文集汇编》,第166册,第525页。
2 王鸿绪(1645—1723年),字季友,号俨斋,又号横云山人。江南娄县(今上海松江)人。康熙十二年一甲二名进士,授编修,历任日讲起居注官、经筵讲官、工部尚书、户部尚书等职。曾因卷入诸皇子嗣位之争,遭皇帝斥责。著有《赐金园集》。
3 《横云山人集》,《清代诗文集汇编》,第168册,第242页。

茵铺金狄下，匕设玉螭旁。
万树沾杯绿，千花杂馔香。
汉庭夸割肉，应让此恩光。

188. 王鸿绪：《越翼日，臣廷敬、臣士奇偕臣鸿绪，恭诣畅春苑谢恩，臣英、臣杜讷暨内阁学士臣藻、兵部督捕理事官臣会恩、翰林院侍讲学士臣廷瓒、臣夔、右春坊右庶子臣岳颁并宣召同至韵松轩赐馔。馔毕，命登舟溯山涧至渊鉴斋观荷，列席赐名酒时果，复令内侍引至斋后遍观嘉卉，遂命至佩文斋恭阅御书数百幅，各赐千叶荷花一瓶。诸臣谨九顿谢恩而出。隆遇旷典，前古希觏恭纪》[1]

晓日曈昽谒苑门，垂杨深处颂皇恩。
忽传联佩游琼岛，重荷调兰列鼎飧。
花覆锦茵摇水榭，莺窥珠扆语风轩。
尝羹不觉移砖影，坐爱层霄万景暄。

其二
中涓引上木兰舟，御苑风光结伴游。
两岸柳垂青嶂密，一川花泛碧泉幽。
云开似入桃源径，棹转犹迷杜若洲。
应胜乘槎浮汉渚，更瞻天仗列蓬丘。

其三
瑶斋高瞰玉河平，百顷波光似镜明。
西岭翠微连槛合，东瀛云气拂帘生。

---

[1]《横云山人集》，《清代诗文集汇编》，第 168 册，第 243—244 页。

何须牛女留银汉，谩说风雷动石鲸。
圣主临渊惟鉴古，泠泠山水舜琴清。

其四

琼轩髹几更张筵，晴对芳湖玩绮莲。
香扇尧厨蒲簟日，荣浮汉宴柏梁年。
细斟嫩碧松醪美，分擘轻红荔子鲜。
饱饫嘉珍歌既醉，浑忘身在五云边。

其五

渊穆宸襟契太虚，翛然尘外水云居。
经营灵囿勤民暇，歌咏《卷阿》听政余。
案上绿沉三代物，床头黄素六朝书。
回翔阆苑真何幸，枚马雄才愧不如。

其六

向阳黼座对烟岚，座后轩亭碧树龛。
满院藤阴炎暑散，一帘香雾午风含。
嘉禽雪羽来天外，珍果丹葩自日南。
学士总饶花鸟兴，上林奇种未曾谙。

其七

机务清闲翰墨研，牙签玉轴满瑶编。
蓬莱山作藏书馆，太液池为洗砚川。
八体纵横参造化，六文挥洒入云烟。
因知睿笔超神圣，曾写鸾龙九万笺。

其八

捧阅奎章到日斜，更从浦溆挹明霞。
莲房细展千重瓣，水殿分颁五色花。
翠管摘来同岳井，银罂擎赐出天家。
圣朝异数何优渥，留作瀛洲盛事夸。

189. 王鸿绪:《七月十一日恭诣畅春苑进呈董其昌字迹,蒙圣恩复赐御书临米芾跋手卷一。宠赉洊加,天章世宝,不胜荣幸,恭纪七言绝句四首》[1]

蓬莱别馆遍芳晖,名迹亲呈到翠微。
天语迥传霄汉上,仙云晴满侍臣衣。
其二
千层翠岭绕离宫,御幄香飘碧树风。
特启书奁颁宝翰,彩鸾飞下晓光中。
其三
悬针倒薤墨涛香,绢织鹅溪白雪光。
陛下法书真第一,何须人道米襄阳。
其四
数载含毫玉殿前,五承温綍赐琼笺。
捧回什袭缣缃秘,宝气珠光射九天。

190. 王鸿绪:《十月初九日赐哈密葡萄二株恭纪》[2]

西域葡萄树,敷荣御苑中。
睿情欣共赏,遍赐及臣工。
密叶分修干,双株竞碧丛。
移根来玉砌,扶架映帘栊。
夏燠堪延露,春暄可引风。

---

[1]《横云山人集》,《清代诗文集汇编》,第 168 册,第 244 页。
[2]《横云山人集》,《清代诗文集汇编》,第 168 册,第 277 页。

龙须行渐发，珠宝待垂空。
他日阴成帐，甘珍摘满笼。
觅方期酿酒，食德正无穷。

191. 王鸿绪：《十二月二十七日蒙恩赐御书春帖二幅，松花石砚一匣，土木人参一勋，鹿一只，鹿尾四个，羊二只，上酒二尊，野雉八只，辽鱼六尾，晢绿鱼一尾，细鳞鱼一尾恭纪》[1]

禁廷侍直接新年，春帖恩颁玉案前。
句自宋儒留翰墨，书经天笔动云烟。
两行凤采层层灿，四幅骊珠颗颗圆。
虔奉御题金榜侧，奎光争耀草堂边。
其二
宝砚清含碧玉纹，良工巧琢满霞氛。
蛟龙绕匣思吞墨，圭璧镌池欲吐云。
一缕中分天地色，两铭重勒典谟文。
席珍何幸频承赐，书苑恩荣古未闻。
其三
常颁天馔饫芳兰，又赐琼枝胜紫团。
上应摇光真瑞草，捧来霄汉是神丹。
容颜久觉星霜改，服食从今岁月宽。
圣主湛恩深到骨，呼嵩长愿侍金銮。
其四
除岁甘珍出上方，微臣拜赐忝鹓行。

1《横云山人集》,《清代诗文集汇编》, 第 168 册, 第 279 页。

丰腴仅见天厨鹿，肥腯非同博士羊。

山雉及时堪入具，嘉鱼异种未曾尝。

赍回阖室欢无比，况有琼浆满举觞。

192. 王鸿绪：《五月初九日赐游畅春园观荷花，复命中官同泛舟，周览毕赐宴兼赐千叶荷花一瓶恭纪》[1]

内直依天苑，薰和殿阁风。

日陪丹禁里，身住碧霄中。

岭树遥分翠，池荷晓映红。

忽闻传召入，联佩接芳丛。

其二

西岭千重水，流成裂帛湖。

分支归御苑，随景结蓬壶。

玉蝀凌波迥，瑶台入汉孤。

上林曾有赋，于此见真图。

其三

秘殿临流峻，花矶就涧低。

荷呈千瓣艳，叶覆一池齐。

舞蝶知香恋，游鱼唼翠迷。

旷观天上景，自有石邪溪。

其四

湖映千林绿，山围一苑青。

花间开凤阁，树杪出龙亭。

香气无边散，莺声不断听。

---

[1]《横云山人集》，《清代诗文集汇编》，第168册，第281—282页。

更看幽绝处，渔网挂烟汀。
其五
既历芳岩胜，中珰引画船。
烟波青镜阔，杨柳碧丝悬。
朱鹭晴遵渚，金鳞昼跃川。
兰桡经百转，何境不栖仙。
其六
翠巘依雕槛，银塘敞珠筵。
接茵同昼卜，式燕自天传。
酒借波光绿，肴含花色妍。
今朝风景好，喜荷渥恩偏。
其七
上苑芙蕖种，尘寰眼未经。
艳姿何灼灼，密瓣自亭亭。
折取从灵沼，分颁贮宝瓶。
拜恩瑶城下，光采耀仙扃。
其八
尧舜雍熙世，生为侍从臣。
言听薰瑟奏，来赏芰荷辰。
重绿全迎夏，殷红半夺春。
看花能到此，蓬岛复何论。

193. 王鸿绪:《丙戌正月十五日畅春园赐内直侍臣御馔恭纪》[1]

离宫别馆上元辰,彩胜珠幡映日新。
金殿龙衔千树艳,绣廊鳌戴万山春。
箫传舜乐情知美,酒入尧樽意觉醇。
共庆八纮同此日,皇穹咸照太平人。
其二
上方宝馔已调兰,更荷金盘赐御餐。
四海升平逢令节,千秋知遇洽宸欢。
灯垂螭凤珠玑满,戏列鱼龙锦绣团。
拜荷渥恩归渐晚,还凭火树彻宵看。

194. 王鸿绪:《闰三月二十一日,召大学士臣张玉书、臣陈廷敬,尚书臣王鸿绪,偕内直词臣游畅春园。列五席,席十二簋,复赐御馔八肴、御点八金盘。宴毕谢恩,随命中官泛舟,引至各院看牡丹,历竹径鱼塘,登湖中平台,仰瞻台上层楼,复移棹游玩至午后方出恭纪》[2]

暮春首夏百花天,上苑朝来诏旨传。
枢要忝随纶阁后,清华犹占凤池前。
甘泉紫气和仙馔,太液晴光映绮筵。

1《横云山人集》,《清代诗文集汇编》,第168册,第283页。
2《横云山人集》,《清代诗文集汇编》,第168册,第290—291页。

更荷金盘分玉案，摛词难罄谢恩笺。
其二
貂珰同上木兰舟，引入天香洞府幽。
魏紫姚黄成万本，鞓红莲白亦千头。
鸟知色艳来争语，蝶爱花深去复留。
霞采一庭成濯锦，人间那得此丹丘。
其三
欧阳昔品牡丹花，元白先经诗里夸。
只道游春寻胜事，未闻延赏得天家。
君逢明圣多恩泽，时际升平有物华。
须记御园灵异处，云霞五色灿仙葩。
其四
更从别苑一经游，也是名花无数稠。
叶叶枝枝俱作态，高高下下欲凝眸。
瑶台香透琴书润，龙案云生翰墨浮。
圣主清平浑不尚，虞歌有道自千秋。
其五
竹院清幽敞御亭，千竿修挺拂云青。
淇园如箦曾传咏，冀野成林未见经。
只为苍琅天属爱，移来上苑地呈灵。
始知造物无南北，总仗丹霄雨露零。
其六
苑里芳湖百顷光，甃成文石养鱼塘。
绕堤杨柳凝深绿，傍岸菰蒲散晓凉。
波面游鳞常出没，水中香饵自低昂。
到来至乐同濠上，尤觉天池生意长。

其七
琼楼瑶馆是蓬莱，锦石为阶玉作台。
当面水光平若簟，四围山色翠成堆。
悬廊好鸟千般语，向日奇花万种开。
仰视中间龙座迥，共从檐下一徘徊。
其八
已从步屧历芳岑，更泛兰舟转碧浔。
无数花间围别院，有时岩畔见双林。
呦呦草际鸣仙鹿，剪剪波心掠翠禽。
一出阊风疑梦里，几回欹枕费思寻。

195. 查慎行：《二十一日赴畅春苑谢恩恭纪》[1]

初著宫袍拜禁林，碧梧翠柳望成荫。
可知圣主栽培意，即是天工长养心。
千顷池边看鼓鬣，万年枝畔听鸣禽。
从来日月无私照，一物含光感自深。

196. 查慎行：《雪后与声山紫沧同直畅春园二首》[2]

西山带雪高，寒光际青天。
晨曦照积素，万木中含烟。
手把右丞诗，群峰当我前。
幸无尘事扰，兼以忘新年。

---

[1]《敬业堂诗》，《清代诗文集汇编》，第 178 册，第 361—362 页。
[2]《敬业堂诗》，《清代诗文集汇编》，第 178 册，第 359 页。

宛宛紫界墙，苑门开向东（直庐在小东门内）。
窅然深山意，近在十步中。
林鸟已春声，细泉生远风。
澄怀适有会，咏啸何必同。

197. 查慎行：《五月二十五日随驾发畅春苑晚至汤山马上口占四首》[1]

雨余沙碛净无泥，瓜蔓秧针绿满畦。
共识君王爱民意，村村驻辇看扶犁。

闲按舆图考地名，承平畿甸古长城。
词臣频日承宣唤，特许班随豹尾行。

军装小队走弓刀，年少曾亲鞍马劳。
老去承恩还自愧，重蒙天上赐征袍。

炎景当空日正长，潺潺汤峪水如汤。
泉源万斛皆天泽，化作人间六月凉。

198. 查慎行：《畅春园早桃四首》[2]

记曾元夕醉香醪，冰雪千林吐白毫。

---

[1]《敬业堂诗集》，《清代诗文集汇编》，第178册，第364页。
[2]《敬业堂诗集》，《清代诗文集汇编》，第178册，第376页。

今日重来云锦换，十分春色属山桃。

万树垂杨未放青，余寒犹勒水边亭。
天然掩映成图画，横展西山作翠屏。

浴日榑桑跃海东，满天晴色晓曈昽。
仙山楼阁无重数，只在红霞一朵中。

烟轻雾薄景迟迟，金碧围中四望宜。
忽忆江村寒食路，竹梢低拂两三枝。

199. 查慎行：《五月二十六日喜雨》[1]

前夕斋坛撤醮回，西郊今日忽闻雷。
一轩傍水看云起，万木无风待雨来。
圣与天通终应祷，人言旱久未成灾。
愿敷甘泽沾濡意，肤寸崇朝遍九垓。

---

1 《敬业堂诗集》，《清代诗文集汇编》，第 178 册，第 378—379 页。

200. 查慎行：《五月初九日上御渊鉴斋，召大学士臣玉书、臣廷敬、工部尚书臣鸿绪、学士臣升元、臣昇、臣壮履、臣原祁、编修臣瑄、臣廷仪、臣廷玉、臣名世、臣慎行、臣廷锡等入。至云步石，赐坐。赐馔，毕，人赐荷花一瓶。随命由蕊珠院延赏楼泛舟。回直庐，感恩纪事，恭赋七言律诗四首》[1]

身依禁闼已三年，天上方知更有天。
杨柳桥通星汉畔，芙蓉槛绕御床前。
游同灵沼鱼真乐，听到伽陵鸟亦仙。
云步石边联步入，临流高下列芳筵。

咫尺夔龙接武随，从容宣劝坐移时。
烟霄画入丹青动，殿阁凉生草木知。
有数遭逢关气数，无私造化荷恩私。
苑门隔日先传唤，应是今朝下直迟。

诏恩半日许回翔，崑阆迟迟昼倍长。
贝阙珠宫环四际，十洲三岛俨中央。
翠屏开处云流影，彩鹢飞来水拂香。
共识天颜多霁色，雨余风物借辉光。

玉井移根迥不同，秘瓷人赐一枝红。
茎从新折流晨露，蕊为含开带好风。

[1]《敬业堂诗集》，《清代诗文集汇编》，第178册，第386页。

擎出荣随丞相后,携归香满禁垣东。
此生直愿依蒲藻,长在烟波浩淼中。

201. 查慎行:《苑中闻莺》[1]

昼与人声静,墙兼暑影移。
四围千碧树,百啭两黄鹂。
椹熟蚕应老,芒疏麦正垂。
未聋双耳在,为尔立多时。

202. 查慎行:《雨后畅春园池上作》[2]

林亭片雨过,万绿浓于染。
叶杪滴残声,波纹荡余点。
暑景犹未徂,凉风遽相感。
平生微尚在,老去孤踪忝。
复此坐幽清,自然尘虑澹。

203. 查慎行:《大雨下直至自怡园》[3]

急雨催归骑,虚檐警夕听。
势沉三径竹,沤散一池萍。
穴蚁缘林木,跳蛙入户庭。

---

1 《敬业堂诗集》,《清代诗文集汇编》,第178册,第378页。
2 《敬业堂诗集》,《清代诗文集汇编》,第178册,第379页。
3 《敬业堂诗集》,《清代诗文集汇编》,第178册,第379页。

最宜新浴罢,坐看鹤梳翎。

204. 查慎行:《恩赐御园十种葡桃恭纪》[1]

上林名果味芳鲜,采摘均从雨露边。
色借紫青相照曜,颗分大小各匀圆。
流来马乳香先嗅,酿出龙池品尽仙。
便与樱桃同饱食,纪恩难罄益州笺。

205. 查慎行:《清明前三日重直畅春园观桃花二首》[2]

暖烟晴霭互交加,散作高低远近霞。
行尽人间冰雪路,又来天上看秾华。

已逢蛱蝶未闻莺,闰岁春迟倍有情。
毕竟凤城花信准,早桃开候近清明。

206. 查慎行:《苑东移居与同年汪紫沧同寓紫沧有诗和答三首》[3]

近傍名园远去郊,无多屋宇半编茅。
春蚕惯作同功茧,社燕来寻旧识巢。
景与征衫随日换,官随手板几时抛。

1《敬业堂诗集》,《清代诗文集汇编》,第178册,第383—384页。
2《敬业堂诗集》,《清代诗文集汇编》,第178册,第416页。
3《敬业堂诗集》,《清代诗文集汇编》,第178册,第416—417页。

卜邻绝胜清漳宅，蛩駏相依剩素交。

茫茫人海此居停，万斛风埃两叶萍。
草色阶除晴不扫，槐阴门扇昼长扃。
同槽廐马无蹄啮，典谒家僮互使令。
怪底群情皆帖妥，多缘君与我忘形。

西苑莺花几阅春，忆初伴直只三人。
何堪梦觉伤存殁，或恐诗成泣鬼神。
炳烛余光销晚境，青云岐路失前因。
搏沙放手终同散，敢向蓬庐认主宾。

207. 查慎行：《闰月十四日西苑送春二首》[1]

九十春光百五赊，绿阴阴处雨斜斜。
多情裂帛湖头水，长替东风扫落花。

老去春迟愿竟酬，多添半月踏青游。
人间何处无归路，也被宫莺唤少留。

208. 查慎行：《闰三月二十一日，蒙恩召入渊鉴斋，乘舟至瑞景轩、蕊珠院、露华楼，遍观各种牡丹恭纪四首》[2]

宣唤欣承异数加，高从银汉泛红槎。

---

1 《敬业堂诗集》，《清代诗文集汇编》，第178册，第417页。
2 《敬业堂诗集》，《清代诗文集汇编》，第178册，第417页。

行陪阆苑神仙侣，看遍春风稳重花。
秾淡何心随造化，丹青难貌是韶华。
楩檀别殿分明到，只作华胥好梦夸。

艳极真宜过雨看，枝头肃肃尚朝寒。
盘盂向背开琼扇，璎珞高低现宝鬘。
白日光中云五色，明波濯处锦千端。
天工顷刻呈新瑞，点出灵砂九转丹。

万卉千葩未觉稠，扫宫老监记牙筹。
药林不断通三岛，花海无边际十洲。
佳气氤氲蒸作雾，余霞缥缈结成楼。
蕊珠一本尤奇绝，径尺重台两并头。

瑶阶扣砌望回环，映彻层层着色山。
御谱新标题品外，佳名微别浅深间。
心如草木春知闰，天并君王霁在颜。
一片炉烟成百和，袖中携得国香还。

209. 查慎行：《四月二日恩赐樱桃恭纪十韵》[1]

灿灿华林种，离离朱实香。
熟常先夏果，贡不待炎方。
磊砢初垂树，匀圆正满筐。
珊瑚骈火齐，沆瀣和琼浆。

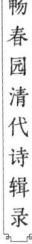

---

1 《敬业堂诗集》，《清代诗文集汇编》，第 178 册，第 418 页。

露带枝头润，盘登叶底凉。
鸟鹆珠爱赤，蜂酿蜜羞黄。
昨忆西湖献，今来上苑尝。
赐珍蒙见及，饱食感非常。
配笋厨空敕，探花宴屡张。
分甘谁得似，长侍圣人旁。

210. 查慎行：《西苑赐观秋田恭纪十二韵》[1]

帝籍非千亩，农祥视一畦。
初闻朱果熟，旋见绿针齐。
料节栽花地，开酾灌稻溪。
自天知稼穑，率土动耰犁。
槛外云生岫，帘前雨作泥。
膏腴随广狭，脉络就高低。
㶑㶑浮金潋，葱葱夹玉堤。
好风垂柳下，斜日画桥西。
多稌占丰稔，维鱼兆罩圭。
甸师行不到，勾盾典曾稽。
入侣金鸂鶒，归寻木䴔䴖。
自惭输布谷，犹解劝耕啼。

---

[1]《敬业堂诗集》，《清代诗文集汇编》，第178册，第418页。

211. 查慎行：《四月二十七日召入无逸斋看新竹恭纪十二韵》[1]

地辟琅玕坞，天通箭栝门。
烟霄连别苑，雷雨过前轩。
薿薿风开箨，泂泂水注根。
移栽初尚浅，培护久能繁。
惜笋宁充馔，抽梢尽出藩。
几年成翠幕，一径转苍垠。
润滴莓苔砌，高扶薛荔垣。
凉阴清有气，新粉净无痕。
直节人皆见，虚心道亦存。
律堪调凤吹，名岂愧龙孙。
好报平安信，休辜长养恩。
亲从天上看，不羡白沙村。

212. 查慎行：《午日西苑直庐赋雨中榴花》[2]

小院盆榴树，花时带雨鲜。
施朱何太赤，似火独能然。
白发违佳节，丹心感盛年。
蒲葵方满眼，此本定谁怜。

1《敬业堂诗集》，《清代诗文集汇编》，第178册，第418页。
2《敬业堂诗集》，《清代诗文集汇编》，第178册，第418页。

213. 查慎行：《西苑新直庐》[1]

雪林风沼候参差，休假俄经百日期。
鱼钥晓严新契勘，凤巢春换旧栖枝。
路回稍觉穿花远，窗静从看过影迟。
笑逐班行重入直，龙钟已是杖乡时。

214. 查慎行：《三月三日雪后赴西苑马上作》[2]

凤城西北苑东偏，白发寻春又一年。
残雪泥融芳草岸，薄寒风勒柳花天。
非无好景来林外，尚少游人到水边。
独把吟鞭欹醉帽，时逢修禊想归田。

215. 查慎行：《畅春园杏花次李义山旧韵》[3]

杏苑即仙源，含情似欲言。
问名怜及第，得气俨承恩。
流水悠溶态，初阳浅澹痕。
绿新宜柳映，红远觉桃繁。
蝶翅轻三月，莺声恋一园。
盈盈窥紫闼，脉脉待黄昏。

---

[1]《敬业堂诗集》，《清代诗文集汇编》，第 178 册，第 429 页。
[2]《敬业堂诗集》，《清代诗文集汇编》，第 178 册，第 430 页。
[3]《敬业堂诗集》，《清代诗文集汇编》，第 178 册，第 430 页。

小睡披香暖，微酣殢雨温。
腊融难作蒂，脂染定连根。
何处堪凝望，逢人自悦魂。
青旗风绰影，犹记酒边村。

216. 查慎行：《畅春园芍药》[1]

万卉争春放，开迟剩此花。
雅禁初日照，浓被绿阴遮。
隔岸浮香雾，临池荡绮霞。
年年三月尾，病眼阅繁华。

217. 查慎行：《落花和陈潜斋学士韵》[2]

桃是深妆杏浅妆，开时有态落犹香。
东风自借孤蓬力，流水何曾出苑墙。

218. 查慎行：《下直经澹宁居后见新竹出墙》[3]

轻雷夜解斑笼箨，地近宫垣势便高。
应笑松栽成早偃，多年犹未出蓬蒿。

---

[1]《敬业堂诗集》，《清代诗文集汇编》，第178册，第430页。
[2]《敬业堂诗集》，《清代诗文集汇编》，第178册，第430页。
[3]《敬业堂诗集》，《清代诗文集汇编》，第178册，第430页。

219. 查慎行:《三月十八日晓出西便门至畅春园天始明》[1]

夜枕过雷雨,薄云开朝晴。
起乘残月影,快作西郊行。
好风从东来,初日烟中生。
村村花柳气,寺寺钟鱼声。
草色既芊眠,溪流亦洄漾。
于焉惬野趣,瞥尔遗宦情。
长恐芳讯阑,坐闻鹈鴂鸣。
白头谁料理,抚景中怦怦。

220. 查慎行:《四月廿二日早赴西苑送驾避暑幸山庄》[2]

麦垄瓜畴晓气温,朦朦淡月渐无痕。
残星带火沉千点,新绿如山拥一村。
老马熟谙城北路,雏莺又报苑东门。
征衣长短曾蒙赐,箧笥三年倍感恩。

221. 程庭:《畅春苑纪胜六首》[3]

蓬莱紫气接西山,遥拥灵台驻圣銮。

1《敬业堂诗集》,《清代诗文集汇编》,第 178 册,第 440 页。
2《敬业堂诗集》,《清代诗文集汇编》,第 178 册,第 456 页。
3《若菴集》,《清代诗文集汇编》,第 231 册,第 102—103 页。

一桁莺花开赭幄，半篙春水到红栏。
蠲租早惬扶犁望，酺会尤腾倚杖欢。
暇日御筵亲洒翰，龙骞凤翥拜千官。

香风剪剪逗云璈，几阵钿车倚碧桃。
月抱雕弓调鹊血，霜横宝锷腻鹅膏。
紫缰黄带环三驾，豹尾鸾翎具六韬。
为近玉皇天寿节，一时齐换锦宫袍。

联翩花萼斗新奇，常博天颜为解颐。
鹦鹉笼边亲制曲，葡萄锦上竞裁诗。
千重翡翠迎仙馆，百尺琅玕引凤枝。
几处松扉临曲水，碧栏干外柳丝丝。

玲珑花影亚红墙，半是侯家绿野堂。
潋滟波光分太液，菁葱乔荫出长杨。
从奴惯解调鹰技，少妇偏梳堕马妆。
陌上卓金车子过，软尘暗带粉脂香。

梵刹重重静不哗，吉祥钟磬演龙华。
赐将环具光凝雪，散出蝉香灿落霞（尝赐哈密瓜面饽饽给礼忏僧人）。
身现帝王亲说法，心通妙谛独拈花。
虬髶可识西来意，绣帽黄衫白鼻䯀。

凤凰池上擅才名，彩笔凌云赋两京。
晓露柳拖金鞻重，春风花压翠裘轻。

冲霄久惜毛全铩，铸铁堪怜错已成。
不及玉泉山下水，琤琮长傍御沟鸣。

222. 曹寅[1]：《四月廿二日早赴西苑送驾避暑幸山庄畅春苑张灯赐宴归舍恭纪四首》[2]

月路烟霄彻地澄，上林春灿九华灯。
暖随榆柳初传火，象衍鱼龙渐泮冰。
阁外苍山排玉笋，盘中珍果荐寠绫。
兰台异数曾沾渥，赋拟枚皋拙未能。

遟荒旇毳仰陶甄，筐篚微忱切下臣。
忆祝尧年书甲子，重瞻玉历纪壬辰。
狂收瀚海鲸鲵靖，清润瑶山草木新。
上寿普天歌圣孝，生民同庆太平春。

光浮太乙照千门，遍召阳和布密恩。
辇路余靡敷细草，籞阑分饲及中尊。
久惭衰病承貂珥，乍眩青红列只孙。

---

[1] 曹寅（1659—1712年），字子清，号荔轩，又号楝亭，满洲正白旗包衣人。母亲孙氏为康熙帝乳母，故曹寅深得康熙帝信任，十三岁即为御前侍卫。在任职内务府郎中期间，主持修建畅春园附园西花园和圣化寺行宫。后来又以郎中差遣苏州织造和江宁织造，在任二十年之久，为皇宫采购绸缎等生活用品，向皇帝密报江南民情。曹寅擅长诗词又喜作戏曲，著有《楝亭诗文词钞》《续琵琶记》等，还主持刊刻《全唐诗》《佩文韵府》等。曹寅是《红楼梦》作者曹雪芹的祖父，曹寅的著述及其生平，对曹雪芹红楼梦的研究具有重要的资料价值。

[2] 《楝亭诗钞》，《四库全书存目丛书》，集部第257册，第187页。

放仗几家笼蜜炬，缓归骑马月中村。

风香绕路拂红绡，自拟长参寄具寮。
湖汇万泉清地纪，春回北斗见天标。
幸无邻比喧腰鼓，懒逐游人上垱桥。
宝勒金鞍少年事，祇应凫火伴幽寥。

223. 陈鹏年[1]：《十月二十七日传诣畅春园恭纪二首》[2]

忽闻清跸奉传宣，银烛光中晓骑联。
万户鸡鸣西直路，九门鱼动早朝天。
文章报国虚经笥，寿考陈诗上讲筵。
躬际太平无衮阙，细搜龙藻补瑶编。

御道沙平绕郭迟，玉河寒水下冰澌。
千峰木落山如画，一线阳回春已知。
每得从容陪检点，自怜幽仄滥恩私。
禁钟初罢斋钟续，犹带香烟出凤池。

224. 陈鹏年：《早赴畅春园恭祝万寿》[3]

太平嵩祝普天齐，万寿筵开紫禁西。

---

1 陈鹏年（1663—1723年），字北溟，号沧洲，湖南湘潭人。康熙三十三年进士，历任苏州知府、署布政使、署河道总督等职。其诗颇有关怀民生疾苦之作，著有《沧洲诗集》《道荣堂诗集》等。
2《沧洲近诗》，《清代诗文集汇编》，第211册，第369页。
3《沧洲近诗》，《清代诗文集汇编》，第211册，第374页。

香雾半笼残月影，软尘初趁晓鸡啼。
通班地隔无朝谒，野服恩深有拜稽。
愿得年年春似海，归途携酒听黄鹂。

225. 陈鹏年：《扈跸由古北口至畅春园恭纪一首》[1]

囊鞭追趋万马间，清尘常得奉龙颜。
频依帐殿侵星入，每候更筹带月还。
晓仗连云开七萃，周庐列火照千山。
自惭葵藿恩如海，报国空余两鬓斑。

226. 张廷玉[2]：《扈从避暑塞外初发畅春园二首》[3]

夏木阴阴辇路通，阜财解愠正南风。
田畴禾黍无边绿，都在天颜指顾中。

侵晓鸣鞭出帝畿，清尘昨夜雨霏微。
书生初扈长杨猎，学试宫纱短后衣。

---

[1]《沧洲近诗》，《清代诗文集汇编》，第211册，第383页。
[2] 张廷玉（1672—1755年），号研斋，安徽桐城人。康熙三十九年进士，后入值南书房，任刑部、吏部侍郎。雍正年间，历任礼部、户部尚书，兼任翰林院掌院学士、国史馆总裁。四年授文渊阁大学士，充康熙帝实录总裁官。后又晋文华殿大学士、保和殿大学士。七年，军机处一成立即任命为军机大臣，成为朝中顶尖重臣。雍正帝赠他御笔匾额"赞猷硕辅"，著有《澄怀园文存》《澄怀园诗选》《澄怀园语》《传经堂集》等。
[3]《澄怀园诗选》，《清代诗文集汇编》，第229册，第40页。

227. 张廷玉:《暮春畅春园直庐纪事六首》[1]

瞳昽初日照罘罳,正是儒臣入直时。
煮茗烟生中使舍,诵经声在水神祠。
柳丝乱掷风前絮,杏子低垂雨后枝。
九十春光天上度,朝朝身傍影娥池。

清溪如带泛兰桡,咫尺烟波入望遥。
风过柳绵堆画槛,雨余花片聚红桥。
筼筜新放千条玉,芍药横陈五色绡。
小草托根良厚幸,四时甘露近丹霄。

日暖庭阶草木薰,闲行常许挹清芬。
窗前选树闻禽语,篱外衔花过鹿群。
和气总成金掌露,香风不散墨池云。
绿蒲深处双鸳宿,长护南塘绮縠纹。

夜雨初过动土膏,洗成新绿满亭皋。
声调铁笛莺喉滑,影掠珠帘燕尾高。
银瓮汲泉烹橄榄,金盘和露赐樱桃。
消闲更煮惊雷荚,碧玉瓯中起素涛。

玉霄银汉接天家,十二阑干带水斜。
甲煎香飘帘外影,丁香枝亚镜中花。

---

[1]《澄怀园诗选》,《清代诗文集汇编》,第229册,第53—54页。

过桥偶见移兰桨,隔院时闻响钿车。
何必远寻蓬岛路,迷人朝暮凤楼霞。

树依温室倍丰茸,信是瑶池湛露浓。
荇藻交横新涨水,藤萝直上最高峰。
风传清唳来双鹤,路绕天香过六龙。
漫向挈壶询早暮,隔花遥听自鸣钟。

228. 张廷玉:《甲午春日侍直畅春园即事四首》[1]

侍直蓬山侧,春光又一年。
绿芜酣宿雨,红杏破轻烟。
燕羽穿帘幕,禽声答管弦。
摊书忘昼永,钟漏隔花传。

灵台风物好,和气自成春。
在藻鱼吹浪,衔芝鹿近人。
繁花迎翠辇,芳草藉雕轮。
最爱寻芳蝶,蹁跹上钓纶。

锦石桥边路,簪毫日日过。
柳阴春水曲,花外暮山多。
雨洗檀栾竹,风梳窈窕萝。
银河天上泻,下界沐恩波。

[1]《澄怀园诗选》,《清代诗文集汇编》,第229册,第57页。

闲阶容小立，露草有余芬。
松影团成幄，花光散作云。
远霞高处见，清籁静中闻。
徙倚窗前石，衣沾紫藓纹。

229. 张廷玉：《丙申初夏蒙恩赐宴于畅春园无逸斋，命观园中红药新笋及苑西水田恭纪四首》[1]

清时锡宴几人同，坐接班联领上公。
饱饫琼筵忘昼永，鸟声频啭万花中。

婪尾春从旧谱闻，上林佳种更缤纷。
镂金错采何能比，一望蓬莱五色云。

信是瑶池雨露繁，香苞解箨尽龙孙。
临流一片潇潇影，犹带江南烟雨痕。

青畴棋布水弯环，亲见农人粒食艰。
远胜昔王崇稼事，豳风图绘殿庭间。

230. 张廷玉：《恭和御制修葺皇祖畅春园中无逸斋为问安憩息之所二首元韵》[2]

祖训期聪听，高斋想式凭。

---

[1]《澄怀园诗选》，《清代诗文集汇编》，第229册，第62页。
[2]《澄怀园载赓集》，《清代诗文集汇编》，第229册，第127页。

顾名怀敬惕，缵绪念咸登。
乾运天同健，丕基帝克胜。
茅茨成俭德，大宝永凝承。

慈闱隆色养，视听契无言。
日驻三朝辇，常开四面轩。
鸾音花外细，泉韵静中喧。
不数南陔咏，天章玉比温。

231. 张廷玉：《恭和又二首》[1]

祖训题无逸，瞻依睿念凭。
侍颜勤定省，保赤望丰登。
列圣心如接，三宗道克胜。
绍庭思继序，堂构永相承。

蓬瀛和气溢，色养本无言。
芝草舒琼圃，萱花茂锦轩。
三山同永固，一水隔尘喧。
再拜赓宸藻，如承诏旨温。

---

[1]《澄怀园载赓集》，《清代诗文集汇编》，第 229 册，第 127 页。

232. 张廷玉:《恭和御制甘霖既沾诣畅春园问安仰慰圣母望岁之诚长句恭志盛德元韵》[1]

丹诏频频下禁廷,两宫忧旱意靡宁。
惊闻步祷劳慈圣,迫欲摅诚达上灵。
愠解桑村恩最溥,欢承兰殿德维馨。
微臣拜手书惇史,仁孝千秋耀汗青。

233. 张廷玉:《恭和御制集凤轩诗元韵》[2]

璇源咫尺阆风山,苑柳宫云缥缈间。
视膳晨趋兰殿爽,承颜新启竹轩闲。
瑶峰排闼青环座,珠勒分朋锦缀班。
飞鞯骁腾呈绝艺,六钧齐仰御弧弯。

静调心手恰相当,韝系宫袍络柘黄。
十羽争飞穿采鹄,三侯前度颂长杨。
神威偃武蛮氛息,膏泽乘时霁景光。
颇牧功成纶阁上,早看一矢靖封狼。

杰构凌霄欲俯嵩,凉飔荐爽八窗同。
乍惊疾隼腾朱鬣,旋听鸣鸥引画弓。
令节五丝持献寿,佳辰百福祝悬熊。

1《澄怀园载赓集》,《清代诗文集汇编》,第 229 册,第 135—136 页。
2《澄怀园载赓集》,《清代诗文集汇编》,第 229 册,第 148 页。

宸游亲奉金舆乐，春盎薰琴识化工。

树底花骢簇玉鞭，清溪引辔赤阑前。
情怡碧水丹山地，时际荷风蕙露天。
偶驻鸣銮循麦陇，还同凤驾税桑田。
不因几暇纾民虑，身侍宵衣阅岁年。

234. 王士禛[1]：《赴畅春园起居再过高梁桥》[2]

被禊来春暮，轩车复此过。
西风一萧瑟，秋水正微波。
黄屋云中近，青山苑外多。
今朝封事暇，聊自饮亡何。

235. 王士禛：《三月十二日拜御史中丞赴畅春园谢恩作》[3]

西山晓翠望觚稜，五载田园倏见征。
右掖一星明执法，南台六察领中丞。
清时衮职将何补，昨梦瀛洲已倦登。
霄汉承恩频忝窃，新衔还是一条冰。

---

[1] 王士禛（1634—1711年），字子真，号阮亭、渔洋山人，山东新城人。顺治十五年进士，康熙朝历官侍讲学士、国子监祭酒、左都御史、刑部尚书等。为康熙年间诗坛领袖，著有《带经堂全集》，另著有《渔洋诗话》《居易录》《池北偶谈》《香祖笔记》等。

[2] 《带经堂集》，《清代诗文集汇编》，第134册，第462页。

[3] 《带经堂集》，《清代诗文集汇编》，第134册，第460页。

236. 张廷瓒[1]:《乙亥六月二十日奉召至畅春园,赐食于松韵轩,赐宴于渊鉴斋。宴毕敬观御书于佩文斋,赐御笔书扇并红白千叶莲一瓶恭纪》[2]

露滴晴皋出凤城,垂鞭沙路马蹄轻。
华林院外清阴满,坐倚高槐听鸟声。
其二
金貂宣召入离宫,阊阖门开禁苑东。
转过圣人勤政地,黄罗高覆御床中。
其三
宛转回廊启细旃,新晴云影落窗前。
香生玉粟流匙滑,尚膳先颁玳瑁筵。
其四
磷磷石色点苍苔,一曲清溪许溯洄。
夹岸蝉声听不断,小舟移过板桥来。
其五
平湖风细镜同清,指点亭台烟雾生。
苍翠远飞千树外,西山一带画屏横。
其六
紫兰含露傍云编,渊鉴斋头玉井莲。

---

1 张廷瓒(1655—1702年),字卣臣,号随斋,安徽桐城人,大学士张英长子。康熙十七年举人,次年二甲二名进士,散馆授翰林院编修,历官日讲起居注官、詹士府少詹士、侍读学士等职。康熙御驾三征朔漠,皆扈从。不幸先于张英而卒。著有《传恭堂诗集》五卷。
2 《传恭堂诗集》,《四库未收书辑刊》,七辑第29册,第84—86页。编者按,诗题中"松韵轩",底本如此。

鱼鸟真同灵沼乐，菰蒲深处白鸥眠。
其七
天酒光浮白玉杯，枇杷金裹伴杨梅。
更余菱实清芬甚，新采莲房出水来。
其八
风穿怀袖荔枝香，珍果携归自尚方。
未敢先尝留共看，水晶珠映绛纱囊。
其九
遏云亭畔竹栏横，素蕊修篁绕径生。
如到蓬山最深处，几多瑶草不知名。
其十
南粤名花重佛桑，远游无计见芬芳。
新从上苑凭栏玩，海日初飞赤玉光。
其十一
牙签插架佩文居，帘卷和风晓漏余。
浥露研朱长昼静，君王清玩总图书。
其十二
渊源道统圣心同，六籍勤披甲帐中。
案上紫阳书一卷，传薪精义阐宗风。
其十三
湘管文犀卧笔床，松烟竹素斗琳琅。
方池龙尾端溪石，小玺螭头汉玉章。
其十四
龙笺千轴璨如林，宸翰雄奇冠古今。
笔力由来天纵异，临池况复圣功深。
其十五
分颁宫扇玉床前，天藻淋漓宝墨鲜。

自顾微生同小草,仁风披拂自年年。
其十六
鸾凤争飞笔有神,硬黄挥洒锦云新。
圣慈乐育真无极,不责愚臣奏请频。
其十七
藕花开遍钓鱼矶,含蕊千重异种稀。
十队明霞香扑路,侍臣齐捧胆瓶归。
其十八
暮山烟敛夕阳红,返辔平畴受好风。
回望觚棱浮树杪,此身来自五云中。
其十九
归陈肴核荐宗祊,位置天葩斗室香。
更展御书窥八法,紫霄佳气烛文昌。
其二十
迎门老稚尽腾欢,浩荡恩波碧海宽。
胜事千秋宁易觏,况臣两世遇尤难。

237. 张廷瓒:《召至畅春园书扇恭纪二首》[1]

曙色初分鸟乍啼,轻衫早出帝城西。
柳丝踠地萦鞭影,芳草成茵衬马蹄。
雨霁西山岚气重,风回南亩翠烟低。
蓬莱五色云生处,遥指华林万树齐。
其二
层轩宛转上林东,高卷珠帘受好风。

1《传恭堂诗集》,《四库未收书辑刊》,七辑第 29 册,第 77—78 页。

泉脉远来青涧曲,漏声遥转绿阴中。
庭前片石苔痕古,窗外千峰黛色同。
身对瀛洲清闷地,惊心挥翰转难工。

238. 张廷瓒:《畅春园引见恭纪》[1]

西山苍翠护宸居,簪佩趋承到玉除。
地接平畴观稼穑,窗围深绿拥图书。
柳丝细织春烟外,莺语初调昼漏余。
身入上林深闷境,挥毫献赋愧相如。

239. 张廷瓒:《夏日直畅春园恭赋》[2]

清时避暑驻华林,竹雨松风辇路深。
泉脉远来千涧曲,漏声时转百花阴。
芰荷帘下披青史,兰蕙香中抚素琴。
邃馆长廊雕绘少,还淳返朴见天心。
其二
慈宁仙仗上林中,养志迎凉孝德崇。
每驻云軿看翠巘,时扶雕辇过芳丛。
采来雪藕金盘进,脍得鲜鳞御馔充。
遥指西山看介寿,紫庭繁祉万年同。
其三
蓬莱胜地自天成,远岫岚光入座清。

---

[1]《传恭堂诗集》,《四库未收书辑刊》,七辑第 29 册,第 75 页。
[2]《传恭堂诗集》,《四库未收书辑刊》,七辑第 29 册,第 102 页。

云过石梁微雨歇，波摇莲渚晚凉生。
缫丝白屋邻丹禁，驱犊青畴傍翠旌。
为重民依崇稼穑，邠风罗列在前楹。

其四

廿载叨恩在石渠，还看螭陛集簪裾。
特教珥笔垂杨下，且待成诗昼漏余。
宿雨新荷闻沆瀣，斜阳高树对扶疏。
皇仁乐育真无极，天禄燃藜愧校书。

240. 张廷瓒：《畅春园兰花》[1]

宛转层轩启上林，湘兰掩映画帘深。
葳蕤含蕊标孤赏，淡荡吹香表素心。
结佩骚人歌楚泽，流觞高会在山阴。
何如移植蓬莱里，棐几清瓷傍舜琴。

241. 揆叙[2]：《内人蒙恩召见御园兼承赐赉松坪有诗见贺赋此奉谢》[3]

闺中得荷主恩偏，璀璨珠钿映御筵。
顾我疏慵惭报称，赖君篇咏定流传。
上林宣赐荣今日，禁脔优隆忆往年。

---

1 《传恭堂诗集》，《四库未收书辑刊》，七辑第 29 册，第 102 页。
2 揆叙（1674—1717 年），字凯功，纳喇氏，满洲正黄旗人，大学士明珠之子。康熙三十五年授翰林院侍读，充日讲起居注官，后任翰林院掌院学士兼礼部侍郎。著有《隙光亭杂识》《益戒堂诗集》《鸡肋集》。
3 《益戒堂诗集》，《清代诗文集汇编》，第 236 册，第 124 页。

曾是秦楼旧宾客,不关身受亦欣然。

242. 揆叙:《西苑试士》[1]

南省题名后,西园覆校时。
学须穷奥旨,义不取浮词。
迟速才虽判,妍媸鉴自知。
文成经睿赏,伫待拔英奇。

243. 胡会恩[2]:《畅春园侍宴恭纪》

黄纶夙戒下瑶天,遴集儒臣禁苑前。
晓月联镳三事后,薰风鸣佩五云边。
昼长缓递花间漏,宫静惟闻柳外蝉。
清切尚方调玉膳,年来三度渥琼筵。

画鹢兰旌曲岸隈,乘查真向御沟来。
舟移碧岛千林静,身在冰壶一镜开。
不尽清辉含草树,无边佳气拂楼台。
云窗四面芙蓉发,高宴香浮白玉杯。

---

[1]《益戒堂诗集》,《清代诗文集汇编》,第 236 册,第 263—264 页。
[2] 胡会恩,清代胡渭(经学家、地理学家)从子,字孟纶,号苕山。幼从渭学。康熙朝进士,官至刑部侍郎,以勤慎称。有《清芬堂集》。

244. 蔡升元[1]：《赐游畅春园恭纪》

高斋凌碧汉，甲观俯清漪。
静槛无遗照，澄渊岂易窥。
燕闲仍典籍，苑囿亦茅茨。
俭德尤堪纪，规模百世师。

若比武陵源，尤堪避俗喧。
桑麻新辟野，桃李俨成村。
列肆符天市，平畴接禁园。
吾君游息处，念念在黎元。

245. 励廷仪[2]：《春归西苑直庐作》[3]

轻阴澹荡絮交飞，布谷声里唤春归。
几番风信不知处，百花衮衮随风去。
枝头结子绿阴齐，漏声遥在小山西。

---

[1] 蔡升元（1652—1722），浙江德清人，康熙二十一年状元。康熙二十四年，任会试同考官，日讲起居注官。由于与皇帝接近，颇受康熙宠信，官至礼部尚书。

[2] 励廷仪（1672—1736年），字南湖，励杜讷之子。康熙三十九年进士，改庶吉士，四十一年特命直南书房。历任日讲起居注官、内阁学士经筵讲官、翰林院掌院学士、刑部尚书。雍正七年加太子太傅，雍正帝御赐"矜慎平恕"匾额。励廷仪为上朝方便，居住在海淀镇槐树街。自此地西眺，西山（又称小清凉山）"云鬟烟鬟，蔚然在望"，励氏便将自己的书房命名"小清凉山房"。他在这里写出了《双清阁诗稿》。雍正十年五月，励廷仪以病乞休，皇上予以慰留。闰五月因病去世。雍正帝见其遗疏后，表示"今闻溘逝，深为伤悼"。

[3]《双清阁诗稿》，《清代诗文集汇编》，第224册，第441页。

日长数尽花砖影,地迥人如太古静。
独立闲阶系所思,一篇还赋饯春诗。
却从上苑花开后,怅望家园三月时。

246. 张廷枢[1]:《拟夏日畅春园应制》[2]

北阙微茫霄汉迥,西山掩映画图开。
陂塘流绕桑乾出,洞壑云飞碣石来。
天上徒闻传阆苑,人间真喜到蓬莱。
宸游岁岁清和日,载笔惭无作赋才。

247. 张鹏翀[3]:《散馆纪恩诗八首其二·过畅春园》[4]

御宿逶迤在,先皇久上宾。
禽鱼衔旧泽,花木闷余春。
嗣德长崇俭,群黎倍感仁。
孝思深不匮,霜露与时新。

---

1 张廷枢(？—1728年),字景峰,陕西韩城人。康熙二十一年进士,选庶吉士,授编修。历任内阁学士、江南学政、吏部侍郎、经筵馆讲官、刑部尚书等职。
2 《崇素堂诗稿》,《四库未收书辑刊》,八辑第17册,第715页。
3 张鹏翀(1688—1745年),字抑斋,号南华山人,江苏嘉定(今属上海)人。雍正五年进士,改庶吉士,授编修。乾隆年间历官侍讲、詹事,以才思敏赡受知于乾隆帝。曾经从驾西苑太液池,"一渡之顷,得诗八首"。工于绘画,绘图题诗进上,乾隆喜而和诗。著有《南华文钞》《南华诗钞》。
4 《南华山房诗钞》,《四库未收书辑刊》,九辑第25册,第133页。

248. 鄂尔泰[1]:《恭和御制修葺皇祖畅春园中无逸斋为问安憩息之所二首元韵》[2]

绮树千章合,文漪一镜凭。
诒谋仰堂构,几暇惬攀登。
心学严无逸,躬行凛弗胜。
吾皇虚静意,远迩见风承。

其二

慈圣承欢地,谦尊衣德言。
清凉真有界,深翠自迎轩。
荷气香逾静,蝉声噪不喧。
熏风多解阜,更验大弦温。

249. 鄂尔泰:《恭和御制甘霖既沾诣畅春园问安仰慰圣母望岁之诚并成长句恭志盛德元韵》[3]

一朵慈云覆万廷,应祈嘉澍叶清宁。
钟闻长乐声犹湿,萱可忘忧雨倍灵。
小草如春医病校,稚禾当暑望丰馨。
问安告庆宸襟豁,晖媚西山霁色青。

---

[1] 鄂尔泰(1680—1745 年),西林觉罗氏,字毅安,号西林,满洲镶蓝旗人。康熙三十八年举人,授三等侍卫。雍正间历任江苏布政使、云南巡抚、云贵桂三省总督、保和殿大学士兼兵部尚书。乾隆朝,任军机大臣、议政大臣等职。著有《西林遗稿》《鄂少保公奏疏》。
[2]《鄂文端公遗稿》,《清代诗文集汇编》,第 238 册,第 388—389 页。
[3]《鄂文端公遗稿》,《清代诗文集汇编》,第 238 册,第 414 页。

250. 梁诗正[1]：《恭和御制甘霖既沾诣畅春园问安恭慰圣母望岁之诚并成长句恭志盛德元韵》[2]

关心云汉仰宫廷，祗冀民宁肯自宁。
玉趾更劳慈圣祷，琼膏合贶昊穹灵。
蒲尊传撤庭前宴，禾颖看抽陌上馨。
忧乐总原文母训，休光上掩简编青。

251. 梁诗正：《恭和御制韵松轩元韵》[3]

轩牖纳遥岑，长松翠郁森。
秋高栖野鹤，风静入孤琴。
大隐依岩谷，清标配竹林。
一经天藻咏，不负岁寒心。

顾盼邀明主，樵苏绝野夫。
苍髯曾号叟，白石合为徒。
丁梦传终幻，秦封比却输。
计年论十百，人树信同符。

---

1 梁诗正（1697—1763年），字养仲，号芳林，浙江钱塘（今杭州）人。雍正八年进士，授编修。乾隆初年为南书房行走，历任户部兵部刑部吏部尚书、掌院学士、协办大学士等职。为乾隆帝所信任，曾随扈南巡。著有《矢音集》《钱录》等。
2《矢音集》，《清代诗文集汇编》，第285册，第133页。
3《矢音集》，《清代诗文集汇编》，第285册，第135页。

荣落逐番新，因之感遇频。
山中谁是相，天际自为邻。
涛响寒添涨，苔花翠蹙鳞。
名轩标雅韵，长此起沉沦。

252. 梁诗正：《恭和御制孟夏下浣七日，皇太后赐膳于集凤轩。是地近大西门，去岁习射于此，用齐召南韵成诗四首，勒于壁间。兹以侍膳视事之暇，陈马技以娱慈颜。亲发十矢中九，破的者三。辄叠旧韵以志岁月元韵》[1]

凉馆新开恰面山，天家乐事过人间。
问安每及鸡鸣早，视膳欣当鱼藻闲。
甘旨进尝分列鼎，笑言久侍驻群班。
绿阴绕岸通来往，咫尺萱帏路几弯。

253. 齐召南[2]：《畅春园西楼前伏观御射恭纪》[3]

曈昽初日照西山，百尺楼开紫翠间。
御苑经寒欣草浅，秋风讲武值农闲。
虎熊的画君臣鹄，鹓鹭墀分左右班。
何幸此时叨侍从，大弓亲睹至尊弯。

---

1 《矢音集》，《清代诗文集汇编》，第285册，第176页。
2 齐召南（1703—1768年），字次风，号琼台，浙江天台人。乾隆元年（1736）召试博学鸿词，改庶吉士，授检讨。历任侍读学士、内阁学士、礼部侍郎，以博识能诗为乾隆帝所赏识。著有《宝纶堂诗文钞》《和陶百咏》等。
3 《皇清文颖续编》，《续修四库全书》，第1667册，第433—434页。

驺虞声节九相当，五色云环御盖黄。
但听举旌欢破的，真看随手会穿杨。
百年礼乐乾坤泰，万国车书日月光。
神武只应崇不杀，仰占弧矢直天狼。

侍臣如堵并呼嵩，巧力分明不可同。
容节中和天子射，弛张高下圣人弓。
曾闻作赋夸双兔，更说题词数六熊。
何似我皇能百中，闲临矍相教群工。

射罢还挥七宝鞭，骅骝蹀躞过桥前。
千峰金碧明流水，万树丹黄写远天。
岂为从禽矜羽猎，只缘祭兽应秋田。
由来武事关文德，好庆升平亿万年。

254. 钱载[1]：《恭和御制三月四日诣畅春园恭问皇太后安遂启跸往盘山因成是什元韵》[2]

才过上巳朝，晨省喜春饶。
既望陈旋跸，于东令发轺。
土膏先以谂，花信未之要。
羽卫风多暖，田盘翠不遥。

---

1 钱载（1708—1793年），字坤一，号萚石。浙江秀水（今嘉兴）人。乾隆十七年进士，选庶吉士，授编修。历任侍读学士、内阁学士、山东学政、礼部侍郎等职，屡典乡试、会试。著有《萚石斋诗集》。

2 《萚石斋诗集》，《清代诗文集汇编》，第314册，第195页。

255. 裘曰修[1]:《恭和御制甘霖既沾诣畅春园问安仰慰圣母望岁之诚并成长句恭志盛德元韵》[2]

宵旰忧勤自大廷，坐调七政奠清宁。
敢劳圣母亲行祷，早有神祇肃效灵。
闵雨韵分金井滟，吁风词濯玉泉馨。
手中元化淋漓湿，洒作郊原万里青。

256. 文昭[3]:《京师竹枝十二首·三月》[4]

西直门西绣作堆，畅春园外尽裴回。
圣人生日明朝是，早看高梁社会来。

---

1 裘曰修（1712—1773年），字叔度，号漫士，江西新建人。乾隆四年进士，选庶吉士，授编修，历任侍读学士、内阁学士、兵部吏部户部侍郎、工部尚书等职，侍直内廷三十余年，深得乾隆帝恩宠。著有《裘文达公诗集》。
2 《裘文达公诗集》，《清代诗文集汇编》，第332册，第455页。
3 文昭（1680—1732年），爱新觉罗氏，清宗室，字子晋，饶余亲王阿巴泰曾孙，镇国公百绶子。辞爵读书，从王士禛游。著有《芗婴居士集》《紫幢诗钞》。
4 《紫幢轩诗集》，《四库未收书辑刊》，八辑第22册，第160页。

257. 顾图河[1]：《云间张铨侯工于叠石，畅春苑假山皆出其手。钝翁以长歌卷赠之，更请余题四绝句，时方为敬思窗前作数峰也》[2]

熟读柳州山水记，才能幻出此峰峦。
旁人指点夸皴法，犹作寻常画手看。

马鞍山骨最玲珑，十仞磨天一线通。
想到神工施手处，将无巧思与君同。

巉岩合是文章骨，瘦劲还同翰墨姿。
大抵才人皆酷爱，米癫一揖未为奇。

芭蕉叶拥碧油幢，正对疏明六扇窗。
苔藓满身偏作势，怒猊吻渴饮秋江。

258. 吴慈鹤[3]：《捕虎行》[4]

太液荷花净于雪，三人晓起看花出。
凉风吹鬟襟袖香，突起於菟半空裂。
两人骇跃清池里，一人已为虎所饵。

---

1 顾图河，清代江都人，字书宜。康熙朝进士，官编修。工诗，有《雄雉斋集》。
2 《雄雉斋选集》，《四库全书存目丛书》，集部第264册，第424页。
3 吴慈鹤，清代吴县人，字韶皋，号巢松。嘉庆朝进士，官翰林院待读。有《凤巢山樵求是外编》。
4 《国朝诗铎》，《续修四库全书》，第1628册，第8页。

黑河勇士行如风,翻身一刺穿其胸。

万夫舌挢军吏贺,此勇真能不肤挫。

方今期门侊飞尽,如此欃枪太白安敢起!

259. 博尔都[1]:《畅春园》[2]

海淀晴光开紫宸,玉山环绕碧嶙峋。

两阶干羽重华日,十月宫花上苑春。

爽气西来通御座,浑河东望接天津。

微臣愿进豳风什,雨露年年沐圣人。

260. 斌良[3]:《畅春园大西门外长楼敬读乾隆御制燕射诗碑恭纪》[4]

西山翠黛画屏延,松栋凌霄尺五天。

敬忆高皇亲燕射,曾传宗伯制鸿篇。

幞头导箭言多妄,引臂弯弧技最专。

敬读丰碑钦圣孝,熙朝家法玉音传。

---

[1] 博尔都,满族诗人。字向亭,号东皋渔父。清宗室,生卒年不详。袭辅国将军。居东庄,有枫庄、爽园诸胜。王士禛、汪琬、施闰章、陈维崧、毛奇龄、顾贞观等著名文人皆与之游。《晚晴簃诗汇》谓其诗"以疏隽胜"。著有《问亭诗集》《白燕楼草》。

[2] 《问亭诗集》,《清代诗文集汇编》,第 172 册,第 598 页。

[3] 斌良(1771—1847年),字笠耕,号梅舫,瓜尔佳氏,满洲正红旗人。官任刑部侍郎、驻藏大臣等职。善为诗,以一官为一集,得八千首。其弟法良汇刊为《抱冲斋全集》,称其早年诗风华典赡,进而诗格坚老,诗境益高。

[4] 《抱冲斋诗集》,《续修四库全书》,第 1508 册,第 375 页。

261. 王廷灿[1]:《畅春苑》[2]

行殿郊原外,迢迢十里程。
珠宫花是海,贝阙柳为城。
爽接西山近,光连太液明。
高梁桥上望,瑞气满神京。
召对渊鉴斋
玉砌乱花飞,琼林翠鸟啼。
圣明宽礼数,侍从重提携。
对命冰心结,披图日影低。
天颜真咫尺,恩与斗山齐。
御赐茶饭克食
异数沾微吏,珍馐出上方。
晶盘调六膳,玉粒胜三浆。
云釜羹烹锦,雕盘鸡劈黄。
小人思舍肉,有母未曾尝。

---

[1] 王廷灿,字逸仙。浙江钱塘(浙江杭州)人。康熙二十年举人,曾官江苏崇明知县,著有《同姓名录》。
[2]《似斋诗存》,《四库未收书辑刊》,七辑第28册,第523—524页。

262. 钱名世[1]：《五月五日侍直畅春园蒙恩赐馔恭纪二首》[2]

榴火朱明节，蓬山紫府天。
膏分仙鼎味，香带御厨烟。
蒸暑消清籞，恩波湛玉泉。
侍臣俱饱德，异数一时传。

别苑尘氛外，灵池岭翠旁。
有花皆向日，无树不招凉。
彩缕千丝细，蒲根九节香。
天中开午运，霁景正舒长。

263. 徐元梦[1]：《畅春园书堂春日即事二首》[4]

春光浩荡是天家，五色迷离处处花。
探讨自应忘岁月，云窗卷帙足生涯。

花光柳色荫晴川，讽咏何期此地偏。

---

1 钱名世，清代武进人，字䌹庵。康熙朝进士，官至翰林院侍讲学士。著有《崇雅堂集》。
2 《皇清文颖》，影印《文渊阁四库全书》本，第1450册，第551页。
1 徐元梦（1655—1741年），字善长，满洲正白旗人。康熙十二年进士。历任日讲起居注官、内阁学士兼礼部侍郎、经筵讲官、浙江巡抚、工部尚书等职，并曾入直南书房、入上书房课皇子读书。
4 《皇清文颖》，影印《文渊阁四库全书》本，第1450册，第894—895页。

黄鸟也知人意乐，朝朝啼向艳阳天。

264. 鲁之裕[1]:《畅春园外即事三首》[2]

百廛千陌绕高粱，锦绮轮蹄御路长。
积雪尽融春气暖，野花渐逼午时香。
金河曲里分茵酌，玉树阴中并旆扬。
叵耐软尘风助虐，一时污变丽人妆。

罗衣纨扇步西湖，花柳长堤醉索扶。
小雨顿清天地色，大风常起帝王都。
春留上苑何曾去，莺占乔林只管呼。
归去故园夸创见，游仙何必到方壶。

秋宵每向御街行，万柳扶疏星斗横。
蟾兔有情低照影，笙箫如语静闻声。
金莲入直莹千帐，银箭传更肃五城。
耳目清娱炎暑却，踏歌容与薄罗轻。

---

1 鲁之裕（1665—1746年），字亮侪，江苏太湖县人。工书法、善骑射，康熙五十九年举人，授内阁中书，官任直隶布政司参政等职。著有《长芦盐志》《下荆南志》等。

2《式馨堂诗前集》,《清代诗文集汇编》,第217册,第303页。

265. 尤珍[1]：《六月二十七日畅春园引见讲官恭纪》[2]

一带浓阴绕御园，班行肃列进重垣。
堂高晓护层云丽，路净宵凝湛露繁。
穆穆圣容瞻日近，雍雍天语被春温。
微臣疏拙真无似，十载承明荷主恩。

266. 尤珍：《拟畅春园应制十二韵》[3]

别业开畿甸，行宫近禁城。
西山朝霭接，北阙午云迎。
卉物三春盛，韶华万象呈。
槐榆天上荫，兰杜日边生。
地是通闾阎，人真上阆瀛。
楼台衔丽景，亭观敞新晴。
叠嶂峰峦秀，通池水石清。
花香含喜气，鸟语啭欢声。
野旷游观畅，时和豫赏并。
万几恒奏御，庶绩待裁成。
茂对调元化，端居鉴物情。
康衢闻击壤，讴颂乐升平。

---

[1] 尤珍（1647—1721年），清代文学家尤侗之子。字慧珠，又字谨庸，别号沧湄。康熙年间进士，官至右赞善。著有《沧湄类稿》《晬示录》。
[2]《沧湄诗钞》，《四库未收书辑刊》，八辑第23册，第534页。
[3]《沧湄诗钞》，《四库未收书辑刊》，八辑第23册，第553页。

267. 孙岳颁[1]：《奉命赴畅春园写扇蒙恩特赐笔墨恭纪四首》[2]

别馆深居西郭遥，水回山抱建霞标。
卿云偏拥林峦秀，佳气中含景物饶。
避暑暂违青琐闼，封章仍奏紫宸朝。
承恩宣召趋跄急，何意层层历绛霄。

凤舞龙飞仰御书，临池真愧奉宸舆。
扇分斑竹千竿秀，画展湘江八景余。
放眼山林神淡远，寄情花鸟笔萧疏。
恭题只觉难相副，珍重应怜腕未舒。

文物遥传映日华，捧持给赐出皇家。
松烟纹簇双龙脊，镂管毫生五色花。
岂有法书邀鉴赏，敢当天语重褒嘉。
拜恩弥觉滋惭汗，优礼儒臣洵莫加。

谁云乌玉久如新，谩说蒙恬造自秦。
讵似龙香调御墨，宁同翠羽饰湘筠。
会磨端石承零露，好写藤笺绝点尘。
从此茅斋增气象，祥光隐隐丽三辰。

---

1 孙岳颁，清代吴县人，字云韶，号树峰。康熙朝进士，官至礼部侍郎。善书，受知圣祖，每有御制碑版，必命书之。

2 《皇清文颖》，影印《文渊阁四库全书》本，第1450册，第630—631页。

268. 李卫[1]：《畅春苑众花盛开最为可观，惟绿牡丹清雅迥常，世所罕有，赋七言绝以记之》[2]

碧蕊青霞压众芳，檀心逐朵韫真香。
花残又是一年事，莫遣春光放日长。

269. 陈元龙：《初秋侍值畅春园蒙恩赐内制松花江绿石砚恭纪》[3]

松花江底产奇珉，睿赏雕磨作席珍。
贮水乍看烟氤氲，含辉能助墨精神。
红云捧处圭璋重，绿晕浮来几案春。
漫道玉堂新样好，争如雅制出丹宸。
（王介甫《绿石砚诗》：玉堂新样世争传）。

二

别苑朝朝染翰余，新恩宣赐玉蟾蜍。
南唐龙尾名诚陋，北宋端溪品未如。
曾侍云霄承雨露，携归蓬荜比璠玙。
高深未有涓埃助，矢效坚贞一寸迂。

---

1 李卫（1687—1738年），字又玠，江苏铜山人。历任户部郎中、浙江巡抚兼两浙监政、浙江总督、署刑部尚书、直隶总督等职。
2 《畿辅通志》，卷九。
3 《爱日堂诗》，《清代诗文集汇编》，第183册，第211页。

270. 黄越：《畅春苑侍直恭和御制上元前二日立春》[1]

王春初届接欢灯，海宇澄鲜瑞气凝。
桂吐半轮方辨兔，蓂开二六已无冰。
鳌肩阆苑人呈巧，胜剪金花物效能。
殊异九微传乐事，令乘阳气兆丰登。

271. 黄越：《上元侍直畅春苑恭和御制春寒梅迟二首》[2]

上元景物入春宜，春到梅梢蕊未垂。
莫漫争南逢驿使，何妨待腊学瀛丝。
冲寒欲竞银花合，候律还同蓂荚知。
自是不开开便盛，絪缊已酿圣人词。

宜春苑里总相宜，梅坞深深柳外垂。
破腊吟香才有信，弄晴袅树尚无丝。
丹砂贮鼎浑难见，白玉藏韬只自知。
博得天文掞天藻，幽姿冷艳换新词。

272. 刘延玑：《畅春苑引见恭纪》[3]

虎节龙旌护苑墙，要知墙外即农桑。

1《退谷文集》，《清代诗文集汇编》，第186册，第427—428页。
2《退谷文集》，《清代诗文集汇编》，第186册，第428页。
3《葛庄分体诗钞》，《清代诗文集汇编》，第187册，第470页。

青来别殿山光近，碧绕层台水韵长。
上将更番齐剑佩，大臣奏对整冠裳。
海滨末吏今何幸，也许携归两袖香。

273. 陆淹：《万寿圣节畅春苑即事恭纪七言长律四十韵》[1]

辇道清阴傍碧潭，禁园佳色满岗岚。
日华争捧天当午，令节初长月正三。
玉陛龙骧环宿卫，珠鞍鳞集点朝簪。
十分秋丽瞻天近，一道屏山放眼贪。
夹岸鞯尘围粉袖，卷帘花气绕香龛。
赪霞晨丽娇婀娜，碧汉阴浓仿蔚蓝。
四国冠裳臻雀跃，九天环佩迥鸾骖。
钿车晓逐云三素，雾縠烟迷绮八蚕。
路到蓬瀛真是梦，身经鹓鹭更怀惭。
三山环海千秋拱，五纬中天万象涵。
辟馆马群收冀北，陈诗麟趾本周南。
夔龙接席昌谟盛，周孔研思道统覃。
誉满六卿资稷契，礼罗多士尽梗楠。
九州鹈鲽归王会，五等躬桓遍子男。
燕地不须营召伯，萧规何待付曹参。
珠宫浪激鱼皆鲤，玉勒天闲马有骦。
润色盛猷文治远，削平大业武功戡。
金铺嵩祝红云近，御席恩溥湛露酣。
溟泙赈蠲还拟汉，泰阶云鸟欲师郯。

1《青缃堂诗》，《清代诗文集汇编》，第 188 册，第 558—559 页。

千门璚树芳春荫，九派钧韶广乐耽。
仙李潢源开玉牒，绛桃青鸟启琼函。
金闺鹭鸶翔翎翮，玉帐貔貅冷剑镡。
瑞霭螭头仙仗集，名香鸡舌侍中含。
书程衡石周官盛，律定平反汉典谙。
治际燕诒赓拜远，时逢鸿运化工担。
一朝熙皞生成乐，万象昭苏雨露甘。
轮囷千寻环禁掖，鱼龙百戏走趁趋。
仙岩献寿花如绮，宫树迎祥绿正酣。
琥珀松胶黏滴滴，琅玕筠粉扑毵毵。
驳婆内殿飞红燕，沆瀣天浆酌紫蚶。
击壤嘉谣应共集，卜年占策不须探。
虬壶晓听莺声哕，龙节前驱虎视眈。
玉屿缤纷环带砺，琼枝的烁涌优昙。
春衫油壁初围厕，弱蕊名园欲满篮。
槐影齐飘青琐闼，蕉阴浓覆绿天庵。
径随磴曲依阑转，树扑尘红似发鬖。
走马天街纡并辔，听莺上苑挟双柑。
苗干千载扬鸿烈，镐宴清时纪美谭。
才比运斤凭匠石，人粗食字学书蟫。
骈幪覆载谁能报，万寿惟知迈老聃。

274. 陈至言：《畅春苑恭进南巡册子纪事》[1]

芳苑临青甸，仙宫傍紫微。

---

[1]《菀青集》，《清代诗文集汇编》，第 195 册，第 131 页。

山从珠阙绕,水自玉泉飞。

雨润千村晓,晴收万树晖。

星辰环宿仗,鹓鹭集晨扉。

献颂同燕石,宣纶赐宝玑。

墨香浮御幄,翠色点朝衣。

遥挹天颜喜,徐闻昼漏稀。

拜恩还并马,禁柳送人归。

275. 陈至言：《拟畅春苑新霁观涨因命词臣泛舟观荷赐宴赋诗纪恩十二韵》[1]

仙苑临青巘,璇宫绕碧阿。

晓霞飞宝榭,新涨洗银河。

树色阴晴变,禽声上下过。

王纶宣凤掖,天语眷鸾坡。

引佩趋丹陛,挥毫泛玉舸。

重房香粉细,骈蒂碧筒多。

珠蕊簪华茀,金茎泻绿螺。

湛恩追镐洛,薄技献阴何。

圣藻倾三峡,臣心赋五纥。

鹓班欣合德,鱼丽庆赓歌。

舜乐音逾古,尧羹鼎自和。

千官蒙介福,浩荡沐天波。

---

[1]《菀青集》,《清代诗文集汇编》,第195册,第132页。

276. 许贺来：《庚辰夏六月十七日召集畅春园命撰拟皇太后万寿无疆赋并序一篇赐茶饭果饼次日复赐御书一幅恭纪》有序[1]

国家诞敷文德，丕振武功，曹虞周所未曹，臣轩顼所不臣。我皇上法天行健，问夜求衣，虽当肆靖之朝，益懋缉熙之德，读书多暇，时拈韵以挥毫，听政余闲，每临池而洒翰，固已璇题金榜，照耀河山，凤翥鸾回，垂辉馆阁者矣。岁值庚辰，时维季夏，爰开上苑，乃集词臣，对御座以分吟，傍瑶阶而作赋。山川松柏，欣慈寿之同光，日月冈陵，代天言而颂美。皇心志喜，阆苑张筵，兰肴云子，香分天上珍奇，仙李甘瓜，味异人间凡品。齐欣饱德，方愧素餐。乃发御墨之藏，更拜天章之赐。分来茧纸，云霞舒卷于行间，捧出鸾笺，风雨争飞于笔底。隋珠和璧，未足并其光华，翠竹孤松，讵堪比其苍劲。共宝奎画云章之妙，群瞻龙翔虎跳之奇。臣八法未谙，三仓莫辨，何当荣叨宸翰，同云汉以昭回。从此光映蓬门，凛天颜于咫尺。谨缀芜词，恭扬盛事云尔。

载笔凌晨直禁庐，曈昽霁景昼方舒。
烟轻仗外青摇柳，浪飐池头绿覆蕖。
碧露峰痕云散后，翠流树色雨晴初。
花间给扎香侵袂，水岸牵吟凉拂裾。
饱饫天厨惊味别，赓扬慈寿愧才疏。
槛前肃立鹓鸿侣，天上惊颁龙凤书。
杰构神超垂露外，楷模法出偃波余。

---

[1]《赐砚堂诗稿》，《清代诗文集汇编》，第 209 册，第 473—474 页。

毫飞风雨瞻奎画，纸落云烟映石渠。
悬向蓬茅辉栋牖，传之奕叶宝璠玙。
登床常侍荣无异，赐额石湖宠不如。
御笔曾窥渊鉴帖，宸章亲拜澹宁居。
湄涘愧莫酬高厚，剩有冰心侍玉除。

（梅月川曰：七排，古人所难，传者尤少。如此铺陈整暇，结构工稳，谁谓今人不胜古人也。）

277. 许贺来：《庚辰秋日上轸翰林官多贫者特谕掌院录二十八人月有加赍臣贺来与焉敬赋四律以志旷典》[1]

殊锡纶音下紫宸，惊闻天语泪沾巾。
臣心愧奉金门诏，帝德潜回玉署春。
衔窃冰条原耐冷，味甘霜蓄肯辞贫。
何当恩赍随时永，小草难酬天地仁。

芸局追趋十六年，主恩优渥侍臣偏。
笔惊风雨颁宸翰，杯泛琼浆饫御筵。
漫向九霄夸翠管，宁惟五夜赐金莲。
书生荣遇知谁并，厚禄深惭縻俸钱。

清切烟霄傍紫微，黄金殊赍被恩辉。
汉家曼倩徒嗟米，唐殿韦郎但覆衣。
臣梦时从丹禁绕，乡心私向白云飞。
素餐岁岁真无补，乌鸟情深未忍归。

---

[1] 《赐砚堂诗稿》，《清代诗文集汇编》，第209册，第474—475页。

秋晓鸣珂谒禁园，西山曙色霭朝暾。
凉侵剑佩花间集，尘杂轩车柳外喧。
赍出左藏荣独异，语传中使听犹温。
（时赴畅春园谢恩，蒙天语勖勉。）
长卿不卖长门赋，囊有黄金荷主恩。

278. 许贺来：《初秋夜赴畅春园纪事》[1]

积雨霁新秋，清爽忘三伏。
窗风送夜凉，檐月照幽独。
出郭事宵征，侵衣露气肃。
河色烂林端，鸡声出茅屋。
远火但余红，堤杨莫辨绿。
苍茫四野迷，高天低平陆。
行行近御园，树杪升朝旭。
山翠扑人衣，涧泉流碧玉。
晓骑集平沙，遥峰拥宸幄。
我皇庙算神，一怒歼凶族。
雁塞静烽烟，尧天乐鼓腹。
珥笔厕金闺，载飏托简牍。
愧乏平淮文，素餐空碌碌。
日午策归鞭，鸣蝉满秋谷。

---

[1]《赐砚堂诗稿》，《清代诗文集汇编》，第 209 册，第 478 页。

279. 吴暻：《十月二十八日召翰林院编修臣奕清礼科给事中臣铨同臣暻入畅春苑即事恭纪》[1]

蓬莱宫外叩严关，秋水虹桥万象闲。
未向君前囊白简，忽从天上写青山。
九章秘奥亲闻语，三绝风流敢斗班。
岂是前身老摩诘，故教名落画师间。

280. 吴暻：《二十九日再纪》[2]

丹霞晨启九重关，温室从容许宴闲。
日近龙颜疑得水，风行虎步动如山。
论诗每听尚书履，赐食平参宰相班。
归去三山绕魂梦，分明身在画图间。

281. 吴暻：《甲申十月曾蒙恩召入畅春苑东书房，有即事纪恩之作，休官后，已分绝迹，今十月二十日复中旨被召，悲感旧事，追用前韵》[3]

梦觉重来谒帝关，绮疏如旧琐窗闲。
筠笼蒸出临池字，（时以竹笼蒸御书《西岳庙碑》，裱工云：火焙后，翰墨千年不落。）

---

[1]《西斋集》，《清代诗文集汇编》，第 209 册，第 207 页。
[2]《西斋集》，《清代诗文集汇编》，第 209 册，第 207 页。
[3]《西斋集》，《清代诗文集汇编》，第 209 册，第 216 页。

蛮布揩成着色山。(王麓台学士论布揩山水法)

画省扫空供奉迹,碧霄添注谪仙班。

清溪六曲屏风影,都在孤臣涕泪间。(是日,命画清溪书屋屏风。)

西花园清代诗文辑录

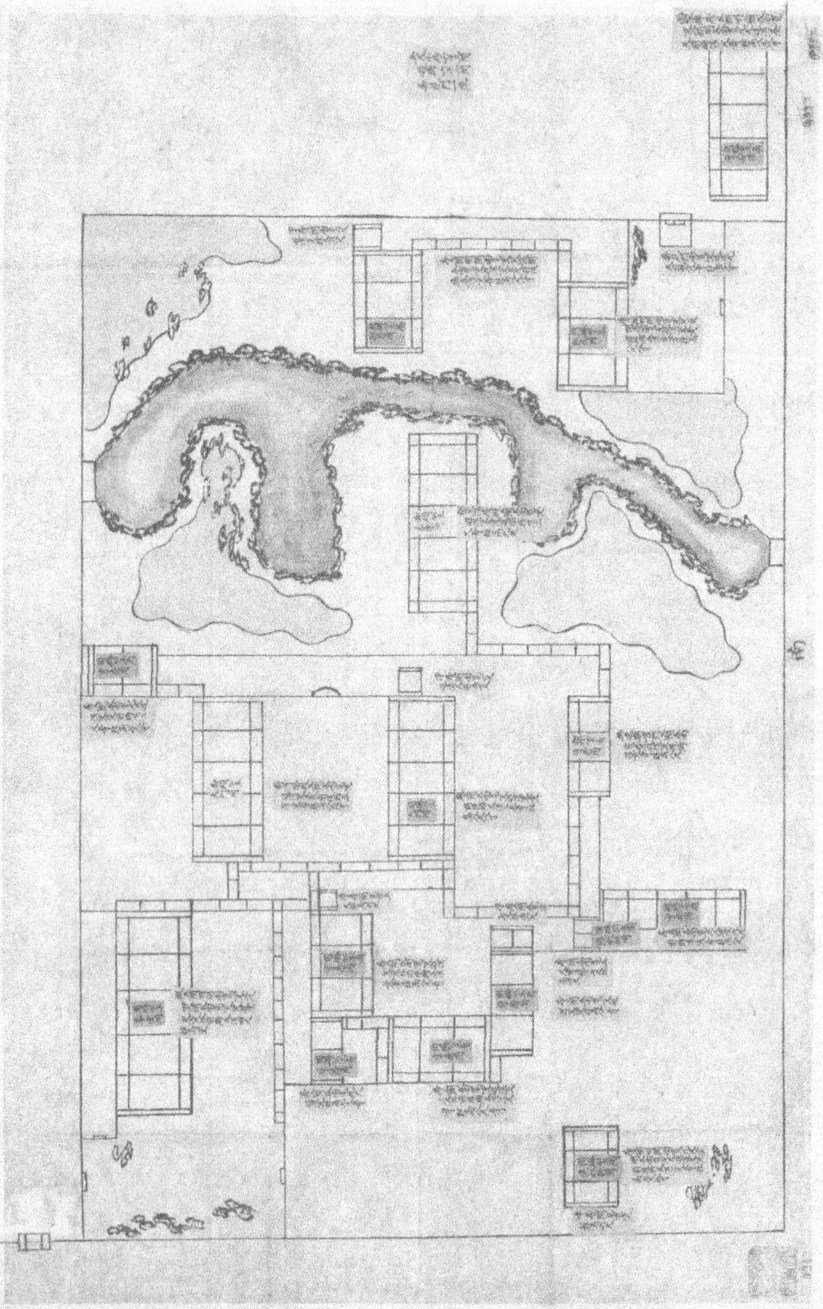

1. 玄烨:《畅春园西新园观花》[1]

　　春光尽季月，花信露群芳。
　　细草沿阶绿，奇葩扑户香。
　　寸阴惜鬓短，尺影逐时长。
　　心向诗书奥，精研莫可荒。

2. 胤禛:《春日泛舟》[2]

　　兰舟宛转浪纹平，一棹容与荡晚晴。
　　上苑深春芳草绿，西山落照远峰明。
　　长空鸦返千林暝，绝塞鸿归万里情。
　　缥缈中流凭览胜，始知仙境有蓬瀛。

3. 胤禛:《春郊》[3]

　　策马向春田，闲游野趣偏。
　　飞花时点袂，舞蝶故随鞭。
　　萍密藏溪鹜，风高戾纸鸢。
　　酒旗遥入望，茅店古松边。

1《圣祖仁皇帝御制文集》，影印《文渊阁四库全书》本，第1299册，第608页。
2《世宗宪皇帝御制文集》，《清代诗文集汇编》，第240册，第377页。
3《世宗宪皇帝御制文集》，《清代诗文集汇编》，第240册，第394页。

4. 胤禛:《秋日》[1]

淅沥金风暑渐收，园林景物足清幽。
青山环列遥如画，银汉斜晖望欲流。
露咽寒蛩声唧唧，月明野鹤意悠悠。
丰年不用农人告，手把香粳验有秋。

5. 胤禛:《园居》[2]

十分春色属清明，翠积岚光媚晓晴。
帘幕争飞村社燕，池台巧啭上林莺。
青丝摇曳萦烟槛，红雨霏微扑绣楹。
赋罢小诗清昼永，闲随白鹤柳边行。

6. 允禵:《赋得近水楼台先得月》[3]

夕曛生练色，交映画檐前。
只为溪光静，长教月影迁。
寥寂遍台沼，皎皎露婵娟。
此际心神悄，堪吟池上篇。

---

[1]《世宗宪皇帝御制文集》,《清代诗文集汇编》, 第 240 册, 第 394—395 页。
[2]《世宗宪皇帝御制文集》,《清代诗文集汇编》, 第 240 册, 第 393 页。
[3]《延芬室手选诗》,《清代诗文集汇编》, 第 386 册, 第 416 页。

7. 允禶:《老师钦点主考喜赠八韵》[1]

凤诏辞庭日,先生衔命时。
寒儒引领望,茂硕吐英奇。
长铗不须弹,黄金那可遗。
知君有三乐,知君畏四知。
欣欣怀古道,跄跄拜座师。
桃李盈阶砌,琴书满案帷。
声名从此播,文教自今垂。
诚哉吾夫子,福履自安绥。

8. 允礼:《赋得花发上林枝》[2]

上苑春来早,芳花已满林。
生香撩戏蝶,浅笑引幽禽。
灼灼齐霞色,殷殷捧日心。
人间初发萼,禁地已成阴。

9. 允礼:《赋得中流月满船》[3]

万顷含澄碧,携尊一放舟。
微云何处著,惟有月当头。

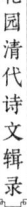

1《延芬室手选诗》,《清代诗文集汇编》,第 386 册,第 417 页。
2《静远斋诗集》,《清代诗文集汇编》,第 283 册,第 671 页。
3《静远斋诗集》,《清代诗文集汇编》,第 283 册,第 671 页。

10. 允礼：《赋得绝胜烟柳满皇都》[1]

一年好处最春初，柳色笼烟绕帝都。
风拂玉堤寒潋滟，雨连太液水模糊。
麹尘细袅高还下，翠黛遥天有乍无。
自是凤城韶景丽，上林佳气锦云铺。

11. 允礼：《赋得春色满皇州》[2]

莺歌花笑九天晴，绣陌香尘艳上京。
最是御园春色好，碧桃和露日光明。

12. 允礼：《赋得宫树野烟和》[3]

宫苑饶佳气，菁葱树影披。
日明九华殿，烟霭万年枝。
色染云柯细，光连露叶垂。
玉炉香动处，并借好风吹。

13. 允礼：《赋得霁日园林好》[4]

昨宵微雨后，霁色晓来新。

1《静远斋诗集》，《清代诗文集汇编》，第 283 册，第 682 页。
2《静远斋诗集》，《清代诗文集汇编》，第 283 册，第 683—684 页。
3《静远斋诗集》，《清代诗文集汇编》，第 283 册，第 684 页。
4《静远斋诗集》，《清代诗文集汇编》，第 283 册，第 687 页。

池沼风烟好,园林景物春。
芳菲花覆地,青翠柳迎人。
大块文章丽,佳时玩赏频。

14. 允礼:《赋得春光满上阑》[1]

为有东皇布太和,祥光煦煦上阑多。
雁声乍转宜春苑,冰彩新开太液波。
柳被惠风吹放眼,鸟因迟日暖传歌。
共知雨露滋生早,万汇含荣喜若何。

15. 允礼:《春晓即事》[2]

小院清如水,微吟诗思催。
禁中春晓动,宫漏曙光开。
宝砚池中洗,花笺几上裁。
寒香染衣袖,拈取嗅红梅。

16. 允礼:《四时园居》[3]

春日园居处处宜,气清天朗最佳时。
溪中碧水淙淙逝,亭畔花香冉冉垂。
宛转流莺啼不住,往来闲鹤步还迟。

---

[1]《静远斋诗集》,《清代诗文集汇编》,第283册,第698页。
[2]《静远斋诗集》,《清代诗文集汇编》,第283册,第698—699页。
[3]《静远斋诗集》,《清代诗文集汇编》,第283册,第734—735页。

娱人好景诚堪赏，一曲梅花玉笛吹。

三夏闲居日正长，湖山胜处足徜徉。
绕堤杨柳垂垂碧，出水芙蕖漠漠香。
风度深林消暑气，泉鸣曲涧送新凉。
终朝啸咏心无事，坐对琴书到夕阳。

淡淡秋容倍有情，一园风物正幽清。
当门碧沼澄云影，拂槛凉风送鸟声。
翠竹青青围户牖，黄花郁郁绕檐楹。
深居自与尘嚣隔，诗思须知静里生。

漫道园林冬不妍，三余光景足流连。
沉香已就宣炉爇，新茗还教活火煎。
坐读正当梅绕座，行吟况值雪连天。
灞桥风景何须忆，此地优游即是仙。

17. 允礼：《赋得首夏重嘉谷》[1]

朱明入律应南讹，嘉谷连云颖秀多。
野外青畦争插稻，望中翠陇尽锄禾。
皇心最视农桑重，天意全教雨露和。
转盼仓箱胥满牣，万家袯襫任欢歌。

1《静远斋诗集》，《清代诗文集汇编》，第283册，第672页。

18. 允礼:《赋得冰铺湖水银为面》[1]

寒成代序仲冬时,园内风光又一奇。
映水縠文全不见,铺冰银面正相宜。
近看顿使清人想,远眺犹能净我思。
寄语东君且莫到,何妨严节暂停迟。

19. 弘历:《讨源书屋恭瞻皇祖御笔》[2]

廿年春色阅灵园,徙倚空怀岁月奔。
雨过药栏花解笑,风回琴沼水添痕。
璇题耀日瞻飞白,绮席当秋想弄孙。
心法从来含治法,讨源深愧未穷源。

20. 弘历:《冬日讨源书屋》[3]

霜后菊犹黄,冬初枫尚紫。
书室临清流,一匣镜光美。
翰墨生古香,俯仰探幽旨。
心法与治法,非彼亦非此。

---

[1]《静远斋诗集》,《清代诗文集汇编》,第283册,第692—693页。
[2]《清高宗(乾隆)御制诗文全集》,第一册,第538页。
[3]《清高宗(乾隆)御制诗文全集》,第一册,第552页。

21. 弘历：《讨源书屋》[1]

苔纹芝篆绿侵坳，避暑轩楹豁且摩。
每对南风思舜曲，从知大地总羲爻。
有源活水成琴弄，不尽青竿杂佩敲。
愧我未探书径路，拟将吟兴自今抛。

花香闲静鸟声和，咫尺林泉偶一过。
暂学高人开北户，还同兆庶乐南讹。
当窗画景开青岫，泛水书机玩白鹅。
坐久蛟炉消篆字，人情天理验争多。

22. 弘历：《再题讨源书屋》[2]

南陆朱鸟飞，北阿绿阴散。
露苔簇砌茸，星榴照槛灿。
周除有清流，列几无俗玩。
犹闻新蝉声，隔林续复断。
忘言适静思，披卷多遐叹。
千古读书人，知倍行率半。
践履吾未能，时失诚可惮。

---

[1]《清高宗（乾隆）御制诗文全集》，第一册，第 595—596 页。
[2]《清高宗（乾隆）御制诗文全集》，第一册，第 596 页。

23. 弘历：《讨源书屋作》[1]

雨后西山翠映轩，小年佳事略堪论。
庭余松竹足消夏，架有诗书藉讨源。
花色自来参画态，蝉音每去答禽言。
凭栏静对澄流活，不舍如斯太古存。

24. 弘历：《深秋讨源书屋》[2]

淡霭寒烟罨鹤汀，水轩秋色满疏棂。
谢时绿叶难遮岭，及节黄花喜插瓶。
书遇会心皆可读，泉能蠲虑剧堪听。
寥天极目无纤翳，吾与长空共窈冥。

25. 弘历：《春暮讨源书屋》[3]

杏膴延虚朗，松轩与静偕。
发生资橐籥，消息悟根荄。
错锦红围岸，铺茵绿到阶。
春光如有待，安得置吟怀。

会心不在远，得句岂须多。

---

[1]《清高宗（乾隆）御制诗文全集》，第一册，第 680 页。
[2]《清高宗（乾隆）御制诗文全集》，第一册，第 703 页。
[3]《清高宗（乾隆）御制诗文全集》，第一册，第 733 页。

小阁凝神坐，平桥步屟过。
　　水边新柳线，雨后远山螺。
　　比似江南景，诗人道若何。

　　寄兴烟霞外，游神竹素园。
　　研精因得趣，契理亦忘言。
　　鸥狎心无竞，鹿驯手可扪。
　　桃花林夹路，此是武陵源。

26. 弘历:《初冬讨源书屋》[1]

　　萧斋构重隩，秋老山容古。
　　鉴池霜后澄，潜鳞俯堪数。
　　明窗向暖曦，氍帘垂我户。
　　匡床一趺坐，坐久猊烟吐。
　　优游翰墨林，黾勉诗书圃。
　　安行纵未能，困学差可补。

27. 弘历:《讨源书屋》[2]

　　宿雨润平林，晓风发幽谷。
　　书窗通四邻，骋望皆如沐。

　　寻流可得源，源流会一辙。

1《清高宗(乾隆)御制诗文全集》，第一册，第775页。
2《清高宗(乾隆)御制诗文全集》，第一册，第819页。

穷理在致知，吾闻诸前哲。

良农喜时雨，我亦惜分阴。
不然忧虑多，义府何心寻。

丛楚既森郁，奔泉复滂湃。
坐忘契静观，何必劳行迈。

地偏自无俗，轩幽不须广。
时有报衙蜂，含花入书幌。

衣履绝尘壒，须眉俯洁清。
山阴王逸少，妙会镜中行。

轻烟才出林，奔云旋作雨。
读诗爱浣花，无能继其武。

平桥隔横溪，溪头芳草萋。
过来回望处，霁霭傍川低。

28. 弘历：《讨源书屋》[1] 六月二十六日

琴斋书史暂周旋，水态山容与静便。
更喜快晴金令到，从今诗意向秋偏。

1《清高宗（乾隆）御制诗文全集》，第一册，第943页。

转处溪桥路暗通，柳阴窄地露荷红。
分明饯夏迎秋候，去岁诗怀想像中。

29. 弘历：《讨源书屋》[1]

湖烟欲敛晓凉浮，长乐朝回此憩留。
要识溪山如旧日，顿怜风物报新秋。

雨余荷气迎人馥，风过竹声似管繁。
佳景便教成即景，讨源终愧未穷源。

鸢鱼天趣适飞潜，向远虚明万景兼。
荻雨荷风三伏里，红桥绿水一痕添。

尚书履向花间度，侍史囊从柳外传。
岂以游观疏昼接，不因清宴忘朝乾。

30. 弘历：《讨源书屋新秋》[2]

露湛风萧玉宇清，今年秋信太分明。
坐来恰喜书斋晓，目极高空静六情。

书屋轩窗足静幽，四时皆好最宜秋。
畴咨已罢余清兴，宋玉佳词在案头。

---

1 《清高宗（乾隆）御制诗文全集》，第二册，第 247 页。
2 《清高宗（乾隆）御制诗文全集》，第二册，第 310 页。

31. 弘历：《新秋讨源书屋》[1]

书屋俯清流，金风潦水收。
庚余三伏末，霁快一天秋。
蓼影澄澜漾，花香晓露浮。
启编心始获，为解悯农忧。

32. 弘历：《讨源书屋叠旧作韵三首》[2]

泉石依今赏，诗书与古偕。
岂矜勤学问，蕲得契根荄。
翠巘纡屏户，澄流曲带阶。
北窗风亦至，惟觉惭(去声)无怀。

小别时成久，频来句渐多。
濠梁宁此异，谷口更谁过。
南陆迟朱鸟，西山叠翠螺。
迩来晴雨协，农父慰如何。

视事畴咨罢，扁舟泛渚园。
漪分锦绣色，籁奏管弦言。
澄沼平堪鉴，新篁近可扪。
三唐看递下，思欲返其源。

---

[1]《清高宗（乾隆）御制诗文全集》，第二册，第405页。
[2]《清高宗（乾隆）御制诗文全集》，第二册，第537页。

33. 弘历:《讨源书屋视事》[1]

解作亦已息,晨旸良足怡。
萱阶问寝退,视事言临兹。
兹屋匪我作,曰我神尧诒。
童年陪豫游,卅载去如驰。
未敢乖宪章,何有致雍熙。
忆昔勤政心,抚景兴赍咨。

34. 弘历:《讨源书屋对雨》[2]

凭窗云脚落纤丝,瞬眼倾盆涨曲池。
刚觉炎曦蒸迩日,恰欣凉雨沛乘时。

云容聚散浑无定,雨势浓疏最有情。
便合作霖应益妙,晚田率已遍新耕。

问安每此传餐便,旋复畴咨引席珍。
都道迩来旸雨若,持盈勖尔倍生寅。

---

[1]《清高宗(乾隆)御制诗文全集》,第三册,第49页。
[2]《清高宗(乾隆)御制诗文全集》,第三册,第143页。

35. 弘历:《首夏讨源书屋》[1]

好雨初沾苏麦芒,问安取便到书堂。
畴咨卿贰皆称喜,我意前兹忧未忘。

林扉如沐绿阴深,书屋根源试讨寻。
修己治人均未逮,薰风披拂缅虞琴。

雨余风势又徐加,土润虞伤嫩发芽。
展转自怜还自笑,年来期望太求奢。

36. 弘历:《新秋讨源书屋》[2]

问安萱陛退,视事翰斋临。
霁后池塘净,秋来山水深。
丁星花弄紫,飒沓竹鸣金。
易简乾坤蕴,谁能究旨音。

37. 弘历:《夏日讨源书屋》[3]

问安仙籞便,退食水斋临。
黄屋非尧志,薰弦学舜心。

---

[1]《清高宗(乾隆)御制诗文全集》,第三册,第217页。
[2]《清高宗(乾隆)御制诗文全集》,第三册,第363页。
[3]《清高宗(乾隆)御制诗文全集》,第三册,第424页。

经书昭自古，堂构肯斯今。
津逮依然近，其源要在寻。

38. 弘历：《夏日讨源书屋》[1]

问安宜夏清，退食正辰牌。
于此常勤政，诸凡敢懈怀。
荷清香到席，松古爽延斋。
理趣尧年示，瞠乎不可阶。

39. 弘历：《夏日讨源书屋》[2]

溪堂清谧问安回，视政余闲芸帙陪。
又是常年夏清候，金萱雨后几枝开。

40. 弘历：《讨源书屋对雨》[3]

昨日慈辇扶赏荷，今朝问安仙苑过。
退即书屋理庶政，密云忽隐西山螺。
殿廷教射有故事，昼长值此几暇多。
更番引见已颁敕，院外早则侍卫罗。
罢之翻廑劳来往，宁趁未雨观如何。
抨弦发羽不数队，须臾飞点倾滂沱。

1《清高宗（乾隆）御制诗文全集》，第三册，第 557 页。
2《清高宗（乾隆）御制诗文全集》，第三册，第 623 页。
3《清高宗（乾隆）御制诗文全集》，第三册，第 636 页。

塞山较猎忆往岁，习武那辞烝涉波。
中的有赐视各艺，湿衣之赍仍同科。
陡怀三军冒炎潦，不遑他矣攻蓬婆。

41. 弘历：《雨中泛舟自讨源书屋归御园》[1]

较射金吾霋雨前，旌能行赏各无偏。
昆明且置传回跸，便放烟中顺水船。

永宁寺前净植花，拂舟芳润锦云霞。
水中卉且资灵雨，况是原禾与亩麻。

三日晴曦郁溽暑，淋漓嘉澍洗炎蒸。
更欣水涨通舟楫，升斗当平市价增。

42. 弘历：《夏日讨源书屋》[2]

清跸起居晨露瀼，仙园雨后乐无央。
退临书屋臣邻接，原似年时景物芳。
天眷承余知凛切，圣文味处觉思长。
属辞晰理颇犹易，独是躬行恧未遑。

---

1 《清高宗（乾隆）御制诗文全集》，第三册，第 636—637 页。
2 《清高宗（乾隆）御制诗文全集》，第三册，第 728 页。

43. 弘历:《新秋讨源书屋》[1]

萱阰悉兴居,芸室授进止。
渥雨夜分收,晓晴亦可喜。
珠缀柳带润,麝喷荷濯绮。
砌寒响吟蛩,屋老多斗蚁。
宜旸廑农务,对时格物理。
立秋过五日,秋意今朝始。

44. 弘历:《雨中讨源书屋》[2]

起居又值雨中来,云阵烟丝未拟开。
小草高梧齐勃绿,虔欣天意大栽培。

45. 弘历:《首夏讨源书屋偶题》[3]

绿阴渐满红点池,夏清此轩退食宜。
我所讨源殊渔父,偶同洞口舍船时。

46. 弘历:《雨中讨源书屋》[4]

夜雨既优渥,晓烟犹渺溟。

---

[1]《清高宗(乾隆)御制诗文全集》,第三册,第747页。
[2]《清高宗(乾隆)御制诗文全集》,第四册,第316页。
[3]《清高宗(乾隆)御制诗文全集》,第四册,第424页。
[4]《清高宗(乾隆)御制诗文全集》,第四册,第314页。

已宣晨问谒，敢为雨留停。
取便憩轩榭，怡神泯色形。
画图天接水，枕葄史和经。
歇响蝉藏树，就干蚁上庭。
须臾云净敛，露出远山青。

47. 弘历：《戏题讨源书屋瓶荷》[1]

出水荷花深浅红，撷芳供养胆瓶中。
人情总是分彼此，无易由言付大公。

48. 弘历：《季夏讨源书屋》[2]

卅年景犹故，夏清退常欣。
每此咨敷政，覆其仰放勋。
天机物长养，道趣水溶沄。
便尔摛毫咏，宁如大块文。

49. 弘历：《讨源书屋对雨》[3]

昨日传宣晓问安，雨如不诣是矜端。
晨趋退食对靐霎，恰喜衣衫生薄寒。

1《清高宗（乾隆）御制诗文全集》，第四册，第 328 页。
2《清高宗（乾隆）御制诗文全集》，第四册，第 444 页。
3《清高宗（乾隆）御制诗文全集》，第四册，第 456 页。

50. 弘历：《夏日讨源书屋》[1]

春永寿萱开，问安承喜回。
苑墙非隔远，书屋便因来。
祇励敕几志，宁夸咏物材。
分明阅岁景，弹指讶疑才。

51. 弘历：《讨源书屋即事》[2]

问安每此退畴咨，半夏常愁对雨斯。
三日连晴收础潬，树蝉声亦觉鸣怡。

52. 弘历：《首夏讨源书屋》[3]

切予忧喜感慈恩，雨足承欢笑语温。
揽景昨晨迎懿辇，问安今日诣仙园。
万年康健欣退食，数宇轩斋憩讨源。
仍即前朝咨政处，此来消释许多烦。

53. 弘历：《仲春讨源书屋》[4]

昨日迎慈豫，今朝问体便。

---

[1]《清高宗（乾隆）御制诗文全集》，第四册，第583页。
[2]《清高宗（乾隆）御制诗文全集》，第四册，第591页。
[3]《清高宗（乾隆）御制诗文全集》，第四册，第673页。
[4]《清高宗（乾隆）御制诗文全集》，第四册，第776页。

书斋退憩息，朝政敕传宣。
已觉池塘丽，还亲翰墨缘。
六经源设讨，百行有当先。

54. 弘历：《讨源书屋对雨》[1] 五月十六日

渥雨刚欣数日晴，朝来解作应时行。
询安退憩资搜咏，视事畴咨慰利耕。
乍见庭凹起泡影，更闻闸口落泉声。
片时西北旋开朗，宜麦宜禾总惬情。

55. 弘历：《讨源书屋对雨》[2]

彻夜霏细霆，晓来势暂收。
起居诣仙园，退憩书屋幽。
密云复低布，落雨掠空稠。
砌石易积水，池波乱起沤。
鸟雀树底藏，蚯蚓土上浮。
须臾墙闸口，新涨垂响流。
佳哉夏霖况，既渥还既优。
各省披奏章，多称膏泽休。
额手谢天贶，农劳庶可酬。

---

[1]《清高宗（乾隆）御制诗文全集》，第四册，第 806 页。
[2]《清高宗（乾隆）御制诗文全集》，第四册，第 817 页。

56. 弘历:《讨源书屋对雨》[1] 七月初四日

今岁雨旸实应时,二麦饱收大田好。
因之益切保好心,先期每为廑怀抱。
中伏正行大雨际,三白偏值七月巧。
以此怵惕志不宁,经事多因畏事早。
月之三日过午雨,其夜细零忽达晓。
问安便以憩书屋,云聚又复棼丝浩。
情知尚不至为沴,所望速晴免致潦。
傍晚幸转西北风,吹云愿露斜阳皓。

57. 弘历:《讨源书屋对雨》[2] 五月初六日

昨日天中奉赏凭,侵晨仙苑问居兴。
甘霖既渥还优渜,农谚无妨更绝胜。
听处溜声原不改,望来涨影已徐增。
政勤材选弗遑逸,别为衣濡例赐仍。

58. 弘历:《讨源书屋对雨》[3]

夜雨优沾晓尚萦,问安退复此凭楹。
年来愁喜壁诗托,惟是协时阴与晴。

---

1 《清高宗(乾隆)御制诗文全集》,第四册,第 822—823 页。
2 《清高宗(乾隆)御制诗文全集》,第五册,第 98 页。
3 《清高宗(乾隆)御制诗文全集》,第五册,第 206 页。

刚收疾点复徐丝，凉拂筠簠夏晓宜。
为问前朝炎燠况，被谁驱逐去如遗。

传餐以罢咨朝政，批答封题不厌详。
阁部诸臣恒宴见，今朝都觉喜逾常。

麦收禾黍润新膏，水足稻塍免桔槔。
京兆无须频报喜，益深勤敬帝恩叨。

59. 弘历：《季夏讨源书屋》[1]

每因问安退，书屋得周旋。
治政虞疏忽，批章审正偏。
雨旸迩日若，丰稔祝秋连。
麀鹿岂灵囿，引麏到砌前。

60. 弘历：《承露轩》[2]

松轩潇落有书筵，树古全赢铜铸仙。
试看瀼瀼承瑞露，依然宝瓮见尧年。

1《清高宗（乾隆）御制诗文全集》，第五册，第215—216页。
2《清高宗（乾隆）御制诗文全集》，第五册，第315页。

61. 弘历：《就松室》[1]

构室实非难，老松特艰致。
因教室就松，满院覆凉翠。
拂檐聆谡声，迎窗眄古意。
据床小息偃，寓怀得别寄。
丈夫不轻从，子舆训此义。

62. 弘历：《讨源书屋》[2]

松下书斋面水开，清和又值问安来。
山云布宇时疏密，昂首因之望几回。

63. 弘历：《季夏讨源书屋》[3]

昨日迎游今问安，千秋万岁奉慈欢。
书斋清晓仍咨政，客夏流阴瞥眼看。

扑鼻池荷送净芬，金猊底藉水沉焚。
何妨弗雨雨亦可，恰复西山幂白云。

---

1 《清高宗（乾隆）御制诗文全集》，第五册，第 315 页。
2 《清高宗（乾隆）御制诗文全集》，第五册，第 318 页。
3 《清高宗（乾隆）御制诗文全集》，第五册，第 458 页。

64. 弘历：《夏日讨源书屋》[1]

阅日敬咨安，溪斋晓退餐。
宸箴理政务，陛见引朝官。
宿雨过余润，夏风爽不寒。
昆明湖上景，几暇驾言观。

65. 弘历：《自讨源书屋雨中舟回御园二首》[2]

二更报雨歇，九夏问安晨。
咨政仍书屋，言旋进画舲。
忽然飞急霎，顿觉窘多人。
不见笠蓑者，烟江正理纶。

竖洒横排迅，水天上下连。
雨衣真让瓦，塞猎忆持弦。
觉尽驱余热，况饶利晚田。
秋霖欣杀势，指日启行旃。

66. 弘历：《讨源书屋》[3]

道与心宁二，由来本一源。

1《清高宗（乾隆）御制诗文全集》，第五册，第582页。
2《清高宗（乾隆）御制诗文全集》，第五册，第596—597页。
3《清高宗（乾隆）御制诗文全集》，第五册，第702页。

返身非外讨，为学戒多言。

窗纳晓飔爽，池增新涨痕。
起居余此憩，咨政细畴论。

67. 弘历：《孟夏讨源书屋》[1]

清和御苑迓慈游，咨起居因此憩留。
墙外浓阴连绿柳，槛前艳色绽红榴。
几康惟是天工敕，晴雨常缘农务筹。
去岁景光如昨日，迅同阶下碧溪流。

68. 弘历：《承露轩》[2]

羲画依然楣栝存，松风落落静琴尊。
百年安乐黔黎辈，孰不深承膏露恩。

69. 弘历：《就松室》[3]

筑室称就松，松亦如相就。
盈庭挺质古，罨牖铺阴秀。
最宜风籁入，遥想月华漏。
何当坐清夜，静味禅关透。

---

[1]《清高宗（乾隆）御制诗文全集》，第六册，第445页。
[2]《清高宗（乾隆）御制诗文全集》，第五册，第542页。
[3]《清高宗（乾隆）御制诗文全集》，第五册，第542页。

70. 弘历：《夏日讨源书屋》[1]

夏清于斯退食频，林扉如沐净无尘。
遴材贤否阅多士，咨政俞吁觐众臣。
幸遇雨滋慰犹浅，却看云散惜诚真。
自知不知足为过，观过或为不远仁。

71. 弘历：《初夏讨源书屋》[2]

夏朝问寝恒退憩，昔岁侍饴此缅思。
康健仰瞻增一喜，燠休追忆复余悲。
人情因识难于静，世理要当措以宜。
结念香山游趁暇，往还四日驻为期。

72. 弘历：《夏日讨源书屋》[3]

书屋西园里，由来近畅春。
问安此憩息，敕政览敷陈。
不觉半年隔，又临仲夏新。
讨源竟何若，所愧尚迷津。

---

1 《清高宗（乾隆）御制诗文全集》，第六册，第 590 页。
2 《清高宗（乾隆）御制诗文全集》，第六册，第 721 页。
3 《清高宗（乾隆）御制诗文全集》，第六册，第 889 页。

73. 永琪[1]：《西厂小猎毕至佩和六弟西花园泛舟即景得句》[2]

讲艺有余闲，习勤咨掌故。
良辰事春蒐，坰野旌门树。
先期戒獠徒，队伍森然具。
跨马复垂橐，翩翩苑西路。
棣萼喜联镳，欢言展清晤。
从官绣袆裆，轻骑纷四布。
燿如云鸟翔，爔若华葩聚。
阵图昔未学，聊可娴金步。
兽肥春草浅，一发看双注。
为乐不及盘，恭怀古人度。
蹶石更摧林，忕矣班生赋。
前驱已抗旌，马踠有余怒。
一径达芳园，清飔淡回互。
方舟溯渺弥，迨兹烟景暮。
榜歌悠且绵，奚隶杂鸥鹭。
书室缔三楹，牙签排四库。
枲几日精研，诚哉识先务。
动息理无违，养性兹焉寓。
哲兄富豪翰，诸弟光有裕。

---

1 永琪（1741—1766年），字筠亭，乾隆帝第五子。工书善画，书法与其十一弟永瑆齐名。乾隆三十年封荣亲王，不久染病不起，四个月后去世。著有《疑瑞堂诗钞》《焦桐剩稿》。

2《疑瑞堂诗钞》，《清代诗文集汇编》，第399册，第508页。

顾惟孱昧者,曷以襄高纛。

74. 永琪:《四阿哥移居西花园》[1]

华堂地占苑西南,满架图书性所耽。
历历晓星趋讲幄,朝朝斜日促归骖。
林峦远近供吟赏,台榭从容惬静探。
愧我无能颂轮奂,于斯惟愿庆多男。

75. 永琪:《四阿哥辱和立秋诗四章余再叠前韵奉答》[2]

自惭材比细泉流,惊睹烟霞满目浮。
逸韵早能增纸贵,闲情未解对花愁。
三更院落槐枝露,百顷湖光苇叶秋。
今夜十分明月好,萦情水面最高楼。(四兄所居西花园湖心有楼,额曰先得月。)

晶枕藤床滑欲流,支颐绝爱晚凉浮。
星稀寥廓宜闲坐,泥滑长途莫预愁。(时将往东陵)
乾鹊频来知唤霁,寒蝉不歇恋吟秋。
挥毫只拟联貂尾,敢诩增修五凤楼。

---

1 《疑瑞堂诗钞》,《清代诗文集汇编》,第 399 册,第 509 页。
2 《疑瑞堂诗钞》,《清代诗文集汇编》,第 399 册,第 514 页。

76. 朱彝尊[1]：《咏白杜鹃花应东宫教》[2]

银榜璇题一道通，仙花移植冠芳丛。
色殊李白宣城见，状比嵇含岭外工。
照水影齐红踯躅，卷帘香动玉玲珑。
梯航万里来何幸，采入瑶山睿藻中。

77. 查慎行：《应皇太子令咏白杜鹃花》[3]

鹤林花本神仙种，名字虽同色不同。
一自根株归阆苑，独留冰雪向春风。
披香欲夺氍毹艳，（披香殿上红氍毹，苏轼咏杭州南漪堂杜鹃花句。）敕赐休夸踯躅红。（白居易诗：一名山踯躅，一名杜鹃花。王建诗：敕赐一窠红踯躅，谢恩未了奏花开。）
从此三更枝上月，定无啼血染芳丛。

78. 查慎行：《东宫召赴西园赐观皇上御书匾额大小二十有九恭纪七律八章》[4]

元气淋漓万象融，欣瞻宸翰辟鸿濛。

---

1 朱彝尊（1629—1709年），字锡鬯，浙江秀水（今嘉兴）人。康熙十八年举博学鸿词，充《明史》纂修、日讲起居注。诗文与王士禛齐名，有"南朱北王"之称，著有《曝书亭集》《日下旧闻》。
2 《曝书亭集》，《清代诗文集汇编》，第116册，第198页。
3 《敬业堂诗集》，《清代诗文集汇编》，第178册，第385页。
4 《敬业堂诗集》，《清代诗文集汇编》，第178册，第383页。

瑶源珠海来仙岛，凤鷟鸾翔下震宫。
光射临池知浴日，笔随运肘想生风。
一时喜色关飞动，嵩祝齐传抃舞中。

炉烟直上护氤氲，松栋虹梁灿欲分。
殿阁香风浮墨气，河山秀色映天文。
画传羲易筹图秘，念切周诗稼穑勤。（御书知稼轩、无逸斋）
共纪本朝家法古，书屏铭座付储君。

真觉谦尊道益光，（谦尊堂亦御书匾）不名宫殿但名堂。
擘窠宁羡书飞白，响搨难模纸硬黄。
赐出形模随大小，琢成体制合圆方。
吾皇慈爱青宫孝，钦仰时亲黼座旁。

到处黄金榜御书，太平堂构庆端居。
晨曦烛地光相并，列宿周天数有余。
大业时时游艺囿，嘉名一一取经畬。
日知旧额重钩勒，开卷犹思出阁初。（日知堂，皇太子初出阁时上所赐额也，今移入苑中。）

翠篠东连紫界墙，林泉交映蔼秋方。
龙楼问寝宵常早，鹤禁娱晖景正长。
藻井非烟呈五采，璇题如镜启重光。
凌云百级丹梯上，头白应嗤老仲将。

万丈光芒出槛前，煌煌禁扁称高悬。

尧阶茅土原同俭，文囿风光共一天。
玉案浮花开漆砚，银钩写月向澄川。
凡鱼欲作鲲鹏化，御墨吞来骨尽仙。

笔阵纵横气总降，帝书亘古擅无双。
九苞翙羽连翩起，万斛龙文独力扛。
迸散繁星悬两曜，尽收千派纳长江。
人间欲见曾多得，转幸身依青琐窗。

茫茫学海望无涯，上殿恭承异数加。
目炫管中窥日月，梦回衣上带云霞。
欧苏小记荣天藻，羲献真传属帝家。
愧作玉皇香案吏，难濡柔翰绘光华。

79. 沈德潜[1]：《敬和御制讨源书屋恭瞻皇祖御笔元韵》[2]

玉泉山色满林园，涧水依然夹道奔。
花亚雕栏红破萼，苔侵扣砌绿添痕。
龙飞凤舞钦皇祖，春露秋霜感圣孙。
一月万川澄印处，周情孔思见真源。

---

[1] 沈德潜（1673—1769年），字确士，号归愚。浙江长州（今苏州）人。乾隆四年进士，选庶吉士，授编修。历任侍讲学士、内阁学士，礼部侍郎等职。以论诗、选诗闻名，因校乾隆《御制诗集》而深受赏识。他主张作诗应符合理学，为康乾以后拟古主义诗派的代表。所选《唐诗别裁》《古诗源》，是研究古诗发展的重要著作。乾隆三十四年病逝，皇帝传谕赠太子太师衔。后因涉及文字狱，被剖棺戮尸。

[2] 《沈归愚诗文全集》，《清代诗文集汇编》，第234册，第343册。

80. 钦定日下旧闻考：《国朝苑囿·西花园》[1]

西花园在畅春园西，南垣为进水闸，水北流，注于马厂诸渠。

臣等谨按：西花园与畅春园接。皇上问安之便，率诣是园听政。

西花园河北正殿五楹，为讨源书屋。左室五楹，右为配宇，再后敞宇三楹，为观德处。

臣等谨按：讨源书屋额为圣祖御书，左室额曰松响舜弦弹，配宇额曰千峰出翠微，与观德处额皆圣祖御书。正殿内恭悬皇上御制《讨源书屋记》。

圣祖御制畅春园西新园观花诗：春光尽季月，花信露群芳。细草沿阶绿，奇葩扑户香。寸心惜鬓短，尺影逐时长。心向诗书奥，精研莫可荒。

御制讨源书屋记：畅春园之西有屋数楹，临清溪，面层山，树木蓊蔚，既静以深。溪之藻匪蒲伊荷，山之禽匪晓伊歌。额之楣曰讨源，则我皇祖摛天文而垂璧奎也。昔予小子日侍清宴之所，今以问安视膳之暇，亦每憩此，咨政抡材。肯构继志之衷，久而弗敢懈。盖尝深维讨源之义，岂以其据浑浑之泉府，似窈窈之洞天，骚人寓意所为武陵花源之比也哉！孟子曰：原泉混混，不舍昼夜，盈科而后进，放乎四海。朱子解之曰：如人有实行则亦不已而渐进以至于极。斯言也，引而未发。然内圣外王之学，实礜括而无遗。夫水则有源，人何独无？是故尧舜，政治之源也；孔孟，道德之源也。非特此

1《钦定日下旧闻考》，影印《文渊阁四库全书》本，第498册，第229—233页。

也，颉之书，羿之射，输之巧，旷之音，鹊之医，僚之丸，秋之弈，无不各有其源。或曰：如是则其源已纷，而流益莫可同矣。顾尝论之，圣人人伦之至，而武周夷齐相反，是得谓之同乎！然其心之自安，各行其至，是则无不同。故百越适京师则北辕，朔漠适京师则南首。南首北辕，大不同矣。及其既至则同。故尧舜政治之源在心，而孔孟道德之源亦在心。颉之书，羿之射，输之巧，旷之音，鹊之医，僚之丸，秋之弈，何一不在心哉！且夫天下之水其源多矣，而海则无源。无源正众水之源，则水之源亦在心，昭昭明矣。如是则圣人讨源之旨，直上接十六字之心传，而非怡情山水之为益可知矣。

乾隆七年御制讨源书屋恭瞻皇祖御笔诗：廿年春色闷灵园，徙倚空怀岁月奔。雨过药栏花解笑，风回琴沼水添痕。璇题耀日瞻飞白，绮席当秋想弄孙。心法从来含治法，讨源深愧未穷源。

乾隆十三年御制讨源书屋诗：湖烟欲敛晓凉浮，长乐朝回此憩留。（是地近畅春园，皇太后处问安之便，率传膳视事于此。）要识溪山如旧日，顿怜风物报新秋。　雨余荷气迎人馥，风过竹声似管繁。佳景便教成即景，讨源终愧未穷源。　鸢鱼天趣适飞潜，向远虚明万景兼。荻雨荷风三伏里，红桥绿水一痕添。　尚书履向花间度，侍史囊从柳外传。岂以游观疏昼接，不因清宴忘朝乾。

乾隆十七年御制讨源书屋视事诗：解作亦已息，晨旸良足怡。萱阶问寝退，视事言临兹。兹屋匪我作，曰我神尧诒。童年陪豫游，卅载去如驰。未敢乖宪章，何有致雍熙。忆昔勤政心，抚景兴赍咨。

乾隆二十三年御制讨源书屋对雨诗：昨日慈辇扶赏荷，今朝问安仙苑过。退即书屋理庶政，密云忽隐西山螺。殿廷教射有故事，昼长值此几暇多。更番引见已颁敕，院外早则侍卫罗。罢之翻虋劳来往，宁趁未雨观如何。抨弦发羽不数队，须臾飞点倾滂沱。塞山较猎忆往岁，（丙子秋日出塞行围，成列而雨，即于雨中较猎，有诗纪事。）习武那辞烝涉波？中的有赐视各艺，湿衣之贲仍同科。（朝会遇雨，往往贲及从官，是日因教射，澍雨沾衣，从臣及命中者亦各赐纱。）陡怀三军冒炎潦，不遑他矣攻蓬婆。

乾隆二十九年御制讨源书屋对雨诗（五月十六日）：渥雨刚欣数日晴，朝来解作应时行。询安退憩资搜咏，视事畴咨慰利耕。乍见庭凹起泡影，更闻闸口落泉声。片时西北旋开朗，宜麦宜禾总惬情。（是时麦将收宜晴，禾初苗宜雨。雨而即晴，实惬农望。）

乾隆三十年御制讨源书屋对雨诗（五月初六日）：昨日天中奉赏凭，侵晨仙苑问居兴。甘霖既渥还优霈，农谚无妨更绝胜。（农占有午日雨生虫之谚。）听处溜声原不改，（去岁夏日亦有《书屋对雨》之作。）望来涨影已徐增。政勤材选弗遑逸，别为衣濡例赐仍。（是日引见官有衣被雨湿者，依例行赏。）

臣等谨按：讨源书屋御制诗，谨绎有关纪述事实者恭载卷内，余不备录。

园西南门内为承露轩，后厦为就松室，东有龙王庙。

臣等谨按：承露轩、就松室额皆皇上御书。西北有门，即西花园之大北门也。

乾隆三十二年御制承露轩诗：松轩潇落有书筵，树古全赢铜铸仙。试看瀼瀼承瑞露，依然宝瓮见尧年。

又御制就松室诗：构室实非难，老松特艰致。因教室就松，满院覆凉翠。拂檐聆谡声，迎窗盼古意。据床小息偃，寓怀得别寄。丈夫不轻从，子舆训此义。

臣等谨按：承露轩、就松室御制诗，恭载首见之篇，余不备录。

畅春园西北门内正宇五楹，后室三楹，旧称为东书房。其右为永宁寺。寺内正殿三楹，配殿各三楹，后殿五楹，内供十六罗汉。寺门外为崇台，台后为船坞。

臣等谨按：永宁寺正殿额曰调御丈夫，圣祖御书。又额曰智光普照。联曰：宝幢时护曼陀雨，金界常函般若珠。皇上御书。

永宁寺西为虎城，稍西为马厩，再西为阅武楼。

臣等谨按：阅武楼额曰诘戎扬烈。联曰：辑宁我邦家以时讲武，懋戒尔众士于兹课功。又联曰：讲武惟期征有福，居安每念式无愆。皆皇上御书。

乾隆四十二年御制阅武楼作：节前阅武甸场宽，组练生光了弗寒。可勿用仍要以备，不忘危敢恃其安。新疆旧部兹同扈，北貉西戎许并观。破险卫锋或经见，正旗堂阵俾初看。销兵气共阳和鬯，训旅心殷扬觐难。示义方还颁礼赐，武臣英重诩登坛。

臣等谨按：阅武楼御制诗，恭载首见之篇，余不备录。

西花园之前有荷池，沿池分四所，为皇子所居。南所门三楹，二门内正殿五楹，东廊门内正室九楹，西廊门内正室五楹。南所之东为东所，门三楹，门内正殿五楹，西廊门内正室二层，再西正室七楹。由东所而西为中所，门三楹，门内正殿五楹。东廊门内正室三楹，东为垂花门，正室二层，各三楹，西廊门内正室二层，各三楹。南所之西为西所，门三楹，门内正殿五楹，西廊门内正宇二层。

81. 光绪顺天府志:《西花园》[1]

西花园在畅春园西,南垣为进水闸,水北流,注于马厂诸渠。河北正殿为讨源书屋,左右室配宇,再后敞宇为观德处。园西南门为承露轩,后厦为就松室,东为龙王庙。西北有门,即西花园之大北门也。门内正宇后室,旧称为东书房,其右为永宁寺,寺西为虎城,稍西为马厂,再西为阅武楼。园之前有荷花,沿池分四所,为皇子所居。南所正门、二门内正殿,东廊门内正室,西廊门内正室。南所之东为东所,正门内正殿,西廊门内正室二层,再西后有室。由东所而西为中所,门内正殿,东廊门内有正室,东为垂花门,正室二层,西廊门内正室二层。南所之西为西所,门内正殿,西廊门内正室二层。

1《光绪顺天府志》,《中国地方志集成·北京府县志辑》,第1册,第63—64页。

附 录

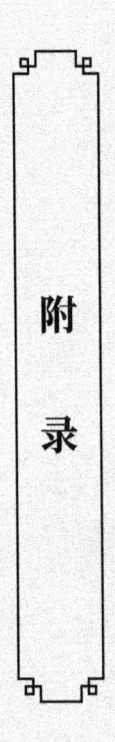

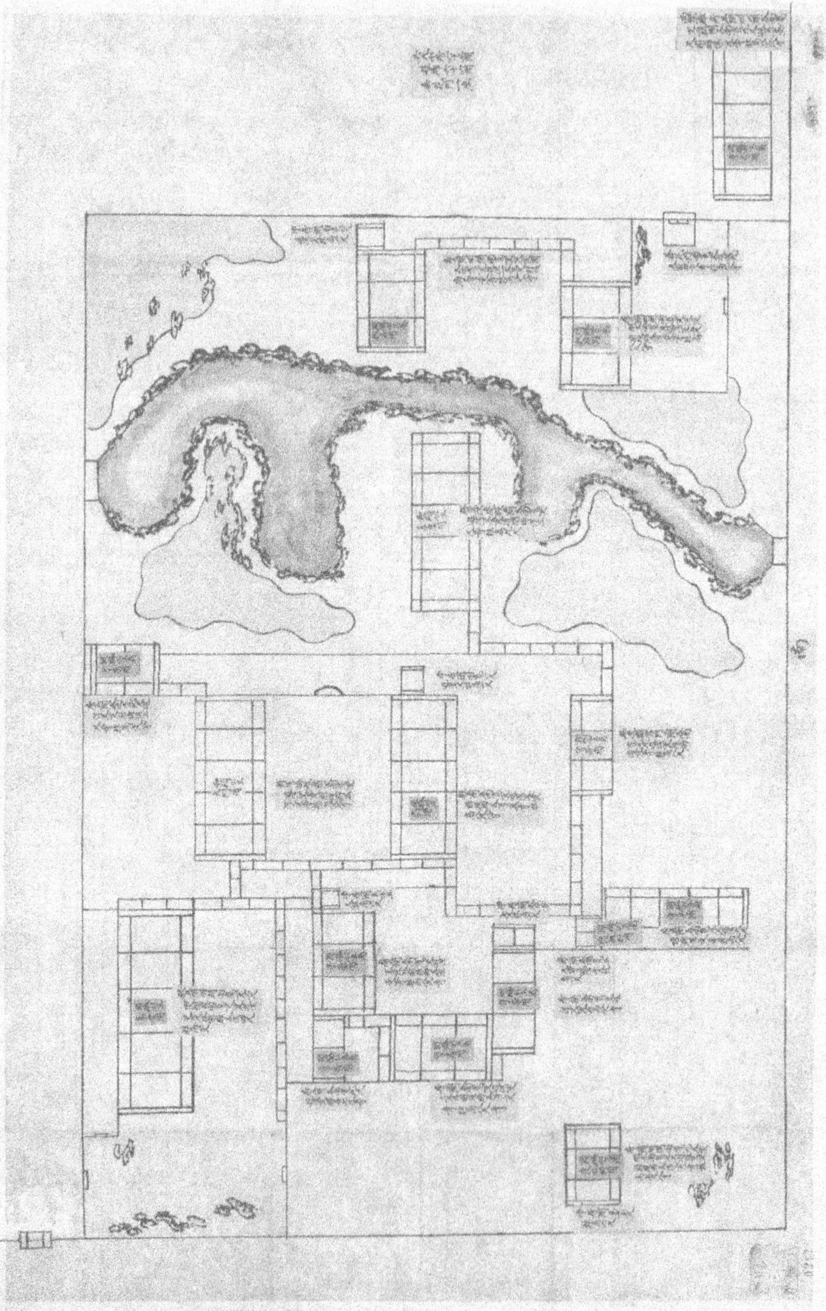

"三山五园"第一园——畅春园

畅春园位于海淀镇西北紧邻,是清代在北京西郊修建的第一座大型的皇家园林。从康熙帝这座"避喧听政"的御园开始,陆续修建了圆明园、香山静宜园、玉泉山静明园,到乾隆中叶建成万寿山清漪园,横跨数十里的"三山五园"皇家园林就建设成功了。由于清代皇帝大多在京西御园上朝理政,使得海淀一带成为紫禁城外的又一个政治活动中心,对清代历史产生了重要的影响。

一、康熙帝选址海淀修建畅春园

康熙帝原先在京城南郊有南苑行宫,在康熙十六年和十九年又在西郊修建了香山行宫和玉泉山行宫(静明园)。而畅春园是在康熙二十三年至二十六年(1684——1687年)在明代清华园的旧址修建完成的。

康熙帝为什么选择在海淀清华园旧址修建畅春园呢?第一、此地的自然山水条件优越。这里是巴沟低地的边缘地带,有众多泉水涌出,形成几座小湖,又汇聚了西来的玉泉水和南来的万泉水,合流成水源充沛的湖泊——丹棱沜。这就是畅春园的供水来源。畅春园的西边,是一带逶迤连绵、峻峭秀美的西山,以及西山余脉金山、玉泉山和瓮山,成为御园最适宜最巧妙的背景和借景,使得畅春园环山抱水,充满了大自然的钟灵毓秀和朦胧的仙境般的氛围。

第二,这里地理位置适宜,既摆脱了城市的喧嚣和嘈杂,又不太遥远,免去朝臣们为上朝晋见而长途奔波的负担。这里地势平坦，园域广阔，既能叠山理水，又能建造宏伟的殿堂。御园周围有较多空地，可供王公大臣修建宅园，也方便朝臣们在民居和寺庙里租住。

第三，历史人文环境良好。园西的玉泉山建有金章宗的芙蓉殿行宫，为西山八院之一的泉水院，"玉泉垂虹"为燕山八景之一。明代修建了一批著名寺院。瓮山西湖景，被誉为"壮观神州第一"。湖畔的功德寺和圆静寺也是盛名传播。明代在海淀修建了清华园和勺园，也成为朝臣和文人墨客聚会和吟咏之地。从这些胜迹中传出了一桩桩佳话和难以数计的优秀文章和诗篇。如此丰厚的历史文化积淀，更加重了御园的文化氛围，使当代文化与历史文化密切地融合在一起。

第四，在明代武清侯李伟清华园基础上修建畅春园，能够收到事半功倍的效果，可以利用已有的占地范围，避免重新占据大面积耕地和民房，省去了居民搬迁之苦，节约建筑工程量和大量经费开支，达到节约办事的目的。

畅春园由全国最优秀的造园艺术家张琏、张然父子进行设计和指导施工。建筑世家样式雷第二代传人雷金玉，在建园工程中主要负责楠木作事务。他因在正殿九经三事殿上梁工程中表现优异，受到皇帝的召见和赞赏，钦赐内务府总理钦工处掌班，并授予七品官爵，食七品俸禄。经过造园艺术家和能工巧匠们的精心施工，终于将畅春园建成为一座构思巧妙、山环水抱且颇有特色的花木配置的水景园。

二、畅春园建筑景观概貌

畅春园是一座大型御园，其建筑风格具有富丽堂皇的皇家气派。大宫门五楹，坐北朝南，正中悬康熙御书"畅春园"匾额。御园四周修建一道高高的虎皮石围墙。园内建筑分中、东、西三路。

(一) 中路建筑

九经三事殿。此为正殿，面阔五间，悬康熙御书匾额，殿内有御书联语："黄建有极敛时敷锡而康而色；乾元下济亏盈益谦勉始勉终"。用"九经三事"作殿名，表示这里是循经守礼、治国理政的地方。康熙帝几次于上元节在此殿举行盛大宴会，宴请蒙古王公和朝廷大臣，还在此接见过外国使臣。

春晖堂和寿萱春永殿。穿过二宫门，便是春晖堂，面阔五楹，东西配殿各五楹。第三进院正殿为寿萱春永殿。这两座殿堂都是乾隆初年改建的，殿额和楹联都是乾隆御书。弘历将其生母孝圣皇太后奉养在这里。春晖，源于唐代孟郊《游子吟》诗"谁言寸草心，报得三春晖"，借指母爱、母亲的恩德；萱，指萱堂，母亲的借称，殿名含母亲长寿之意。寿萱春永殿后还有一个建筑群，北端邻湖修建了一座三层九楹的延爽楼。这是园内最为高大宏伟的建筑。登楼四望，视野开阔，南北荷池一览无余，园外的丹棱白莲和玉峰美景也尽收眼底。

闲邪存诚和韵松轩。闲邪存诚位于九经三事殿之西，有康熙御书匾额，是皇太后博尔济吉特氏的寝宫之一。雍正二年，弘历曾在此殿读书。乾隆四年被焚毁，重新建成后，更名玩芳斋。韵松轩在闲邪存诚之北，中间只隔一座小山，是康熙皇子们的书斋。后来成为康熙帝召近臣欢聚、赐茶赐食、游赏园景的地方。

(二) 东路建筑

澹宁居。位于畅春园的东南角，坐北朝南，"只三楹，不施丹臒"，为两进院落。前殿为康熙帝御门听政、选官引见之所。在驻跸畅春园期间,他几乎每天都要在此殿问政理事,处理各类事务。后殿曾是养育和教导皇孙弘历的地方。弘历曾写诗记载此事:"忆昔垂髫岁,赐居曰澹宁。无忘斯黾勉,有勒在轩庭。远致要心泰,志明惟德馨。虽云述格语,而每切聪听。"

渊鉴斋和佩文斋。位于御园中部、前湖的东北岸边。这里清爽幽静、荷香绕屋,成为适宜读书作画的地方。渊鉴斋是玄烨的藏书窟、阅书室,也是他倡导和组织编纂浩瀚典籍的地方。他令徐乾学编注了包括 800 名作者、1300 多篇文章的《御选古文渊鉴》;令张英、王士禛编成多达 445 卷的检查文章辞藻的类书《渊鉴类函》。玄烨还逐篇审阅,撰写御批,题写序言,印刷出版。

佩文斋是玄烨收藏古今典籍名画法书的殿堂,是他读书、鉴赏书画和学画练字的书画室,也是他编纂书画典籍和画谱的工作间。他将佩文斋所藏书画及评论,按类编辑,为一百卷;又应诸臣之请,允许将御制书画题跋捡出数十则,编为一卷,以《佩文斋书画谱》书名出版。在此殿编辑出版的书还有《佩文斋咏物诗选》《佩文斋广群芳谱》《佩文韵府》等。

清溪书屋。这是康熙帝的寝殿,位于园北部中间偏东,不设围墙,而以清溪环绕。正殿面阔七楹,后抱厦五楹;后殿为面阔五楹的导和堂,前后殿东西各有十六楹游廊连通。院内还有昭回馆、藻思楼等建筑。院西在山麓湖畔修建了一座竹轩。轩后峻嶒峻峭的假山上下,栽植一片青翠繁茂的竹林,营造成一个北国江南的小环境。

恩佑寺和恩慕寺。在清溪书屋东侧,修建了两座坐西朝东的寺庙,庙门开向园外。北边一座名恩佑寺,是胤禛在雍正二年为逝去的康熙皇帝荐福而修建的。山门题额为"敬建恩佑寺"。寺庙为二进院落,正殿有雍正御题匾额"心源统贯",奉三世佛,左奉药师佛,右奉无量寿佛。恩佑寺南边为恩慕寺,修建于乾隆四十二年,是弘历为皇太后广资慈福而建。山门额为"敬建恩慕寺"。正殿额为乾隆御书"福应天人",奉药师佛一尊,左右奉药师佛108尊,南北配殿分别奉弥勒像、观音像。

（三）西路建筑

无逸斋。位于御园西南角,原为皇太子允礽的居室和书斋,也是众皇子的读书处。在乾隆年间,这里成为皇帝来畅春园向皇太后请安后的休憩和传膳、理事之所。

蕊珠院。位于园西北部、后湖西侧的一座孤岛上,是一幢面阔五楹三层重檐的高楼。玄烨常奉皇太后登楼远眺赏景,观赏牡丹花海。弘历将此楼作为皇太后避暑之地,他还在湖西岸修葺了纯约堂、集凤轩供太后"夏清"度夏避暑。

集凤轩和西厂。位于蕊珠院西边,正殿七楹。轩前和大西门之间是一个广场,即西厂。这里有皇帝习射的射圃,也是阅试武举、选拔人才的地方。经测试表现优秀者,赐予进士及第、进士出身等不同待遇。这里还是元宵节（灯节）燃放烟花的所在。玄烨在观赏放花以后,还写过一首《灯节戏作》:"隐隐光风度柳条,千寻银箭到丹宵。龙衔火树花开看,欲见山青待雪消。"

（四）西花园

康熙帝住进畅春园以后,又在园南部西侧修建了一座"西花园",是为畅春园的附属园林。这里成为皇太子允礽和诸皇子的书房和住所。允礽住在园北部的正殿讨源书屋。诸位皇子住在南部荷花池畔的"荷池四所",即南所、东所、中所、西所。乾隆年间,弘历向皇太后请安后也常来讨源书屋进膳和理事。

三、康熙帝的园居生活

自从康熙二十六年二月二十二日,康熙帝驻跸畅春园后,他每年都要来园居住,最少的一年是康熙三十五年,也有29天;最多的是康熙四十七年,多达202天。他大多是正月上旬在办完重大礼仪宴会后,即前来郊园,其中正月初二即到畅春园居住的年份就有八次。通常都要住到十一月乃至十二月下旬,才离园返回皇宫。其中腊月二十五至腊月二十八日才迟迟离园有八次之多。当然,其中有相当多的时间是去南巡江浙、东谒祖陵、西游五台和北狩承德避暑山庄等,并非全是住在畅春园。在御园建成的36年间,玄烨居住在畅春园累计为257次,共3780多天。(据张恩荫语)

康熙帝在畅春园生活的主要内容,是避喧听政、颐养慈宁和避暑赏景。一是御门听政,选官引见,处理各类朝廷事务。二是学习科学,纂修类书,从事多项文化事业建设。三是奉母颐养,恪尽孝道,展示以孝治天下的治国之道。四是憩息避暑,游乐赏景,使身心愉悦,以更充沛的精力治理多民族的中华帝国。

康熙六十一年(1722年),玄烨已届69岁高龄。就在位时间而言,跃居中国历代帝王之首。玄烨在位期间,国家由乱而治,不独幅员辽阔,而且政局稳定,人口增长,经济发展迅速,文化繁荣,中国社会出现了少有的太平盛世局面。在"万寿节"期间,三月二十三日和二十四日,在畅春园大宫门前举办盛大的"千叟宴",筵请前来祝寿的65岁以上的官民老人

6745人。玄烨在《千叟宴》诗中写道："万机惟我无休暇，七十衰龄未卸肩。"

然而，玄烨已是疾病缠身，生命走到了尽头。这年十一月十三日，病逝于畅春园清溪书屋。

四、畅春园的衰落、焚毁和遗址现状

雍正帝将新扩建的圆明园作为上朝听政的御园，从而结束了畅春园的全盛时代。乾隆年间，畅春园成为弘历奉养生母的"皇太后园"。孝圣皇太后在乾隆四十二年去世。乾隆帝降谕：畅春园定为皇太后园，"我子孙亦当世守勿改"。嘉庆帝颙琰谨遵皇父谕旨，虽然没有皇太后，也未敢将畅春园移作他用。当道光帝欲将皇太后进行安置时，畅春园已经闲置荒废了40多年，墙倒屋塌，绝非一两年能够修建完好。道光帝决定将皇太后奉养在绮春园。在道光、咸丰年间，畅春园的园域被蚕食侵占，砖石木料被拆卸去修缮其他园囿，已经沦为一座废园了。咸丰十年，英法联军火烧圆明园后，又将畅春园的清溪书屋、恩佑寺、恩慕寺等建筑彻底焚毁，使畅春园成为一片焦土和废墟。

清末和民国年间，在畅春园遗址修建练兵场和民房，开垦稻田，修建养鸭场。新中国成立后，修建机关用房、科技大厦和学校，畅春园的轮廓也消逝了。

我们可以对畅春园的遗址现状作轮廓性的勾画：北四环路沿着昔日畅春园南墙穿过，大地科技大厦修建在大宫门内和九经三事殿基址上，大厦前的四环柏油路面正是举办千叟宴的地方。海淀新技术大厦和硅谷电脑城，建在澹宁居及以北的土地上。御园西南隅的无逸斋和偏北的纯约斋，已经建成了芙蓉里居民区。畅春园北部如今是北京大学教职工宿舍楼群和学生公

寓。后湖南部修建了一座街头公园"畅春新园"。御园中部的前湖建成了海淀体育场，后湖东北方的渊鉴斋、佩文斋旧址上耸立着一座现代化的海淀体育馆。西花园的基址上修建了一座大型的"海淀公园"。

这就是"三山五园"第一园畅春园遗址的当今面貌，三百年前那个康熙盛世的标记统统消失了，只有畅春园东北隅恩佑寺、恩慕寺那两座山门，奇迹般地保存下来，而且被定为海淀区重点文物保护单位。人们常常在这座古建筑前久久地伫立，仔细阅读那红墙黄瓦间无字的文章，引发出无限的遐思。

——选自张宝章著《京西名园寻踪》

从头再写西花园

我在2008年写《畅春园记盛》一书时，曾经写了《畅春园附园西花园》一节。但是那时掌握的历史资料有限，对西花园的建筑布局和康熙帝皇子在西花园的生活等重要情节，写得非常简略甚至面貌不清。十多年来，我注意搜集和积累有关资料，又与张超同志合作，编纂了《畅春园清代诗文选录》，[1] 明显提高了我对西花园的认识。我又认真阅读和学习国家图书馆编《国家图书馆藏样式雷图档畅春园卷》，受到了启发和教育，形成了一些新的认识、新的观点。我在原《畅春园附园西花园》一文的基础上，进行修改、补充，形成此文，以就教于专家学者和读者。

西花园是畅春园的附属园林，紧邻畅春园西墙外的南部。花园呈扁方形，东西较宽而南北稍窄。南园墙外为海淀通往牛栏庄的大道和成片的稻田，东南角园墙外有一座建于明代的关帝庙，俗称双桥寺。寺东便是菱角泡子。西墙外是牛栏庄村东的大面积稻田。北园墙外，隔一条万泉河支流便是横贯东西的马厂。

一、康熙帝修建西花园

1. 康熙帝十分重视皇太子和诸皇子的教育

康熙帝一生倾注心血最多的一位皇子是皇次子允礽。允礽

---

[1] 按，正式出版时改为《畅春园清代诗文辑录》。下不一一注明。

生于康熙十三年五月（1674年6月），是孝诚仁皇后赫舍里氏所生。在他出生的那天，生母即患暴病去世。皇帝怀念亡妻，格外疼爱幼子。第二年十二月，在允礽不满两周岁时，即将允礽立为皇太子并昭告天下。

康熙帝非常重视皇太子的教育，决心将允礽培养成为一位出色的皇储。他曾对身边的重臣宣示："自古帝王，莫不以豫教储贰为国家根本。朕恐皇太子不深通学问，即未能明达治体。是以孜孜在念，面命耳提，自幼时勤加教督，训以礼节，不使一日暇逸，曾未暂离左右。"从允礽六岁以后，康熙帝安排他在紫禁城内东部的毓庆宫学习和生活。皇帝亲自向皇太子和诸皇子讲授四书五经，要求每课内容要熟练诵读一百二十遍，必须能够背诵和讲解。允礽曾向讲官说："皇父虑予幼稚，不知勤学，日以为念，即一字一画，无不躬亲详示，勤加训诲。"

康熙二十五年，允礽十三岁时，康熙帝选定吉日，亲临保和殿为允礽举办皇太子出阁读书典礼。皇三子允祉的教师陈梦雷曾在《恭拟课余集后序》中，记录了康熙帝在乾清宫懋勤殿教授皇子们的具体场面："我皇上每以昧爽视朝毕，入逾乾清。东宫殿下暨诸皇子环列左右，讲肄经史，论治道或御试以经义策论诗赋，率寅入酉出以为常。"近臣王熙也在《乾清门奏对录》中，对康熙教子有方和皇太子的获益及成长做出概括的记述："臣等备员内阁，日觐天颜。恭遇我皇上圣明，深怀国本。念皇太子读书关系重大，于宫中早行御教，储训至严。今皇太子睿龄十三，论年只满十二。恭闻四书五经讲贯全完，深通义旨。虽由皇太子天赋聪明，皆赖我皇上勤学好问，躬行率先，以致蒙学有成，自古之所希觏。即圣帝名王、尧舜禹汤不能兼具者。"

为了鼓励皇太子巩固已经取得的成果,希望他在出阁读书时取得更大的进步,康熙帝为允礽的书室命名并亲笔题写了"日知堂"匾额。允礽以此作为终身的座右铭,日后移居西花园时,也将此额恭悬于书室门楣。

康熙帝很重视皇子教师的选择。在出阁读书之前,也曾有皇子教师的命定,如令张英、李光地为皇太子允礽的师傅,陈梦雷为皇三子允祉的师傅,但那时以皇帝亲自教诲为主。出阁读书要以选定的师傅来主持全部教学工作。康熙帝在康熙二十六年六月初二和初六日,两次在中南海瀛台勤政殿,召集明珠、王熙等重臣研究选定皇太子的师傅。他说:"皇太子前必得谨慎之人,朝夕讲究,方为有益。达哈塔、汤斌、耿介三人,皆有贤声,朕欲用之。尔等可传闻九卿。"其实皇帝选择皇太子师傅的标准很高,必须是德行出众的饱学之士。所以达哈塔等人都竭力辞谢,说:"此责任甚为重要,欲仰副圣谕,实难其人。"初七日,皇帝又在畅春园门召集明珠等朝臣、三位皇子师傅、皇太子和皇子四人。当面确定皇子师傅。康熙帝感慨地对三位师傅说:"尔等皆有闻誉,今特委任。尔等宜体朕意。但勿使皇太子为不孝之子,朕为不慈之父,即朕之大幸矣!"

2. 康熙帝命皇太子和诸皇子在畅春园无逸斋读书和生活

皇三子允祉的师傅陈梦雷写道:"臣陈梦雷侍皇三子诚郡王读书北园。""己卯季夏侍皇三子诚郡王殿下北园读书。"何为北园?北园在哪里?有位学者称北园就是畅春园北花园,也叫北新华园、北园。其具体位置,除了后来的蔚秀园外,别无他处。在康熙三十几年以前在此地建成了北新花园。

我认为，这个结论缺乏根据。经过认真思考和研究，我认为康熙帝皇子们读书和生活的北园就是畅春园，就是畅春园西南隅的无逸斋。据我所知，清代北京有不少官吏和百姓从京城来到海淀一带，如果出西直门或阜成门，便说去城西、西北郊；如果出德胜门，便称去城北、西北郊。陈梦雷正在紫禁城内宫殿侍允祉读书，现在要到畅春园来，便称之为"北园"，这是合乎情理的。

陈梦雷在《己卯夏季侍皇三子诚郡王读书北园即事》一诗中写道："东平别馆纳薰风，扈跸停骖禁苑通。池水遥分银汉碧，岩花近接上林红。"诗人扈随皇三子允祉停骖禁苑，身旁便是御园里的红花。陈梦雷还在《恭拟课余集后序》一文中，具体地记录和描绘了北园的景观。他在乾清宫懋勤殿亲睹康熙帝向皇子们讲肄经史之后，"谕月又侍王扈跸畅春，读书北园。竹树水石之旁，间以稻田顷许，无亭榭丹雘之饰，左图右史，无声伎玩好。每晨东宫殿下偕诸皇子入问省视，膳毕退，各就池馆读书或赋诗，间临池染翰，虽盛暑不缺。"此文明确肯定"扈跸畅春，读书北园"，北园即是畅春园。读书之地即是畅春园西南隅的无逸斋。斋内的"松篁深处"古松繁密，翠竹成林。无逸斋北边有"稻田顷许"，正是康熙帝观稼问农的地方。这就把无逸斋的景观特色描绘得真实而又具体。试想，占地仅几十亩的蔚秀园怎能容得下"稻田顷许"呢！皇子们从康熙二十六年进驻北园学习，"虽盛暑不缺"。他们一直在无逸斋居住学习，未曾迁出畅春园，直到移居到西花园为止。皇子们怎么会到"北新花园"去读书呢！

《康熙起居注》中收录了康熙皇子们在畅春园无逸斋读书学习的珍贵资料，详细记录了康熙三十六年六月初九日、初十日、十一日、十二日、十三日，这五天都记录"皇太子读书无逸斋"。现在摘录初九、初十两天，起居注官记录的详细情况。大致可以了解皇太子和诸皇子在无逸斋读书学习的真实细节。

初九日己卯早，皇太子读书无逸斋。尚书达哈塔、汤斌、少詹士耿介入，侍立于东。起居注官侍立于西。皇太子朗读《礼记》数节、经义一篇，声韵清远，句读铿锵，反覆抑扬，讽咏不辍。皇太子以书付斌，背诵不遗一字。上出御无逸斋。问汤斌等曰："皇太子背书能熟否？"斌奏曰："甚为纯熟"。皇太子侍立榻旁，捧进所读书于上前，即背立诵所读书，不遗一字如初。上以书授皇太子毕，命汤斌、耿介到前，问汤斌曰："河图洛书之义云何？"……

达哈塔奏曰："臣本庸劣之人，加以年龄衰老，不识汉字。皇太子睿学久已大成。即汤斌等亦赞服为不可及。辅导责任重大，非臣庸劣所堪。伏望皇上将臣罢斥。"上曰："朕在诸臣前任尔以辅导之职。尔如欲辞，可具书来奏。"谕毕，上回宫。

皇太子复坐。侍卫捧置纸笔于案。皇太子凝神端穆，官服严整，仪度从容，伏案作书，持笔甚敬。久之，侍卫等进太子膳。皇太子令旨，命赐诸臣食。皇太子作书，书完。以所书汉文数百字、清文一章，令诸臣观。汤斌启曰："此字端严秀劲，真佳书也。"皇太子命诸臣坐。皇太子朗读《礼记》数节，计百有二十遍。顾汤斌曰：《礼记》已读过百二十遍矣。应读几何？"斌启曰："请照常。"皇太子复读经义如数。读毕，侍卫再进皇太子膳。皇太子复令诸臣食。

少顷，侍卫张侯入苑中，皇太子出门外阶下立，左右奉弓矢。皇太子御射三回，中者甚多。射毕，复入坐，诸臣随入侍。皇太子谓斌曰："尔可于书中，随意拈出，予为讲说。"斌指《大学》一节、《中庸》一章。皇太子不假思索，阐发奥旨，经传神情，了然心口。斌复指一章，皇太子亦为讲说。斌与臣相顾悦服。时以薄暮，皇太子复令斌指书。斌启曰："天道暑热，皇太子用工太多。请休息。"皇太子从之。诸臣趋而出。

初十日丙辰，是日早，皇太子读书无逸斋。……辰时，皇上驾至。皇太子率诸臣至阶下恭迎。上至斋中升坐，顾起居注官曰："尔等观皇太子读书何如？"彭孙遹奏曰："皇太子睿质岐嶷，学问渊通，实宗社万年无疆之庆。"上曰："不能读书，饰以为能讲，若此者非人类矣。"随取皇太子楷书细观。……少顷，上回宫。……

食毕，上复至斋中。命移案近南荣。皇太子、皇长子、皇三子、皇四子、皇五子、皇七子、皇八子俱侍。汤斌奏曰："皇上教皇太子过严。当此暑天，功课太多，恐皇太子睿体劳苦。"上曰："皇太子每日读书，皆是如此。虽寒暑无间，并不以为劳苦。若勉强为之，则不能如此暇豫。汝等亲见，可曾有一毫勉强乎？"因命尹泰、德格勒传谕曰："朕宫中从无不读书之子。今诸皇子虽非大有学问之人所教，然已俱能读书。朕非好名之主，故向来太子及诸皇子读书之处，未尝有意使人知之。所以外廷容有未晓然者。今特召诸皇子至前讲诵，汝等试观之。"

因取案上经书十余本，亲授汤斌曰："汝可信手拈出，令诸皇子诵读。"汤斌随揭经书，皇三子、皇四子、皇七子、皇八子以次进前，各读数篇，纯熟舒徐，声音朗朗。又命皇长子讲"格物致知"一节；皇三子讲《论语·乡党》首章，皆逐字疏解，又能融贯大义。上顾诸臣曰："皇五子向在皇太后宫中育养。皇太后爱之，不令其读汉书，只令其习清文。今汉书虽未曾读，已能通晓清书矣。"因命读清书一篇，段落清楚，句句明亮。诸臣奏曰："臣等得观皇子读书讲义，因仰见皇上训迪不倦之圣心，忻喜无已。"上曰："朕幼年读书必以一百二十遍为率。盖不如此则义理不能淹贯，故教皇太子及诸皇子读书皆是如此。即皇太子写字，向来仿史鹤龄。每写一纸，朕改抹者多，加点者少，未尝加圈。昨讲官入直，亲见皇太子读书写字，有称扬者之语。皇太子才始闻得人说一好字耳。"随命汤斌等写字。斌写唐诗一首，耿介写陈语一行。字俱平常。其余诸臣皆谢不能写。上遂亲洒宸翰，书宋儒程颢七言诗一绫幅，存诚两大字一纸。绫字秀丽，大字苍劲，皆有法度。诸臣莫不欣忭赞扬。

随命张侯，皇三子、皇四子、皇五子、皇七子、皇八子同射。皆中四箭、三箭不等。又命皇太子、皇长子同射。皇太子中三箭，皇长子中二箭。上遂同亲近侍卫佟图射，上连发皆中。诸臣仰见皇上及皇太子、诸皇子射，靡不咨嗟称叹。又命达哈塔等同射毕。时已薄暮，诸臣遂出。

康熙帝是畅春园永久的主人。每年总有一百多天在畅春园居住和处理政事。在皇帝驻园时，皇太子允礽和诸皇子就会随居畅春园，在无逸斋读书和生活，直至西花园建成。

3. 康熙帝为皇太子修建西花园

康熙帝不仅关心皇太子的读书学习，传授历史上的政治经验，还在实际生活中促使他锻炼成长。随着皇太子逐渐长大，对皇太子礼遇规格，给予很高的待遇。每逢元旦生辰令节，皇帝都去东宫看望皇太子。康熙帝去外地巡幸，令皇太子随驾扈从。有时还令他代表皇帝参加一些礼仪活动。

皇太子允礽和诸皇子集中居在无逸斋读书学习，活动范围显得有些狭窄。康熙帝想为皇太子修建一座较为宽绰的园囿。他很自然地选择了畅春园西边的一片空地。

西花园修建在畅春园西墙外的南部。这是没有任何争议的。但是在2020年9月出版的一本全国性杂志上，刊登了一篇以《曹寅修造西花园即今承泽园——吴家花园考》为副标题的文章（以下称某文），断定西花园的园址不在畅春园西，而是在御园西北方挂甲屯的承泽园和吴家花园的位置。某文根据不相干的事物进行推断，拿不出一条真凭实据。况且承泽园和吴家花园根本不是修建在康熙年间的一座花园，吴家花园是在民国年间新修建的一座独立的私家花园。它怎么会成为康熙年间修建的皇家赐园承泽园的组成部分呢？这两座园子怎么能合在一起又变成了皇太子允礽的西花园呢！

西花园是畅春园的附属园林，紧邻畅春园西墙外的南部。康熙帝曾写过一首《畅春园西新园观花》诗，记述他在"畅春园西"新建的西花园观花。乾隆帝在《讨源书屋记》中，开篇即写道："畅春园之西有屋数楹……额之楣曰讨源"。明确地指出西花园的主殿在畅春园之西。另外，《日下旧闻考》之《国朝园囿·西花园》一节写道："西花园在畅春园西"，下边便是"臣等谨按：西花园与畅春园接。皇上问安之便，率诣是园听政"。一个"便"字，透露二园近在咫尺，不需要远途跋涉。

康熙帝为什么要把西花园修建在畅春园的西邻呢？首先是要把新园建造得离御园近些，以便召见皇太子行动便捷。另外此地还具备现成的客观条件。当年修建畅春园时，是显亲王丹臻将位于海淀西北的赐园（即明代清华园）奉献给了康熙帝。清华园占地太广阔了，康熙帝在新建御园时，东南北三面墙都与清华园旧墙保持一致，只是西园墙向内收缩了一大块。使御园整个占地面积较旧园减少了三四成。正如玄烨在《畅春园记》中所写："絜其广袤，十仅存夫六七。"那剩余的三四成土地，仍然为皇家所有，在此修建新园，供皇太子和诸皇子集中居住生活是顺理成章的事。正是因为皇太子赐园修建在畅春园以西，所以才命名"西花园"。

二、康熙年间的西花园

1. 西花园建成的年代

西花园建成于康熙年间。但其具体年代，官书和私家著作都不见记载。我根据一些历史资料推断，西花园修建于康熙二十七年至二十九年之间，即公元 1688-1690 年这段时间。

故宫博物院明清档案部编《关于江宁织造曹家档案史料》一书内，载有康熙五十一年十一月十二日《内务府奏乌罗图查算西花园工程用银不实应予以处斩》。此折记载了前内务府郎中、后放分司的乌罗图，依照工程丈量，逐一查对，详细核算内务府郎中曹寅，主持修建西花园工程时所花费的银两总数。这件内务府的奏折写道：

总管内务府谨奏：为请旨事。

康熙五十一年正月二十日，分司乌罗图具奏，曹寅在修建西花园房屋、挖河、堆泊岸等项工程，共用银十一万六千九百十七两九钱七厘。等因。奏旨：交内务总管查奏。钦此钦尊。经将分司乌罗图之销算册，依照修建工程核算，实际用银多出八百六十六两余。再，修建房屋、亭子、船只、雨搭、帘子等项，又用银七万七千八百八十五两余。

内务府总管大臣赫奕的上述奏折说明，曹寅（即《红楼梦》的作者曹雪芹的祖父）曾主持修建西花园的工程，总共销银 195348 两余。

曹寅在康熙二十四年至二十九年曾任内务府郎中。从康熙二十九年四月曹寅被康熙帝任命为苏州织造，直到康熙五十一年七月在江宁织造任上去世，一直在江浙工作而未回北京任职。可以认定，曹寅修建西花园的事，应当是在内务府郎中任上，即康熙二十四年至二十九年之间。

康熙帝从康熙二十六年二月开始，正式驻跸刚修建完工的畅春园。二十七年，玄烨将他的保姆文氏的儿子、曹寅的妻弟、时任宁波知府的李煦，调回北京担任第一任畅春园总管大臣。文氏与曹寅是舅表亲戚，同是皇帝的亲信近臣，是政治上的盟友，具有"一损俱损，一荣俱荣"的亲密关系。此时，玄烨委派曹寅负责修建西花园的工程，与李煦合作。工程完竣后，西花园即归李煦管理。这是合乎情理的。另外，在修建畅春园的过程中，不大可能同时修建西花园。此园应是在畅春园竣工后才动工修建的。况且，曹寅任内务府郎中时，开始是任慎刑司郎中，后来任会计司、广储司郎中时，才有可能去负责修建御园的工程。据此，我推测很可能是在康熙二十七年至二十九年之间，由曹寅主持修建了西花园。

2. 西花园的占地面积、山水地形和建筑布局

西花园的占地面积，过去我根据样式雷画样上的数字，认为是142.36亩。但是我在国家图书馆编《国家图书馆样式雷图档·畅春园卷》中，读到了一幅完整的《西花园现查情形（平样）》（133-0025）原图。原来这142.36亩，并非西花园的全部，而是园内十块有建筑物的平地面积的总和，"共合计一顷四十二亩三分六厘"，并未包含园内水面和土山的占地面积。从这幅绘图整体来看，平地面积目测大略占全园面积的一半左右。因此我估算，西花园占地面积约为三百亩左右。

这幅样式雷画样和其他历史资料，还能让我们对西花园的山水地形和园内建筑的方位有较为清楚的认识和判断。因为图中对十块有建筑物的平地，都经过实际测量并且标记出了每块

平地的准确面积。我们便能根据各座建筑的名称、实际功能和规模大小，来合理确定它们的方位。

西花园是一座水景园。万泉河水从南墙的西端进水闸流入园内，在花园南部和中部形成一座横跨东西又远及北端的湖泊。从园西北角往东横亘一座北大岛。从园东部往西有一座伸向湖中心的半岛。北大岛西南边湖面向南排列着三座小岛。园内东南西三面围墙堆成断续的土山。湖水从东园墙的南端和北端两个出水口，分别流出园外，或注入马厂诸渠，或分别流进畅春园和彩霞园，再经红桥和淑春园东流，注入清河。

西花园的大宫门修建在园南墙偏东。在样式雷133-0025号《西花园现查情形（平样）》中，宫门内仅框出建筑群外部的轮廓，并未标出占地亩数。但与其西侧一地块相比，要稍大一些，我猜度约占十六七亩地。国图《畅春园卷》编者认定，这个建筑组群为"西花园南所"。我认为这个结论是正确的符合实际的。因为此处位于荷花四所建筑群。《日下旧闻考》记载："南所门三楹，二门内正殿五楹，东廊门内正室九楹，西廊门内正室五楹"。

西花园的主要殿堂讨源书屋建于何处？《日下旧闻考》明确指出："西花园河北正殿五楹，为讨源书屋。"正殿修建于园内河湖的北边，即面积较为宽阔的北大岛。据样式雷《西花园地盘画样》绘制，讨源书屋是一座三进院落的皇家建筑群。进三楹宫门后，一进院正殿五楹东西配殿各五楹。二进院正殿讨源书屋五楹，左右侧室各一楹，东西配殿各五楹。三进院后殿七楹，东顺山房九楹，西顺山房五楹。连同其他用房，"共殿宇大小用房七十四间"。这样一座大建筑群，需要广阔的占地面积。西花园的建筑面积都在十几亩地以下，只有北大岛地面较大。样式雷图载：北大岛上平地长98丈，宽38丈，有

62.08 亩。正是修建讨源书屋的唯一合适地点。讨源书屋建成后，额题为康熙帝御书。乾隆年间，也有松响舜弦弹、千峰出翠微、观德处等御书题额。

荷花四所的东所修建在半岛的东部。这里的平地长 29 丈，宽 24 丈，有平地 11.6 亩。《日下旧闻考》记载："南所之东为东所，门三楹，门内正殿五楹。西廊门内正室二楹，再西正室七楹。"

荷花四所的中所修建在半岛的西部。这里的平地长 30 丈，宽 24 丈，有平地 12 亩。《日下旧闻考》记载："由东所而西为中所，门三楹，门内正殿五楹。东廊门内正室三楹。东为垂花门，正室二层，各三楹。西廊门内正室二层，各三楹。"

荷花四所的西所修建在大湖西部三小岛的南岛。这里的平地长 40 丈，宽 20 丈，有平地 13.3 亩。《日下旧闻考》记载："南所之西为西所，门三楹，门内正殿五楹。西廊门内正宇二层。"

在园西南门德惠门内的西侧，有平地 6.66 亩。在此修建了承露轩，后厦为就松室，东有龙王庙。龙王庙修建在隔河土山旁的 13.3 亩的平地上。

西花园的东北隅和西北隅，各有十几亩平地，修建了西北门、值房和服务型建筑。

3. 康熙帝皇子在西花园

在康熙二十六年建成畅春园以后的几年中，即在御园西南修建了西花园。原先居住在畅春园西南隅无逸斋的皇太子允礽及其他皇子，便迁居到西花园去了。允礽居住生活在主殿讨源书屋建筑群，其他皇子则居住在花园南部荷花池畔的南、中、东、西四所。

关于康熙帝皇子们在西花园的生活状况,还没见过具体的记述。我根据最近翻阅历史资料所得,对此做一些简单的介绍。

(1)皇太子允礽在西花园

允礽为康熙帝次子,生于康熙十三年五月(1674年6月)。次年十二月即将他立为皇太子并颁诏天下。允礽年轻时受到优质的教育,让他随扈全国各地。康熙三十四年,皇帝册石氏为太子妃,为他完婚。康熙三十五年、三十六年,皇帝两征噶尔丹,命皇太子允礽居京留守,处理朝廷大事。此后父子感情出现裂痕。但在康熙四十五年,玄烨还写了《赐皇太子生辰诗》:"百岁桐长老,千年松满枝。万峰迎瑞气,亿兆庆灵芝"。

康熙帝为皇子的学习生活制定了严格的规章制度,聘请了才德兼备的学者充任教师。经常亲自过问、督促和考核。时任皇三子允祉的教师陈梦雷曾对诸皇子学习的情况,在《恭拟课余集后序》一文中,做过简略的记述:"侍王扈跸畅春,读书北园。……每晨东宫殿下偕诸皇子入问省视,膳毕退,各就池馆读书或赋诗,间临池染翰。虽盛暑不辍。久之……乃俯伏惊叹,我皇上修身齐家之事,度越千古而义方谕教尽美尽善。诚足为万世法也。……我国家东宫殿下神灵天授,圣学渊深。非愚贱所能赞扬万一。诸皇子虽未得躬侍,而仰瞻睿度之温恭,间窥睿藻之风雅,皆足焜耀古今。"

大学士张英不仅是皇帝的重要朝臣,还是皇太子的资深教师。他在城内皇宫时就对允礽进行不懈的教育和引导,深得允礽的尊崇信任。西苑有一株牡丹,株干最高,花朵繁丽,深得皇帝和太子的喜爱。张英应令写成一首诗《苑中玉楼春牡丹一株高数尺花开数百朵恭赋》,尾联是"独先众卉高高立,领袖姚黄魏紫中"。允礽先睹为快，爱不释手。张英扈随皇太子去北海五龙亭读书学习。进讲结束后，太子赐鱼给老师，张英吟诗感戴。《西苑五龙亭进讲蒙东宫赐鱼恭纪》的尾联是："讲诵罢时沾赐渥，甘泉风味侍臣知。"

康熙二十六年四月，康熙帝安排皇太子和诸皇子到畅春园无逸斋居住和学习以后，亲笔为无逸斋题写了斋名。张英遵旨写成一首《恭赋无逸斋诗应令》："清严鹤禁迥无尘，温清时闻道法亲。自昔屏书无逸句，高斋今见御题新。东华曙色映蓬莱，满架图书四壁开。无逸斋中勤诵读，龙楼正是问安回。"允礽还是一位书法高手，睿笔书写大字二幅赠给老师。张英对皇太子的表现也很满意，写成一首《畅春园中朝暮侍东宫讲席恭纪》："一径穿萝密，千峰与席平。隔花闻鹤唳，绕坐听泉声。广厦迎朝旭，陈编惬睿情。衰慵惭复喜，经史翊休明。"

陈梦雷是皇三子允祉的教师。他与允礽的交往也不少。允礽曾单独召见陈梦雷并令他赋诗，还约他讲解《性理太极图》。康熙三十八年秋天，允礽写成一首诗，托允祉转赐陈梦雷，并叮嘱要写和诗。陈梦雷在《七月十五日蒙东宫以睿诗一首赐示恭纪》的诗序中，记述了读诗与和诗的经历："臣梦雷得仰瞻睿制。臣跪读之下，仰见睿思渊深而出之以中和，圣学渊博而归之以大雅。诚太平有道盛世之音，上继明良复旦之音者也。余谨稽首顿首，以三诗恭纪其盛。"陈梦雷的三诗如下：

梁园瑞霭壁奎连，鹤禁颁来复旦篇。

离照文明今有象，万年文治日中天。

其二

文谟武烈十年长，何似皇朝作述光。

珠斗景星明少海，共瞻云汉烂天章。

其三

明良帝世赓扬威，花萼兴朝唱和多。

八表同文从此日，万方臣庶早讴歌。

这三首和诗又由允祉转呈给皇太子。不久，陈梦雷听到同年高璜转告皇太子对这三首诗的高度赞赏。允礽对高璜说：陈梦雷的三首诗"语语有典，使人不觉其用典。笔墨之妙至于用古而化。不知他胸中有几百卷书。"陈梦雷闻听皇太子对自己诗作的赞语，感慨万千。他在三诗的跋文中写道："臣闻之悚然汗下。伏念至愚至残，昏昧多忘。至于手不停披，实由天性"。语言虽极贬抑，但也透露出了自信和自豪。

南书房的翰林查慎行，经常陪伴康熙帝出入禁园，在园内直宿。他与皇太子见面的机会较多。时常遵从皇太子的指令，吟诗唱和，殿堂谈天，多次收受允礽的赠品。康熙四十三年的一天，允礽邀查慎行到西花园的书室去观赏父皇为他题写的几十幅御书匾额。其中不仅有畅春园的无逸斋，还有西苑三海的知稼轩、谦尊堂、日知堂等共二十九幅。由于允礽特别喜爱和重视"日知堂"这个题名，这是在他出阁时皇上为他题写的。他移居西花园后又将此匾悬挂在新的书房门楣，以便时时记住父皇的教诲。查慎行详细观摩每一幅匾额的深刻含意和书法艺术，认真听取允礽关于题名时情况的介绍。为康熙帝的教子之心和苍劲笔迹所感动，随口吟成八首七律《东宫召赴西园观皇上御书匾额大小二十有九恭纪七律八章》：

元气淋漓万象融，欣瞻宸翰辟鸿濛。

瑶源珠海来仙岛，凤翥鸾翔下震宫。

光射临池知浴日，笔随运肘想生风。

一时喜色关飞动，嵩祝齐传抃舞中。

其七

笔阵纵横气总降，帝书亘古擅无双。

九苞翔羽连翩起，万斛龙文独力扛。
迸散繁星悬两曜，尽收千派纳长江。
人间欲见曾多得，转幸身依青琐窗。

其八

茫茫学海望无涯，上殿恭承异数加。
目炫管中窥日月，梦回衣上带云霞。
欧苏小记荣天藻，羲献真传属帝家。
愧作玉星香案吏，难濡豪翰绘光华。

康熙年间的西花园里有一座康熙帝御题匾额的日知堂。允礽就是在这座书斋里完成他的学业的。允礽非常喜欢西花园的环境，喜爱这里山水景观、树木花草。他爱读父皇写的《咏杜鹃赐高士奇》诗，也在西花园的碧湖边观赏白杜鹃花，并且请词臣吟咏此花，查慎行写有《应皇太子令咏白杜鹃花》。浙词派首领朱彝尊也写了一首《咏白杜鹃花应东宫教》："银榜璇题一道通，仙花移植冠芳丛。色殊李白宣城见，状比嵇含岭外工。照水影齐红踯躅，卷帘香动玉玲珑。梯航万里来何幸，采入瑶山睿藻中"。

允礽这位皇太子在西花园的生活并不太平。他拼凑太子党"潜谋大事"，被康熙帝察觉，屡教不改。康熙四十七年降旨废除皇太子，囚禁上驷院。第二年又复立皇太子。五十一年十月再度废掉皇太子，禁锢咸安宫。允礽于雍正二年（1724）病死。

（2）皇四子胤禛在西花园

胤禛是康熙帝第四子。年幼时先后从大学士张英和徐元梦等学习满汉文字、经史典籍。九岁以后多次随父巡幸全国各地的大好河山和了解社会经济状况。康熙三十五年二月，受命率领正红旗从征噶尔丹。三十七年受封贝勒。四十八年晋封雍亲王。

　　胤禛与诸皇子一起居住在西花园，直到康熙四十六年迁居赐园圆明园。胤禛经常随从康熙帝在畅春园游览、进膳、诗词唱和。他不像有些弟兄那样明目张胆地争夺皇储大位，而是颇有心计地孝敬父皇，友善弟兄。他写了一首《恭睹圣心勤劳颂扬不尽又成长句》，博取父皇的好感。康熙三十九年春天，胤禛随康熙帝在畅春园泛舟，吟成一首五律《春日随驾舟次》："新柳绿丝柔，依依拂御舟。……春晴天气好，欢喜奉宸游"。这年秋天雨后初霁，金风送爽。康熙帝召来诸皇子吟诗唱和。皇帝吟成一首《禁园秋霁》："树冷催蝉咽，荷疏表影长。深秋残暑气，微爽待高阳。户外远尘迹。园中多蕙香。溶溶新雨霁，吟之愧成章"。他命皇子们吟出和诗。因为胤禛未能恭临这个小小的诗会，即未有和诗。当晚康熙帝又将四子召至膝前，命他恭读《禁园秋霁》诗，再补赋一首和诗，胤禛一边自谦才学疏浅，初研音律，一边反复诵读原诗，周密构思。在父皇面前吟成一首《禁苑秋霁应制·有序》："灵囿逢秋霁，西山晓翠张。澄波添太液，爽气发长杨。丛桂含香嫩，疏桐转影凉。宸襟披拂处，鱼藻有辉光"。他在序诗中记录了此次和诗补赋的经过和他的所思所感："康熙庚辰秋七月十九日，时雨初晴，风日清朗，新凉入座，林沼澄鲜。皇父听政之暇，亲洒宸翰，制《禁苑秋霁》诗一章，命诸昆弟分赋应制。臣未及与。向晚趋庭，荷蒙颁示天籁琳琅，云章绚烂。回环捧诵，莫测高深。又命臣补赋。伏念臣才学弇浅，初研声律，未涉藩篱。恭睹圣藻昭垂，目夺神移，益深愧悚。仰承恩谕，君父之前，讵敢自藏其丑。谨呈芜句，用博天颜一笑云尔。"

　　胤禛对西花园的生活很是满意。这里的生活条件非常优越，也有良好的居住环境。他吟出多首园居生活的诗篇，表达他愉快的心境。他的《园居》诗写道："十分春色属清明，翠积岚光媚晓晴。帘幕争飞村社燕，池台巧啭上林莺。青丝摇曳萦烟槛，红雨菲微扑绣楹。赋罢小诗清昼永，闲随白鹤柳边行"。

胤禛还经常到西花园外徜徉，了解海淀六郎庄一带的村容街貌、广袤的农田和京西稻的生长情况。一年季春，胤禛骑马悠然地在绿柳垂丝的淀西大道上闲逛。彩蝶在野花丛中旋舞，点点飞花飘落到游人的衣襟上。万泉河水里野鸭在萍蓬中漫游，高高的晴空有纸鸢在迎风飞翔。西方小村古松旁那飘动着酒旗的茅店，正是人们品尝六郎庄特产莲花白酒的地方。胤禛被眼前这特有的京西风光所陶醉，随口吟出一首《春郊》：

策马向春田，闲游野趣偏。

飞花时点袂，**舞蝶故随鞭**。

萍密藏溪鹜，风高戾纸鸢。

酒旗遥入望，茅店古松边。

胤禛还在《秋雨》和《秋日》等短诗中，描画出京西稻田的景象："曲沼波痕涨，平畴稻颖繁"；"丰年不用农人告，手把香秔验先秋"。由于雨水充沛，万泉河、丹棱沜等溪湖水涨，广阔的稻海金浪翻滚，皇子手握沉甸甸的稻穗，不用农人相告，早就验证了又是一个丰收的年头。

胤禛迁出西花园后，在赐园圆明园住了十几年，在康熙帝逝世后登极成为雍正皇帝。圆明园建成新皇帝居住和理政的御园。

（3）允禵在西花园

允禵是康熙帝的第十四子，与雍正帝胤禛为同母所生。他年少聪明，文武全才，深得父母喜爱。康熙三十九年（1700）他十二岁开始，随父皇巡幸塞外，恭谒皇陵。四十八年被封为固山贝子。每次参加皇帝的召见活动，他都是弟兄中年龄最小的。如他写有《同诸兄宁寿宫请安》《南巡回銮同诸兄迎驾》等。他对父皇的恩爱有突出的感受。他在《时人不识余心乐应制》诗中，向父皇展现无比幸福的心境："我生何幸受恩偏，心悦难得著语言。淡淡和光蒙舜日，悠悠潇洒奉尧年。承欢每听丝言喜，侍侧常闻二典篇。童口芳龄叨圣训，时思为善乐天然。"

允禧对畅春园和西花园的生活也很满意。在《春夜畅春园作》的尾联写道："凤城咫尺闻宫漏，谁道园居不是家？"西花园是皇子们居住的地方。他们除随父皇出巡外，就是在园内接受老师的讲授教导、学经典吟诗词。他们对这些朝中名儒非常佩服，对他们在朝廷和社会上的地位也甚为关注。有一次，允禧的一位老师被皇上钦点主考，允禧喜出望外，激动地写出一首《老师钦点主考喜赠八韵》，亲手交给老师："凤诏辞庭日，先生衔命时。寒儒引领望，茂硕吐英奇。长缺不须弹，黄金那可遗。知君有三乐，知君畏四知。欣欣怀古道，锵锵拜座师。桃李盈阶砌，琴书满案帷。声名从此播，文教自今垂。诚哉吾夫子，福履自安绥。"

西花园的荷花四所，是皇太子允礽的兄弟们居住的地方。这里有座两层楼，矗立在湖中小岛上，名为"先得月楼"。允禧触景生情，写了一首《赋得近水楼台先得月》诗："夕曛生练色，交映画檐前。只为溪光静，长教月影迁。寥寂遍台沼，皎皎露婵娟。此际心神悄，堪吟池上篇。"这首五律描画了西花园池荷四所的具体情况，岛上高楼披满月光。诗人在岛上居所吟出这首"池上篇"。先得月楼建在小岛上，没有树木的遮挡，当月光洒满大地时，自然是"近水楼台先得月"！这"先得月楼"的命名还有深一层的寓意。"近水楼台先得月"是流传在社会民间的一则成语、谚语。寓意为：靠近权力中心的人能先得到便宜。其实成语源于宋代的一首《断句》诗，这首诗只有两句。宋代俞文豹《清夜录》记载："范文正镇钱塘，兵官皆被荐。独巡检苏麟不见录。乃献云：'近水楼台先得月，向阳花木易逢（为）春。'"据说，范仲淹读诗后，苏麟得到了提拔。由此看来，西花园内先得月楼的命名，与实际的自然景观相一致，居住在此园的皇子们也是生活在政治的"春天"里，受到皇帝的关怀和呵护，个个都有光辉的前程。但是社会的发展是复杂的。这些皇子在日后皇储争夺中，演出了一场生死存活的争斗悲剧。

允禵在康熙五十七年被康熙皇帝任命为抚远大将军，率师征讨藏区的叛军。在节节胜利的形势下，康熙帝在北京病逝。登上皇帝宝座的雍正帝胤禛，令允禵飞速回京。虽然给了允禵一个郡王的头衔，却发往遵化去看守景陵。后来又囚禁于景山寿皇殿。直到乾隆帝即位后，才将允禵释放出来。虽然在乾隆十三年晋封为恂郡王。但是他始终没获得实际的政治权利。允禵于乾隆二十六年（1761）去世。允禵没出版诗集。他的百余首诗是由后辈保存到民国年间，夹杂在嫡孙永忠的诗集中才得以保存下来的。

（4）允礼在西花园

允礼是康熙帝第十七子，生于康熙三十六年（1697），为纯裕勤妃所生。他在九岁时开始随驾巡幸、谒陵。直到康熙帝逝世，他也没受封。因为太子党争储活动最激烈的时候，他还是一个少年，没有参加到争斗的漩涡中去。他得以较平静舒适地生活在西花园中。他在此期间写了大量的诗词，收录在他的第一部书《静远斋诗集》中。

允礼与皇兄一起，经常听命参加父皇在畅春园举办的各种活动。在宴会、咏诗、较射、赏景中，接受父皇的教诲、奖励和恩赐。他的《御园赐宴恭纪》写道："载阳春日好，御苑倍新奇。杨柳垂堤岸，琼瑶缀树枝。庭前宜纵目，岩际合吟诗。历历升平象，闲游步屦迟。"允礼还经常收到父皇和妃母的御书、工艺美术品、食品和衣物等赐品，感受父皇的恩惠和家庭的温暖。

允礼在西花园的生活无忧无虑，优越奢华。但是他按照父皇的教诲，集中精力学习满汉文字、儒家经典，读诗吟诗，探索书艺，一步步汲取知识，陶冶性情，逐步成长。允礼把读书和吟诗作文当作一种兴趣和爱好，成为园居生活的重要组成部分。他的《赋得大块假我以文章》诗写道：

春风随我到书堂，坐对图书兴转长。
谁识天机流动处，鸟语花香尽文章。

允礼还在《赋得朝朝染翰侍君王》诗的尾联写道："天颜最喜新成赋，敕给松花砚有铭。"他非常知情，父皇最爱读皇子们的佳作，还给写好诗的皇子以精神和物质奖励。允礼不仅精读康熙帝的书法作品，还认真临摹父皇和历代书法名家的作品。他把临池染翰当作一种艺术享受。他的《赋得花香满砚池》诗，敞开胸怀记录了他的感受："何处鲜花散异香，微风相送到书堂。湘帘不卷轩窗净，援笔闲题字数行。"允礼对西花园和皇子们的生活太熟悉了。他写了一首组诗《四时园居》，分春夏秋冬四季概括花园的客观环境、皇子们的实际生活和他们的作为及感受。从而加深了人们对西花园的认识。全文如下：

春日园居处处宜，气清天朗最佳时。
溪中碧水淙淙逝，亭畔花香冉冉垂。
宛转流莺啼不住，往来闲鹤步还迟。

娱人好景诚堪赏，一曲梅花玉笛吹。

三夏闲居日正长，湖山胜处足徜徉。
绕堤杨柳垂垂碧，出水芙蓉漠漠香。
风度深林消暑气，泉鸣曲涧送新凉。
终朝啸咏心无事，坐对琴声到夕阳。

淡淡秋容倍有情，一园风物正幽情。
当门碧沼澄云影，拂槛凉风送鸟声。
翠竹青青围户牖，黄花郁郁绕檐楹。
深居自与尘嚣隔，诗思须知静里生。

漫道园林冬不妍，三余光景足流连。
沉香已就宣炉爇，新茗还教活火煎。
坐读正当梅绕座，行吟况值雪连天。
灞桥风景何须忆，此地悠游即是仙。

允礼经常到西花园外活动。海淀镇和六郎庄是他熟悉的地方。《春光好》一诗，记下了他鲜明的印象："海淀春光好，溪流宛若耶。遥山青过雨，细草绿平沙。帘卷和风入，花深小径斜。一钩新月上，玉笛起谁家。"六郎庄西堤一带，也是允礼最常莅临的地方。他到京城皇宫，得从三汊口登船，沿长河到高梁桥再进城。如他在康熙六十年作有《四月二十九日宿直归，出西直门，自高梁乘舟抵三汊口，得三绝句》。其一为："喜是轻舠水上行，轻轻芦叶若相迎。舟人特地撑篙缓，有意教人畅野情。"允礼还随父皇到西湖渔猎。在《恭拟西淀水猎应制》诗中写道："四面黄头齐掠网，满船泼刺紫金鳞"。"海晏河清近百年，主恩如水浩无边"，表达了对父皇的赞颂和感激。过了几天，允礼还得闲到西湖去捕鱼。不巧遇雨，便到湖畔的龙王庙避雨，写成一首《三汊口遇雨避龙王庙》："且喜渔人网鳜鱼，轻舠欸乃性情抒。雨声风势来西岭，寻却僧房好读书。"康熙五十年是个大有年。京西稻获丰收，辛苦一年的稻农，一扫昔日的愁眉苦脸，感受劳动的欢乐。允礼颇受感染，挥笔写成一首《赋得三秋大有年》："老少嘻嘻乐，皆言大有年。高千弥北陆，嘉谷遍东阡。村舍鸡豚壮，家园枣栗鲜。三秋书胜事，鼓腹向尧天。"

康熙帝去世后，允礼得到雍正皇帝的重用，被封为果郡王，雍正六年（1728）晋封果亲王。允礼在雍正三年移居新建的赐园自得园。他于乾隆三年（1738）二月去世。

附录：西花园园外建筑及管理

在《日下旧闻考》之《国朝苑囿·西花园》一节，在记述西花园的建筑景观中间，插进了几处园外建筑。引文末尾都注明"《西花园册》"。这证明：这些建筑虽然不在西花园内，但是由西花园的管理人员统一管理的。这些建筑都位于西花园附近。在康熙年间的园外建筑有两条，一是永宁寺，二是虎城和马厂。

记述永宁寺的条文写道："畅春园的西北门内正宇五楹，后室三楹，旧称为东书房。其右为永宁寺。寺内正殿三楹，配殿各三楹，后殿五楹。内供十六罗汉。寺门外为崇台，后台为船坞。"我认为，将"东书房"放在这里记载有些文不对题，将畅春园东书房列在西花园的附属建筑中也是不合适的，将畅春园的东书房列在畅春园的西北角，如此颠倒方位也让人生疑。

畅春园到底有没有一座东书房呢？在《日下旧闻考》详细

记述畅春园内的景观时，并无有关东书房的内容；查看道光年间样式雷绘制的《畅春园地盘形势全图》，也不见它的影子。我经过多方查阅，发现康熙朝翰林词臣吴暻在他的《西斋集》的诗中有一段记载："甲申十月曾蒙恩召入畅春苑东书房有即事纪恩之作"。吴暻确认，他在康熙四十三年（1704）十月曾蒙皇帝之召，进入过畅春园内一座名为"东书房"的建筑。他的记载是可靠的。他曾多次应召进入皇宫大内、西苑三海和畅春园，参与政治、文化、赏景活动。康熙四十四年（1705），他在畅春园小东门外跪伏，将自己写的十二首感恩诗恭献给康熙帝。吴暻对畅春园的重要景观也有准确的记述。如他在《西山》诗中写道："肃穆澹宁居，奏记交接武"，"读书两高斋，天作文章府"，句后有注："苑中有渊鉴、佩文二斋，为翰墨清宴二所。"

吴暻受召进入东书房，这座东书房位于何处？进入此地有何公务呢？吴暻在《西山》诗中写道："清溪有新构，幽绝更何许。"句后有注："时清溪书屋初成，在东书房之内。"吴暻还在蒙召进入东书房诗的结尾写道："清溪六曲屏风影，都在孤臣涕泪间。"句后有注："是日命画清溪书屋屏风。"吴暻此诗确证，他曾经受康熙帝之召进入东书房，为新建的清溪书屋绘制屏风的图画，畅春园内确实有一座东书房。清溪书屋是在东书房的基址上修建的。此后位于畅春园东北隅的康熙帝寝殿便命名清溪书屋，而东书房的名字随着岁月的流逝而逐渐消逝了。

从上述资料可知，《日下旧闻考》将东书房放在西花园是"误植"，记载东书房位于"畅春园西北门内"是"误记"。但是这则条目具有一定的价值，它记载了畅春园确实曾经有过一座东书房。

康熙帝十分重视西藏和内蒙古地区的安全和稳定,重视藏传佛教的发展。畅春园西北门外、挂甲屯南部永宁寺的修建,便是他统战思想的体现。他亲笔为永宁寺正殿题额"调御丈夫""智光普照",表示对佛教信徒的关心。

《日下旧考闻》记载:永宁寺西为虎城,稍西为"马厩"。位于挂甲屯西南部的虎城,是康熙帝畜养猛虎的地方。明清两朝的皇帝有养虎的喜好。玄烨也以养虎猎虎来展现他的勇敢和智慧。虎城的建筑非常坚固,是用砖石砌成的,上边有铁罩和木排。城内建一座城楼,可以观赏老虎。康熙帝多次到热河猎虎,他向侍卫谈到:"朕自幼至今用鸟枪弓矢获虎一百三十五。……其余围场内随便射获诸兽不胜记矣"。高士奇在《扈从东巡日录》中,记述了他亲见康熙帝射虎的经历:"是日行围桦皮山,皇上亲射三虎。皇太子年甫九龄,引弓跃马,驰骤山谷间,矢无虚发,见一虎射之立毙。万人仰瞻,莫不震颂。自此,每合围时射虎甚多,不能尽记"。庶吉士汪灏也曾在《随銮纪恩》中,记述玄烨于康熙四十二年在热河率众射杀一只370斤重"黄毛黑斑"巨虎的故事。

西花园是畅春园的附属园林,建园初期由畅春园总管园务大臣负责管理。后来单独设置了管理官员。康熙四十三年(1704),西花园设总领二人,副总领八人,笔帖式二人。后又增无品级总领一人。西花园的园务和西花园所属的永宁寺、虎城和马厩的相关事务,全由西花园总领负责管理。

三、乾隆年间的西花园

1.乾隆帝在西花园

进入乾隆年间以后,弘历沿袭其父皇雍正帝的惯例,仍以圆明园为御园。一年中，一半以上的时间住在圆明园，并在此上朝理政。而将畅春园作为奉养其生母孝圣皇太后的御苑。皇太后常年住在寿萱春永殿，也曾在园内的凝春堂、集凤轩和蕊珠院居住。

弘历经常去畅春园向皇太后请安，请安后即在园内的无逸斋、集凤轩、观澜榭和西花园的讨源书屋休憩、传膳和视事理政。据我的文友张恩荫统计，乾隆十七年，皇太后在畅春园居住213天，弘历莅园向皇太后问安多达50次。又如乾隆二十一年，弘历莅园向皇太后问安33次，并在西花园讨源书屋进早膳、引见官员和视事19次，在集凤轩2次。

弘历从乾隆六年（1741）四月开始写《诣畅春园皇太后宫问安》诗，直到皇太后去世前两个月的乾隆四十二年（1777）十月，写最后一首畅春园问安诗《诣畅春园恭问皇太后安遂驻御园有作》，先后写作此类诗作共有80多首。

弘历问安后经常到西花园讨源书屋来。他从乾隆七年（1742）开始写西花园的诗。第一首诗为《讨源书屋恭瞻皇祖御笔》，其内容如下：

廿年春色闷灵园，徙倚空怀岁月奔。
雨过药栏花解笑，风回琴沼水添痕。
璇题耀日瞻飞白，绮席当秋想弄孙。
心法从来含治法，讨源深愧未穷源。

从此时至皇太后去世前半年的乾隆四十一年五月，写最后一首关于西花园的诗《夏日讨源书屋》，弘历在这三十四年间共写关于西花园的诗60多首。皇太后去世后，弘历便不再到畅春园问安，再也不到西花园，再也不写关于西花园的诗了。

弘历在一些诗篇中，记载了他在西花园处理政务的情况。《讨源书屋对雨》写了四首七绝，其三写道：

传餐以罢咨朝政，批答封题不厌详。

阁部诸臣恒宴见，今朝都觉喜逾常。

因为"年来愁喜壁诗讬，惟是协时阴与晴"。天气的阴与晴是决定愁与喜的主要原因。因为那天下了雨，使得"麦收禾黍润新膏，水足稻塍免桔槔"，稻田里积满了雨水，不需要再从井里提水灌溉了，自然满心欢喜，比平时高兴多了。

弘历在雨天处理朝政，还在雨中较射。乾隆二十三年六月的一天，弘历在畅春园向皇太后问安完毕，来到西花园办理政务后，想趁此几暇观看从官和侍卫较射。虽然密云已布满西山，还是不想停止演练。谁知"抨弦发羽不数队，须臾飞点倾滂沱"，竟然下起了大雨。这使他想起了前年（丙子）到热河避暑山庄出塞行围时，在雨中较猎的往事；又联想到八旗雄兵在讨伐顽敌时，冒着酷热和暴雨勇敢征战的情景，下定决心"习武那辞烝陟波"！即使长时间淋在倾盆大雨中，也要继续较射。演练结束后，弘历对"是日因较射澍雨沾衣从臣及命中者，亦各赐纱"。弘历为了奖励那些在雨中较射的臣子和侍卫，各奖励给一匹宫纱。此时雨未停，但雨后万泉河水猛涨，正好行船，弘历乘舟从西花园出发，穿过永宁寺前盛开的荷花丛，在洗去炎蒸的清爽空气中，返回了圆明园。弘历在《雨中泛舟自讨源书屋归御园》诗中，记述了这段史实。

弘历对讨源书屋的殿名非常重视，曾专写一篇《讨源书屋记》，悬于殿壁，进行深入探讨。他对讨源书屋的环境做了概括的描绘："畅春园之西有屋数楹，临清溪，面层山，树木荟郁，既静以深。溪之藻匪蒲伊荷，山之禽匪晓伊歌"。这座讨源书屋，临近清溪，远对层山，松柏常青，竹树荟郁。溪塘中的水藻非蒲即荷，假山上的飞禽非鸣即唱。这是一个多么幽静又深窅的环境啊！从表面上看，这西花园简直就像陶渊明描画的桃花源。弘历在《春暮讨源书屋》一诗中,也确实将西花园称作桃花源。此诗将西花园的暮春描写得生机盎然,景色优美。身在松轩,透过杏牖细观园内美景,"错锦红围岸,铺茵绿到阶";方才还在小阁凝神而坐,此刻又步蹀越过平桥,"水边新柳线,雨过远山螺",眼前是一派江南景色,"比似江南景,诗人道若何?"这当然是一句肯定式的反话。诗人在清静的山林间穿行,狎鸥闲步,驯鹿可扪,路旁桃林绽红,溪水漫流,这无疑就是武陵源了!讨源书屋竟是建在桃花源中。弘历写道:

寄兴烟霞外,游神竹素园。

研精因得趣,契理亦忘言。

鸥狎心无竞,鹿驯手可扪。

桃花林夹路,此是武陵源。

但是,弘历在《讨源书屋记》中,对讨源即桃源的说法做了明确的否定。他写道:"盖尝深维讨源之义,岂以其据洋洋之泉府,似窈窕之洞天,骚人寓意所谓武陵源之比也哉!"弘历在这篇文章中断然摒弃"怡情山水之为益"的说法,继而进行了深入的探讨。

弘历在讲到"讨源"的意义时写道:"额之楣讨源,则我皇祖摛天文而垂擘寓也。昔予小子日侍清宴之所,今以问安视膳之暇,亦每憩此,咨政抡材。肯构继至之衷,久而弗敢懈"。原来弘历所讲的"讨源",就是继承圣祖玄烨的遗志及其帝业,学习和实践"正心、修身、齐家、治国平天下"的知识和理论,咨政抡材,建设富强的大清帝国。

然而,弘历对自己的学习和实践并不很满意。从他第一首讨源书屋的结句:"心法从来含治法,讨源深愧未穷源",到最后一首讨源书屋的结句:"讨源竟何苦,所愧尚迷津",都用一个"愧"字。弘历在乾隆十三年七月莅临西花园,园内一派夏末秋初风光。红桥碧水,荻雨荷风,风过竹韵,雨余荷香,何等醉人的佳景。然而抬头看见"讨源书屋"的圣祖题额,还是使他引发诸多联想。他在《讨源书屋》诗中写道:

雨余荷气迎人馥,风过竹声似管繁。

佳景便教成即景,讨源终愧未穷源。

又是一个"愧未穷源",可见弘历时刻想到治理大清帝国中的缺憾和不足,希望国家更强盛更富足更安定些。

弘历在他的诗篇中,对西花园的四季风光作了生动的描写。这使人们对西花园的感知更具体更形象化了。西花园之春,我们在前引《春暮讨源书屋》中已有些了解。西花园之夏则另是一种风情:

苔纹芝篆绿侵坳,避暑轩楹豁且廖。

每对南风思舜曲,从知大地总羲爻。

有源活水成琴弄,不尽青竿杂佩敲。

愧我未探书径路,拟将吟兴自今抛。

诗人到这座高峻豁亮的水轩来避暑,假山和石阶都生满了绿色的苔藓;流淌的泉水奏响悠扬的琴声;风吹翠竹发出鸣响和着敲击玉佩的清脆乐音。可惜我还没有摸清读书的门径,我会舍弃吟兴不再写诗么!

夏季多雨,晴雨更能牵动诗情。《讨源书屋对雨》写道:"乍见庭凹起泡影,更闻闸口落泉声。片时西北旋开朗,宜麦宜禾总惬情"。诗注写道:"是时麦将收宜晴,禾初苗宜雨。雨而即晴,实惬农望"。农望指农民的祈望,也是指农田中的禾苗和成熟的庄稼之需,这也是诗人之所盼。大雨后很快透出青天,既有利于麦收,又有利于夏种,这是让所有的人都高兴的事。

深秋的西花园，虽然略带萧瑟，但仍给人以清朗寥廓的感觉。书屋窗外是一幅秋天的图画，淡霭寒烟笼罩着白鹤漫游的池塘；树叶在晴空里无声地飘落，袒露出高低起伏的光秃的山岭。重阳节快到了，高兴地将傲霜的黄菊插在精致的胆瓶里；泉流的声响冲走了心头的烦虑。这正是倾心读书的大好时光啊。辽阔的天空看不到一丝荫翳，真想插上双翼，在无限的长空里翱翔。诗人把眼前的风光和思绪凝结在《深秋讨源书屋》一诗中：

淡霭寒烟罨鹤汀，水轩秋色满疏棂。
谢时绿叶难遮岭，及节黄花喜插瓶。
书遇会心皆可读，泉能蠲虑剧堪听。
廖天极目无纤翳，吾与长空共窈冥。

初冬的西花园，已是寒气袭人，空阔廖落，但仍不乏生机："萧斋构垂陬，秋老山容古。鉴池霜后澄，潜鳞俯堪数。明窗向暖曦，毡帘垂我户"。书屋建在水涯深曲之外，假山上下草木凋零。但明镜般的池塘在霜降后更显澄清，连水底的游鱼都历历可数。和煦的阳光从玻璃窗透射进屋，送来丝丝暖流，毛织的厚帘已经挂在殿堂的门槛。正是在这种环境中，可以"优游翰墨林，黾勉诗书圃"，进一步探讨治国的学问了。

西花园的四季风光是如此美好，但弘历在生母去世后，便永远告别了这座御苑。

2. 乾隆帝皇子在西花园

乾隆年间的西花园，不仅是弘历向生母请安后憩息和理事之所，那荷花四所仍然是皇子们闲居和养病的地方。

乾隆二十六年（1761年），皇太子永璋住进了西花园。皇五子永琪到畅春园西厂演练射猎结束后，顺便到西花园去探望养病的六弟。永琪对西花园非常熟悉,多次到此处游赏,曾经吟咏过《题西苑三友图》《秋日园中即事》等诗。这天他来到荷池四所,与六弟泛舟谈天,甚是融洽。他对六弟书斋良好的学习环境给予肯定,对六弟的学习精神也非常赞赏,便吟出一首诗《西厂小猎毕至佩和六弟西花园泛舟即景得句》。诗中写道:"一径达芳园,清飚澹回互。方舟溯渺泷,迨兹烟景暮。榜歌悠且绵,奚隶杂鸥鹭。书室缔三楹,牙签排四库。棐几日精研,诚哉识先务。"

永瑢病愈迁出西花园后,这年初夏,肺病转好的皇四子永珹也被乾隆帝安排到西花园休养。永瑢在半年前即知四兄的病情逐渐转轻,当时在《和四兄见怀韵》诗中写道:"秋来肺病得凉苏,此际思君在远途。落叶愁听霜信早,天涯怅望塞山无"。几个月之后,又专程到西花园来探望养病的四兄。弟兄相见,分外亲热。他见四兄在清静幽雅的环境里,病势日轻,生活和学习条件又十分优越,便写下了《四兄病已渐平复恩准西花园调养诗以志喜并以述怀》:"一榻维摩结净因,偶然示疾未为真。参苓随意调和气,花鸟关心正好春。病势渐随寒势减,韵光欲共宠光新。西园静摄应知慰,四面青山是旧邻。凤城西去指名园,花柳阴深直到门。爱主禽鱼如解意,酣春桃李自忘言。衣裘须慎寒暄节,匕箸还调早晚飧。兄弟从来知嗜好,莫教山水惹吟魂。"

四兄永珹是一位诗人,自幼写得一手好诗。被皇族权威诗人允禧称赞他"耽诗成癖",赠送一个"诗魔"的称号。还与永珹、弘曕组成一个"吟社骚坛",成为祖孙三代文心相通的诗友。因此永瑢才在诗末写出"兄弟从来知嗜好,莫教山水惹吟魂"这样意味深长的嘱咐。

五弟永琪得知四兄永珹遵父旨到荷花四所休养后,便写成一首七律《四阿哥移居西花园》，诗中也不乏赞扬四兄刻苦学习的内容。如说"华堂占地苑西南，满架图书性所耽。历历晓星趋讲幄，朝朝协日促归骖"。天气转凉的立秋那天，永琪写了一首《立秋日作》诗，便又离家来西花园探望四兄病情。他读了永珹新写的四首立秋诗后，便吟成一首《四阿哥辱和立秋诗四章余再叠前韵奉答》：

自惭材比细泉流，惊睹烟霞满目浮。
逸韵早能增纸贵，闲情未解对花愁。
三更院落槐枝露，百顷湖光苇叶秋。
今夜十分明月好，萦情水面最高楼。
晶枕藤床滑欲流，支颐绝爱晚凉浮。
星稀寥廓宜闲坐，泥滑长途莫预愁。
乾鹊频来知唤霁，寒蝉不歇恋吟秋。
挥毫只拟联貂尾，敢诩增修五凤楼。

原来永珹就住在荷花西所那座小岛上，与祖辈恂郡王允䄉住在同一座"先得月楼"。永琪吟出"今夜十分明月好，萦情水面最高楼"，堪与祖辈的"池上篇"中的"寥寥遍台沼，皎皎露婵娟"相媲美。这确是怡人居住的福地。

3. 乾隆帝妃嫔在西花园

（1）庆贵妃陆氏病逝西花园

乾隆帝庆贵妃陆氏是苏州人，陆士隆之女。生于雍正二年（1724年）六月。乾隆十三年正月封为常在，四月二十日晋封陆贵人，十六年封庆嫔。陆氏颇得皇帝喜爱和信任。乾隆帝六次南巡，令庆妃陪驾就有三次。她还曾伴驾东巡泰山。皇帝将令妃生的十五阿哥颙琰交给陆氏抚养。还于乾隆二十二年下旨，令庆妃的家人入旗，属于镶黄旗英廉左旗下。

乾隆二十四年，在陆氏晋封庆妃时，皇帝册封的册文写道："尔庆妃陆氏，夙著柔嘉，素娴礼则。早膺象服。小心祇事夫慈宫；久侍璇闱，今德夙传于女史。兹奉皇太后慈谕，册封尔为庆妃。"

乾隆三十三年，陆氏晋封为庆贵妃。后来她久病三年，皇帝为她寻访良医，多方诊治，仍未奏效。皇帝安排庆贵妃到西花园养病。皇帝北巡承德避暑山庄时，仍命人报告陆氏病情，遇到危重时还派专人去探望。

庆贵妃于乾隆三十九年七月十五日病逝于西花园。享年五十五岁。乾隆帝闻讯后传旨："本月十五日庆贵妃薨逝。著辍朝五日"，并派六位皇子公主、三位郡王穿孝；著六皇子质郡王和礼部侍郎、内务府大臣总理丧仪所有应行事宜。令皇十五子颙琰独自在神武门东小花园穿孝。庆贵妃陆氏葬于清东陵裕陵妃园陵。

乾隆四十二年，皇十五子颙琰为她的养母庆贵妃写了一首悼诗，《七月十四日庆贵妃母妃忌日也，适逢成命祭陵之期，恭赋长诗律一首以志哀慕》：

鞠育恩深十五年，悲逢忌日意凄然。

含辛恻恻千秋水，洒泪茫茫万里天。

每忆提携兰殿里，空余展拜桂帷边。

仰瞻云表攀难及，衔恤终身孺慕牵。

嘉庆四年正月初四日，即太上皇乾隆帝弘历驾崩第二天，嘉庆帝颙琰以曾受庆贵妃陆氏抚育，发布一道上谕，追尊为皇贵妃："朕自冲龄，蒙庆贵妃养母抚育，与生母无异。理宜特隆典礼，加晋崇封，兹追封为庆恭皇贵妃。"

（2）香妃金棺停置西花园

经过专家们根据历史资料仔细查证研究，香妃就是容妃。

容妃生于雍正十二年（1734）九月十五日。新疆维吾尔族人。她是和兄长图尔都应乾隆帝之特召一同赴京的。乾隆二十五年六月，容妃以和贵人的身份受到皇帝的赏赐。乾隆二十七年晋升为容嫔。乾隆三十三年奉皇太后懿旨，著升容嫔为容妃。

乾隆帝很喜欢这位维吾尔族皇妃，对她的穆斯林身份一直予以特殊的照顾。命她居住在圆明园西洋楼中心景区的主体建筑远瀛观。殿西有一幢三间二层小楼方外观，是一座清真寺。香妃每逢星期五都要来这里做礼拜。为了解除香妃对遥远故乡的思念，让她在方外观南边的八角琉璃亭中，欣赏西域少数民族的乐曲；在方河线法墙上展现出阿克苏十景等多幅图画，供她观赏。皇帝还专门聘请回族厨师，为香妃烹制可口的家乡饭，想办法让香妃习惯于北京的生活。

乾隆帝曾多次带容妃出京，到承德避暑山庄、东巡祭孔、南巡江浙以至谒陵盛京，在途中给予周到的照顾和关爱。乾隆四十三年（1778），东巡盛京时，在随同伴驾的六位妃嫔中，容妃列名第二。乾隆四十六年五月十五日，皇帝在圆明园奉三无私殿设宴，容妃居西边头桌首位。自乾隆五十年起，容妃在宫中大宴中便很少露面。乾隆五十二年容妃生病期间，皇帝曾多次赏给她时令糕点和水果。就在赏给她春桔后的第五天，即乾隆五十三年（1788）四月十九日，入宫二十八载的容妃病逝于圆明园。享年五十五岁。

容妃由于受到乾隆帝特殊的宠爱，生前按例应得和蒙恩赏赐的礼品极为丰富。容妃临终前，将这些珍品分赠给她的亲属、宫中姐妹、晚辈及服侍她的太监、宫女等，作为纪念。据统计，仅东珠、正珠和各色珍珠就有2436颗，红蓝宝石等160余块，各色衣裙2000多件，宫用绫罗绸缎140多匹，各色金玉珍玩不可胜数。获得容妃这类"遗念"的人们，又一次体验到这位维吾尔族皇妃的善良和仁爱。

遵照乾隆帝上谕，容妃金棺暂安于畅春园西之西花园。四月二十七日从西花园奉移到北京东北郊的静安庄殡宫暂安。九月十七日，皇帝命皇八子仪郡王永璇护送容妃金棺奉移东陵，九月二十五日葬入裕陵妃园寝。

（3）嘉庆帝庄妃金棺停置西花园

乾隆末年，内务府包衣女子王氏参加了宫女选秀。王氏的父亲只是一名举人，王氏虽然出身低微却被选中。乾隆帝并未将她留在身旁，而是将王氏分派到十五阿哥颙琰身边去做侍女。颙琰在乾隆三十八年已经被秘密立为皇储了。乾隆帝是蓄意要送给皇储一位未来的皇妃吗？

果然不出所料，颙琰继承皇位，是为嘉庆帝。他将原侍妾身份的王氏册封为春常在。三年后晋封为春贵人。不久又封为吉嫔。嘉庆十三年晋封为吉妃。后来又封为庄妃。

嘉庆十六年（1811），庄妃王氏病逝于圆明园。嘉庆帝命庄妃金棺停置于畅春园西之西花园。后葬于清西陵昌陵旁的昌妃陵。嘉庆帝对庄妃王氏的葬礼格外重视，皇帝两次亲临祭奠。在入葬典礼中，中宫孝和睿皇后亲率妃嫔目睹王氏入葬。人们猜测，庄妃王氏获得如此善待，与乾隆帝将宫女分派不无干系。

附录：乾隆帝在西花园阅武楼阅兵

《日下旧闻考》卷七十八《国朝苑囿·西花园》，有一条援引自《西花园册》的记载："永宁寺西为虎城，稍西为马厩，再西为阅武楼。"引文说明，阅武楼与永宁寺、虎城、马厩一样，虽然地址在西花园外，但因地处分散，又离西花园较近，便一并划归西花园的官员统一管理。

当圆明园八旗护军营成立之后，各旗都自有练兵的校场。为了每年都举行较大规模的阅兵，便在御园的西南方选建了一座西苑大操场。雍正十年（1732）春，胤禛检阅了圆明园八旗内务府护军营。因为操练成功，龙心大悦，便发出御旨建立八旗官学，用心培养八旗兵子弟。乾隆四十一年（1776），皇帝传旨，在西苑修建阅武楼。其建筑为三层，一层为六尺六寸高的月台，外侧用条石包砌；二层为方城，城高一丈九寸，前后平列三门；三层为城楼，是歇山庑殿顶。楼额书"诘戎扬烈"，楹联为："辑宁我邦家以时讲武，懋戒尔众士以兹课功"。另有一联为："讲武惟期征有福，居安每念式无愆"。都是弘历御书。

阅武楼南侧有一座圈有围墙的练兵场。乾隆四十二年（1777）春，乾隆帝在此举行大规模的阅兵。因为对整体演练非常满意，传旨邀约三十位前锋校以上旗营官员，到清漪园赏景并赐饮宫廷御酒菊花白。弘历乘兴吟出一首《阅武楼作》：

节前阅武甸场实，组练生光了弗寒。
可勿用仍要以备，不忘危敢恃其安？
新疆旧部兹同扈，北貉西戎许并观。
破险冲锋或经见，正旗堂阵俾初看。
销兵气共阳和邕，训旅心殷扬觐难。
示义方还颁礼赐，武臣莫重诩登坛。

四、西花园的衰落和遗址

进入清中后期的西花园逐渐衰落了。

乾隆年间畅春园是弘历奉养生母孝圣皇太后的"太后园"。太后去世以后，弘历仍将畅春园定为永久的"皇太后园"。他在诏见朝臣时降谕："若畅春园则距圆明园甚近，事奉东朝，问安传膳，莫便于此。我子孙亦当世守勿改。著将此旨录写，封贮存尚书房、军机处各一份。传示子孙，以志勿忘。"

但是此后的乾隆年间以至嘉庆年间都不再有皇太后，畅春园连同附园西花园都被长期闲置起来。等到道光元年需要太后园时，半个世纪从未修缮的昔日畅春园已经破旧不堪。道光帝只得违背皇祖旨意将绮春园定为奉养皇太后的园囿。

对于残破的畅春园和西花园，道光帝要做一些修缮工作，将坍塌毁坏的建筑拆掉，能修整的做部分重建工作。虽不能重新启用，也不完全是一派荒凉。国家图书馆保存的几幅样式雷绘制的图文档案，便是道光年间整修西花园的真实记录。

这几张样式雷西花园图，只有两幅《查得情形细底》标明了清查时间为"九年六月十五日"。根据道光年间整修畅春园的样式雷图档的启示，我认为这次清查西花园坍塌情况并计划重点整修工作，应当是道光九年。国家图书馆编《国家图书馆藏样式雷图档·畅春园卷》，共收录了有关西花园的图档七幅，其内容大多与此次修整工程有关。

现存的这几幅样式雷画样，是在这次西花园修缮工程不同阶段的工作记录。《130-0003 西花园九年六月初五日查得情形糙底》图样，是九月初五日实地勘查时的现场记录，全用毛笔黑墨书写。例如在记录三楹大宫门时，东西两侧标注"山墙坍塌"，房顶标注"台帮沉陷，瓦片脱节"。勘察五楹正殿时标注"三堂渗漏""台帮走错"。右室"塌"。后殿标注"渗漏""瓦片脱节"，西配殿"坍塌"。这些记录使我们了解到西花园损毁的具体情况。

《684-0024 西花园九年六月初五日查得情况细底》图样，是对上述糙底的加工，为修缮工程定制具体的工作项目，并书写红色纸帖以醒人耳目。例如在三楹大宫门东西山墙标注"山墙坍塌",并用红纸帖表明"拟修理"。后檐注明"台帮沉陷",后檐"头停渗漏,瓦片脱节",在红纸贴上注明"拟头停夹垄,补砌台帮"。五楹正殿后墙注明"阶条台帮沉陷",前墙"阶条走错,头停渗漏,瓦片脱节"。红纸贴上注明"拟头停夹垄,补砌台帮"。左室注明"坍塌一间无存",游廊十一间坍塌无存,右室注明"游廊一间坍塌无存"。后殿在记录损毁情况后,在红纸帖上注明"拟头停夹垄,补砌台帮"。

在这幅"细底"图纸上,一张红纸帖写明"共殿宇大小房七十四间,游廊二十一间"。

《132-0001 西花园地盘画样》,实际是西花园的主殿讨源书屋建筑群地盘图。图例与上述"684-0024细底图"所画范围相同。只是图中现存建筑物轮廓为黑墨色。坍塌苑墙为红色,黄纸帖标明建筑物名称,淡黄色纸帖标注建筑残损程度,红色帖标注修建方式。这幅绘制有黄色纸帖的画样,按照清代内务府样式房的成例,肯定是上呈皇帝审阅的建筑施工计划。这也证明,道光九年的西花园修缮工程是按照道光帝的旨意进行的。

这幅样式雷画样的三楹宫门前,帖一张黄色标签"宫门"。东西山墙用黄纸帖标注"山墙坍塌",红纸帖"拟修理"。前后山墙淡黄色纸帖标注"头停渗漏,瓦片脱节,台帮沉陷",红纸帖上标注"拟头停夹垄,补砌台帮"。五楹正殿用黄纸帖标注"前殿",在相应部位用淡黄纸帖标注"头停渗漏,瓦片脱节,阶条走错,台帮沉陷""游廊十一间坍塌无存""游廊大木不全"。红纸帖上注明"拟头停夹垄,补砌台帮"。后殿也按实际情况注明。讨源书屋建筑群南西北都有围墙。这次勘察时,三面围墙都已经塌倒。为了节省起见,北部围墙以后殿及顺山房后山墙为界,只拟重修西南两面围墙。绘图中以红线标明。

在这幅"细底"画样上，有一张浅黄纸帖写明："共殿宇大小房七十四间内，拟粘修三十五间。现存游廊二十一间。"

我们依据样式雷图文档案记述了道光九年皇帝主持西花园修缮工程的概略。根据当时朝廷的经济状况，做好这件事是没有困难的。但是我们没有见到竣工的资料，所以还没法证明它已成为事实。

在道光九年以前，还有一件有关西花园的事。据《总管内务府现行则例·续纂现行则例畅春园卷》记载，道光三年（1823）"西花园喂养狍子著交香山牧养"。即是说，在道光三年西花园内还喂养着供人观赏的狍子。使人联想到还有什么贵人居住于此，园子并未完全荒芜。

到晚清光绪年间，西花园已经是废弃建筑，一片荒凉，只剩下一圈破旧的围墙了。国家图书馆保存着一幅样式雷《350-1328西花园北部添修御马圈地盘样糙底》。它隐藏着一件西花园被开辟为新的马厩，并在园内搭建席棚以保存马王佛像的故事。中国第一历史档案馆藏光绪十五年（1889）七月十八日奏折《奏为圆明园西花园搭建郭什哈（马厩）请派员踏勘事》。其内容为："（光绪十五年）七月初八日，上驷院今奏为请旨事。窃查圆明园自在（得）园有木材衙门郭什哈一圈。现据准谙军衙门文称，钦奉懿旨将自在园改建养花处所得给因，钦此。奴才等即饬令郭什哈圈厩长文连，将自在园内所养马匹全数移出，仅将马王佛像在西花园地方搭盖席棚，暂为供奉以待囗修……当经奴才衙门行文圆明园查勘地势。旋据文称查得西花园内有空闲地基一块，共水旱地一顷八十余亩……奴才等共同商酌，拟请时西花园空闲地一顷八十余亩，堪以本院建设御马之厩。"

光绪十五年，慈禧太后正在主持修建颐和园。她要将圆明园管辖的养马圈即自得园改建为养花园。养马圈中有上驷院所属的郭什哈马圈，必须迁出自得园。经协商诏准在西花园所属的马场内一顷八十余亩空地修建马厩。养马人供奉的马王神像需要放在西花园内保存。但是园内连像样的房屋也没一间了，只好在园内搭盖一座席棚来供奉马王神像了。

历史的发展预示着，西花园的围墙也难逃被拆毁的命运。四年之后的光绪十九年（1893）底，醇亲王奕譞向慈禧太后呈上奏折，要拆毁畅春园围墙迁移到西直门外去修建乐善园的围墙。奏折写道："恭查畅春园颓废已久，势难修复。四围墙垣逐渐坍塌遗失，共计九百余丈，与现修乐善园墙垣尺丈大致相同。可否将此项石料挪用，以节经费之处。谨绘畅春园现在形式图一张呈览。恭候训示。如蒙俞允，该处墙垣既拆仅剩宫门一座，尚属可用。拟一并移于乐善园作为新建宫门。其畅春园旧址四至由海军衙门妥为标志，交管理圆明园管理大臣招垦收租，为岁修圆明园围墙之用。"

光绪十九年的奏折证明，畅春园围墙拆毁后，将园内空地改为稻田租给农民，地租充作修建圆明园围墙的经费。畅春园附园西花园的围墙也随之拆毁，移做修建乐善园围墙的石料。园内空地也改为稻田租给当地农民耕种。《清实录》记载，宣统三年（1911）5月，谕军机大臣等："贝勒载涛等奏，畅春园等处附近地方民种官地一律收回。恳恩赏给银两以体恤一折。"又奏："在阅武楼及西花园基址酌改操场一片。均著依议。"说明西花园内在光绪十九年租给农民的稻田，在宣统三年又被皇家收回，要修建成载涛组建的新军——禁卫军的练兵场。历史的车轮滚滚向前。禁卫军的西苑兵营和练兵场还未建成，清朝便覆亡了。

附录：清中后期西花园的园外建筑

阅武楼　嘉庆道光年间，西苑阅武楼照常为皇帝阅兵的地方。嘉庆二十一年（1816）进行了一次重修阅武楼的工程。道光帝旻宁照例去阅武楼阅兵，并且写了几首检阅八旗兵的诗。《阅武楼马射》诗写道：

凌晨临杰阁，骑射正新晴。

众木朝烟朗，平原曙色明。

风和弓力减，草软马蹄轻。

肄武承家法，驰驱角技精。

咸丰十年（1860），西苑阅武楼被英法联军焚毁，只剩下月台。西苑大操场的阅兵仪式也终止了。

永宁寺　据《总管内务府畅春园现行则例》记载："道光三年四月奉旨，永宁寺著改为慈佑寺。嗣后永宁寺四月初八日著停止献戏"。国家图书馆藏有一幅样式雷在咸丰六年正月二十七日查得的《130-0009 畅春园慈佑寺前戏台（平立样糙底）》和一幅《130-0006 畅春园马厂慈佑寺前戏台地盘糙尺寸底》。样式雷记下了慈佑寺戏台的详细尺寸："现查得戏台一座，面宽一丈八尺，周围廊各深六尺，柱径一尺一寸，台明高二尺二寸，下口二尺五寸。辨（扮）戏房三间，明间面宽一丈八尺，二次间各面宽六尺，进深一丈五尺，柱高八尺四寸，台明高二尺二寸。大木吴（无）存"。

慈佑寺　从道光三年停止献戏后，日渐荒废。在咸丰六年被全部拆毁。

虎城　嘉庆年间，西花园虎城照旧豢养着几只猛虎。据记载，内务府庆丰司每年都依例将倒毙的牛羊送到虎城作为老虎的饵料。嘉庆四年（1799）交倒毙羊147只，嘉庆十六年729

只，嘉庆二十四年414只。每年不足的老虎饵食，则需要另行购买牛羊肉以补足。

嘉庆二十五年（1820）曾经发生过逸虎食人的悲惨事件。清代钱泳《履园丛话·十四祥异》做过具体的记述："嘉庆庚辰五月二十七日，京师雷雨夜作。畅春园虎圈之虎忽逃其一。次早有中贵人三，在前湖看荷花。卒遇之，虎食其一，两人跃入水中获免。越五日，奉旨命三额驸杀虎。"在京城雷雨之夜，一只猛虎逃出虎城，在前湖畔咬死一位观赏荷花的太监。消息传出，京城万众震惊。嘉庆帝派多名侍卫四处搜寻逸虎。当获知老虎踪迹后，皇帝便命三公主和硕庄敬公主之和硕额驸蒙古科尔沁扎萨克郡王索特纳木多布济，率众将逸虎射箭杀死。翰林编修吴慈鹤吟诗记述此事：

太液莲开白于雪，三人晓起看花入。

凉风吹鬓巾袖香，池边骇见於菟出。

两人急跃清池里，一人已为虎所饵。

至尊频蹙催赐金，（有旨赏银五十两与死者）一半残骸付妻子。

万夫拚舌军吏贺，此勇真能不肤挫。

吁嗟呼！

斯门羽林尽如此，太白欃枪安敢起。

五、新中国成立后建成海淀公园

海淀公园建成于2003年，位于畅春园西花园旧址，比原址往西扩展了约一倍，占地面积34公顷。其中园林绿化30公顷，选种了80余种苗木，共60余万株景观植物。水面2.8公顷。海淀公园已经成为北京市海淀区的重点公园、精品公园、科技主题公园。

为了充分显示海淀公园所处的畅春园西花园历史文化内涵，我与公园的领导和工作人员共同切磋研究，拟定了"海淀公园八景"并且合写了每个景观的题词。

讨源书声　康熙年间西花园主要殿堂讨源书屋建筑群，是皇太子允礽的居室和书房。乾隆年间，弘历在畅春园向皇太后问安后，即在此传膳理事和赏景吟诗。海淀公园"讨源书声"景区近临清溪，远对层山，优雅幽静，是读书的好地方。

丹棱晴波　丹棱沜是海淀镇西边一座明代湖泊的名称，大致位于今海淀公园的西部。万泉河和巴沟河便是汇于丹棱沜后，再流入西花园和畅春园。海淀公园的"丹棱晴波"景区如同昔日的丹棱沜。东岸浮萍剧场，西边有御诗桥，北岸亲水平台点缀岸边。阳光下的四方美景倒映湖面，一派晴朗、和平的生活氛围。

御稻流香　清代康熙年间，玉泉山下的京西稻田发展到一万余亩。内务府在青龙桥成立了稻田厂，来管理这片丰饶的御稻田。2015年10月，农业部评判确定"京西稻文化"为国家级重要农业文化遗产。海淀公园已经成功举办了十几届插秧节和收割节。通过现场的农耕文化展、插秧和割稻体验等系列活动，认识京西稻文化的深刻内涵，传承民俗风情，体会劳动的创造性质和丰收的喜悦。

古亭观稼　康熙、乾隆二帝以"重农兴稼"为治国方略，经常在海淀一带问农观稼、课晴量雨。弘历还在稻田边举办观稼诗会。现今人们可以坐在观稼亭中，观察水稻的长势，体验农耕文化，畅谈或赋诗抒发自己勃发的情怀。

万泉漱玉　乾隆帝在万泉庄西南为万泉河源头的晴碧泉、漱石泉、乳花泉、贯珠泉等三十二眼清泉题名刻石立碣。万泉河经海淀流入清河。沿河修建了畅春园、蔚秀园、圆明园、淑春园、熙春园等一连串名园。海淀公园"万泉漱玉"景区,就如跳珠溅玉的万泉水流进西花园荷池,水清而碧,澄莹如玉,营造出一派江南水乡风光。

双桥诗韵　在畅春园西南隅墙外,也是在西花园东南隅墙外,有一座修建于明代的关帝庙,俗称双桥寺。寺前有一座双桥湖。道光年间,清代词后顾太清和她的丈夫、乾隆四世孙奕绘贝勒,租住在双桥寺。奕绘《双桥湖上》写道:"生长皇都十三载,近郊此景真稀。双桥湖畔乐忘归。六郎庄上酒,顿顿鲤鱼肥。"字里行间充满对海淀风情深沉的爱。

2017年"双桥诗韵"景区重新设计建成并对公众开放。景点占地面积约3150平方米。建双桥寺碑亭,介绍寺中鲁班殿的由来。建顾太清奕绘文化景墙。修建了几块诗词碑刻,深入挖掘历史文化,成为宣传中国优秀传统文化的阵地。

淀园花谷　康熙帝写过一首诗《畅春园西新园观花》:"春华尽季月,花信露群芳。细草沿阶绿,奇葩扑户香。寸心惜鬓短,尺影逐时长。心向诗书奥,精研莫可荒。"海淀公园"淀园花谷"景区,花团锦簇,绚丽多彩,花卉品种丰富,百花争奇斗艳,是游客赏花胜地。

海淀公园经过十几年的打磨修建,每年吸引着百万市民参加科普教育、文化娱乐、游览赏景、休闲健身等丰富多彩的特色活动。海淀公园成为一座中国传统文化与现代科学技术相结合的游览胜地。游人们观赏"丹棱晴波",倾听"讨源书声",或许能引发对康雍乾"三山五园"皇家园林集群的无尽联想。

张宝章

2021年元月

畅春园恩佑寺与恩慕寺

一、恩佑寺与恩慕寺

在今北京大学校园西门西南侧,静静伫立着两座山门式的古建筑,这是清代恩慕寺和恩佑寺的残迹,它们历经两三百年风雨沧桑,昭示着这一地区的历史文脉,成为繁盛一时的畅春园昔日芳华的最后见证。

畅春园建成于康熙二十六年(1687),是清代北京西北郊第一座大型皇家宫苑,康熙皇帝长期在此居园理政、励精图治,拉开了康乾盛世的序幕。继畅春园后,圆明园、万寿山清漪园、玉泉山静明园、香山静宜园也陆续建成,这就是遐迩闻名的"三山五园"。三山五园规模庞大、内涵丰富、技艺杰出,是中国几千年古典园林建设集大成式的鸿篇巨制。恩佑寺、恩慕寺是三山五园园林集群的重要组成部分,并不因其独处一隅而影响其重要性。

恩佑寺建于雍正元年(1723),是雍正皇帝为其父康熙"圣祖仁皇帝荐福"而建造的,位于畅春园东北角,与清溪书屋紧相毗邻,康熙皇帝晚年常在清溪书屋宴寝,并最终驾崩于此。恩佑寺原有三进院落,其山门坐西朝东,外临大道,山门上额题"敬建恩佑寺",门内横跨三座石桥。正殿面阔5间,内供三世佛,中间为释迦牟尼,左侧为药师佛,右则为无量寿佛。"二层山门额曰龙象庄严。正殿额曰心源统贯。皆世宗(雍正)御书。殿内龛额曰宝地昙霏。联曰:万有拥祥轮,净因资福;三乘参慧镜,香届超尘。皆皇上(乾隆)御书。"

(《日下旧闻考》)

乾隆四十二年（1777），乾隆皇帝之母孝圣皇太后病逝。乾隆为了纪念其母，为圣母皇太后广资慈福，便在恩佑寺的南侧修建了恩慕寺。取名恩慕寺，是兼恩佑寺和永慕寺二寺名而得，永慕寺建于南苑，是康熙皇帝为母亲烧香拜佛而建。恩慕寺庙貌严谨，坐西朝东，两进院落，外临通衢，山门内正殿五楹供奉药师佛一尊，左右奉药师佛108尊，南配殿三楹供奉弥勒佛，北配殿三楹供奉观音像，左右分立石幢，一刻全部药师经，一刻御制恩慕寺瞻礼诗。诗云："尊养畅春历廿冬，欲求温清更何从。天惟高矣地惟厚，慕述祖兮思述宗。"山门额题"敬建恩慕寺"，二层山门额曰"慈云广荫"，大殿额曰"福应天人"，殿内额曰"慧雨仁风"。两边楹联为："慈福遍人天，祥开佛日；圣思留法宝，妙现心灯。"皆为皇帝（乾隆）御书。（《日下旧闻考》）

咸丰十年（1860），圆明园大劫难时，英法联军火烧三山五园，恩佑寺、恩慕寺亦毁于英法联军罪恶之火。内务府大臣明善在该年九月二十九日的奏折中称："（圆明园）大宫门、大东门，以及大宫门外东西朝房、六部朝房……恩慕寺、恩佑寺、清溪书屋……等处均被焚烧。"

二、"父子情"与"母子情"

康熙晚年，诸皇子为谋求储位，各植私党，钩心斗角，皇位继承成纠葛之势。皇四子胤禛（后来的雍正皇帝）在这场储君争夺战中并不占优势。畅春园成为清代第一座离宫型皇家园林后，胤禛"以扈跸，拜赐一区"，这就是与畅春园近在咫尺的圆明园。胤禛于康熙四十八年（1709）晋封雍亲王，同年康熙为其赐园御题"圆明园"匾额。康熙把胤禛的御赐花园安排在紧邻畅春园处，并亲笔题写园额，可见，此时的胤禛至少不会遭到厌弃。另据《康熙实录》记载，从康熙四十六年（1707）开始，康熙曾12次临幸圆明园游赏、进宴，最后一次是康熙六十一年（1722）三月二十五日，康熙专程来圆明园牡丹台欣赏牡丹，陪同侍奉的还有12岁的弘历。这也是弘历首次谒见祖父，康熙见到聪明伶俐的小皇孙，异常喜爱，当场传旨将弘历召入宫中培养。主宰中国命运长达130余年的康雍乾盛世的三朝天子，在这里首次会聚一堂。雍正云："欣承色笑，庆天伦之乐，申爱日之诚。花木林泉，咸增荣宠。"这场很可能是精心安排的会面意义非比寻常。康熙像发现宝藏一样把这个小皇孙随身带着，无论是在园居的畅春园，还是在避暑的承德，抑或在习猎的南苑，直至病逝。康熙曾当面夸奖弘历的母亲能生这么个儿子是"有福之人"。胤禛继位不久即通过秘密立储方式确立弘历为皇太子，雍正驾崩后，弘历一脉相承，顺利登基为乾隆皇帝。乾隆后来记曰："皇考奉皇祖于圆明园之牡丹台观花侍宴，以予名奏闻，遂蒙眷顾，育之宫中……今岁于圆明园颜堂曰纪恩，并为记，以述承恩所自始，付托所荐重。"或许，胤禛、弘历相继承袭帝位与祖孙三代在圆明园的这次相会不无关系。

事实上，胤禛也在处心积虑地为谋取皇位而费尽心机。其心腹幕僚为他谋划了"诚孝皇父，和睦兄弟"的策略。胤禛按照这一策略，逐渐获取了乃父的信任，康熙曾派他到天坛代行祭天，在古代这是很有象征意味的。胤禛擅长书法，颇得康熙赞赏，经常命其书写进呈，还以此赏赐近臣。胤禛恭奉康熙驾临圆明园，也是为赢得康熙欢心的一种刻意之举。当其时，不仅可以"申爱日之诚"，表明自己的"诚孝"，在美妙的园林环境中，无形增进父子间的感情，也可使晚年心境悲苦的康熙享受难得的作为一个普通老人的"天伦之乐",一定程度上缓解康熙晚年的烦躁和焦虑。胤禛处处投康熙所好,时时注意与父皇的感情维系。他善于揣摩父皇心意,对康熙的喜好甚是了解。康熙关心农业,他便以康熙朝焦秉贞所绘《耕织图册》为蓝本,依样绘制一册《耕织图册》,别出心裁地将画面中农夫和农妇的形象换成自己与福晋的容貌,每页画上都有雍正的亲笔题诗,并钤"破尘居士"印章,表现自己向往田园生活的恬淡,以及对农业亲力亲为的意愿,赢得了皇父的器重。胤禛在感情上始终与康熙保持着比较亲近的关系,康熙称赞他"能体朕意,爱朕之心,殷情恳切,可谓诚孝",感情的亲近很可能在康熙选择继承人时起到了关键的作用。

圆明园是胤禛韬光养晦之所,在这里他巧妙地将自己隐蔽起来。当时园内主要是葡萄院、竹子院、桃花坞、菜圃等比较自然的景物,具有文人隐士园的风格。胤禛在其中似乎过着清心寡欲的生活,他行动颇为低调,尽可能不插足兄弟间的争位斗争,以坚韧的性格,四面周旋的态度回避了斗争的锋芒。他把自己打扮成一个生活恬淡的富贵闲人,自诩"破尘居士",营造不问荣辱功名的表象。他作诗表达自己向往的逍遥生活:懒问沉浮事,闲娱花柳朝。吴儿调凤曲,越女按鸾箫。道许山僧访,基将野叟招。漆园非所慕,适志即逍遥。(《雍邸集·园居》)为表达与世无争、"安静守分",他还编辑虔心佛法、崇尚超脱的《悦心集》,抄录历代文人僧道恬淡闲适、超然物外的诗篇以明志,例如书中收录《不知足诗》讽刺世人积极营求的结果,只是南柯一梦:终日奔波只为饥,才方一饱便思衣,衣食两般皆具足,又想娇容美貌妻,娶得美妻生下子,恨无田地少根基,买得田园多广阔,出入无船少马骑,槽头结了骡和马,叹无官职被人欺,县丞主簿还嫌小,又要朝中挂紫衣,若要世人心里足，除是南柯一梦回。实际上，这些只是胤禛散布的烟雾，旨在松懈竞争者的戒心和防备，他一刻也未放松过夺取储位的努力，只是在不露声色地窥测风向，暗自培植势力，凝聚实力，等待时机。最终，胤禛的戒急用忍、恬淡不争的外表，以及刻意表现出的既诚孝皇父，也友爱兄弟的态度，使他躲避了皇储争夺中的矛盾，得以安然无恙的坐收渔人之利。《康熙遗诏》云："雍亲王皇四子胤禛，人品贵重，深肖朕躬，必能克承大统。著继朕登基，即皇帝位。"

按照清宫惯例，皇子出生后一般均不由其生母抚育，这主要是为了杜绝后妃预事及外戚祸国。伴随这一皇子养育制度而来的是，由于缺乏接触和沟通，极易导致亲生母子间互生隔阂，感情疏远。胤禛从出生起即由佟佳氏（康熙帝第三任皇后）抚养，一直到他十一岁左右佟佳氏病逝，因此他与养母感情较深，与生母德妃乌雅氏却不是很亲近。事实上，胤禛除了和十三弟允祥关系深厚外，他最信赖和感恩的亲人就是父亲康熙和儿子乾隆了。胤禛在诸王夺嫡中后来居上、脱颖而出，如愿登上帝位，于情，自然对父皇康熙感念于心。在《雍正朱批》中，胤禛曾写道："朕当年时，蒙圣祖垂训'你肯急，凡事以忍好'，因此朕刻'恩谕戒急用忍'六字于板，悬诸座之对面，时刻警惕，获益不小。"康熙的教诲使胤禛感同身受，情见乎词，可以想象，胤禛对康熙的怀念，感情是真挚的。于理，由于康熙为康雍乾盛世开拓、奠基的卓越功勋，以及其德高望重的人格魅力，再加上胤禛即位后所面临纷扰复杂的政治局面，都需要他不厌其烦地标榜与强调，自己是康熙合理、合法、合格的继承人。因此，在康熙日常居住理政的畅春园清溪书屋一隅建立专属寺庙，为康熙"荐福"就是合情合理之举了。

"百行孝为先",乾隆标榜"以孝治天下",刚即位即尊其母钮祜禄氏为崇庆皇太后,此后凡遇大庆典,必加上徽号。乾隆二年二月,开始对畅春园殿堂进行修缮和改建,将太后寝宫改建为"春晖堂"和"寿萱春永"等,使畅春园成为皇太后的专用御苑。每有巡幸,乾隆也多奉太后同行,太后一生随乾隆南巡三次、东巡三次、幸五台山三次。此外,谒东陵、西陵和秋狝木兰更是每年必至。特别是太后六十、七十、八十圣寿,乾隆进九九寿礼,凡亲制诗文书画、如意佛像、金玉古玩,以至西洋奇珍,无不具备。不仅寿礼丰盛,庆典隆重,乾隆自己还身着彩衣,手捧酒觞,跳舞庆贺。出猎时猎获野味,乾隆也送给太后品尝。园居期间,乾隆奉皇太后在畅春园和圆明园长春仙馆居住,还经常奉迎皇太后在周边园林游赏。皇太后居畅春园期间,乾隆总要不时前来请安、游赏,并乘便在畅春园用膳和理政。根据张恩荫先生的统计,乾隆十七年(1752),皇太后除新正在圆明园度节17天、七月至九月去热河避暑62天外,全年共在畅春园住了213天,这一年乾隆在圆明园住了143天(宿),期间他专程至畅春园向皇太后问安即达50次,平均为3天一次。乾隆二十一年(1756),乾隆在居住圆明园157天期间,共来畅春园35次,其中向皇太后问安为33次,并在园内进早膳和办事、引见官员21次。乾隆曾说:"每岁冬,朕自圆明园进宫,圣母以风景清胜尚留园居,至节近万寿进京,朕间数日赴畅春园问安,率驻御园(圆明园)信宿,以便再修定省,凡来往三四次,遂恭奉慈驾还宫。"

乾隆四十二年(1777)正月初八日,乾隆奉皇太后到圆明园。皇太后驻跸圆明园期间,几乎都住在长春仙馆,因为这里距皇帝处理政务的正大光明殿和皇帝的寝宫九州清晏都很近,便于皇帝给皇太后问安侍膳。正月初九日,乾隆陪着皇太后在九州清晏一边进膳,一边观看节日的灯火,妃嫔和皇子、皇孙们也都陪侍在旁,五世同堂,其乐融融。乾隆见皇太后"慈颜康豫,不减常年",非常高兴。他还畅想皇太后90岁大寿时,自己也是71岁的老人了。那时一定要为皇太后更隆重地庆祝一番。正月十四日,皇太后身体不豫,乾隆赶到长春仙馆看望,并于当天晚上陪皇太后在同乐园进晚膳。经过治疗后,皇太后病情大有好转。几天后,病情出现反复,较前严重。皇太后不想把病情转重的事让皇帝知道,怕引起儿子烦心,影响理政,所以在皇帝问安时,故意谈笑如常。正月二十二日,皇太后病情已十分严重,这一天乾隆看望了母亲两次,深夜,皇太后进入弥留状态,乾隆守候在旁。次日凌晨皇太后病逝,终年86岁。太后晏驾,举国致哀,谥号定为"孝圣慈宣康惠敦和诚徽仁穆敬天光圣宪皇后"(简称孝圣宪皇后)。孝圣皇太后一生享尽荣华富贵,寿数之高,在清代皇太后中居于首位,在中国历代皇太后中也极为罕见。皇太后去世后,停灵于九经三事殿。乾隆当即剪发,穿白绸孝服,痛摧肺腑,以无逸斋为倚庐,不思茶饭,十分悲痛。乾隆《仲夏清晖阁》诗云:"高阁清晖卧室西,思量灯夕益心凄。园居已切怀惭矣,景问那能志畅兮。"诗注曰:"清晖阁在九州清晏之西。此处为每年灯夕奉圣母家宴之处。……昔值皇考大事常居养心殿。二十七月后始居御园。前岁经圣母大事以安奉畅春园九经三事殿,本欲以无逸斋为倚庐,而王大臣敦请以居御园之九州清晏,与养心殿无异,因从之。百日内居于是,遂不拘初元之制,而心中究抱歉也。"

三、"怀念"与"拜谒"

国之大事,在祀与戎。祭祀既是重要的国家礼仪,也是对逝去亲人表达哀思的主要方式，同时也是中国孝文化的重要体现形式。中国古代非常重视孝道，"孝"是儒家思想的核心内容，孔子云："君子务本，本立而道生。孝悌也者，其为仁之本欤"。孝为人伦之本，是为一切伦理道德的根本。孝的意义不仅在于维持家族的和睦，孝的延伸则体现于社会风化和国家政治之中，所谓"其为人也孝悌，而好犯上者鲜矣"。儒家提倡忠孝节义，宣扬人臣要忠于君王，晚辈对长辈要恪尽孝道。历代清帝均标榜以仁孝治天下，康熙就强调："凡人尽孝道，欲得父母之欢心，不在衣食奉养也，惟持善心，行合道路，以慰父母，而得其欢心，斯可谓真孝者矣。"康熙还将孝延伸至以孝治国。他说："朕孝治天下，思以表率臣民，垂则后裔。"康熙的孝悌言行树立了标准，后代清帝在"孝道"方面可谓是一以贯之。如长春仙馆是乾隆生母在圆明园的寝宫，位于正大光明殿以西，皇帝寝宫九州清晏以南，距离皇帝日常活动的主要场所都不远，只要皇太后驻跸圆明园，乾隆必要躬亲行礼，从不遣人代往，由此可见其孝心。为了鼓吹"敬天法祖"，圆明园还建有皇家祖祠安佑宫，而且规制甚隆，供奉过康熙、雍正、乾隆、嘉庆、道光五位皇帝的神位，儒家恪尽孝道的价值观在此也得到了淋漓展现。而道光侍奉孝和皇太后，并因祭奠皇太后而致自身殒命，也鲜明体现了清帝以孝齐家治国的家庭亲情和政治伦理。恩佑寺、恩慕寺更是直接见证了雍、乾二帝的忠孝理念与实践。

雍正即位后，"畅春园逐渐被作为纪念先皇之处，其居住、办公等实用性目的在逐渐消失"（《畅春园研究》），他本人将圆明园作为长年园居理政的御园。《清世宗实录》记载，雍正三年四月乙酉："上孝思纯笃，追慕圣祖仁皇帝。敬建恩佑寺告成，亲诣行礼。"雍正三年，以日月合璧、五星联珠为祥瑞，告祭康熙景陵。（雍正）四年三月恭奉圣祖仁皇帝御容于恩佑寺，自后月必展拜，或两诣三诣焉。(《清通典》) 从此，康熙的御容（画像）就被供奉于此。雍正兴建恩佑寺，奉佛以报慈恩，并经常前往瞻拜父皇御容。雍正四年三月十五日，雍正诣恩佑寺行礼，三日后再次行礼，并谕："本日系圣祖仁皇帝诞辰，一日不办事，翌日系皇太后诞辰，亦应一日不办事。"生母的诞辰和忌辰，也经常引起雍正对母亲的怀念，尽管他们之间的亲情有些淡薄。在《御制母后三周年讳辰诗》中，雍正写道："鞠我恩深重，违颜梦渺茫。三年成逝水，百感对流光。"雍正五年闰三月二十一日，建圣祖仁皇帝圣德神功碑于景陵。《清世宗实录》记载，雍正五年七月乙丑："上以阴雨连绵，在圆明园斋戒虔祷。雨中步行数里，诣恩佑寺。祷于圣祖仁皇帝御容前。是日，雨势稍止，夜分而霁。翌日大晴。"雍正八年，雍正亲自辑成《庭训格言》一书，该书汇集了康熙训子的话。从雍正四年至十三年近十年间，雍正至少亲诣恩佑寺行礼64次。雍正十三年四月乙巳："颁圣祖仁皇帝御制全集、赐诸王大臣翰詹官员等。随具折恭谢。得上谕，俱著往恩佑寺谢恩。"

与父亲一样，乾隆对祖父康熙也怀有深厚的感恩之情。乾隆在《题澹宁堂》诗注中说："予十二岁时，皇祖养育宫中，于畅春园赐住之处即名曰澹宁居。"在《纪恩堂记》中说："若今纪恩堂之题额，实因纪皇祖之恩，纪皇祖之恩必有差，所谓不负皇祖之恩者，是不易言也。我皇考迓皇祖，承色笑者，每一再举行，至予小子之恭承皇祖恩，养育宫中，则在康熙壬寅春，即驾临之日，而觐于斯堂之内云。斯堂在圆明园寝殿之左，旧谓之牡丹台，即四十景内所称镂月开云者。向于诗中亦经言及，惟时皇考奉皇祖观花燕喜之次，以予名奏闻，遂蒙眷顾，育之禁廷，日侍慈颜，而承教诲。即雍正十三年诏，尚以是为言。"这里的"雍正十三年诏"即是《雍正遗诏》,诏曰:"宝亲王皇四子弘历,秉性仁慈,居心孝友,圣祖皇考于诸孙之中,最为钟爱,抚养宫中,恩逾常格。"因此也就不难理解,乾隆即位后为何一再信誓旦旦地说在位时间绝不超过皇祖,以示崇敬了。正如乾隆自己初即位时所说"若蒙眷佑,得在位六十年,即当传位嗣子,不敢上同皇祖纪元六十一载之数。"他希望自己能长寿,但即使长寿也不敢打破祖父康熙统治国家六十一年的记录,事实上,乾隆也确实是在临朝六十年后禅位于皇十五子颙琰(嘉庆皇帝),而自己当了三年多太上皇的。乾隆时期,皇帝一般是给皇太后请安或接送皇太后时,乘便往恩佑寺行礼。乾隆四年九月十三日,乾隆奉皇太后自圆明园启銮诣东陵前,诣恩佑寺行礼。乾隆八年(1743),将原供奉于畅春园恩佑寺的圣祖御容移至圆明园安佑宫中室,与东室的世宗御容一并供奉,"于是苑中瞻仰圣容,始专礼于安佑宫"。但是,常规性的拜谒恩佑寺仍照旧举行,较为正式的行礼,则一般是与安佑宫行礼前后同时安排。乾隆还对恩佑寺进行过修葺,在《御制清溪书屋》诗注中他说:"畅春园中是处为皇祖宴寝之所。我皇考改建恩佑寺以奉御容。乾隆癸亥奉移于安佑宫,逮今四十余年,有司以修葺告成,敬诣瞻仰。"

母亲去世后,乾隆十分怀念,为表达哀思,乾隆修建颇具规模的泰东陵安葬太后,还命制作金塔一座,供奉太后的头发。乾隆甚至还为子孙确立规矩,以明确畅春园为皇太后专属的奉养之地。他在乾隆四十二年正月二十九日召见大学士舒赫德和阿桂、富隆安、丰升额等朝臣时降谕:"若畅春园则距圆明园甚近,事奉东朝,问安传膳,莫便于此。我子孙亦当世守勿改。著将此旨录写,封贮存尚书房、军机处各一份,传示子孙,以志勿忘。"或许,乾隆是想通过"空间"的提示,来让后世子孙也像他一样长期保留对皇太后的纪念吧。在《恩慕寺瞻礼六韵》诗注中，乾隆阐述了恩慕寺的修建初衷，"南苑永慕寺，皇祖为太皇太后祝釐所建；畅春园恩佑寺，皇考为圣祖荐福所建；今为圣母敬启梵宫，即于恩佑寺侧，名兼恩慕，亦志绍承家法之意云。"诗曰：尊养畅春历卅冬，欲求温情更何从。天惟高兮地惟厚，慕述祖兮恩述宗。圣德宁资冥福报，永思因启梵延重。阶临忍草韶光寂，庭列祥枝慧荫浓。忾若闻犹儼若见，耳中音与目中容。大慈本悟无生旨，渺息长怀罔极恭。乾隆四十二年五月至四十四年（1779）年二月清明节，乾隆仅恩慕寺行礼。其后直到嘉庆三年（1798）十月乾隆作为太上皇病重期间，大多是恩慕寺与恩佑寺一并行礼。嘉庆前往恩慕寺和恩佑寺行礼拈香累计达34次。道光三年（1823）至十九年，道光在每年正月的孝圣宪皇后忌辰之日，都准时前往恩慕寺、恩佑寺行礼，共计17次。咸丰前往恩慕寺、恩佑寺行礼是在咸丰七年（1857）之前，共进行了4次，咸丰朝最后三年未见行礼，或许是与太平天国战乱、英法联军入侵所导致的内忧外患局势有关。

需要指出的是，恩佑寺、恩慕寺不同于太庙，因太庙更偏重于封建王朝国家礼仪方面的祭祀，群体祭祀的色彩更为浓厚，甚至有的功臣神位亦得以供奉其间。恩佑寺、恩慕寺是特定皇帝为纪念特定人物而开辟的专属祭祀场所，只不过这种祭祀又在后世皇帝中得以延续，本质上其个人色彩相对浓厚，也正由于后世皇帝对恩佑寺、恩慕寺纪念与祭祀功能的坚守，使之具有了皇家祭祖家庙的特点了，这一点雷同于景山寿皇殿与圆明园安佑宫。

寿皇殿位于紫禁城后景山正北面，乾隆初期被规定作为奉祀"神御"（皇帝御容画像）的殿堂，由正殿、左右山殿、东西配殿,以及神厨、神库、碑亭、井亭等附属建筑组成。垣墙呈方形,坐北朝南。原供奉康熙神御,后作为供奉清代历朝皇帝神像的处所。寿皇殿在清代时内部靠后分有隔间,常年悬挂、供奉着自康熙起始的历代皇帝肖像,以康熙的隔间居中,其余皇帝隔间依照昭穆在其左右,同堂异室,至清亡时殿内隔间情况为:东起,第一间光绪、第二间咸丰、第三间嘉庆、第四间雍正、第五间康熙、第六间乾隆、第七间道光、第八间同治,隔间内除有肖像外,还陈列有神龛、牌位、皇帝生前的小部分服饰、珍宝器玩、玺印和佛塔等物。安佑宫位于圆明园西北部,亦称鸿慈永祜,为御园皇家祖祠。循寿皇殿"敬奉神御"之义而建,乾隆八年建成,是年即供奉康熙、雍正御容于殿内。凡皇帝从宫内迁来御园和迁回宫内之日,外出巡游离园和返园之日,上元(正月十五)日、中元(七月十五)日、清明,皇帝生日及先皇诞辰、忌日等,清帝皆至安佑宫叩拜行礼。按清代定制,景山寿皇殿除供奉列祖列宗御容外,每于除夕、元旦还要供奉列后神御一同瞻拜。但安佑宫,则惟供清帝御容,"未及列后"。在中国古代,礼制建筑是神灵与苍生的感应场,是进行人神对话之处。安佑宫规模宏大,格局严谨,从南到北贯穿着一条300多米的中轴线,以节奏鲜明的建筑空间序列渲染了祭祀建筑的庄重气氛。正殿为黄色琉璃瓦重檐歇山顶,是园中最为壮丽的殿堂,规格甚至高于御园正殿正大光明的灰瓦卷棚歇山顶。这组建筑尽管在"中轴对称、红墙黄琉璃瓦、大木大式的斗拱结构、崇基石栏、出陛御路、金水河、金水桥"等方面,体现了礼制建筑的规制,但所处仍属自然山水环境,四外有岗阜相拥、河渠环护。体现了乾隆所说"周垣乔松偃盖,郁翠干霄,望之起敬起爱"的氛围。

四、现状与展望

风流总被雨打风吹去。现在的恩佑寺和恩慕寺，各仅存一座孤零零的山门，两座山门南北相聚 50 米，这两座山门 1981 年被定为海淀区重点文物保护单位，并于 1985 年进行了修缮。它们与北京大学校园西校门隔路相对，共同构成一道独特的人文景观，成为海淀历史文化积淀的重要组成部分，吸引着众多游客和市民前来观摩、瞻仰。

随着经济社会的发展，文化遗产与周边社会完全可以和谐相融，文物古迹不是社会发展的负累，相反倒是文明的载体，区域文化的亮点和当地居民的精神家园。恩佑寺、恩慕寺同样也有这种时代价值和意义。有关文物部门及管理使用单位有必要更加重视对恩佑寺、恩慕寺的保护、利用，逐步探索它们科学的保护方式与合理的使用方向。保护是利用的前提，保护是传承的基础，简单封闭式的保护会略显消极，加强研究、统筹规划、主动保护才会有利于文物与周边社会的和谐共生。恩慕寺、恩佑寺见证了雍乾父子的忠孝情结与实践，见证了一代名园畅春园的盛衰，见证了海淀地区的沧桑巨变，同时也是北京大学校园环境不可或缺的独特景观，历史价值和文物价值较大，在有效保护的基础上，赋予其新的时代内涵也不是不可能。笔者认为，对恩佑寺、恩慕寺两座山门进行积极、主动保护的条件已逐渐成熟，为此如下几方面或许可以纳入研究及工作思路：第一，要加强保护，切实保护好文物本体，同时预留缓冲空间，结合非首都功能纾解，腾退周边房屋，并在腾退后进行系统规划，确保两座山门成为规划的重心。第二，可以两座山门为依托，西侧及南北规划、建设部分辅助展陈空间，重点展示相关历史人物的生平事迹以及当时的宫廷人文生态，当然也可以集中展示畅春园及其前身明代清华园的历史文化，使其与南侧新建的畅春新园连成一体，共同构成三山五园历史文化景区的重要景观节点和组成部分。第三，从中长期来看，从北京大学校园以及周边环境建设角度出发，可尝试探索恩佑寺、恩慕寺的复原展示。复原展示是指通过科学处理和艺术加工，使已经消失或局部被破坏的文物、标本或文化遗迹再现的一种博物馆陈列形式。复原展示不是艺术创作，复原对象必须具有真实性。复原展示是有效地进行宣传教育的陈列方式之一。对于恩佑寺与恩慕寺来说，可按照修旧如旧的原则，区别两座山门与拟修复建筑的可识别性，待修复完成后，文物本体适宜单纯原状展示，仿古建筑空间则可以复原部分历史陈设，或用作展览展示场所，展出内容同上条。

张　超

2017 年 9 月

参考书目

（明）刘侗、于奕正，《帝京景物略》，故宫出版社，2013年版。

（明）孙承泽，《春明梦余录》，北京古籍出版社，2001年版。

（明）袁中道，《珂雪斋集》，上海古籍出版社，2019年版。

（明）蒋一葵，《长安客话》，北京古籍出版社，1980年版。

（清）玄烨，《康熙诗词集注》，内蒙古人民出版社，1994年版。

（清）玄烨，《圣祖仁皇帝文集》，吉林出版集团有限责任公司，2005年版。

（清）胤禛，《世宗宪皇帝御制文集》，吉林出版集团有限责任公司，2005年版。

（清）弘历，《清高宗（乾隆）御制诗文全集》，中国人民大学出版社，2013年版。

（清）鄂尔泰、张廷玉等，《国朝宫史》，北京古籍出版社，1987年版。

（清）鄂尔泰等修，《八旗通志》，东北师范大学出版社，1985年版。

（清）张廷玉、梁诗正等编修，《皇清文颖》，清乾隆十二年（1747年）武英殿刻本。

（清）于敏中等，《日下旧闻考》，北京古籍出版社，1988年版。

（清）庆桂等，《国朝宫史续编》，北京古籍出版社，1994年版。

（清）王原祁等，《万寿圣典初集》，清康熙五十六年（1717年）武英殿刻本。

（清）李卫等监修、唐执玉等纂修，《畿辅通志》，雍正十三年（1735年）刻本。

（清）潘锡恩等撰，《大清一统志》（嘉庆），中华书局，1986年版。

（清）董诰等辑，《皇清文颖续编》，嘉庆朝武英殿刻本。

（清）昆冈、李鸿章等修，《钦定大清会典事例》，光绪朝石印本。

（清）周家楣、缪荃孙等编纂《光绪顺天府志》，北京古籍出版社，1987年版。

（清）清人编，《清实录》，中华书局，1985年版。

（清）顾图河，《雄雉斋选集》，齐鲁书社，1997年版。

（清）文昭，《紫幢轩诗集》，北京出版社，2000年版。

（清）佚名，《人海诗区》，北京古籍出版社，1994年版。

（清）杨钟羲，《雪桥诗话三集》，北京古籍出版社，1991年版。

（清）吴振棫，《养吉斋丛录》，北京古籍出版社，1983年版。

（清）昭梿，《啸亭杂录》，中华书局，1980年版。

（清）钱泳，《履园丛话》，中华书局，1997年版。

（法）张诚，《张诚日记》（陈霞飞译），商务印书馆，1973年版。

（法）白晋，《康熙皇帝》（赵晨译），黑龙江人民出版社，1981年版。

中国第一历史档案馆编，《康熙起居注》，中华书局，1984年版。

中国第一历史档案馆编，《康熙朝满文朱批奏折全译》，中国社会科学出版社，1996年版。

国家图书馆编，《国家图书馆之样式雷图档·畅春园》，国家图书馆出版社，2020年版。

黄鸿寿，《清史纪事本末》，北京图书馆出版社，2003年版。

辜鸿铭，《清代野史》，巴蜀书社，1998年版。

张璋编校，《顾太清奕绘诗词合集》，上海古籍出版社，1998年版。

李治亭主编，《爱新觉罗家族全书》，吉林人民出版社，1997年版。

张宝章，《畅春园记盛》，开明出版社，2009年版。

阚红柳，《畅春园研究》，首都师范大学出版社，2015年版。

国家清史编纂委员会，《清代诗文集汇编》，上海古籍出版社，2010年版。

戴名世，《南山集》，内蒙古人民出版社，2002年版。

谈迁，《北游录》，中华书局，1997年出版。

徐世昌，《晚晴簃诗汇》，中华书局，1990年出版。

程庭，《停骖笔记》，康熙朝刻本。

王鸿绪，《横云山人集》，康熙朝刻本。

高士奇，《高士奇集》，康熙朝刻本。

张英，《文端集》，乾隆朝编《四库全书》本。

故宫博物院编，《张文贞公集》，海南出版社，2000年出版。

王世慎，《带经堂集》，康熙朝刻本。

曹寅，《楝亭集》，上海古籍出版社，1978年出版。

查慎行，《敬业堂诗集》，上海古籍出版社，2015年出版。

查慎行，《人海记》，北京古籍出版社，1989年9月出版。

戴进贤，《历象考成后编》，乾隆朝官刻本。

张廷瓒，《传恭堂诗集》，北京出版社，2000年出版。

弘晓，《明善堂集》，天津古籍出版社，1995年出版。

斌良，《抱冲斋诗集》，道光朝刻本。

尤珍，《沧湄诗钞》，北京出版社，2000年出版。

后记一

习近平总书记在视察北京工作时,发出了"重视修史修志"的指示。他明确指出:"北京是世界著名古都,丰富的历史文化遗产是一张金名片。传承保护好这份宝贵的历史文化遗产是首都的职责……"他还说:"要……重视修史修志,让文物说话,把历史智慧告诉人们,激发我们的民族自豪感和自信心,坚定全体人民振兴中华、实现中国梦的信心和决心。""三山五园"就是北京市和全中国的一张金名片。在总书记的指示发布后,"三山五园"的研究出现了一个大力发展的新局面。

我们要建设好"三山五园历史文化景区",最重要的是先要认识这片清代皇家园林的真实面貌。由于历史上的京西皇家园林被英法联军劫掠焚毁了,对它们的了解和研究必须依靠真实的历史资料。其中很重要的是规划修建园林的康熙、雍正、乾隆皇帝的诗文著作以及经常出入园林的他们的皇子和朝廷近臣的有关著述。关于这方面的历史资料,最早的有2003年文物大家朱家溍、李艳琴辑《清五朝御制集中的圆明园诗》、1991年中国第一历史档案馆编辑出版的《圆明园》、2008年香山公园管理处编辑出版的《清乾隆皇帝咏香山静宜园御制诗》、2010年颐和园管理处编辑出版的《清代皇帝咏万寿山清漪园》、2014年张宝章、易海云编著出版的《乾隆玉泉山静明园诗》。最近我又读到何瑜教授集注的《圆明园五朝御制诗集注》书稿。何教授告诉我,共集注了12800余首御制诗和23篇御制文。计划由中国大百科全书出版社出版12册,去年已出版4册。我为他勤劳的付出和执着所感动。这是何教授继编辑出版了《清代三山五园史事编年》两册巨著后又一项新的贡献。京西"三山五园"中，只剩下畅春园还没有这样一部历史资料书。何教授对我说：你写了一本《畅春园记盛》，使用了大量的参考资料。我说：我正在和张超合编这样一本书，还在初始阶段。他鼓励我们一定要完成这样一件有意义的工作。后来张超还专程请教中国人民大学清史所副所长、清代皇家园林研究中心常务副主任阚红柳教授，得到她的大力支持和鼓励，希望我们编辑出一部能有益于研究畅春园的书来。

由于康雍乾三代皇帝有关畅春园的诗文有限，我和张超研究决定，扩大作者范围，编成一部《畅春园清代诗文选录》。我在撰写《畅春园记盛》时，参照使用了首都图书馆地方文献中心张炜、闫虹同志为我辑录的《畅春园研究资料辑汇》。我们要在此基础上扩大范围，深入挖掘，抓住重点，搜集更多的有价值的历史资料。

第一，重视搜集梳理整个清代有关的畅春园的文献资料。除玄烨、胤禛、弘历和皇子等人的诗文外，也重视康熙年间朝中重臣和清代官编文献中的记载。还收录了英、法、朝等外国传教士和使节的现场记述。

第二、重视康熙和乾隆的两位皇帝的御制诗。我在写作《畅春园记盛》书稿时，对玄烨的诗研究和利用得不够。这次认真阅读了康熙御制文集中的诗词，对照他在畅春园居住的时间，查实选录了他的40余首写畅春园和西花园的诗，使我们能更好地认识畅春园和玄烨在园中的生活。弘历的畅春园诗绝大部分是向住在这座"太后园"的生母孝圣皇太后问安的。其中83首畅春园诗，54首西花园诗，共137首。这些诗不仅帮助人们更好地认识御园和山水景观，还有理政内容、宫廷生活、朝廷重臣的政治活动等广泛的内容，也能加深对清代康雍乾时期历史的认识。

第三、对康熙帝皇子在畅春园和西花园的生活情况，作为一个重点进行发掘、认定和梳理。西花园是康熙年间在畅春园西侧为皇太子允礽和其他皇子修建的一座园林。但是我在写作《畅春园记盛》时，没有搜寻到几首康熙年间的西花园诗，有的读过了但没读懂。这次看到皇太子允礽的诗仍然很少，这肯定与他被撤掉皇太子的历史遭遇有关。但他作为皇储，享有很多优遇。他与很多重臣如上书房师傅、南书房翰林等朝廷近臣有频繁的交往，也有诗词唱和。这些方面都遗存下来一些可贵资料，使我们获有必要的材料了解允礽在西花园的生活。

康熙帝第四子胤禛也是西花园的主人。他在《世宗宪皇帝御制文集》中，留下了他在这座皇苑的踪迹。这些诗，有的在诗题或诗文中写明"畅春园"，有的只写"园林"。这要根据诗文的内容和写作时间来确定哪些是西花园诗。在康熙四十六年迁居圆明园以前的园林诗，有些就是西花园诗。胤禛居住在西花园时，还写了一些海淀、六郎庄一带的闲游诗。这也反映了他此时的思想和踪迹。

康熙帝第十七子允礼，因为出生较晚，在皇太子等弟兄们争储时，他还是个少年。他较平静和顺利地生活在西花园。他迟至雍正三年才迁移至赐园自得园。他在所著《静远斋诗集》中，写了二十多首畅春园和西花园诗，真实地记载了他在西花园的生活。

允禵是康熙帝第十四子。关于他的诗，是我一次意外的发现。我从未见过一首允禵的诗。我在阅读他的嫡孙永忠的诗集《延芬诗稿》时，在永忠手书诗稿中间夹杂着一百多首另外一人手书的诗，我经过对这百首诗内容分析判断，得知这另一位写诗的人，经常参加父皇康熙帝举办的多次宫廷活动，他是康熙皇子中年龄较小的一位,他曾在康熙末年率军平息西藏的叛乱。这位诗人肯定是永忠的祖父、康熙帝十四子允禵。书中有燕京大学的专家介绍永忠诗集出版的经过,说明允禵的百首诗是由他的后代一直保存到民国年间,被书商与永忠的不完整的书一起卖给了燕大图书馆,出版时夹杂在永忠的《延芬诗稿》中。这种出版方式保留了允禵百诗不至湮没遗失,使我们能看到这位康熙皇子的知识和才华,以及他在畅春园和西花园真实的生活状况。允禵有十来首畅春园诗。

阅读了康熙帝皇子们写的畅春园诗,使我有实际生活的资料补写了一篇《从头再写西花园》,作为《畅春园记盛》一书的补充资料。

到乾隆年间,乾隆帝的皇子们也曾遵命到西花园居住,在先得月楼休憩和养病。皇五子永琪、皇六子永瑢都有诗记载其事。

第四、努力搜集康熙皇帝近臣的有关畅春园诗作。皇帝身边有一批亲近大臣从事各种工作。如皇子的教师、日讲起居注官、南书房翰林等朝臣,"日侍左右",与皇帝亲密接触,最了解皇帝的治国理念和园居生活。而这些近臣个个都是资深的学者,工诗擅画,才思敏捷,挥笔成文。他们写出大量诗文记录御园山水建筑景观、皇帝的园居生活和他们自己游园时的经历和感受。

张英是皇太子允礽的发蒙塾师,充任日讲起居注官,皇上特命入直南书房,官至文华阁大学士兼礼部尚书。玄烨命他在渊鉴斋编辑《渊鉴类函》,带他周游园景,赏赐各种食物、文品和御书。并在同船游园吟诗赐予张英。张英共写了十一题48首畅春园诗。张英儿子辈的张廷玉、张廷瓒也是朝中高官,都写了几首畅春园诗。

王鸿绪是著名的史学家。历任日讲起居注官、明史总裁官、经筵讲官、工部户部尚书。虽两次被参罢官返回故里，但又两次应召入京修书。他几次命游御园，获赐名酒时果、茶宴廷馔及玄烨御书。他曾将皇上喜爱的董其昌手书呈上，获赐御书临米芾跋手卷，当场感恩叩谢。王鸿绪写有畅春园诗八题37首。

查慎行是南书房的翰林，经常随康熙帝巡幸和游园。他准确地记录了畅春园内直庐的坐落位置、房屋建筑和迁址情况，介绍园内的花木配置和节日景观。他与皇太子允礽有多次交往，并且应命到西花园观赏康熙帝为太子御题二十九幅匾额。查慎行为此赋成七律八章，使我们得知允礽在西花园的书斋名叫"日知堂"，门楣悬挂着御书匾额。查慎行共写有畅春园诗三十余题70首。

康熙帝的重要廷臣高士奇、王崇简、王熙、王士禛、励廷仪、陈鹏年等，也都是畅春园的常客。他们受命在园内参加朝会、赐宴、赏景、吟诗等各类活动。他们各自从不同的方面写有多首畅春园诗。

乾隆年间，弘历经常到畅春园向皇太后请安。他在畅春园吟诗，多次令随行朝臣咏出和诗。随行的鄂尔泰、梁诗正、齐召南等多人都写有乾隆帝和诗。这些诗记录了乾隆年间畅春园景观的真实面貌，具有一定的认识价值。

我们编辑的这本《畅春园清代诗文选录》，共收录了畅春园和西花园诗350余首、文章80余篇。我们收录的还不够广泛，也不能认定每一首诗的收录和归类都准确无误，还会存在一些其他问题甚至错误。我们把编辑此书当作一次学习的机会，希望能对畅春园乃至三山五园的了解和研究，提供一些有用的资料。

后记一

我们非常感谢帮助我们完成此书的领导、专家、文友和众多的热情支持者。我们特别感谢中国人民大学清史研究所几位教授对我们的支持和帮助。在我撰写的《三山五园新探》书稿完成以后，就得到阚红柳和董建中二位老师的关怀。建中教授还用很长时间认真通读审阅全书并提出多处内行的修改意见，纠正了我的一些知识性缺憾。此书出版后，作为人大清史所副所长、皇家园林研究中心常务副主任，阚老师与中共海淀区委常委、宣传部部长陈名杰同志，联合主持召开了《三山五园新探》研究会，并撰文《发掘史料精华，凸显园林盛景——〈三山五园新探〉读后》，发表在《清代皇家园林研究》一书中，对我的习作予以肯定。我和张超同志这本《畅春园清代诗文选录》，从筹划立题开始就得到阚老师的支持和指导。书稿完成以后，她在百忙中为本书撰写序言予以鼓励。近年间阚教授对畅春园以至三山五园深入挖掘和研究，多有突破性的新资料新成果陆续发表，还主编出版了《畅春园研究》《海外三山五园研究译丛》《清代皇家园林研究（第一辑）》《民国香山诗文精选》等书，对推动三山五园的研究和宣传做出了重要贡献。她为本书撰写的序言，读后增强了我继续进行三山五园研究的信心。我对阚老师表示深深的谢意。

我选编本书的合作伙伴张超同志，是中国人民大学清史所培养的高材生。他在圆明园管理处任职近十年，转职区史志办从事几年党史研究工作后，被任命为区档案局副局长，现为区档案馆副馆长。他已经锻炼成长为一名颇有影响的清史和园林文化学者。他于2012年出版的《家国天下——圆明园的景观、政治与文化》一书，受到清史和园林专家的充分肯定和好评。认为"本书以一个全新的视角，对圆明园及其承载的造园艺术、政治文化内涵作了较为全面的解读，实属难能可贵"（陈名杰）。本书"称得上是一个站在前人研究基础上的、较具宏观视野的新的综合性成果"（黄兴涛）。张超对我们这本书的参与，扩大了对清代名人著述和官方文献资料的搜集，深入了解清代有关朝廷重臣与皇家园林的密切联系，更准确地促进选定畅春园诗文的真实性。他还做了大量有关编辑和出版的事务性工作，从各方面给予我以无微不至的支持和帮助。这也是我向年轻的专家学习的一次机会。

由于水平所限，我和张超同志合作选编的这本《畅春园清代诗文选录》和附录中的文章，难免存在一些问题以至错误之处，恳请读者批评指正。

张宝章
2021 年 7 月

后记二
我所熟悉的张宝章先生
——《畅春园清代诗文选录》代后记

三山五园是北京文化的一张金名片，也是海淀区极为重要的历史文化资源，对于海淀区挖掘文化科技融合发展新动力，大力推进文化事业大发展大繁荣具有重要意义。在党和政府正确领导下，经过各界各方面多年坚持不懈的努力，三山五园文化遗产保护与文化事业发展取得长足进步。三山五园同北京老城一起作为北京历史文化名城保护的两大重点区域被写入经党中央、国务院2017年9月批准的《北京城市总体规划（2016年—2035年）》，从而将三山五园地区文化遗产整体保护利用提升到前所未有的高度。2020年9月，国家文物局公布第一批共6个国家文物保护利用示范区的创建名单，北京海淀三山五园入选其中，海淀区也很快制定了《北京海淀三山五园国家文物保护利用示范区建设实施方案》，海淀正在举全区之力稳步推进示范区创建。作为创建工作的重要组成部分，三山五园历史文化底蕴及其价值的挖掘、阐释、传播和弘扬是不可或缺的基本内容。

近年来，海淀区在三山五园文化资源挖掘和整理方面做了大量工作，形成了一批代表性成果，但三山五园的文化研究仍然存在不充分、不平衡的状况，不仅一些研究领域有空白、有缺失，而且一些研究领域则有明显的短板和薄弱之处。一定程度上来说，畅春园就是三山五园文化研究中比较薄弱的一环，尽管这可能与畅春园最早衰落、现今的遗址残迹稀少、没有专门的遗址管理机构、此前没有对其研究成果的迫切需求有关。当前的畅春园研究与三山五园中其他实体如颐和园、圆明园、香山的研究相比，确实是文献资料匮乏、研究成果不多，参与具体研究的学人也不多。以图书专著而言，也就是张宝章先生的《畅春园记盛》《京华通览：畅春园》，阚红柳老师主编的《畅春园研究》《清代畅春园史料初编》等少数几本。畅春园是清代三山五园中最早建成的第一园，开创性地形成了清帝在京西御苑园居理政的惯例和模式，而且从衰落过程及现状上来看，三山五园中最早凋零和几乎彻底消逝的也是畅春园。不说清楚、讲明白畅春园，就无法系统、全面、深入的把握三山五园。随着三山五园研究的整体纵深推进，深入研究畅春园就显得十分必要和迫切。基于对畅春园研究客观状况的了解，出于对畅春园历史文化的热爱，出于对畅春园的地缘和情缘，张宝章先生当之无愧，也当仁不让地成为畅春园研究的拓荒者、发起者和奠基者。

张宝章先生，1932年出生于河北新乐，1951年毕业于北京师范学校。在北京海淀从事宣传、文教、政协和文史研究工作70年。年轻时他任教于育英学校，后在海淀区担任过区委宣传部副部长、副区长、区政协主席等领导职务，曾任北京史地民俗学会副会长、中国圆明园学会学术顾问等社会兼职。在领导岗位上，他热爱海淀、热爱海淀人民，为海淀教育、文化等工作做出了切实贡献，取得了突出成绩。卸任领导岗位后，他退而不休，积极承担党和政府交付的工作，出任《北京市海淀区志》主编，他带领同人兢兢业业、勤勉工作，终于弥补了海淀区没有区志的空白，并使《北京市海淀区志》成为广受赞誉的精品佳志。圆满完成区志工作后，他全身心地投入到挚爱的北京文史和海淀文化研究中，开辟了辉煌的学术事业新征程。近30年来，先生笔耕不辍，著作等身，出版《北京古镇图志·海淀》《京西名园纪略》《京西名墓》《雷动星流》《样式雷新考》《畅春园记盛》《静明园述往》《昆明湖畔两村庄》《三山五园新探》《区志主编手记》等专著，共四百余万字，主编《北京市海淀区志》、《海淀史地丛书》(26部)、《北京清代传说》等，共一千余万字。

1952年9月，作为单一行政区域的海淀区被正式命名，而先生自1951年毕业任教育英学校时即身处海淀，风雨70年，他真正意义上做到了知海淀、爱海淀、建设海淀、奉献海淀，同时也全程见证了海淀经济社会发展波澜壮阔的历程和取得的辉煌成就。先生数十年初心不改、矢志不渝，一直对海淀充满使命感和自豪感，而海淀文化也因他的突出贡献而更加璀璨。对海淀区情和历史文化系统、深入的了解，为先生致力于传播和弘扬海淀文化奠定了扎实基础，在宣传海淀方面他也做了大量卓有成效的、开创性的工作。他在多个学术领域用心用情用力用功、精耕细作，成果丰硕，相关出版物为人们了解海淀、认识海淀提供了载体；有时候他还接受电视、报刊等媒体采访，以便向大众传播权威、专业的海淀文化内涵和信息；他经常受邀到三山五园各单位、机关单位、大中小学、街道社区、文化馆、图书馆、博物馆等机构举行讲座，听者云集，好评如潮；他对后辈关心爱护，时刻不忘提携年轻学人，对上门求教者总是给予热情的接待、贴切的鼓励和悉心的指导；先生交游广泛，和众多政界、学界、文艺界名人如何鲁丽、雷洁琼、胡德平、刘绍棠、金启孮、舒乙、傅庚辰、郁钧剑、李维康、耿其昌等人均有通信往来，他把自己与社会各界名人交往的信函及众多珍贵资料无偿捐赠给海淀区档案馆。先生为官政绩斐然，为人襟怀坦荡，为学著书立说、建树多多，可谓是古人所说立德立功立言的海淀典范。

几十年丰富的海淀工作生活阅历、对海淀这片热土深沉的情怀、三十年如一日的潜心治学、让人钦佩的丰硕文化成果，使张宝章先生水到渠成地成为海淀文化的一面旗帜。长期以来，先生在海淀文化领域，既运筹帷幄、调兵遣将，组织开展了一批规模性、长期性的重大项目和重点课题，同时他也身体力行、躬耕实践地从事众多具体的文化研究和推广工作。先生以其影响力、号召力和人格魅力，鼓舞、带动了一大批海淀文化爱好者投身海淀文化挖掘和弘扬的蓬勃事业中来，可以说，以先生为中心形成了一个关于海淀文化的学术共同体，凭借着共同体的不凡创作力，海淀文化研究与传播局面风生水起、蔚为大观，也积淀形成了为数众多、雅俗共赏的精品力作。这一学术共同体及其学术成果，大体包括以下几个方面，一是先生在主编《北京市海淀区志》时，团结带领的一批参与者，他们在立足于解决区志编纂过程中所遇到的需要着力加以深化研究的问题基础上，产生的第一批近30种海淀史地丛书；二是以海淀政协文史委和海淀区文化领域各委办局为代表的文化力量和学术平台，其中政协文史委主办的《海淀文史》已创刊36年，连续出版选编资料23辑，海淀史志办主办的《海淀史志》已创刊16年，连续编印发行交流刊物90余期；三是先生与颐和园、圆明园、香山公园、北京植物园的研究机构和人员有密切的沟通联系，三山五园各实体单位以及参与三山五园研究的各机构的一大批学者也大多与先生有频繁的学术交往；四是先生担任北京史地民俗学会副会长，带动和引导以史地民俗学会的数位资深会员为主体的学人群体聚焦北京西山及海淀文化所产生的相关研究成果；五是先生率先垂范，影响和推动以曹雪芹西山故里、纳兰性德海淀故居、顾太清寓居双桥寺和香山等问题为出发点,围绕曹雪芹、纳兰性德、顾太清等清代文学大家研究,所形成的具有较高学术价值的数篇文章及有关书籍;六是先生指导以海淀老年大学创作团队为代表的一批离退休领导干部,他们发挥熟悉海淀区情及诗书画等方面专长,无数次深入三山五园实地考察、采访、写生、测绘,最终出版完成了七卷本的《三山五园揽胜》;七是以先生所著《北京古镇图志·海淀》《昆明湖畔两村庄》为代表的一批海淀乡情村史著作,包括关于四季青、六郎庄、大有庄、马甸村等乡土题材图书的诞生,使得人们在海淀快速城市化的进程中,更能有所凭借地看得见山、望得见水、记得住乡愁;八是在样式雷与三山五园营建、京西稻、三山五园传说为代表的海淀特色文化方面,以先生为领军人物的海淀是样式雷研究的一个重镇,也有专门从事京西稻文化挖掘与宣传的京西稻文化研究会,关于三山五园传说的图书也已出版数种,这些特定领域的文化研究,先生不仅积极倡导,而且切实参与,并有首创性的多个具体成果。

在畅春园研究方面,张宝章先生是名副其实的、筚路蓝缕的拓荒者,其成果具有奠基性和首创性意义,他的《畅春园记盛》《京华通览:畅春园》因之而成为人们了解、学习、研究畅春园的必读书。先生的畅春园研究之所以广受认可和欢迎,则与他研究过程中的几个特点密不可分:其一,先生注重对一手档案文献的深入把握,对清代档案文献资料挖得很深,也吃得很透。他大量研读和运用清帝御制诗文集、王公大臣诗文集、清代文人笔记、西方传教士笔记、《日下旧闻考》《起居注》等清代官修文献,博观约取、深入浅出的方式方法使得进一步研究的基础十分牢靠。其二,先生注重对样式雷存留图样的信息挖掘,他多方寻找、详细观摩、认真分析每一份样式雷图档,并据此弄清楚了畅春园及其附园西花园的园林规模、山形水系、景观布局、建筑特色等一系列问题,这一做法既深化了对畅春园的系统研究,也使先生成为清代建筑世家样式雷研究的大家。其三,先生注重理论实践相结合的研究路径,他利用自身长期工作在海淀,熟悉海淀地情的便利条件,经常现场调研和实地踏勘,就如他本人所说"每年都会几十次上百次地穿行在畅春园的旧址上",行走的过程加上与之伴随的思考,无疑增加了对畅春园感性和理性的双重认知。其四,先生注重开放治学,秉持学术为公器的理念,没有任何私心杂念,在国家图书馆、国家科学图书馆、首都图书馆查得珍贵资料时,他及时与文友们分享,在畅春园研究及相关专著出版过程中,先生与张恩荫、岳升阳、何瑜、许云、阚红柳、董建中、樊志斌等同志广泛交流讨论,既虚心听取大家的意见,也使大家获益匪浅。其五,先生注重经世致用,他努力将研究成果与现实工作密切结合,在海淀公园的建设及景观命名中,都能感受到历史文脉的力量,这其中就倾注了先生的不少心血,在园林景观创意、设计、命名、阐释等方面他都给予热情、悉心、专业的指导,从一定意义上来说,这是赋予畅春园及其附园新生命的过程,也是对优秀传统文化创造性转化和创新性发展的过程。其六,先生注重从"跳出畅春园看畅春园"的宏观视野开展研究,避免了纯形而上学的物理空间狭隘视角。一方面,他着力把握康乾盛世的历史背景,重视围绕康熙、雍正、乾隆等历史人物的园林人文生态研究;另一方面,先生系统研究三山五园,他的《三山五园新探》可以说是一部奠基性的、集大成式的三山五园研究鸿篇巨著,这为他研究畅春园提供了宏大的背景支撑,既包括物理空间的,也包括时间维度的,当然也包括庞大的档案文献的深入掌握,所以他对畅春园的具体研究是点面结合的，也是能够跳出畅春园来反观畅春园的。

时光荏苒，缘分匪浅，转眼间我认识张宝章先生已经十六年了。荣幸和自豪的是，我有很多难得的机会接受先生耳濡目染，甚至是耳提面命的指导和教导，每次向先生请教都感觉如坐春风，收获满满。同时我也在学习先生著作的基础上，对三山五园和海淀历史文化的兴趣日益浓厚，并逐渐成为一名三山五园研究者和海淀文化工作者。2020年初，接到先生让我协助主编《畅春园清代诗文选录》的任务时，说心里话，我是感觉受宠若惊、亦喜亦忧的，喜的是先生这样德高望重的文化大家对我这后生晚辈的宝贵信任，忧的是我对畅春园了解的非常粗浅，更谈不上有一定的研究，唯一的基础无非是我对清史有些许的涉猎、对先生的畅春园著述阅读学习得较为全面而已，我该如何不负所托，不辜负先生的期望呢？诚惶诚恐之余，我暗暗下定了竭尽全力做好各方面各环节工作的决心。我清晰地记得，在商量编纂书稿之初，先生一方面让我多方咨询、审慎评估选录诗文的学术和文化价值，另一方面又一再叮嘱我务必仔细了解有无已经出版的类似图书或即将出版的内容相近的图书。这种尊重既有研究成果，又有强烈学术担当的负责任态度对我也是一种无形的激励。完整浏览先生交付的初稿后，我更感觉到责任的重大、任务的艰巨和使命的光荣。需要做的工作委实不少，诗文的出处需要与原始文献一一核对，诗文文字大多是繁体字，其中有很多出自影印版本的古籍，清晰度欠佳，识别难度、录入难度较大，这些构成整理工作的主体内容，而协调联络出版社、与出版社共同开展后期编辑制作等也是需要努力推进的。工作过程中，我对先生的治学态度、出色文笔、海淀情怀、人文关怀有了更多的观察和感悟。他博闻强记，几乎对任何一份资料都能信手拈来；他一丝不苟，对书稿多次反复校改，不放过任何一个需要推敲之处；他虚怀若谷，诚挚邀请年轻的阚红柳老师写序，也总是谦虚地说该书是与我合作的，其实我做的工作真真可以忽略不计；他高风亮节，建议海淀区依托海淀档案馆、海淀图书馆整合图书文献和档案资料，建设品牌性、永久性的"三山五园资料中心"，他也总是及时地捐赠大量图书资料和自己的手稿，包括本书手稿。

畅春园历史文脉梳理、历史文化资源整理，与三山五园历史文化景区建设、海淀文化事业发展、北京大学校园历史文化挖掘均密切关联，这是一项极有现实意义的工作。历史并未走远，畅春园就在我们身边。恩佑寺和恩慕寺的山门、畅春新园体育休闲广场、北京大学畅春新园学生公寓、清溪书屋路、海淀公园的西花园历史文化元素等都在记录着畅春园曾有的辉煌和沧桑。学界对畅春园的研究尽管尚处起步阶段，但也是方兴未艾、形势喜人的，我们已经能够看到关注畅春园、研究畅春园的学人和作品都在日益增加，相信随着资料的不断发掘和研究的纵深推进，一个真实、全面、立体、鲜活的畅春园一定会被越来越多的人所熟悉。我们可以想象，如果从构筑畅春园研究学术大厦的角度来说，《畅春园清代诗文选录》的意义就在于，它既是添砖加瓦之"砖瓦"，也是九层之台起于累土之"累土"。当然，本书整理和编辑的前期具体工作主要是我和几位同事负责的，因水平和能力有限，一定存在不少错误和可商榷之处，敬请方家、读者批评指正。

感谢中国人民大学清史研究所的阚红柳老师对本书提供的有益指导，更要特别感谢的是阚老师慨然应允并在百忙中为本书写了序。感谢海淀区档案馆的孙俊宏、刘毅两任馆长关心支持本书书稿编辑工作。杨跃军、贾会哲、曹丹宁、李卓华、黄赛丰、黄冬、蔡爽、李思琪参与了初稿的整理和编辑，曹丹宁、李卓华承担了不少具体任务，对他们的辛勤付出，在此一并致谢。云山苍苍，江水泱泱，先生之风，山高水长。有机缘协助先生做这项力所能及的工作我实感荣幸，这也是一次难得的近距离的学习经历，再次感谢先生的信任。尽管因各种主客观因素，本书的出版迟滞了一段时间，但也庆幸能在先生九十寿诞这一特殊的年份与读者见面，借花献佛，与有荣焉，衷心祝愿先生身体健康、快乐吉祥、再创学术辉煌。

张超

2022 年 10 月